진흙천국의
詩적 주술

진흙천국의 詩적 주술

최동호 평론집

문학동네

책머리에

여덟번째 평론집 『진흙 천국의 시적 주술』을 간행한다. 『디지털 문화와 생태시학』(2000)에 이어 대체로 최근 오륙 년간에 씌어진 글들을 중심으로 묶었다. 디지털 코드로 인해 문학의 위기가 고조된 이 기간 동안에도 쉬지 않고 시에 대한 글들을 써왔던 족적을 살펴볼 수 있다는 점에서 감회가 새롭다.

제1부는 문명사적 전환 속에서 시와 독자와 종교 그리고 문학 교육에 대한 나름대로의 논지를 전개한 평문들이다. 아마도 문학과 문학적 상상력에 대한 깊은 신뢰감에 근거하여 그 가치를 옹호한 글들이었다고 생각한다. 문학에 대한 신뢰는 인간에 대한 그리고 삶의 세계에 대한 낙관적 전망을 함축한 것일 터이다.

제2부는 여성 시인들의 시세계를 살핀 글들이다. 우연한 기회에 씌어진 것들이지만 강은교, 문정희 등 여성 시인들을 한 자리에 묶고 보니 최근 문단 현실의 자연스러운 반영일 것이라는 생각이 든다. 근대 페미

니즘의 대표자 나혜석을 여기에 포함한 것도 문단을 주도하는 여성 시인들의 활약상이 오래 전부터 시작된 것임을 확인하기 위해서다.

제3부는 신경림에서 이산하에 이르기까지 오탁번, 오세영, 송수권, 김명인, 황지우, 이성복 등 우리 시단을 주도하는 시인들의 시세계를 탐색한 글들이다. 이른바 현장비평적 요소가 많이 가미되었다. 김수영이 추가된 것은 그가 아직도 시적 담론 생성의 중요한 대상일 뿐 아니라 그의 시에 대해 평단에서 가지고 있는 모더니즘적 편향성을 비판적으로 극복하고자 하는 필자 나름의 시각을 담고 있다는 점에서 현장적 의미가 있다고 판단했기 때문이다.

돌이켜보니 첫 시론집을 간행한 지 이십여 년의 세월이 지나갔다. 그동안 문명사적 전환기에 처한 상황에서 이를 극복하는 이론적 논거가 우리의 문화적 사상적 토대 위에서 구축되어야 한다는 것은 필자가 『현대시의 정신사』(1985)를 간행한 이후 지속적으로 추구해온 비평적 과제였다고 해도 과언이 아니다.

그런 까닭에 서구의 비평이론을 원용한 혁신적인 명제를 내세웠다기보다는 현재의 쟁점들을 천착하고 이를 지속적인 논리로 해결하려 모색하였던 것이라 생각한다. 서구에서 전파된 비평적 논리를 추수하려는 강한 지적 유혹 속에서도 필자는 나름대로 일관된, 비평적 논리를 찾으려 노력해왔다고 할 수 있지 않을까 한다. 밖에서 빌려온 외적 충격도 중요하지만 안에서 발생된 내적 논리를 심도 있게 되새겨보는 것도 의미 있는 일이라 판단하였고, 변하는 것들 속에서 변하는 것들과 더불어 변하지 않는 것들을 통찰하려고 하였던 것이다.

그것을 필자 나름으로 말한다면 균형과 조화의 미학의 추구라고 할 수 있으며 문학과 인간에 대한 신뢰와 존중이라고 말해두고 싶다. 그런 점에서 다음과 같은 화두로 이 책의 서두를 집약하고 싶다.

시의 미래가 있을까.

그렇다. 시의 미래가 없다면 인류의 미래도 없다.

2006년 4월 어느 화창한 봄날
최동호

차례

제3부

제1부

문학의 위기와 인간의 위기*
— 새로운 세기와 시인의 존재 이유

1. 유토피아와 시인의 존재

앞으로도 시인이 존재할 것인가. 아마도 불가능할지도 모른다는 부정적 전망이 일각에서 제기되고 있다. 문학의 죽음만이 아니라 시인의 죽음이, 그리고 신과 종교의 종언이 예고되는 시대가 21세기 디지털 시대의 상황이다. 과학기술이 인류의 유토피아를 눈앞의 현실로 실현시켜줄 것만 같은 착각에 빠지게 만드는 오늘의 상황 속에서 앞으로 시인은 어떤 존재 이유를 가질 것인가에 대한 의의 있는 고찰이 시도되어야 할 것이다.

먼저 오늘의 논제에 들어가기 전에 필자가 『디지털 문화와 생태시학』(『문학동네』, 2000)의 「하이테크와 디지털 문화와 현대시의 존재전환」에서 제시한 결론을 일부 인용하고, 이러한 시각의 연장선상에서 21세기 디지털적 상황에서의 문학의 위기와 인간의 위기에 대해 살펴보기

---

* 이 글은 토지문화관에서 이루어진 '시와 환경'(2000. 4)이라는 세미나에서 '새로운 세기에도 시인이 존재해야 하는 이유'라는 제목으로 발표되었던 것을 수정한 것이다.

로 하겠다.

*

　젊은이들이 전자오락실의 DDR(Dance Dance Revolution) 위에서 신바람 나게 춤을 추고 있는 광경을 보면, 앞으로 그들의 놀이문화가 크게 달라질 것이라는 느낌을 받는다. 젊은 세대들은 DDR을 하고 나면 몸과 마음이 후련하고 상쾌해진다고 한다. 아마도 온몸으로 자신을 표현할 수 있기 때문일 것이다.

　21세기가 "찬란하고, 환희에 차 있으며, 야만스럽고, 행복하고, 기상천외하고, 기괴하고, 도저히 살 수 없고, 인간을 해방시키며, 끔찍하며, 종교적이며 종교 중립적인 사회"가 될 것이라 전망한 아탈리(J. Attali)는 그의 『21세기 사전』에서 앞으로의 예술을 다음과 같이 규정하고 있다.

　예술은 미지의 길을 사용하고 새로운 방법을 빌려 쓰나 늘 동일한 목표를 추구할 것이다. 감동시키고 고양시키고 다른 이들이 전에 한 것과는 다른 방식으로 세상을 보고 듣고 만지고 느끼고 맛보도록 하는 것.

　고전적인 표현방식(그림, 조각, 음악, 문학, 연극, 영화)이 지금까지는 상상하지도 못한 문화와 기술의 만남을 주선할 것이다. 소리의 변조, 색깔의 혼합, 소재의 여과 등…… 선택한 재료를 개인의 취향에 따라 배합하는 손수 제작 '맞춤형' 예술을 추구할 것이다. 초상화 예술에 대한 새로운 수요도 생겨날 것이다. (……)

　가상현실이나 꿈속 유토피아를 넘어 예술은 실제로 체험하는 유토피아가 될 것이다. 새로운 미학이 생겨날 것이다. 자기 삶을 예술작품으로 만드는 것이 바로 그것이다. 예술을 창조할 권리가 인권으로 자리잡을 것이다.(『21세기 사전』, 편혜원·정혜원 옮김, 중앙M&B, 1999, 213~214쪽)

문화와 기술의 만남이 지금까지는 상상할 수 없는 표현방식의 변화를 가져오고 가상현실이나 꿈속의 유토피아를 넘어 유토피아를 실제로 체험하게 하는 예술이 탄생할 것이라는 아탈리의 전망은 대체로 많은 사람들이 동의할 것이다.

　그러나 위의 언급에서 특히 주목해야 할 점은 '예술을 창조할 권리가 인권으로 자리잡을 것이다'라는 명제이다. 자신의 삶을 예술로 만들고 싶어하는 인간의 소망을 권리이자 인권으로 바라보고 있다는 것은 매우 흥미로운 지적이다. 자기의 삶을 예술로 승화시키면서 '자신을 끊임없이 창조하는 경지'란 바로 다름아닌 불사불멸의 꿈을 성취하는 것이라 할 수 있을 것이다.

　이때 자신의 삶을 예술로 승화시키는 첫출발이 시적인 것에서 비롯함은 물론, 그 마지막 단계 또한 시적인 것으로 완성된다는 것이 필자의 생각이다. 그것은 인간이 인간이고자 하는 최초의 출발점인 동시에 인간이 인간이고자 할 때 도달할 수 있는 최상의 지점에 대한 자각을 통해 완성되는 것이다. 물론 그 완성은 끝없이 파괴되면서 이루어지고, 이루어지면서 파괴되는 한 지점을 말하는 것이기도 하다.

　컴퓨터나 인터넷이 인간의 인간적인 문제를 모두 해결해줄 것이라는 희망적, 낙관적 비전이 21세기의 우리를 이끌 것이다. 그러나 과연 그러할까. 인간적인 것과 기술정보 사이에서의 중심축이 기술정보 쪽으로 기울면 인간적인 것에 대한 갈망과 향수가 더욱더 촉발될 것이다. 유토피아에서나 가능하다고 꿈꾸어왔던 모든 일들이 실제 현장에서 가능하게 된다면, 인간의 삶은 기괴하고 끔찍한 것이 되고 말 것이며, 오히려 그러한 현실에서 도피하고자 하는 시도를 하지 않을 수 없다. 이때 가상과 현실을 판별하고 완충하는 작용을 하는 것이 예술이 될 것이며, 그 핵심에 시적 감수성이 작용한다.

　상황이 그렇다고 하더라도 앞으로 시는 어떻게 존재할 것인가 반문해보지 않을 수 없다. 그것이 사회·문화적 제도로서 시가 발표되고 향유되어왔던 지금까지의 방식과는 전혀 다른 방식이 되리라는 것은 의심할 바 없다. 예상되는 방식은 크게 보아 다음 세 가지이다.

첫째, 거대 패러다임으로 대중들의 의식을 통합하고 지배하는 시적 사고는 분화되고 모든 시적 운동들은 소집단화될 것이다. 잘게 분화되어 때로는 작은 취미 그룹으로 세분되어 유사한 기질과 취향을 같이하는 사람들이 동질감을 공유하며 자기의 삶을 시로 표현하는 즐거움을 통해 자기 존재를 확인하고자 할 것이다.

둘째, 표현매체가 활자문화에서 전파문화로 바뀔 것이며, 기술 개발에 의한 새로운 매체를 적절히 활용할 때 그것에 공감하고 동참하는 사람들의 호응도 커질 것이다. 시를 주도하는 집단이나 이데올로기는 분화되겠지만, 시라는 예술양식은 시와 노래, 춤은 물론 다양한 매체를 종합하는 방향으로 나아갈 것이다. 활자문화에 집착하는 일부 엘리트주의 집단은 점점 소수로 전락할 것이며, 그들의 사회적 영향 또한 감소할 것이다. 대중문화와 고급문화라는 이분법적 구분 자체가 사라지게 될 것이다.

셋째, 레고 게임과 같은 조립과 해체의 놀이문화가 일부 퍼져나가겠지만 시의 경향은 명상과 관조를 통해 자기 존재를 예술적으로 드높이려는 쪽으로 전개될 것이다. 특히 명상과 사색의 시편들을 음악에 실어 노래로 유행시킬 수 있는 음유시인들이 등장할 것이며, 그들은 아탈리의 표현대로 유목문화의 대변자가 될 것이다. 21세기에는 예술가는 물론 인간 모두가 불멸의 꿈이 실현 가능한 현실로부터 유배될 것이며, 그로 인해 새로움으로부터 뒷걸음치고 싶은 인간의 불안을 위로하는 예술이 필요하기 때문이다.

식민지 해방이나 사회혁명이 20세기에 확고하게 자리잡을 수 있었던 것은 유토피아에 대한 공동체적 환상 때문이었다. 그러나 그 유토피아가 환상이 아니라 현실에서 실현되고 그것을 직접 체험할 수 있게 된다면, 인간은 '이런 것은 내가 하려고 했던 것이 아니야'라고 되뇌며 자기 자신에게 심한 배신감을 느끼게 되지 않을까. 그렇다면 유토피아의 주인공은 누가 될 것인가. 아마도 오늘도 혁신을 거듭하며 자기 복제를 멈추지 않는 컴퓨터가 그 주인공이 될 것이다. 그리고 컴퓨터는 그 기계적 속성으로 인해 그 종말이 인간에게 행복한 것이냐 아니냐에는 크게 관심이 없을 것이다. 그것이 점점 불가능해져 간다고 하더라도 작동하는 컴퓨터를 멈추고 인간적인 것을 돌아보게 하는 것이 시라고 필자는 생각한다.

복제양 '돌리'가 탄생(1996)하고, 복제 원숭이 '테트라'가 탄생(2000)하면서 멈출 수 없는 시계를 멈추게 하는 것도 인간이고 그 시계를 더 빨리 추진시키는 것도 인간이다. 난치병을 극복한다는 명분을 앞세워 인간복제를 감행할 것인가, 아니면 유일무이한 자신의 삶을 시적으로 승화시켜 자신의 인권을 보존할 것인가 하는 것이 앞으로 인류사의 난제가 될 것이다. 그러나 21세기 모두에 서 있는 지금, 아직도 그 선택권은 우리 인간에게 있다고 판단된다. (……)

사이보그 인간이나 복제인간이 활보하는 세상이 온다면 시적인 것을 가능케 했던 모든 인간적 감성들이 사라지거나 전혀 다른 것으로 뒤바뀌고 말 것이다. 전기나 에너지에 의해 작동되는 기계적 인간들의 기괴하고 끔찍한 세상이 천국처럼 펼쳐지게 될 것이다.

*

인간이 인간으로 존재하지 않는다면 그것이 과연 진정한 유토피아일까. 누구도 그렇다고 답하지는 않을 것이다. 디지털 유토피아의 중심에 컴퓨터가 아니라 인간이 있고, 그리고 시인이 있어야 한다는 명제는 앞으로의 인류 문화를 판단하는 중요한 관건이 될 것이다. 그것이 아무리 찬란하고 안락한 것이라고 하더라도 인간을 부정하는 메커니즘에 의해 작동되는 것이라면 단호히 부정되어야 한다는 것이다.

2. 20세기 시인은 어떻게 존재했는가

디지털적 과학기술의 놀라운 발전으로 우리가 그것을 긍정하든 부정하든 20세기와는 전혀 다른 새로운 형태로 우리의 삶이 전개될 것이라는 사실에는 누구도 이의를 제기하지 않을 것이다. 그렇다면 일단 지난 20세기에 시인들은 어떻게 존재했는가 돌이켜볼 필요가 있다. 아무리 과학기술이 혁신된다고 하더라도 20세기적 경험의 축적 없이, 또는 그것과 전혀 다른 문화가 형성될 수 없다는 점에서 20세기를 돌이켜보는 것은 필수불가결한 일이라고 할 것이다.

인간이란 존재 그 자체가 위협받는 상황에서 특히 '시인은 누구인가'라는 시각에서 접근할 때, 20세기의 한국의 시인들은 대체로 다음의 세 가지 명제에 근거해왔다고 판단된다.

첫째, 식민지 해방운동 시대 : 인간은 노예가 아니다.
둘째, 민주화 노동운동 시대 : 인간은 기계가 아니다.
셋째, 디지털적 생명공학 시대 : 인간은 양이고, 원숭이다.

이들 세 가지 명제는 각각 20세기 전반과 중·후반, 그리고 20세기 말에 해당된다. '인간은 노예가 아니다'라는 명제는 식민지 지배하에서 조국의 해방과 독립을 염원하고 그러한 시를 쓰며 때로는 감옥에서 순절하기도 한 시인들을 떠올리게 만든다. 19세기와 20세기 사이에서 조국의 멸망을 눈앞에 두고 부끄러움으로 인해 자결한 황매천이 있는가 하면, 독립운동의 선봉에 나선 한용운이 있고, 일본에서 순절한 윤동주나 중국의 감옥에서 절명한 이육사가 있다. 물론 이들만이 한국의 시인들을 대변하는 것은 아니다. 그러나 20세기 전반 최대의 민족사적 과제인 조국의 독립과 해방에 신명을 바친 시인들을 먼저 떠올리지 않을 수 없다. 물론 이들과 달리 친일문사가 되어 민족의 이름을 훼손하고 더럽힌 시인들도 있으며, 그들로 인해 오히려 조선민족은 노예가 아니라는 특별한 명제가 탄력적으로 강화된다고 하겠다.

'인간은 기계가 아니다'라는 명제는 20세기 초반의 제국주의적이며 패권주의적인 정치적 소용돌이가 지나간 다음 20세기 후반의 산업화 시대를 대변하는 명제이다. 반독재투쟁과 노동운동이 맞물리면서 한국의 산업화는 활기차게 추진되었으며, 참여시/민중시/노동시로 이어지는 일련의 시적 흐름은 20세기 후반을 추동하는 사회적 전진의 역동성에 대한 시적 반응이다. 이러한 시를 전위적으로 주도한 시인들은 1960년대 신동엽, 김수영으로부터 시작하여 1970년대 김지하, 신경림, 조태일, 정희성, 1980년대 박노해, 백무산으로 이어지는 강렬한 시적 자장을 형성해왔던 것이다. 1980년대 후반 마르크시즘 이데올로기의 붕괴와 더불어 일시적으로 포스트모더니즘적 해체시가 이에 편승하기도 하였으나 뚜렷한 지향점을 갖지 못한 그들의 시적 경향은 포말적 확산으로 그치고 말았다고 해도 과언이 아니다.

노동시가 시적 전진의 주도권을 상실한 후 정신주의시 또는 생태시가 새로운 활로를 개척하였다. 특히 환경의 위기와 더불어 생태시는 21세기의 급박한 사회적 쟁점으로 대두되어 생태시야말로 21세기 시인의 존재를 가능케 하는 관건이 될 것이라는 극단적 주장까지 제기되고 있다. 필자는 앞으로 생태시의 중요성이 더 크게 부각되리라는 점을 부정하지 않는다.

그러나 이는 어디까지나 결과론적으로 예견되는 부정적 현상에 주목하는 것이 아닌가라는 의문을 필자는 가지고 있다. 20세기에서 21세기로 넘어가는 경계선에서 제기된 최대의 문제는 복제양과 복제원숭이 문제이고, 이에 따라 복제인간이 대두할지도 모른다는 전망에 불길한 예감을 가지지 않을 수 없다는 것이다.

3. 유전자 지도와 인간의 미래

2000년 3월 초 미국의 클린턴 대통령은 앞으로 두 달 후면 '게놈 프로젝트'가 완성될 것이라 발표하였으며, 뒤이어 인간의 유전자 지도의 중요 부분이 밝혀졌다. 결과적으로 앞으로 인간의 유전자 지도가 완전히 밝혀질 것이라는 전망이 이제 가상이 아니라 눈앞의 현실로 다가왔다는 것을 우리는 심각하게 받아들이지 않을 수 없다. 인간의 유전자 지도가 밝혀짐으로써 얻어지는 과학적 경제적 부가가치는 엄청날 것이 분명함에도 불구하고, 그 부정적 폐해 또한 그 이상이 될 것이기 때문이다. 앞에서 제기한 대로 '인간은 양이고 원숭이다'라는 명제는 그 이면에 인간은 인간이 아닐 수도 있다는 자기 부정을 내포하고 있다.

왜 그러한가. 인간을 복제하는 생명공학기술의 배경에는 인간의 절대성과 고유성을 파괴하는 가치 중립적 메커니즘이 숨어 있기 때문이다. 인간은 이제 신의 손길에 의해서가 아니라 생명공학자의 메스 끝에서 복제되고 변형되는 양이나 쥐나 원숭이에 불과한 존재로 전락할 위험을 맞게 된 것이다. 20세기까지 인류 문명을 가능케 했던 모든 인간적 관계들(가족, 친구, 종교 등)이 무너지는 위기를 감당해야 하는 지점에 놓여 있다는 것이 21세기 초두에 서 있는 인간의 운명이다.

인간복제가 영생의 열쇠라고 믿는 다국적 종교집단 '라엘리언'이 자회사 '클로나이드'를 통해 세계 최초의 인간복제에 착수할 것이며, 2001년 말 첫 복제인간이 탄생할 것이라는 보도(동아일보 2000년 12월 6일자)는 양의 복제에 이어 필연적으로 이어질 수밖에 없는 일일 것이다. 리 실버의 『리메이킹 에덴』을 통해 알려진, 골수성백혈병 진단을 받은 '아니사 아얄라'라는 소녀를 위해 부모들이 새 아이를 갖고 십사 개월이 된 그 아이의 골수를 언니에게 이식하여 완쾌시킨 이야기가 생명에 대한 윤리 논쟁을 불러일으킨 사실 또한 간과할 수 없다. 한 생명이 다른 생명을 위해 치료용으로 출산되는 것은 과연 윤리적으로 어떤 의미를 갖는 것일까. 21세기 초두에 인류가 겪어야 할 생명이란 무엇이고, 인간이란 무엇인가에 대한 논의의 출발이 여기서 비롯될 것이다.

신의 피조물로 고통받던 인간이 생명공학기술을 가진 독점자본가들이나 다국적 종교집단에 의해 신의 경지에 도달한 오늘의 상황을 정말 축복해야 할 것인가 아니면 하나의 재앙으로 받아들일 것인가에 대해 깊이 음미할 필요가 있다.

투쟁할 대상이 있고, 투쟁할 방법이 있던 시대의 시인들은 행복했다고 말할 수 있다. 눈에 보이지 않는 인터넷이 세상을 지배하듯이 눈에 보이지 않는 내면의 악마와 싸워야 하는 것이 오늘의 인간일 터이며, 오늘의 시인에게 주어진 사명이 바로 그것이 아닐까. 생태시는 차라리 뚜렷한 대상과 목표가 있다.

그러나 생명공학에 의한 인간복제의 악마적 유혹과 그 유혹이 지배하는 상업주의적 마력의 그물은 그 누구도 떨쳐버리기 힘든 것이 아닐까. 유전자를 조작하는 메스는 비정한 것일 터이며, 그것을 조작하는 기술은 사탄의 유혹에 쉽게 사로잡힐 것이다. 물론 오늘날에도 19세기 이전부터 이어져오는 낭만적인 서정시를 쓰는 시인이 있을뿐더러 다른 한편에서는 20세기적 감성과 투쟁방법을 고집스럽게 견지하는 시인들도 존재한다. 모든 역사는 지속과 단절이 겹쳐지며 진행되는 것이지만,

지금 우리가 21세기 초반에 목도하는 이 현실은 인류사에서 그 어떤 역사적 단절보다 심각한 상황이라 하지 않을 수 없다. 필자가 문학의 위기가 또한 인간의 위기라고 보는 이유가 여기에 있다. 생명체로서의 유일성, 절대성이 무너진 다음 인간이 나아갈 길은 과연 어디일까.

이러한 현실에서 시인들은 과연 무엇을 해야 할까. 너무나 큰 그리고 종래의 패러다임으로 감당할 수 없을 만큼 엄청난 선택의 자유가 그들에게 부여되었다고 보는 것이 필자의 시각이다.

인간이 인간으로 존재해야 함을 깨우치고 전파해야 하는 그들의 목소리는 광야에서 부르짖는 메시아의 목소리에 다름아닐 것이다. 컴퓨터 게임에 빠져들듯 안락한 놀이에 도취될 것인가, 회고적 취미로 과거의 영화를 되풀이할 것인가. 인간 존재의 절대적 위기에 어떤 사명감을 가질 것인가 하는 것은 오직 시인이고자 하는 그들의 선택에 달려 있으며, 그들의 선택에 의해 인간이 인간으로서의 존재를 유지하느냐 마느냐가 결정될 것이라고 말해둘 수밖에 없다.

니체는 십 년 동안 산 속에서 지낸 차라투스트라의 하산 동기를 다음과 같이 말했다.

"저 찬란한 태양이여! 너의 빛은 아름답지만 네가 비춰줄 저 산하와 대지가 없다면 너의 빛은 무슨 소용이 있겠는가?"

차라투스트라의 몰락은 이때부터 시작되었지만, 인간 세상의 구제 또한 이때부터 시작되었다.

과학기술문명에 의한 유토피아가 실현되고 있다는 오늘날, 필자는 다음과 같이 위의 문장을 고쳐놓고 싶다.

"저 찬란한 태양이여! 너의 빛은 아름답지만 네가 비춰줄 저 산하와 대지에 인간과 시인이 없다면 너의 빛은 무슨 소용이 있겠는가?"

이러한 필자의 인용에 다소 음울한 어조가 담겨 있다고 해서 21세기의 인류사 전체를 부정적으로 전망하는 것은 아니다. 인간이란 교활하고 끔찍한 존재이지만 선량하고 슬기로운 힘으로 온갖 난관을 헤쳐온 지난 세기들의 경험을 축적한 존재이기도 하기 때문이다. 어쩌면 시의 힘으로 시인들 자신의 사회·문화적 지향점에 확신을 가지고 활동 반경을 넓혀갈 때 인류는 자기 존재의 정당성을 확보할 수 있을 것이며, 과학기술 만능주의를 슬기롭게 극복하고 새로운 천년을 기약하게 될 것이라고 전망할 수 있다. 인류사의 미래를 바라보는 지향점을 확고하게 하는 시인의 눈빛과 숨소리가 존재한다는 것은 불안한 오늘을 사는 우리들에게 어쩌면 마지막 희망과 위안이 되는 것인지도 모른다.

시인은 어떤 권력을 갖는 존재가 아니다. 다른 사람이 갖지 못한 비전과 사명감으로 인해 그들의 가치는 어떤 정치권력보다 강한 힘을 갖는 것이다. 권력이 없으므로 권력을 갖는 모순이야말로 그들의 운명이다. 시인이 사라진다면, 인간의 인간에 대한 각성도 사라질 것이며, 인간이 인간이기를 거부하게 될 것이다. 시인에 대한 마지막 희망이 사라진다면 모두가 사이버 공간에서 약간은 마비된 채로 새로운 디지털 문화에 대한 환상이 불러일으키는 불꽃 속으로 자기도 모르게 사라져버릴 것이다.

새천년을 여는 20세기 한국시*

1. 20세기 한국시에 대한 평가

지난 20세기 한국시에 대한 평가에 있어서 작품 자체에 대한 평가보다는 이념을 앞세웠던 것이 사실이었다고 생각합니다. 현실의 변화에 문학비평이 그만큼 민감했고, 이는 현실의 영향이 그만큼 컸다는 이야기가 되겠지요. 이념이 앞세워지니 편가르기 경향도 두드러졌습니다. 남과 북의 문제는 동과 서의 문제로 심화되면서 이분법적 획일주의가 횡행했으며, 이로 인해 시적 사고의 다양화나 비평의 객관성 또는 공정성의 문제 역시 심각한 영향을 받았다고 여겨집니다.

그러나 다른 한편에서 생각해보면 현실의 압력이 강했던 만큼 문학의 영향력도 상대적으로 강했던 것이 아닌가 생각됩니다. 그만큼 문학이 그리고 시와 비평이 사회 문화의 중심부를 차지할 수 있었다는 것이지요.

크게 보자면 1989년 이후 마르크시즘 이념체계의 붕괴가 세계사적

---

* 이글은 『시와시학』 2000년 봄호에 게재된 것으로 설문형식에 답한 것이다.

명제로 떠오르면서 세기말적 현상과 더불어 문학이 나아갈 길을 찾지 못한 채 우왕좌왕하고, 문학이 중심부에서 주변부로 밀려나고 있는 듯합니다. 1990년대 후반부터 이를 극복하고자 하는 노력이 일부에서 시도되고 있지만, 아직 제대로 나아갈 길을 찾았다고 보기는 어렵다고 생각합니다.

2. 우리 비평의 문제점

제가 그 동안의 비평에서 가장 두드러진 문제점이라 느낀 것은 평론을 위한 평론, 즉 작품과 비평논리의 분리 현상입니다. 작품과 동떨어진 채 오히려 비평이 화려한 수사를 빌려 상업주의와 결탁하고 있는 듯한 혐의를 지우기 어려운 경우가 많아요. 물론 문학이론에 대한 깊이 있는 천착이 절대적으로 필요하다고 생각하고 있습니다만, 저로서는 좀더 작품에 밀착된 그리고 우리의 삶에서 우러나온 비평이 왕성해지기를 바랍니다. 밖에서 수입해와 작품에 뿌리내리지 못한 비평은 언제나 겉돌기 마련이고, 그러니까 외부의 다른 어떤 목적과 가까워지기 쉽습니다. 설득력은 적은데 목소리는 커지는 것이지요. 그 공소함을 극복하는 것이 새로운 세기 우리 비평의 과제라고 봅니다.

3. 비평의 역사적 전개

비평사적으로 보아 1940년대가 좌우의 시대였다면 1950년대는 전통의 긍정과 부정, 그리고 반공 이데올로기가 지배했던 시대라고 생각됩니다. 한국전쟁의 영향이 컸던 탓이겠지요. 1950년대 후반 서구의 다양한 문화가 유입되기 시작했으며 1960년대의 4·19혁명과 더불어 문학과 비평은 좀더 다양화되기 시작했지요.

참여시와 민중시 그리고 순수시와 무의미시의 분화가 1960년대에서 1970년대로 넘어가는 과정에서 이루어졌고, 이런 추세는 1989년의 동베를린 장벽의 철폐와 한국의 민주화가 실현될 때까지 대체적인 흐름으로 자리잡고 있었다고 생각됩니다. 물론 이와 더불어 해체시의 시대가 도래했는데, 이러한 추세는 역사의 전개과정이라는 시각에서 보자면 매우 자연스런 일이기도 합니다.

4. 해체시와 패러디시

1980년대 후반 해체시는 문단에 상당한 영향력을 행사했습니다. 패러디시와 상승작용을 일으켰지요. 그러나 저는 단순히 유행적인 의미의 해체시를 비판하고, 이런 경향에 대해 반대합니다. 저는 「서정시와 정신주의적 극복」(『현대시학』 1990년 3월호)이라는 글을 통해 해체시와는 반대되는 논리를 전개하며 우리 시의 나아갈 길이 정신주의에 있다고 천명한 바 있습니다. 그렇다고 해체시를 전면 부인하는 것은 아닙니다. 해체시에 있어서 정말 필요한 것은 해체시 나름의 논리와 시적 긴장이 있어야 한다는 것이지요. 해체나 파괴는 그 자체가 즐거움을 수반하는 것이기는 하지만 자기 부정의 전율과 미학이 없다면, 해체시는 또다른 서구 추수적 유행에 불과하다는 것이 저의 생각입니다. 부정을 위한 부정이란 언제나 허무주의나 자기 부정에 빠지기 쉽다는 것입니다.

5. 서정시와 정신주의

정신주의와 서정시는 육체와 정신을 가를 수 없는 것처럼 하나의 통일체입니다. 다만 어느 면을 강조하느냐의 차이일 뿐이라는 것이지요. 정신주의를 내세우면 육체가 없어지느냐 하면 그게 아니라는 것입니다. 육체가 없다면 어떻게 살아 있는 정신이 존재하겠습니까. 서정이 없는 정신 또한 피폐한 것이거나 메마른 것이 되기 쉽습니다. 정신은 육체를 필요로 하고, 육체는 정신을 머금을 때 살아 움직이는 의미를 갖는다는 것입니다.

정신주의라는 용어를 비평적 어휘로 사용한 것은 1990년대 초 제가 처음이지만, 문헌을 살펴보면 1930년대 정지용이 김영랑의 시를 논하면서 '시의 Point d'appui(策源地)를 고도의 정신주의에 두는 시인이야말로 시적 상지(上智)에 속하는 것'이라고 한 글에서도 나옵니다. 감각적인 것 이상의 정신적인 자기 지향이 있어야 된다는 말이지요. 정지용이 이런 주장을 했다는 것이 좀 이상하기는 하지만, 오늘의 시인들에게도 정신주의 또한 거듭나기가 필요합니다. 많은 분들이 미심쩍어하는 것처럼 달관적, 초월적, 도피적, 현실 부정적 성향과 어떻게 변별점을 구축하면서 미학적, 철학적 자기 정체성을 확보하는가 하는 것이 앞으로의 과제가 될 것입니다.

6. 21세기와 인간

시의 관점에서 21세기를 어떻게 볼 것인가는 매우 광범위한 물음이 될 것입니다. 문학의 죽음을 선언하고, 시의 부정을 선언하면 문제가 간단히 풀릴 것 같기도 합니다. 모든 것을 컴퓨터나 인터넷이 해결해주는 시대가 온다는 것 아닙니까.

그러나 과연 그러할까요. 지금까지의 방식 그대로 시가 존재할 수도 없고 존재하지도 않겠지만, 21세기의 인간들에게도 시적인 것에 대한 갈망은 여전히 존재할 것이라고 봅니다. 컴퓨터가 지배하는 세상이 된다면 오히려 시적인 것에 대한 갈망이 더욱 커지지 않을까요. 제가 생각하기에 시적인 것이란 인간적인 것에 대한 동경이기도 하지요. 사이보그 인간이 탄생하고 복제인간이 탄생한다고 하더라도 인간적인 것의 정체성에 대한 갈망이 필요하다는 것이지요.

만약에 그러한 것이 없어진 시대가 된다면 어떨까요. 그렇다면 인간이 존재할 필요가 없는 세상이 될 것입니다. 컴퓨터가 컴퓨터를 복제하는 시대 말이지요. 그 세계는 얼마나 끔찍한 것이 되겠습니까.

인간이 인간으로서의 경계선을 지키느냐 마느냐 하는 그 경계선에서 시와 인간이 컴퓨터와 공존하면서 살게 될 것이라고 전망합니다.

7. 우리 시에 대한 전망

앞으로 우리 시를 어떻게 전망할 수 있을까요. 제가 보기에 우리 민족만큼 시와 노래를 사랑하고 즐기는 민족은 없는 것 같습니다.

우리 민족의 심성과 기질에는 여러 장단점이 있겠지만, 그 장점 중하나가 시를 사랑하고 좋아한다는 것이 아닐까요. 민족적 억압의 시기에나 민족적 약진의 시기에나 시는 우리 민족의 진운을 가늠하는 첨단적 센서가 되어왔다고 생각합니다.

20세기 한국시에는 20세기 우리 민족의 굴욕과 영광이 함께 있다는 것이지요. 아마도 오천 년 역사 내내 그러했다는 생각이 듭니다. 21세기에 우리 민족이 자신들의 위상을 세계사에 당당하게 드러내기 위해서는 시가 융성해야 한다고 생각합니다. 다만, 20세기 후반 한국의 모든 중·고등학교 국어시간에 그러했던 것처럼 시를 도덕심의 앙양이나 애국지사 양성을 위한 수신 교과서로 사용할 것이 아니라, 시 교육이 다양한 개성을 발휘하고 삶의 자발성을 고취시키는 범국민적 교양이 되어야 한다는 것입니다.

시적 창의성과 시적 통찰에 의한 무한한 생산성을 고려해볼 때 시야말로 21세기 정보통신혁명 시대에 가장 적합한 문학 장르가 아닐까요.

이제는 민족혼을 일깨운다는 당위적 명제보다는 민족적 창의성을 고양하는 것이 새로운 경쟁 시대에 시가 자기 존재를 입증하는 길이 될 것입니다. 21세기를 문화예술의 시대라고 한다면, 그 정점에 시가 있다는 것이 저의 생각입니다. 저의 생각이 지나치게 과장되어 있다고 느끼시는 분들에게 드리고 싶은 말은 최소화되고 극소화된 창조의 동인이 바로 시라는 것입니다.

끝으로 이런 측면에서 새천년을 맞이하여 시를 쓰고, 시를 사랑하고, 시를 공부하는 모든 분들에게 희망찬 길이 열리기를 기원합니다.

시의 독자들은 지금 다 어디로 갔는가

1. 현실에서 가상으로

리얼리즘이 지배하던 시대에는 머지않아 다가올 사이버 현실이 사람들에게 공허한 환상처럼 느껴졌다. 그러나 사이버 세계가 실재 현실보다 더 리얼하게 느껴지는 현실에서, 실재 현실의 중요성을 강조하는 것은 어쩌면 전 시대의 향수를 고백하는 것에 불과할 것이다.

혹자는 지나치게 많은 시와 소설이 잡지에 발표되고 단행본으로 출판된다고 비판할 우려가 있음에도 불구하고, 오늘날의 문학 종사자들이 느끼는 것은 독자들이 다 어디로 갔는가라고 당혹감을 느낄 만큼 독자 또는 수요자가 사라져버렸다는 것이다. 오늘의 현실을 이삼십 년 전이나 십 년 전과 비교하는 것 자체가 잘못이다. 인터넷을 통해 확산된 디지털 세상은 이제 일부 집단의 독점물이 아니라 만인의 공유물이기 때문이다.

인터넷 혁명은 산업혁명이나 그 이전의 어떤 문화적 혁명보다 강력하고 절대적인 혁명이라고 하지 않을 수 없다. 산업혁명이 활자문화 시대의 지식 보급을 확대시켰다면 인터넷 혁명은 전파문화 시대의 기술 정보의 파급속도를 무한대로 혁신시켰다고 할 것이다. 전파문화가 활자문화 위에 성립한다 하더라도 전파문화의 급속한 성장과 보급은 활자문화 시대의 지식과 교양을 타파하는 새로운 세대, 즉 2030세대 문화를 범세계적으로, 동시다발적으로 확대시키고 있는 것이다. 20세기 초 애국계몽운동의 시대를 21세기 기술정보의 혁신과 비교해본다면, 우리는 그야말로 상전벽해의 새 세상을 맞고 있는 것이다. 시나 소설을 읽을 시간도, 자신의 인격을 성숙시킬 시간적 여유도 없을 만큼 세상이 급박하게 달라지고 있는 상황에서 왜 시를 읽지 않느냐고 말한다면 그것이 시대착오적인 고집이라고 한들 어떻게 부정할 수 있겠는가.

가볍고 얇고 발 빠르게 움직이는 세상에서 소설은 물론 시도 읽히지 않는다. 그 많던 독자는 정말 다 어디로 갔다는 말일까. 그들은 모두 현실이 아니라 가상세계로 이주해간 신감각의 새로운 종족일 것이다.

2. 디지털 시대와 시의 존재방식

최근 학교의 '문학의 이해' 수업시간에 필자는 두 가지 새로운 경험을 했다. 박목월의 시 「청노루」를 다루면서 우선 전혀 다른 이질적 반응에 놀라게 되었다.

리얼리즘 문학론이 붕괴되고 해체시와 정신주의가 충돌하던 1990년대 중반에 이 시에 대한 학생들의 견해는 비판적이었다. 이러한 세계가 이미 자신들의 현실에 존재하지 않는 까닭에 그들은 이 시에 전혀 공감할 수 없다는 반응을 보인 것이다. 박목월이 그리던 자연은 이미 파괴되어버렸고, 있지도 않은 현실을 그린 시에 어떻게 시적 감동을 느낄 수 있겠느냐는 것이 학생들의 반응이었다.

머언 산 靑雲寺
낡은 기와집

山은 紫霞山
봄눈 녹으면

느릅나무
속ㅅ잎 피어가는 열두 구비를

靑노루
맑은 눈에

도는
구름

— 박목월, 「청노루」 전문

1960년대 이후 회화적인 구도를 가진 자연시의 대표적인 작품의 하나로 거론되어 온 박목월의 「청노루」가 젊은 세대들에게 공감을 불러일으키지 않는 현실에 격세지감을 느끼지 않을 수 없었다. 당시 젊은 학생들에게 유행하던 시들은 현실에 대한 풍자나 야유이거나 기성 작품을 모방하는 패러디시들이었다. 물론 많은 사람들이 전통적인 서정시를 쓰고 있었지만, 그런 유의 시들은 젊은 세대의 새로운 감각을 반영하지 못하는 낡은 작품으로 치부되는 듯한 분위기가 지배적이었다.

그러나 놀라운 것은, 그로부터 십여 년이 지난 오늘의 학생들에게 박목월의 「청노루」를 다시 읽혀보고 종전과 유사한 반응을 기대했었는데, 의외로 2000년대 초의 학생들은 이 시에서 그들 나름의 시적 감각을 느낄 수 있다고 답하는 것이었다. 오히려 더 크게 부정될 줄 알았던 것과 정반대의 반응에 필자는 일단 당혹감을 감출 수 없었다.

최근의 학생들이 이 작품에 공감을 보일 수 있었던 것은 이미 「청노루」의 자연은 현실에 존재하지 않는 것이기 때문에, 오히려 그것이 현실적일 수 있다는 그들의 감각 때문이었다. 〈해리 포터〉나 〈반지의 제왕〉에서 흥미를 느끼는 그들이 「청노루」 정도의 표현에 괴리감을 느끼지 않는다는 것은 당연한 일이며, 그것은 그만큼 인터넷의 가상현실 속에서 그들의 삶이 영위되고 있음을 말하는 것이리라.

그러므로 활자문화세대의 종이책 독자들이(다른 의미에서 구매자들이) 모두 전파문화의 사이버 세계로 들어가버린 것이라 보아도 큰 무리가 없을 것이다. 디지털 코드가 컴퓨터 화면이나 영상 자막에서 구현하는 세계가 활자문화에서 요구되는 읽고 사색하는 노력을 강탈해갔음에도 불구하고, 그것이 얼마나 매력적이고 화려한 것인가를 우리가 인정한다면 더이상 독자들에게 책읽기를 요구하기는 어려워질 것이다. 오늘날 2030세대를 길들이고 있는 것은 기술정보이며 컴퓨터 자판이지 백지의 여백에서 살아움직이는 활자문화의 인문적 교양의 코드가 아니다. 디지털적 상황에서의 시의 존재방식을 필자는 『디지털 문화와 생태시학』(문학동네, 2000)에서 다음 세 가지로 전망한 바 있다.

첫째, 거대 패러다임으로 대중들의 의식을 통합하고 지배하는 시적 사고는 분화되고 모든 시적 운동들은 소집단화될 것이다. 잘게 분화되어 때로는 작은 취미 그룹으로 세분화되어 유사한 기질과 취향을 같이하는 사람들이 동질감을 공유하며 자기의 삶을 시로 표현하는 즐거움을 통해 자기 존재를 확인하고자 할 것이다.

둘째, 표현매체가 활자문화에서 전파문화로 바뀔 것이며, 기술 개발에 의한 새로운 매체들을 적절히 활용할 때 그들에게 공감하고 동참하는 사람들의 호응도 커질 것이다. 시를 주도하는 집단이나 이데올로기는 분화되겠지만, 시라는 예술양식은 시와 노래, 춤은 물론 다양한 매체를 종합하는 방식으로 나아갈 것이다.

셋째, 레고 게임과 같은 조립과 해체의 놀이문화가 일부 퍼져나가겠지만 시의 경향은 명상과 관조를 통해 자기 존재를 예술적으로 드높이려는 쪽으로 전개될 것이며, 이러한 방향이 적절치 않을 때 많은 시들이 왜곡되고 불구화될 것이다. 특히 명상과 사색의 시편들을 음악에 실어 노래로 유행시킬 수 있는 음유시인들이 등장할 것이며, 그들은 아탈리의 표현대로 유목문화의 대변자가 될 것이다.

디지털적 상황에서 시의 이러한 세 가지 존재방식들은 아직도 거대담론이 지배적이라고 하더라도 그 윤곽이 크게 달라졌다고 보이지는 않는다. 문화가 지닌 첨단성과 보수성으로 인해 아직도 상당 부분 20세기적 요소가 완강하게 버티고 있지만, 머지않은 장래에 시와 소설은 물론 모든 예술의 존재방식은 필연적으로 격변을 겪지 않을 수 없을 것이다. 거대담론이 낡은 영향력을 오래 유지하려고 할수록 그 기반에서 독자들은 모래사장에서 물이 빠져나가듯 급격히 사라져갈 것이다. 특히 한국인들의 문화적 첨단성은 우리로 하여금 2002년 6월의 월드컵 신화를 경험하게 했고, 2002년 12월의 대선에서도 인터넷 세대의 열망이 선거의 판세를 좌우하는 광경을 우리는 목격한 바 있다. 이후 2030세대와 5060세대 사이의 깊은 단절감은 기성세대에게 정서적 공황을 불러일으켰고, 이는 세계사적 전쟁의 징후가 엄습하는 국제적 소용돌이 속에서 새로운 암중모색의 혼란을 만드는 계기가 되었다고 할 것이다.

식민지 해방이나 마르크시즘적 사회혁명이 20세기에 뚜렷하게 각인될 수 있었던 것은 유토피아를 동경하는 공동체적 환상 때문이었을 것이다. 그러나 현실에서 실현되지 못한 유토피아가 가상현실 속에서 이루어진다면 가상과 현실이 뒤바뀌고 현실보다는 가상에 몰입하게 되는 것은 어쩔 수 없는 일인지도 모른다. 시의 독자들은 다 어디로 갔는가. 가상의 현실 속으로 사라진 것은 아닐까. 보이지 않는 블랙홀 속에 탐닉하는 것이 오늘의 문학 수요자들인지도 모른다. 활자문화가 열어준 상상의 공간을 종이책이 아니라 전자책을 매개로 마음껏 탐닉할 수 있는 것이 오늘의 독자들인 것이다.

그들에게 꿈에서 깨어나라고 말하는 문학의 생산자들이 있다면 그들은 저자의 죽음을 이야기하고 출판업자들이 내세우는 구투의 상술에 코웃음칠 것이다.

3. 시적인 것과 예술적인 것

최근 거의 모든 국문과 대학원생들의 전공은 압도적으로 소설이 차지하고 있다. 예외가 있기는 하지만 대략 9대 1이나 8대 2 정도로 소설 전공자들이 대학원을 메우고 있다. 시에 비해 소설 전공자들의 진로가 그렇게 밝기 때문은 아니다. 시 전공자가 많던 1980년대와 비교해보면 놀라운 역전이다. 대학원에서 현대문학을 전공하려는 학생들의 흥미가 이렇게 소설 쪽으로 기운 것은 영화나 애니메이션 게임에서 요구되는 서사적 구성이 그들의 관심을 끌기 때문이 아닌가 한다. 왜냐하면 그들이 모두 훌륭한 작가가 되는 것도 아니고 대하소설이나 SF소설을 제외하고는 창작소설이 잘 팔리고 있지도 않기 때문이다. 대학에서도 유능한 소설이론의 전공자를 구하기보다는 지명도 높은 작가를 찾는 상황에서 그들의 진로가 결코 밝은 것도 아니다.

학부의 '시 창작' 강의도 수강생이 현저하게 줄어들고 있다. 처음에는 중·고등학교 시절에 지녔던 약간의 호기심 때문에 청강을 시작한 학생들도 한 달 이상을 버텨내는 경우가 많지 않다. 문예창작과의 창설이 한때 유행이었지만 상당한 문학수련을 거쳐 문예창작과를 졸업해도 유명 시인이나 작가가 될 수 없다는 것을 깨달은 많은 학생들이 자주 전공을 바꾸기도 한다.

한 편의 시나 소설을 쓰기가 어렵다는 것을 깨달은 사람은 동시에 한 편의 시나 소설을 읽기가 어렵다는 것을 깨닫는다. 학생들에게 왜 시를 쓰기가 어려운지 물으면 그들은 쓸 내용이 없다고 한다. 시를 쓸 수 있는 체험이 결여된 탓이다. 체험 없는 소설은 SF적 상상력 주변을 배회하게 되겠지만, 체험 없는 시는 증류수와 같은 언어를 조작할 뿐이다.

괴테는 어디선가 "빵 한 조각을 가지고 울면서 밤을 새워보지 않은 사람은 인생을 논하지 말라"고 한 적이 있다. 아파트에서 컴퓨터로 이어지는 생활에서 무슨 시가 나올 수 있겠는가. 시가 나올 수 없는 생활이 젊은 세대의 대다수에게 통용된다면, 그들은 시를 읽을 마음도 가지기 힘들 수밖에 없다. 나날이 혁신되는 컴퓨터 프로그램의 자기 복제를 뒤쫓기에도 바쁠 것이다. 모두가 숨돌릴 사이 없이 바쁘다고 하지만, 왜 그러한지 생각해보면, 자기라는 존재가 현실에 있는 것이 아니라 가상공간을 부유하듯 떠돌고 있음을 그들은 깨닫게 될 것이다.

이런 만화경 같은 상황을 고려할 때 과연 시가 살아나갈 수 있는 길은 무엇일까. 필자 나름대로 판단해보면 거기에는 두 가지 길이 있다고 생각한다. 하나는 디지털 시대의 여러 매체들을 종합적으로 사용 가능한 것이 시의 장르적 특징이므로, 이를 살려 시와 음악, 시와 무용, 시의 연구 등을 결합하는 방식이 될 것이다. 그중에서도 우선 시와 음악, 즉 시와 노래의 결합이 우선 가능할 것이다. 역사적으로 보더라도 시와 노래는 하나로 결합되어 있었다. 애초에는 시(詩)와 가(歌)가 분리된 것이 아닌 시가(詩歌)였던 것이다. 디지털 시대는 중심이 없고 높낮이가 없는 동시다발성이 특징이다. 앞에서 디지털 시대의 유목민을 대변하는 음유시인의 도래를 논한 것도 이러한 이유에서이다. 고급문화와 대중문화의 경계선이 무너진 상황에서 활자문화 시대의 엘리트주의를 고집하는 것은 독단적이고 폐쇄적인 발상일 뿐이다.

디지털 시대를 대변하는 음유시인이 출현한다면 대중적 관심은 그 어느 시대보다 폭발적인 것이 될 것이다. 20세기 초반에 등장한 김소월이 민요시인으로 불리면서(본인은 그 명칭을 거부했다고 하더라도) 한국인의 20세기적 정서를 대변하는 시인이 되었다는 사실을 상기할 필요가 있다. 물론 김소월의 대극점에 이상의 시가 있고, 김수영이나 김춘수 같은 시인은 관념의 세계를 파고들어 그 나름의 시적 성과를 거두었지만, 앞으로 노래와 결합되지 않는 시는 명맥을 유지하기 어려울 것이라 예견된다.

신경림이 당대 최고의 시인으로 평가된 것(동아일보 2003년 2월 2일자)은 그의 민요 찾기 운동이 밑거름이 되었을지도 모른다는 생각이 든다. 정지용이 오늘의 독자들에게 기억되는 것은 노래로 불리는 「향수」와 「고향」과 같은 시편들 때문이라는 사실은 아이로니컬하다. 이러한 관점에서 저항운동의 시대가 지나간 다음 이육사나 윤동주의 시가 서서히 독자들의 시야에서 사라지고 있음을 생각해볼 필요가 있다. 김소월에서 신경림으로 이어지는 노래시의 전통이 우리 시의 중요한 흐름을 되살리고 있음을 눈여겨보아야 한다는 것이다. 이런 점에서 보자면 "어느 시대에서나 진정 잘된 시에서 적절한 음악의 형식은 발견되어야 한다"는 김우창의 지적(「시의 리듬에 대하여」, 『세계의문학』 1999년 봄호)을 좀더 깊이 음미해야 할 것이다.

다른 하나는 민족 공동체적 열망을 되살리고 그 지향점을 제시하는 길이다. 이는 20세기의 리얼리즘적 가치 지향을 일부 이어받기도 하지만, 한편 이를 부정하고 한 단계 새로운 차원으로 전개되어야 한다. 오늘날 시의 부재는 예민한 감각은 살아 있지만, 시적 방향이 제대로 가

늘되지 않고 있다는 데 그 문제점이 있다. 무엇을 어떻게 할 것인가에 있어서 그 어느 것도 제대로 정립된 것이 없다.

독재권력이라는 눈에 보이는 적이 제거된 다음에 타도해야 할 대상은 바로 자기 자신이다. 이때는 뼈아픈 자기 부정이 필요하다. 세계사의 중심은 대서양에서 태평양으로 태평양에서 동아시아로 거대한 변전을 거듭하고 있다. 한국이 동북아시아의 중심으로 확고하게 자리잡지 못할 때, 우리는 또다시 20세기적 굴욕을 감내해야 한다. 미국과 중국의 힘 겨루기는 이라크와 북한을 둘러싼 문제에서 첨예하게 나타나고 있다. 국민국가에서 민족국가로의 전환은 세계화 대 지역주의의 대결처럼 헤게모니 쟁탈의 양상을 보여준다.

이러한 쟁점들을 스포츠를 통해 분출시켜준 것이 월드컵이다. 시청 앞 광장에서, 전국의 방방곡곡에서 그리고 세계 각 곳에서 한민족은 20세기에 누적된 민족적 열등감의 찌꺼기를 떨쳐버리는 공동체적 환희를 체험한 바 있다. 단군이 개국하여 신시를 연 이후 한민족이 가장 행복했던 체험이다. 그 체험은 시적 엑스터시였다. 시가 할 수 없었던 그러나 시가 도달해야 할 극치의 한순간을 우리는 경험했던 것이다.

밀폐된 시의식에 갇힌 정신분열증적 시만이 거듭 복제된다면, 시는 몇몇 정신불안 징후를 보이는 사람들의 자기 위안 거리로 전락하고 말 것이다. 시가 민족 공동체적 열망을 분출하는 첨단에 설 때 민중시대와는 전혀 다른 디지털 시대의 선두가 될 수 있을 것이다. 2030세대를 체험이 결여된 세대라고 단언할 수 없다. 월드컵에서 '꿈은 이루어진다'는 어젠다를 내걸고 이를 성취시킨 것은 그들이다. 어쩌면 그들이야말로 민족의 꿈을 성취시킬 수 있는 세대일지도 모른다.

월드컵 경기장을 가득 메운 붉은 깃발의 환호성 속에서 5060세대는 가슴이 철렁하는 아니면 모종의 불안감에 버둥거려야 하는 레드 콤플렉스를 느꼈을 것이다. 2030세대에게는 무모하다고 할 정도로 그런 감정의 찌꺼기가 없다. 그런 까닭에 진취적이지만 간혹 불안정해 보이기도 한다. 그들이 지닌 자신감은 5060세대의 참담한 자기 희생으로부터 솟아나온 것이다. 디지털 시대는 5060세대의 체험으로 헤쳐나가기에는 전혀 이질적인 세계이다. 한국적 사고의 중심축에는 5060세대의 체험이 깊게 자리잡고 있지만 디지털 시대의 첨단적인 도전은 2030세대의 무모한(?) 자신감이 필수적 추동력이다. 그들이 앞선 세대의 체험을 추종하지 않는다고 해서 그것이 그들의 잘못이라고만 판단해서는 안 된다. 활자문화와 전파문화 사이의 커다란 단절이 어쩌면 한국의 젊은 세대들에게 더 큰 도약대가 될 수도 있다.

아직도 정치적으로 후진적이라고는 하지만, 아이로니컬하게도 한국이 기술정보산업의 세계 최첨단에 서 있다는 사실이 어쩌면 우리 스스로를 놀라게 하는 일인지도 모른다.

1930년대 이상은 근대산업사회의 산물인 유리거울 앞에서 분열된 자아를 발견했다. 21세기 초 한국의 젊은 세대는 세계 최첨단 LCD판 앞에서 사이버 세계의 화려한 불꽃을 보고 있는지도 모른다. 녹슨 구리거울 속에서 참회록을 써야 했던 것이 식민지시대의 윤동주였다면, 초대형 LCD판 앞에서 현실보다 더 가혹한 현실의 섬광을 홀린 듯이 바라보아야 하는 것이 오늘의 2030세대인 것이다.

4. 기계적인 것과 인간적인 것

디지털 기술은 모든 예술로부터 예술적인 것의 아우라를 빼앗아갔다. 원본보다 더 생생한 원본을 만들어낼 수 있기 때문이다. 벤야민이 『기술복제시대의 예술작품』에서 논한 것처럼 복제품과 원본 사이의 거리가 사라져버린 것이다. 2002년 말 한 종교집단은 인간복제에 성공했다고 발표한 바 있다. 아직 과학적으로 검증된 것은 아니지만 인간복제의 시대가 눈앞에 현실로 다가온 것만은 사실이다.

지금까지 인류 역사를 지배해온 것은 인간 존재의 유일절대성에 기반한 것이었다. 종교와 예술과 문화의 역사가 이를 전제로 성립되었다 해도 과언이 아니다. 지금까지의 인류사가 부정되거나 새롭게 씌어져야 하는 상황에 처한 것이 오늘의 현실이다. 인간의 삶이 역사에 기록되고 종이책에 남겨지는 것이 아니라 가상의 공간에 저장되고 가상의 공간으로 사라진다는 것이다. 과연 이런 시대에 종이책에 기록된 시와 소설을 읽는 고루한 독자들이 얼마나 있을 것인가. 머지않아 사이보그 인간들이 거리를 활보하고, 기술정보를 장악한 몇몇의 인간들이 지배하는 세상이 올지도 모른다.

그러나 시나 예술은 인간이 인간이기를 원할 때 존재하는 것이다. 얼마 전 필자와의 한 대담에서 황동규는 "시는 인간을 인간으로 만들어준다"(「자기 갱신의 시인」, 『서정시학』 2002년 여름호)고 말한 바 있다. 여기서 인간이란 긍정적인 면도 포함되지만 부정적인 온갖 요소도 포함된 존재이다. 예술은 부정적, 탐욕적 인간에게 욕망의 긍정적 자기 갱신의 계기를 만들어준다. 인간이란 지고지선의 존재가 아니다. 지고지선을 동경하고 지향하지만 추악한 충동에 휩쓸리기 더 쉬운 존재가 인간이다.

시나 예술이 탐욕적 충동에서 인간을 구원할 때 인류사의 미래도 존재할 것이다. 한민족이 지닌 폭발적 열정이 예술적으로 승화될 때 거칠고 조야한 삶은 순치될 것이다. 어쩌면 지금 우리에게 필요한 것은 야성적 추동력인지도 모른다. 그러나 자기 확인과 자기 갱신이 없는 일방적 전진은 그 속도감만큼이나 위험성을 내포한다. 단거리 선수처럼 질주해온 한국경제가 성수대교와 같이 한순간에 무너질 위험이 있거나 기술정보산업의 강국이라 자부하던 한국이 컴퓨터 바이러스의 침입에 무방비상태에 있다는 것은 이러한 속도전의 취약점을 극명하게 드러낸 예가 될 것이다.

독서는 이러한 속도감으로부터 일탈하게 하는 행위이며 이를 통해 침잠의 여유를 가져다준다. 1980년대의 시는 사회적 추동의 최첨단에서 있었다. 지금 기술정보사회에서 사회적 첨단은 키보드를 두드리는 손가락 끝에 있고, 그것을 작동하는 프로그래머의 머릿속 연상작용에 있다. 그러나 시를 읽고 쓰는 마음이 없다면 그러한 속도전은 기계적 인간만을 산출하게 될 것이다. 시를 읽는 시간은 인간의 정서적 결핍을 충족시켜주고, 삶에 풍요로움을 되살려줄 것이다. 사이버 세계로 사라진 독자들에게 테크노피아의 사막에서 과연 인간적 행복은 어디에 있는가라는 질문을 던지고 싶다. 디지털 시대를 뒤쫓는 말단의 소비자가 아니라 새로운 가치를 창출하는 소프트웨어의 운용자는 풍요로운 인간성에서 비롯되는 자기 성찰의 존재임이 틀림없을 것이다.

디지털적 속도전에 대다수가 몰려가고 있을 때 필자가 떠올려보는 것은 "아마 朝鮮文壇 전체로도 이대로 3年이면 3年을 나는 것보다는 지금의 작품만 가지고라도 3年 동안 推敲를 해놓는다면 그냥 나간 3年보다 훨씬 水準 높은 文壇이 될 것이다"(『무서록無序錄』(1940))라는 이태준의 발언이다. '날림' 공사는 예나 이제나 다름없는 것 같고, 오늘의 처지는 더욱 날림을 성행하게 하는 것 같다. 밀려드는 청탁 때문에 쉴 새없이 시를 써내는 유망한 젊은 시인들에게 그리고 컴퓨터 키보드만을 두드리는 마비된 손을 가지고 스크린만 쳐다보는 마니아들에게 이태준의 이 발언을 되새겨보라고 말하고 싶다. 사이버 세계 속으로 빠져들어 다시는 되돌아나올 수 없는 사이버 중독자들에게는 더할 나위가 없다. 끝내 발 디딜 현실을 잃어버리게 되는 컴퓨터 중독이 때로는 마약중독보다 더 심각하다고 경고하는 것이 지나친 기우는 아닐 것이다.

모두가 자기 주장만 떠들어대는 세상이란 필경 들뜨고 중독된 얼치기 세상임이 분명하다. 시나 소설이 그리고 다른 여타의 예술이 이러한 중독의 치료제나 완충제가 되지 못한다면, 디지털 유토피아는 그 끔찍한 얼굴로 인해 대면하는 순간 자신도 모르게 뒷걸음질쳐 20세기나 그 이전으로 되돌아가고 싶은 가혹한 신세계가 될 것이다. 물질의 풍요를 향해 치달리는 디지털적 속도전이 인간을 온전히 행복하게 만들지는 못할 것이다.

한국 현대시와 종교적 상상

1. 한국문학과 종교적 다양성

시와 종교는 전혀 다른 영역에 속해 있는 것처럼 보인다. 종교는 역사와 문명 전체에 걸쳐 있고, 시는 문화예술의 일부라고 생각하는 것이 일반적이다. 종교가 거느린 광대한 문명사적 의미에 비해 시는 매우 작고 좁은 언어라는 영역에 속한 것처럼 보인다. 종교가 영적 구원과 불멸성을 지향한다면 시는 언어예술의 완전성을 지향한다.

그러나 시가 그 정점에 이른다면 그것은 최상의 종교적 수준에 도달한 것이며, 종교적 감정이 고양된 극치의 순간이 언어 문자로 표현된다면 시적인 형태가 부여될 것이다.[1] 한국문학에서 종교 문제는 샤머니즘을 기저에 두고 유·불·도와 상관성을 논하는 것이 일반적이다. 유교와 불교 그리고 도교라는 삼대 종교는 동아시아를 대표하는 종교이자 모든 문

---

[1] 오세영, 「시의 언어와 종교의 언어」, 『문학과 그 이해』, 국학자료원, 2003, 532~541쪽. 이 글은 기독교와 불교의 경전에 나타나는 역설어법을 통해 시의 언어가 지닌 모순구조의 특징을 밝히고 있다는 점에서 주목된다.

학적 상상력의 원천이 되어왔다고 해도 과언이 아니다. 유·불·도가 동아시아의 보편적 종교라고 하더라도, 한국인들의 심성의 기층에는 샤머니즘적 요소가 더 깊이 잠재해 있다는 사실 또한 부인할 수 없다.

어떻게 보면, 샤머니즘적 요소는 한국인에게 유·불·도라는 보편성을 획득한 종교보다 더 근원적인 종교적 감정이며, 한국인의 시적 감정속에 깊이 아로새겨진 집단적 무의식을 이루고 있는 원초적 신앙이다.[2] 한국인들은 샤머니즘적 신앙을 기저로 하여 유·불·도를 수용해왔으며, 특히 20세기에 들어 기존의 종교를 제치고 한국 종교의 주류에 합류한 기독교 사상 또한 샤머니즘적 요소가 어느 정도 윤색되어 수용되었다고 할 수 있다. 한국에서 이백여 년 안팎의 역사를 지닌 기독교가 서양 문물의 유입과 더불어 광범위한 신도를 확보하게 된 것은 샤머니즘적 원시신앙의 다양성과 복합성이 개방적으로 작용한 결과일 것이다.

20세기가 지난 지금, 지난 세기를 돌이켜볼 때 아직도 강력한 영향력을 행사하고 있는 종교는 한국에서 천육백여 년의 역사를 지닌 불교와이에 비해 짧은 역사를 가지고 있어 신흥종교라고 할 수 있는 기독교로 대별된다.[3] 물론 그렇다고 하더라도 유교나 도교 그리고 이들을 종합한 천도교와 같은 종교가 한국인의 심성에서 완전히 사라진 것이 아니라, 여러 가지 요소가 복합되고 혼융되면서 새로운 역사와 문명에 대응해온 것이 한국적 상황에서의 종교적 특성이다.

이 글에서 필자는 20세기 한국 현대시에 나타난 종교사상의 다양성을 살펴보고 한국적 특징이 무엇인가를 정리해보고자 한다. 이러한 점

---

2) 조지훈, 「한국종교의 배경」, 『한국문화사서설』, 탐구당, 1914, 77~89쪽.

3) 신규호, 「한국 기독교 시문학사 원론적 고찰」, 『한국 현대시와 종교』, 국학자료원, 2003, 327~392쪽 : 신익호, 「한국 기독교시의 특성과 형성과정」, 『기독교와 한국 현대시』, 한남대출판부, 1991, 15~49쪽.

검은 어떤 심오한 시도 종교사상을 배제할 수 없으며, 종교적 감정 또한 시적인 것을 배제하고는 인간의 심혼을 울리는 심원한 단계에 이를 수 없다고 판단되기 때문이다. 특히 고난의 시대를 살아왔던 한국인들에게 종교와 시가 문화예술활동에서 중요한 정신적 거점이 되어왔다는 점에서 이들의 만남을 점검해보는 것은 의미 있는 일이 될 것이다. 물론 이 글에서 목표로 한 것은 종교 그 자체가 아니며, 어디까지나 시와 관련하여 시적 영감이나 상상의 원천으로서의 종교사상이라는 점도 미리 밝혀둔다.

2. 현대시와 다양한 종교적 감정들

한국 현대시를 대표하는 주도적인 시인들은 그들의 시적 영감의 원천이나 사상적 배경으로 다양한 종교적 원천을 가지고 있다.

우선 샤머니즘은 김소월의 경우 「초혼」으로부터 시작하여 시집 『진달래꽃』(1925)의 한 중심 줄기를 형성하고 있으며, 백석의 시집 『사슴』(1936)에서도 민속과 더불어 샤머니즘적 요소가 구체적으로 드러난다. 이러한 시적 경향은 계속하여 서정주의 『신라초』(1966), 『질마재 신화』(1975), 고정희의 『초혼제』(1983), 김초혜의 『사랑굿』(1986) 등으로 이어지는 유장한 동선을 구축하고 있다.

산산이 부서진 이름이여!
허공중에 헤어진 이름이여!
불러도 주인 없는 이름이여!
부르다가 내가 죽을 이름이여!

심중에 남아 있는 말 한마디는
끝끝내 마저하지 못하였구나.
사랑하던 그 사람이여!
사랑하던 그 사람이여!

—「초혼」 중에서

전통적인 장의절차에는 삶과 죽음을 구별하기 위해 망자의 혼을 부르는 '초혼의식'이 있는데, 이 시는 이를 원용하여 사랑하는 이의 죽음으로 인한 비탄을 노래한 절창이라 평가할 만하다. 삶과 죽음의 경계에서 망자의 혼을 부르는 이 시의 격정적인 언어들은 죽음의 세계를 흔들어 깨우는 주술적 힘으로 작용한다. 시집 『사슴』의 「古夜」에서 「古寺」(1937)로 이어지는 백석의 시들 또한 샤머니즘과 습합된 불교의 한 양상을 보여준다.

붓두막이 두길이다
이 붓두막에 놓인 사닥다리로 자박수염난 공양주는 성궁미를 지고올은다

한말밥을한다는 크나큰솥이
외면하고 가부틀고앉어서 염주도 세일만하다

화라지송침이 단채로들어간다는 아궁지
이 험상구즌아궁지도 조앙님은 무서운가보다

농마루며 바람벽은 모두들 그느슥히
힌밥과 두부와 튀각과 자반을 생각나하고

하펌도 남즉하니 불기와 유종들이
묵묵히 팔장끼고 쭈구리고앉었다

재안드는 밤은 불도없이 캄캄한 까막나라에서
조앙님은 무서운 이야기나하면
모두들 죽은 듯이 엎데었다 잠이들것이다

— 「古寺」 전문

샤머니즘의 다신적 특징은 백석의 시에서 무속성으로 나타나고 있
다. 다신적 신앙이 불교를 매개로 표현되는 설화적 세계를 보여주고 있
는 위의 시는, 근대문명이 침투하기 이전의 세계를 그리고 기독교 사상
유입 이전의 훼손되지 않은 한국적 정서의 모태를 보여준다는 점에서
주목할 만하다.

서정주의 시적 전개는 샤머니즘에서 불교로 나아간다. 그러한 시세
계가 『동천』(1968) 등에 나타나지만 다시 『떠돌이의 시』(1986)로 나아
간 것은 서정주 시의 중심 동선이 끝내 무속적 경향이 농후한 『질마재
신화』를 크게 벗어나지 않았음을 뜻하는 것이기도 하다.

불교사상을 시적 상상의 원천으로 한 경우 1920년대 한용운의 시집
『님의 침묵』으로부터 시작하여 1930년대 서정주, 김달진, 조지훈, 1950
년대 고은, 1970년대 홍신선, 오세영, 김지하, 1980년대 이성선, 최동
호, 황지우 등에 이르는 이들의 시들은 불교적 사유의 바탕이 없었다면
불가능한 것이라고 해도 과언이 아니다.[4] 서정주는 불교와 샤머니즘
을, 김달진은 불교와 노장사상을, 조지훈은 불교와 유교사상을, 고은은

---

4) 김재홍, 「한국 현대 불교문학의 반성과 전망」, 『현대시의 사적 탐구』, 일지사, 1998,
126~173쪽.

불교와 민중사상을, 김지하는 불교와 동학을, 홍신선과 오세영은 서정
시와 불교의 선적 감각을 결합하여 그들의 시세계를 독자적으로 심화
시켰다고 할 것이다. 김지하의 다음 고백은 불교적 명상이 생명사상으
로 나아가는 길목을 보여준다는 점에서 주목된다.

> 1979년 늦가을 어느 날 정오에 서대문 감옥에서 박정희가 죽었다는
> 방송을 들었다. 그 순간 내 마음에 일어났던 일, 무상했다. 인생 무상, 권
> 력 무상. 나는 마음속으로 빌었다. '잘 가시오, 나도 뒤따라가리다.'
> 참선 탓이었던 것 같다. 그 무렵 나는 해골처럼 되어 백 일째 참선을
> 하고 있었는데 사정은 이렇다. 1975년 초에 재구속되어 4년이 되도록 그
> 엄혹한 특수 격리 상태에서도 매일 매시간 퍽 낙천적으로 살았다. 그런
> 데 4년이 지나면서부터 밤에 자리에 누우면 천장이 내려오고 벽이 다가
> 들어 오면서 가슴이 답답하고 소리지르고 싶어 못 견디는 상태가 계속
> 되었다.(「타는 목마름에서 생명의 바다로」)

이러한 김지하의 절박한 인식은 감방의 쇠창살 사이로 날아든 작은
풀꽃에서 생명의 인식으로 확대된다. 독재정권에 맞선 정치적 투쟁에
서 생명 그 자체의 인식으로의 김지하의 전환은 관념적인 것에서 구체
적인 것으로, 그리고 거시적인 것에서 미시적인 것으로의 전환을 뜻한
다. 이는 1970, 80년대를 거칠게 투쟁하며 살아온 김지하의 자기 정체
성의 새로운 발견이라는 점에서 놀라운 시적 전환이라고 할 수 있다.

생명
한줄기 희망이다
캄캄한 벼랑에 걸린 이 목숨
한줄기 희망이다

돌이킬 수도
밀어붙일 수도 없는 이 자리

노랗게 쓰러져 버릴 수도
뿌리쳐 솟구칠 수도 없는
이 마지막 자리

어미가 새끼를 껴안고 울고 있다
생명의 슬픔
한줄기 희망이다.

—「생명」 전문

　생명이 한줄기 희망이고, 생명의 현상이 슬픔이라고 인식한 자리에
서 우리는 마지막까지 나아간 김지하의 시적 인식이 불교적 생명사상
에 닿아 있으며, 이는 다시 동학의 '후천개벽'으로 나아가면서 거대한
시적 세계를 구성하는 핵심적 동력을 이루고 있다는 점을 눈여겨보아
야 할 것이다. 이러한 시적 통찰은 1970년대 담시『오적』에서 시작하여
1980년대「대설」로 나아가는 장르적 해체와 확장에도 작동하고 있으
며, 이는 생명을 통해 우주로 부활하는 생명사상의 역사철학적 전제가
된다고 할 것이다.

　천주교 또는 개신교로 구분되는 기독교는 특히 20세기 한국 현대시
사의 새로운 장을 열었다. 천주교는 18세기 후반부터, 개신교는 19세기
후반부터 한반도에 본격적으로 전파되기 시작하였는데, 서구문물과 사
상의 한반도 유입에 교두보 역할을 담당한 것이 기독교이다. 20세기 전
반기 조선이 일제에 의해 식민지로 전락하자 구시대의 사상과 종교가

부정되고 새로운 사상과 종교가 절실히 요구되었는데, 기독교는 이러한 시대적 요구를 적극적으로 수용하고 전파하는 개혁의 선봉장이 되었다.

현대시에서 기독교 사상은 1930년대 정지용으로부터 시작되어 윤동주, 박두진, 박목월, 김현승 등의 개신교적인 시, 구상, 김남조, 성찬경 등의 가톨릭적인 시, 그리고 정호승의 시집 『서울의 예수』(1982) 등에서 적극적으로 수용되었다. 현대시의 아버지라 불리는 정지용이 가톨릭 신앙을 현대적 감각으로 시화한 것은 특기할 만한 사항이며, 윤동주의 「십자가」와 같은 시는 기독교의 상징과 개인적 소망을 담은 시로서 현대시사에서 기독교가 시인의 상상과 의식에 깊게 자리잡게 하는 첫 계기가 되었다고 할 것이다. 윤동주의 「서시」는 순결한 삶의 자기 완성이라는 점에서 기독교적 정결성과 유가적 인격 완성을 동시에 나타내고 있는데, 이는 유교와 기독교가 한 시인의 자의식 속에서 공존하는 예를 보여주는 흥미로운 작품이다.

　　죽는 날까지 하늘을 우러러
　　한점 부끄럼이 없기를
　　잎새에 이는 바람에도
　　나는 괴로와했다
　　별을 노래하는 마음으로
　　모든 죽어가는 것들을 사랑해야지
　　그리고 나한테 주어진 길을
　　걸어가야겠다.

　　오늘밤에도 별이 바람에 스치운다.

—「서시」 전문

「십자가」에서의 기독교적 희생과 도덕적 자기 완성의 명제를 한 걸음 더 깊게 육화시킨 위의 시에서 '하늘을 우러러 / 한점 부끄럼이 없기를' 바라는 것은 '땅을 굽어보고 하늘을 우러러도 부끄럼이 없다' 는 맹자의 발언을 연상시키는 유가적 인격 완성을 나타내는 구절이라 해석된다. '나한테 주어진 길을 / 걸어가야겠다' 는 결의와 다짐은 그의 시 「십자가」 와 관련하여 해석할 때 기독교에서 말하는 예수 그리스도와 같은 거룩한 자기 희생과 자기 완성을 소망한다는 점에서 기독교적이다. 기독교적인 것이 윤동주 시의 전면에 부각되더라도 유가적인 것이 배면에 깊이 자리 잡고 있다는 것은 어떻게 보면 역사의 전개와 변혁과정에서 자연스럽게 일어나는 공존 현상이라고 할 것이다. 어느 하나만의 종교, 어느 하나만의 문화로 인간이 성숙하고 인류의 문화가 발전해온 것이 아니기 때문이다. 외래의 유·불·도를 포함해 근대 이후의 많은 종교들이 다양하게 공존하고 있다는 사실은 한국인들의 종교적 수용의 복합성과 다양성을 드러내는 예가 될 것이다. 종래의 종교사상으로 표현될 수 없었던 시적 사고와 감각이 기독교를 매개로 한 걸음 나아간 것은 한국의 정신문화의 풍요로움을 위해 바람직한 일이 아닐 수 없다.

1930년대 초에 등단한 김현승이 1960년대 「눈물」에서 '옥토에 떨어지는 작은 생명이고저' 라고 했던 시적 인식에서 한 걸음 나아가 「절대고독」에서 영원까지 시화했다는 것은 이런 점에서 분명 기념비적이다. [5]

나는 이제야 내가 생각하던
영원의 먼 끝을 만지게 되었다.

---

5) 김현승 시의 기독교적 측면에 대해서는 졸고, 「눈물과 고독의 정결함」(『불확정시대의 문학』, 문학과지성사, 1987, 44~58쪽), 김종회, 「기독교 사상의 문학적 변용」(『문학과 전환기의 시대정신』, 민음사, 1997, 334~345쪽) 등의 논문 참조.

그 끝에서 나는 눈을 비비고
비로소 나의 오랜 잠을 깬다.

내가 만지는 손끝에서
영원의 별들은 흩어져 빛을 잃지만,
내가 만지는 손끝에서
나는 내게로 오히려 더 가까이 다가오는
따뜻한 체온을 새로이 느낀다.
이 체온으로 나는 내게서 끝나는
나의 영원을 외로이 내 가슴에 품어준다.

그리고 꿈으로 고이 안을 받친
내 언어의 날개들을
내 손끝에서 이제는 티끌처럼 날려 보내고 만다.

나는 내게서 끝나는
아름다운 영원을
내 주름잡힌 손으로 어루만지며 어루만지며
더 나아갈 수도 없는 나의 손끝에서
드디어 입을 다문다 — 나의 시와 함께.

—「절대 고독」전문

　김현승이 이 시에서 말하는 고독은 신 앞에서의 고독이자 인간 존재
그 자체의 고독이다. 신 앞에 선 존재를 넘어서 영원 앞에 선 존재가 될
때 김현승은 기독교 신앙의 경계까지 나아간다. 김현승의 이러한 시적

사고를 기독교 자체의 부정이라고 할 수는 없지만, 그의 심성에 내재한 존재의 근원이 신이 아니라 영원의 문제로 치환된다는 사실에서 우리는 김현승 나름의 신앙적 고뇌와 그 극단을 볼 수 있다. 어쩌면 이는 기독교 사상과 우리의 전통사상이 충돌하면서 '존재와 죽음'을 승화시킨 시적 한 지평이 김현승의 「절대 고독」을 통해 「마지막 지상에서」로 나아간 것이 아닐까 한다.

1980년에 발표된 정호승의 『서울의 예수』에서 우리는 윤동주의 「십자가」에서 표현된 예수가, 신앙의 숭배 대상에서 보다 사람들의 삶에 가까이 다가가 숨쉬는 예수로 변신하고 있음을 본다.

1

예수가 낚싯대를 드리우고 한강에 앉아 있다. 강변에 모닥불을 피워 놓고 예수가 젖은 옷을 말리고 있다. 들풀들이 날마다 인간의 칼에 찔려 쓰러지고, 풀의 꽃과 같은 인간의 꽃 한 송이 피었다 지는데, 인간이 아름다와지는 것을 바라보기 위하여, 예수가 겨울비에 젖으며 서대문 구치소 담벼락에 기대어 울고 있다.

(⋯⋯)

5

나를 섬기는 자는 슬프고, 나를 슬퍼하는 자는 슬프다. 나를 위하여 기뻐하는 자는 슬프고, 나를 위하여 슬퍼하는 자는 더욱 슬프다. 나는 내 이웃을 위하여 괴로와하지 않았고, 가난한 자의 별들을 바라보지 않았나니, 내 이름을 간절히 부르는 자들은 불행하고, 내 이름을 간절히 사랑하는 자들은 더욱 불행하다.

—「서울의 예수」 중에서

정호승의 시에서 예수는 사람들의 삶으로부터 멀리 떨어져 있는 섬 김의 대상이 아니라 소외당하고 고통받는 사람들의 삶과 함께 존재한다. 타락하고 더럽혀진 도시 서울에서 예수는 고통받는 모든 사람들의 삶을 껴안고 그들을 사랑하는 실천자로 그려진다. 아마도 이러한 시적 대응은 군부독재 시절의 억압에 항거하는 대응방식으로 해석될 수도 있는데, 고정희의 『초혼제』가 샤머니즘적 무속성을 민중신학을 통해 드러낸다면 정호승의 시는 보다 서정적 연민을 지닌 박애주의적 측면을 지닌다고 하겠다.

모더니즘에서 참여시인으로 전환하여 1960년대 대표적 시인으로 군림하고 있는 김수영의 유고시 「풀」은 『논어』와 『맹자』에서 되풀이되어 나타난 지배자와 백성의 관계가 풀과 바람이라는 상징적 관계로 드러나고 있다는 점에서 유교사상이 한국인들에게 얼마나 뿌리깊은 것인가를 알려주는 좋은 예이다.[6] 김수영은 초기 발표작 「공자의 생활난」에서 유가적 삶의 덕목들을 부정하고 야유하는 것으로 시작하였지만 4·19 혁명을 목격하고 「거대한 뿌리」를 인식한 다음 「사랑의 변주곡」을 쓰고 「풀」에 이르러 그의 시적 대미를 장식한다. 이는 그의 시에서 반전통의 전통을 새롭게 확립시켜주었다는 점에서 눈여겨보지 않을 수 없는 시사적 맥락이다. 1970년대 이후의 현실비판적 리얼리즘시들은 실상 『시경』을 시작으로 한 풍자와 비판의 정신을 잇는 시적 전통의 역사적 계보에 속하는 것이라 해도 과언이 아니다.

---

6) 졸고, 「동양의 시학과 현대시―유가철학과 김수영의 「풀」」, 『디지털 문화와 생태시학』, 문학동네, 2000, 261~275쪽.

3. 시적 상상의 상생과 상극

위의 검토에서 종합할 수 있는 것은 한국의 시인들에게 종교사상의 복합적 공존이 두드러진다는 점이다. 불교와 유교는 이질적이지만 배타적인 것이 아니라 상생과 공존이 특징적이라는 것이다. 기독교와 유교의 공존 역시 기독교의 '신'과 동양사상의 '天'이 상통한다는 점에서 크게 어색한 일은 아니다. 동학사상이 유·불·도를 통합하고 기독교 사상까지 포용하려고 했다는 점은 종교에 대한 한국인들의 복합적이고 다의적인 성향을 나타내는 것이라고 할 것이다. 김지하가 민중시에서 불교사상을 거쳐 동학의 후천개벽사상으로 나아간 것도 이와 상응하여 살펴볼 때 그 특징이 구체적으로 포착될 것이다. 한국인의 이러한 복합성은 샤머니즘적 요소가 기층적 무의식으로 자리잡고 있기 때문이라고 할 수 있겠는데, 유일신을 내세운 기독교의 수용조차 때로는 샤머니즘적 성향으로 윤색되었다는 사실을 우리는 음미해보지 않을 수 없다.

그런데 최근 필자의 관심을 끈 것은 20세기 한국 종교의 양대 산맥이라고 할 수 있는 불교와 기독교의 접점을 모색하는 시적 시도가 이루어지고 있다는 점이다. 원효와 석가의 만남은 그 동안의 시적 관례에 비추어 크게 새로운 것은 아니지만, 원효와 예수의 만남은 물론 석가와 예수의 만남을 통해 삶과 죽음의 문제에 대해 도전하는 시도를 황동규의 시집 『우연에 기댈 때도 있었다』(2003)에서 볼 수 있다는 것은 분명 특기할 만한 일이다.[7] 모두 3부로 이루어진 이 시집의 제2부 열 편의 시들은 모두 예수와 석가 그리고 원효의 대화와 응답으로 이루어져 있다. 이 시편들은 시집 『풍장』(1995) 이후 황동규의 고심에 찬 시적 탐색을 결집시켜놓고 있는데, 이는 김지하의 1980년대 대전환처럼 시사적 맥

---

7) 황동규·최동호 대담, 「자기 갱신의 시인」, 고대신문 2002년 4월 1일자, 12~13면.

락에서 중요한 의미를 갖는 탐색이다. 제2부 열 편의 시에서 특히 필자의 눈길을 끈 것은 '반쯤 숨겨진 곳에' '불타와 원효' '마음의 죽음' '적막한 새소리' '원효 혼자' 등 다섯 편의 소품이 하나의 작품을 구성하고 있는 「적막한 새소리」이다. 한 소품의 표제가 전체 시제가 되었는데, 이는 시인의 의도적인 배치이자 이 작품의 중심 주제가 여기에 담겨 있음을 암시한 예라고 할 것이다.

"십자가 위에 계실 때 해질 무렵 새소리가 들리던가?"
불타가 물었다.
"새들이 목소리를 낮추더군.
아마 어느 순간 새소리 아주 지워진 것을 모르고 계속 듣고 있었는지도 모르지."
예수가 잠시 생각에 잠겼다가 말을 이었다.
"그게 바로 선생의 적요(寂寥)가 아니겠는가?"
"군데군데 끊긴 늦가을 물길이겠지."
잠시 후 예수가 혼잣말처럼 물었다.
"열반하실 때 건기(乾期)의 발제하(跋堤河) 바람이 사라수(沙羅樹) 가죽 잎새들을 말리다 말다 했던가?"
한참 후 불타가 말했다.
"낯선 밤새들이 울었네."
원효는 귀를 기울였다.
바람 방향 바뀌며 잠투정하는 새들이 꾹꾹대는 소리,
들리다 말다,
다른 소리들이 걸음 멈추고 귀를 세우게 하는 소리.

— 「적막한 새소리」 중에서

십자가 위의 예수란 죽음 직전의 예수이다. 불타가 예수에게 묻는다. 새소리가 들리던가. 소리가 지워진 순간 적요가 찾아오던가. 열반하실 때 발제하의 바람이 사라수 나뭇잎새들을 말리던가. 열반의 순간 낯선 밤새들이 울었다고 불타는 답한다. 마지막 결구는 '다른 소리들이 걸음 멈추고 귀를 세우게 하는 소리'이다. 들리다 말다 하는 소리는 삶과 죽음이 만나는 지점에서의 소리이다. 예수와 불타는 죽음과 영원의 문제를 놓고 심오한 대화를 나눈다. 김현승의 「절대 고독」이 자기 자신과 영원과의 대화라면 황동규의 「적막한 새소리」는 예수와 불타의 대화이자 그들과 원효의 대화이다. 자신의 얼굴을 드러내지 않는 화자는 아마도 원효를 빌려 삶과 죽음의 경계에서 들리는 새소리를 듣고 있는 것이리라. 그는 후반 「원효 혼자」에서 '가새쑥부쟁이 얼굴'이 귀신처럼 흔들리는 지점까지 나아간 것이다. 다른 소리들이 멈추고 들리다 말다 하던 소리도 멈춘 그곳에서 가새쑥부쟁이 얼굴을 인식한다는 것은 한국 현대시가 나아간 형이상의 극단적인 지점일 것이다. 여기서 한국 현대시는 종전의 종교시를 한 차원 넘어서는 계기를 찾을 수 있을 것이며 또한 이를 통해 종교와 문명과 시라는 명제 또한 새로운 지평을 열어갈 실마리를 찾을 수 있을 것이다.

4. 문명의 충돌과 상생

21세기 초반 인류가 직면한 최대의 세계사적 문제는 문명의 충돌이다. 이 문명의 충돌의 배후에는 종교적 갈등이 자리잡고 있다. 미국과 이라크의 전쟁은 기독교 문명과 이슬람 문명의 대결을 표징한다. 유일신을 믿는 종교가 서로 다른 종교에 대해 배타적 적대성을 갖는다는 것은 자명한 일이다. 기독교와 이슬람의 갈등은 13세기 십자군전쟁 이후 되풀이되는 세계사적 문제이다. 그들의 갈등은 해결의 실마리를 보이지 않고 더욱 극단을 향해 치달린다는 느낌을 지울 수 없다. 이들 양대 문명의 충돌이 문명의 종말을 불러오는 것이 아닌가 하는 우려감마저 생긴다.

이러한 상황에서 보자면, 20세기 한국 현대시는 전통적인 유·불·도와 새로이 대두된 기독교 사상을 수용하면서 역경과 시련을 나름대로 성공적으로 극복한 사례를 보여주고 있다. 한국의 현대시를 주도한 대표적인 시인들의 시에서 우리는 상호상생과 공존을 볼 수 있었으며, 그 기저에는 샤머니즘 신앙이 자리잡고 있다는 사실을 확인할 수 있었다.

한국인들의 심성에 자리잡고 있는 다양한 종교의식이 공존과 혼용을 통해 상생의 길을 개척해왔다는 것은 문명 충돌의 시대에 문명의 상생을 시도하는 사람들에게 커다란 희망적 전언이 될 것이다. 샤머니즘과 불교, 불교와 유교, 모더니즘과 유교 등의 결합과 상생은 한국인의 종교적 수용의 특징이자 그 나름의 독자성을 대변하는 사례가 된다는 점에서 우리들의 주목을 요한다. 한국 현대시에 나타난 종교적 특성을 한마디로 요약하면 다양성이 될 것이며, 20세기 한국 현대시를 대변하는 종교사상은 불교와 기독교라고 할 수 있다. 유가나 도가는 이 양대 종교에 흡수 혼효되어 그 사상적 기저를 이루고 있으며, 샤머니즘 또한 종교적 상상의 기층을 이루어 불교와 기독교처럼 주도적인 종교사상으로 전면에 크게 부각되지는 않는 것 같다.

특히 불타와 예수와 원효를 중심으로 전개되는 황동규의 시적 탐색은 특정 종교에 함몰되지 않고 종교적 갈등을 변증법적 종합으로 고양시키고자 하는 시적 노력이라는 점에서 특기할 만한 시도이다. 이러한 사례는 서정주가 샤머니즘적 충동에 이끌리면서 윤리적 감각을 약화시킨 것과 달리, 김지하가 불교를 통해 동학에 이르고 이를 통해 후천개벽의 세계를 열어나간 것과 비견되는 형이상학적 영역의 개척이란 점에서 한국시사에서 주목해야 할 중요한 맥락이라고 할 것이다.

 T. S 엘리엇은 단테와 셰익스피어를 비교하는 자리에서 셰익스피어가 인간의 다양성의 폭을 넓혀주었다면 단테는 시적 깊이와 높이를 심화시킨 시인이라고 평한 바 있다. 엘리엇 자신의 궁극적인 시적 주제 역시 종교적 구원과 영원의 문제였다. 우리는 서정주와 고은의 시에서 인간적 다양성의 사례를 폭넓게 접할 수 있었다. 그러나 시적 깊이와 높이라는 점에서 종교적 주제의 심원함에 대해 말하자면 김지하나 황동규를 포함한다 하더라도 그 논의의 폭을 심화시키기에는 다소 어려움이 있다.

 시와 종교가 서로 다른 지향성을 갖고 있기는 하지만 인간이 추구하는 궁극의 문제에서 양자는 한층 높은 차원에서 서로를 포용하지 않을 수 없을 것이다. 종교가 그 관념적 경직성을 버리고 시가 그 감각적 기교주의를 벗어버릴 때 시와 종교는 함께 인류사의 충돌을 넘어서 상생의 길을 찾는 근거가 될 수 있으리라 기대한다.

현대의 사회 변화와 문학교육의 의의

1. 교육 위기의 실체

오늘날 학교교육이 위기에 처했다는 것은 많은 사람들이 공감하는 사회적 문제입니다. 근대적 제반 가치를 전파하고 새로운 세계를 구축하는 데 중요한 역할을 했던 학교교육이 심각한 위기에 처했다는 것은 학교교육이 오늘의 사회 변화에 적응하지 못하고 있는 탓이기도 할 것입니다.

학교교육의 위기는 한국에서만 일어나는 일은 아닌 것 같습니다. 일본이나 미국에서 학교교육이 심대한 위기에 처하고 있다[1]는 것은 근대교육이 복음처럼 전파되던 20세기 초반과 비교할 때 격세지감을 느끼

---

1) 『21세기 교육변화와 학교위기 극복방안』(학교바로세우기실천연대·조선일보 공동기획 세미나, 2001년 2월 28일, 세종문화회관) 유인물 참조. 이 세미나에는 한국의 윤정일 교수(서울대), 일본의 우마코시 도오루 교수(나오야마대), 미국 마이클 애플 교수(위스콘신대) 등이 주제발표자로 참가했다. 학교 붕괴의 위기에 대한 대안으로서 윤정일 교수는 학교 살리기 범국민운동을, 우마코시(馬越徹) 교수는 교사의 지도성 강화를, 마이클 교수는 치밀한 도덕성 구축을 내세웠다.

게 하는 현상입니다.

그러나 한국에서 일어나고 있는 상황 변화는 좀 다른 의미를 머금고 있다고 판단됩니다. 대학입시에 사활을 건 한국의 중·고등학교에서 근래에 행해진 교육개혁의 실패로 인한 교사들의 이반과 학생들의 불신 등으로 공교육 공동화 현상이 일어나고 있습니다. 공교육의 붕괴가 산업사회에서 정보사회로 넘어가는 과도적 현상 때문이라고 보는 것은 한국적 사태의 표면만을 보는 것입니다. 물론 공교육의 붕괴는 컴퓨터의 보급과 인터넷의 확산이라는 사회적 환경의 변화 탓이기도 하겠지만, 무엇보다 확고한 미래지향적 교육철학의 기반이 마련되지 못했다는 사실과 일방적인 교육개혁의 추진으로 일어나는 부작용 때문이라 판단하지 않을 수 없습니다.

과연 21세기 한국의 국가발전을 위해 필요한 인재들은 어떻게 육성할 것인가라는 문제는 내신성적의 평준화나 교사의 통제능력 상실이라는 현실 앞에서 무력한 것일 수밖에 없을 것입니다. 사회 변화는 한순간도 멈추지 않고 초고속통신망처럼 뻗어나가는데, 학교교육이 과거에 고착되거나 미래에 적응하지 못한다면 그것의 붕괴는 필연적일 것입니다.

교육의 위기상황을 문학교육에 국한시켜본다면 심각성은 더욱 커질 것입니다. 교육이 위기에 처한 상황에서 그 직접적이고 일차적인 영향이 문학교육의 위기로 나타나고 있기 때문입니다. 문학이 사회에서 차지하는 영향력이 급속도로 약화되고 있는 사례들은 도처에서 발견됩니다. 어쩌면 교육의 위기가 가장 첨예하게 나타나고 있는 분야가 바로 문학교육이라고 할 수도 있을 것입니다.

좀더 생각해보면 문학교육의 위기는 인문학의 위기와 그 뿌리를 같이하고 있다는 점을 확인하게 됩니다. 역사, 철학, 문학으로 대변되는 전통적인 학문의 분야들이 사회과학이나 자연과학, 특히 컴퓨터 분야에 비해 상대적으로 위축되고 있다는 것입니다. 물론 이러한 지적이 인

문학자들의 지나친 엄살이라는 주장도 있을 수 있지만, 심각한 사실은 문학교육이 중·고등학교에서는 물론 대학에서도 서서히 중심적 위치를 상실하고 있다는 점입니다.

요즘 한 세대 이전의 문학을 거론하는 곳은 대학 강의실밖에 없으며, 한 세대 이전의 학을 읽는 곳도 대학 도서관밖에 없다. 수업에 필요하다는 이유만으로 인쇄되는 책들은 초서니 셰익스피어니 밀턴이니 하는 옛날의 문학작품에만 국한되지 않는다. 오늘날의 문학작품 역시 대학의 울타리 안으로 그 존재를 축소시켜가고 있다. 창작이 어엿하게 대학의 주요 과목으로 자리잡았고, 시인과 소설가가 객원 작가로 대학의 지원을 받고 있으며, 대학 출판사가 문학사와 문학비평에서 시와 소설에 이르는 문학서적들의 출판을 전담하다시피 하고 있다. 문학과 관련된 이론적 토론은 대학 내부에서 이루어질 뿐이다. 문학 텍스트의 편집, 작가 전기의 집필, 색인의 수집, 문학사의 수립 등 문학이라는 제도를 유지하기 위해 필요한 수많은 실제적 활동들이 이루어지는 곳 역시 대학이라는 공간이다.[2]

『문학의 죽음』의 저자 앨빈 커넌(Alvin Kernan)이 20세기 후반에 지적한 위와 같은 상황은 비관적이지만 그래도 21세기를 맞이한 요즈음의 상황보다는 좋았다는 느낌을 받습니다. 이제는 대학에서조차 문학교육은 수강생들이 급격히 감소하고 있을 뿐만 아니라 문학전공자들의 사회 진출 또한 매우 어려워지고 있습니다.

이러한 상황이 컴퓨터나 인터넷 그리고 생명공학의 발전과 확산에 의한 것이라는 점은 명백한 일일 것입니다.[3] 영속되는 가치는 하나도

---

2) 앨빈 커넌, 『문학의 죽음』, 최인자 옮김, 문학동네, 1998, 52쪽.

없고, 매 순간 찰나적으로 출몰하는 파편적 이미지들로 모든 것이 결정되는 것 같은 상황에서 누구도 지속에 대한 선망을 가지기는 어려울 것입니다. 종래에 소설이라고 말하던 '소설'이 젊은 대학생들에게 읽히지 않거나 높은 예술적 가치를 지니고 있다고 판단되던 '시'가 폄하되고, 젊은 가수들의 공연장에서 열광하는 젊은이들을 바라볼 때 과연 오늘의 세대에게 활자매체로 표현된 문학이 가치 있는 것인가라는 의문을 던져보지 않을 수 없을 것입니다.

물론 여기에는 문학의(또는 예술의) 매체 변화가 중요한 변수로 작용할 것입니다. 활자매체에서 전파매체로의 변화는 산업사회에서 정보화사회로의 전환에서 결정적 매개항이 될 것입니다. 그러나 매체 변화가 감정이나 사고의 변화까지 촉발시키고 있으며, 여기서 더 나아가면 종전의 가치체계를 머금고 있는 예술적 표현들조차 또다른 가치 평가를 받게 될 것이라 판단됩니다. 문학의 죽음이 이 지점에서 거론된다면, 문학교육도 이제 더이상 설 곳을 찾지 못하게 될 것입니다. 문학의 죽음과 더불어 문학교육이 불가능해진다면, 종전과 같은 방식의 학교교육이 사라지고, 인터넷에 의한 지식교육과 기술교육이 광범위하게 확산될 것이라 전망되며, 그 초기 현상이 이미 가까이에서 일어나고 있다는 것이 저의 판단입니다. 대학의 수업과목이 아니라면 근대문학작품을 읽는 사람들은 찾아보기 힘들 것이며, 작품을 읽는다 하더라도 그 내용에 공감하고 이를 가치 있는 것으로 받아들이는 경우는 더욱 급격히 감소되고 있다는 것입니다. 오늘의 젊은 세대들은 한용운의 『님의 침묵』에 감동하기보다는 경박하고 무책임한 조롱조의 사랑 이야기에 귀 기울일 것이며, 최인훈의 『광장』에서 볼 수 있는 골치 아픈 고민에 침잠하기보다는 DDR을 즐기거나 경쾌한 재즈 음악이나 강렬한 록 음

---

3) 초고속 정보사회에서의 문학의 변화와 이의 전개 방향에 대해서는 필자의 『디지털 문화와 생태시학』(문학동네, 2000)을 참조.

악을 선호할 것입니다.

그렇다면 정말로 문학교육은 사라져야 하는 것일까요. 문학의 죽음이 오더라도 문학적 행위는 살아 있는 것이 아닐까요. 이제 문학교육은 종전의 교육 방법이나 논리에서 벗어나 문학적 교육의 새로운 실마리를 찾아야 할 것이며, 그렇지 못할 경우 더이상 대중적 영향력을 가질 수 없을 것입니다.[4]

2. 문학교육의 중요성

지금까지 문학교육의 중요성은 그것이 종합적인 인간교육이라는 사실에 기초하고 있었던 것 같습니다. 이는 기술교육이나 전문교육에 결여된 부분을 완성시킨다는 뜻으로 해석됩니다. 근대 이전의 교육과정에서 이러한 관점은 누누이 강조되어왔습니다. '지식교육이 아니라 인간교육이다.' 오늘날 이런 명제를 검토하기 위해서, 그리고 한국적 상황을 파악하기 위해서 다음 두 가지 사항이 논의되어야 할 것입니다.

하나는, 종전까지 한국의 근대교육은 민족국가에서 국민국가로의 전환이라는 근대적 이념을 기본으로 해왔다는 것입니다. 한국에서 식민지시대의 문인들은 문사(文士)로 지칭될 만큼 상당수가 애국적이고 지사적인 인물들이었고, 그런 이유로 이들의 작품이 때로는 문학적 가치 이상으로 높이 평가되기도 했습니다. 이러한 경향은 20세기 전반은 물론 20세기 후반까지도 지속되었던 중요한 흐름이며 그로 인해 문학교육은 예술성을 즐기는 교육이라기보다는 근대적 이데올로기의 한국적 변형이라고 할 인간교육이었던 것입니다. 이러한 특성은 그 동안의 문

---

4) 문학교육의 이론적 모색에 관해서는 윤여탁의 『시 교육론』(태학사, 1996)을 참조.

학교육이 생활교육이 되지 못했던 결정적 이유가 됩니다.

다른 하나는 인터넷의 보급으로 인한 교육환경의 변화가 야기하는 광범위한 사회 변화 문제입니다. 그 가장 두드러진 것 중의 하나가 생명공학의 발전이며, 복제인간의 출현이 멀지 않은 장래에 가능해질 것이라는 사실입니다. 산업사회에서 정보사회로의 변화는 포괄적인 지칭일 뿐이며, 여기서 더 나아가면 인간 그 자체가 무엇이냐 하는 명제가 제기됩니다. 지금까지 인간교육은 유일 절대의 생명체인 '인간'에 대한 일반적인 동의에 기반을 두고 있었습니다. 그러나 인간의 품종개량이나 동일인간의 무수한 복제가 가능한 상황이라면 지금까지 통용되던 기본적 가정들은 근본적으로 전복될 수밖에 없을 것입니다.

여기서 저는 다음과 같은 가정을 설정할 수밖에 없습니다. 교육이란 무엇이냐. 인간 품성을 계발하는 것이 교육이다. 그렇다면 교육을 위해 문학교육을 계속할 것이냐 포기할 것이냐 하는 것이 오늘의 문제일 것이다. 지금까지 한국에서 실행된 문학교육은 곧바로 미래의 인간교육에 대입시킨다면 많은 문제가 제기될 것입니다. 그것은 바로 오늘날 우리가 처한 문학교육의 위기상황을 대변하는 것이 될 것입니다. 그러나 문학교육의 위기는 어떤 점에서 문학교육의 기회라고도 여겨집니다. 만약 기술정보사회에서 문학교육마저 포기한다면 그것은 곧바로 인간교육의 종말을 초래할 것이며, 인간을 인간으로 지키는 것이 아니라 인간이 아닌 인간들(복제인간이나 사이보그 인간들)에 의해 지배되는 세상을 맞이하게 될 것이란 우울한 전망을 가지게 될 것입니다.

문학과 인간교육에 관해 최근 다음과 같은 글을 읽은 적이 있습니다.

사람의 능력 가운데는 그 사람의 인품이나 인간미와는 무관한 것도 있을 수 있는데 특히 기능적인 일에 관한 능력 가운데에 그러한 경우가 많을 것 같다. 그러나 정치나 행정이나 사업과 같은 인간과 사회에 관련된 분야에 있어서의 능력은 그 사람의 인품이나 인간미와 밀접한 관계가 있다. 아니 그 경우에는 인품이나 인간미가 바로 그 능력의 일부, 그것도 핵심적인 부분이 된다고 보아야 할 것이다. 그것은 정치나 행정이나 사업은 인간과 인간관계 내지 여러 가지 사회적인 관계망을 대상으로 하거나 그 가운데서 이루어지기 때문이다.

이러한 뜻에서 그러한 분야에 있어서의 능력은 문학공부와 무관하지 않다. 왜냐하면 문학공부는 가장 생생한 인간에 관한 공부이기 때문이다.[5]

저는 위의 말이 문학교육자의 자기 옹호적 발언이라고 생각하지는 않습니다. 인간이 없다면 테크노피아가 그렇게 아름답고 훌륭한 세상이 되지 않을 것이기 때문입니다. 문학교육의 내용과 방법은 달라질 수 있지만 그 대상이 되고 주체가 되는 인간은 항상 인류사의 중심에 있는 존재일 것입니다.

3. 문학교육의 방향

급격한 현실변화 속에서 과연 문학교육이 어떤 방향성을 찾아야 할 것인가에 대해 저는 총론적 입장에서 대체로 다음 세 가지 정도를 개진해볼 수 있을 것 같습니다.

첫째, 문학교육은 기쁨을 느낄 수 있도록 계발되어야 한다.

둘째, 문학교육은 분석하고 해석하여 정답을 찾는 과정이 아니라 자기 표현의 방법을 찾도록 만드는 과정이다.

---

5) 김종길, 「인품·능력·문학」, 『시와시학』 2001년 봄호, 191쪽.

셋째, 문학교육은 창의적 인간교육이며, 인간의 창의성은 문학교육에서 비롯된다.

물론 위의 항목들은 서로 분리되거나 독립된 것은 아닙니다. 위의 세 가지가 서로 유기적으로 조화를 이룰 때 문학교육은 그 참다운 의의를 발휘하게 될 것입니다.

우선 첫째 명제인 문학교육은 기쁨을 누릴 수 있도록 계발되어야 한다는 것에 대해 생각해보기로 하겠습니다. 이 기쁨 또는 즐거움은 문학교육의 출발점이자 문학교육의 종착점이라고도 할 수 있습니다. 기쁨 없이 어떤 교육도 시작할 수 없고, 즐거움 없이 어떤 교육도 완성될 수 없을 것입니다.

지금까지의 문학교육은 일방적이고 강요적이며, 문제나 지식의 암기 위주 교육이었다는 것은 누구도 부인할 수 없을 것입니다. 문학교육이 즐거운 시간이 아니라면 누구도 문학시간을 택하지 않을 것이며, 작품을 읽거나 쓰는 시간이 즐겁지 않다면 누구도 문학교육을 받지 않으려 할 것입니다. 왜 문학을 가르치느냐에 대해 경험에서 우러난 다음과 같은 견해가 있습니다.

내가 학교에 다닐 때 시를 많이 배웠는데, 참 즐겁더라. 어지러웠던 심성이 차분히 가라앉고, 어떤 감동과 더불어 정신의 高揚感을 맛보았거든. 그때 배웠던 시를 지금도 줄줄 암송할 수 있지. 시를 읽는 즐거움, 이 행복감을 내 사랑하는 학생들에게 맛보이고 싶단 말이야.[6]

물론 이러한 견해에 모두가 전적으로 동의하지는 않을 것입니다. 그러나 이것은 문학교육을 받은 많은 사람들이 오랜 시간이 지난 후 자신

---

6) 김은전, 「시교육의 성격과 목표」, 『현대시교육론』, 시와시학사, 1996, 14쪽.

의 삶을 회고할 때 발견하게 되는 문학의 즐거움을 적절히 표현한 것이라 여겨집니다. 문제의 핵심이 과거에 있는 것이 아니라 지금 현재에 있다고 한다면, 문학교육의 즐거움은 교육방법에서도 찾아야 할 것입니다.

활자매체에서 전파매체로의 변화도 고려되어야 할 것이며, 젊은 세대들의 감성 변화에도 관심을 가져야 할 것입니다. 그들이 호흡하고 접하는 인터넷이나 TV 또한 적절하게 수용되어야 할 것입니다. 즐거움에 접근하는 방법도 달라져야 하며, 즐거움의 개념 자체도 변화된다는 인식이 필요합니다. 위에서 문학의 즐거움이라고 했을 때 거기에는 고전적 개념이 많이 스며 있습니다. 고전적이라 할 종전의 가치들이 새로운 감각과 어울릴 때, 고전적 가치는 새롭게 수용되고 적절히 향유될 것입니다. 경직된 것이 아니라 유연하고 개방적인 자세로 새로운 즐거움의 의미를 활용할 수 있을 때 문학은 즐거움을 가르쳐주는 매개체가 될 것입니다. 먼 훗날도 중요하지만 그들이 학교교육을 받는 시간을 통해서도 즐거움을 느낄 수 있어야 한다는 것입니다. 지식의 양이 아니라 지식의 질을 통해 문학의 즐거움이 확대되어야 한다는 것입니다.

다음으로 문학교육이 분석하고 해석하여 정답을 찾는 과정이 아니라 자기 표현의 방법을 찾도록 만드는 과정이라는 점에 대해서 생각해 보기로 하겠습니다. 어떤 것도 지속적 원리로서 작용할 수 없을 만큼 매일매일 신기술과 새 정보가 쏟아지고 있는 것이 작금의 현실입니다. 어디에도 정답은 없고, 나날이 새로운 견해와 새로운 발견들이 삶의 환경을 뒤바꾸고 있습니다. 하나의 정답이 평생토록 지속된다면 삶은 안락할 것이며 누구나 그것을 익히는 데 노력을 기울이게 될 것입니다. 그러나 컴퓨터의 기종이 바뀌듯 모든 것이 거듭나거나 전혀 별종의 기기들이 속출하는 상황에서 젊은 사람들은 기존의 권위에 의존하기보다는 새로움을 쫓아가기에 필사적인 노력을 기울이지 않을 수 없을 것입니다.

이때 문학교육은 과거의 고전들을 익히기 위해서도 필요하지만 자기를 표현하는 방법을 계발하기 위해서도 필요합니다. 시쓰기가 동양의 고전적 교육과정에서 중요한 관문이었다는 것을 지금도 깊이 음미할 필요가 있습니다.[7] 인재들의 선발과정에서 시쓰기가 요구되었고, 그것으로 당락이 결정되었다는 것은 잘 알려진 사실입니다. 물론 오늘날에는 글쓰기가 강박적 시험용이 아니라 누구나 그것을 통해 자기 표현의 방법을 터득하고 삶의 가치를 확인하는 즐거운 작업이 되어야 할 것입니다. 그러므로 글쓰기에서 기쁨을 느낄 수 있도록 교육방법을 계발해야 한다는 것입니다. 글읽기보다는 글쓰기가, 글쓰기보다는 노래하기가 더 즐거운 것이 될 것입니다. 이는 전자매체시대에 구술적 전통이 새롭게 확립되어야 한다는 뜻이기도 합니다.[8] 앞으로 노래하기는 시읽기와 시쓰기를 종합하는 문학적 행위를 완성시키는 중요한 목표가 되리라 생각합니다. 글쓰기에 있어서도 자기 자신이 우선적으로 관심과 소재가 되도록 해야 할 것입니다. 타인의 글보다는 자기 자신의 삶이 중요시되어야 하며, 관념적 소재보다는 현실생활이 구체적인 글쓰기 또는 자기 표현의 중요한 소재가 되어야 할 것입니다.

21세기의 예술이 어떻게 전개될 것인가에 대해 다음과 같이 예견한 학자가 있습니다.

예술은 미지의 길을 사용하고 새로운 방법을 빌려 쓰나 늘 동일한 목표를 추구할 것이다. 감동시키고 고양시키고 다른 이들이 전에 한 것과는 다른 방식으로 세상을 보고 듣고 만지고 느끼고 맛보도록 하는 것.

---

7) 김인환, 「동아시아에서 문학교육의 전통」, 『문학교육학』 2000년 겨울호, 209쪽 참조.
8) 김대행, 『노래와 시의 세계』(역락, 1999)에서 노래와 시의 상관성에 대한 상세한 검토를 참조.

고전적인 표현방식(그림, 조각, 음악, 문학, 연극, 영화)이 지금까지는 상상하지도 못한 문화와 기술의 만남을 주선할 것이다. 소리의 변조, 색깔의 혼합, 소재의 여과 등…… 선택한 재료를 개인의 취향에 따라 배합하는 손수 제작 '맞춤형' 예술을 추구할 것이다. 초상화 예술에 대한 새로운 수요도 생겨날 것이다. (……)

가상현실이나 꿈속 유토피아를 넘어 예술은 실제로 체험하는 유토피아가 될 것이다. 새로운 미학이 생겨날 것이다. 자기 삶을 예술작품으로 만드는 것이 바로 그것이다. 예술을 창조할 권리가 인권으로 자리잡을 것이다.[9]

위의 저자 자크 아탈리는 21세기가 '찬란하고 환희에 차 있으며, 야만스럽고, 인간을 해방시키며, 끔찍하며, 종교적이며 종교 중심적 사회'가 될 것이라 전망하고 있습니다. 위의 인용 마지막에서 그가 말하고 있는 것처럼 '예술을 창조할 권리가 인권'으로 자리잡아 거기서 새로운 미학이 탄생하게 될 것이라는 점에 우리는 주목할 필요가 있습니다. 새로운 문화와 기술의 만남은 분명히 지금까지는 상상할 수 없었던 예술과 개성의 탄생을 가져올 것이며, 문학이 할 수 있는 일이 있다면, 자기 표현의 원천인 글쓰기를 통해 자기 개성을 표현하는 길을 열어줄 수 있도록 하는 일일 것입니다. 전파매체의 시대라고 하더라도 글쓰기의 과정과 같은 문학적 행위가 없다면 그 누구도 자기를 표현할 수 없을 것이기 때문입니다. 펜촉과 종이가 키보드와 스크린으로 바뀌더라도 글쓰기와 같은 창조적 회로를 통해서 어떤 것이든 표현할 수 있다는 뜻에서 그러합니다. 이미지이든 부호이거나 색깔이든 거기에 감정과 느낌을 부여한다면 바로 그러할 것입니다. 즐겁거나 재미있는 만화는 검

---

9) 자크 아탈리, 『21세기 사전』, 편혜원·정혜원 옮김, 중앙M&B, 1999, 213~214쪽.

은 선만으로 이루어진 것은 아닙니다. 그것은 표현하는 인간의 의식 감각과 개성에 의해 그려지는 것입니다. 단지 그림이기 때문에만 즐거운 것은 아니라는 것입니다.

마지막으로 문학교육은 창의적 인간교육이며 인간의 창의성은 문학교육에서 비롯된다는 명제에 대하여 생각해보기로 하겠습니다. 창의성이 없다면 어떤 문학작품도 새로 씌어질 수 없으며, 창의성이 없다면 문학작품은 그 가치를 인정받기 어려울 것입니다. 제대로 된 시인이나 작가라면 한 편의 작품은 물론이고 단 한 줄의 표현도 새롭게 쓰기 위해서 얼마나 많은 고통의 시간들을 보내야 합니까. 물론 오늘날 상업주의적 시각에서 이를 희화화시켜 말하자면 단 한 줄의 광고 카피가 더 많은 부가가치를 가질지 모르고, 유명배우의 단 한 번의 표정이 수많은 사람의 마음을 움직일 수도 있을 것입니다. 그러나 이런 사항들은 모두가 표면에 드러난 것만을 보는 것이 아닐까요. 과학자의 직관이 무수한 신기술을 만들어내겠지만 그의 직관은 동시대인들과 그들이 공유하는 오래도록 축적된 시적 통찰과 깊은 상관성을 갖는 것이라고 저는 생각합니다.

최근 김소월의 「엄마야 누나야」라는 시를 흥미롭게 패러디한 예를 보았습니다.[10]

엄마야 누나야 강변 살자
뜰에는 반짝이는 금모래빛
뒷문 밖에는 갈잎의 노래
엄마야 누나야 강변 살자

---

10) 유종호, 「왕도는 없다─문학교육에 관한 소견서」, 『서정적 진실을 찾아서』, 민음사, 2001, 276쪽 참조.

4행밖에 되지 않는 짧은 시로서 한국인들에게는 매우 친숙한 시입니다. 이를 유종호 선생은 다음과 같이 변형시켰습니다.

엄마야 누나야 강남 살자
뜰에는 반짝이는 금싸라기
뒷문 밖에는 갈보의 노래
엄마야 누나야 강남 살자

모두 41글자 가운데 6글자만 바꾸었을 뿐입니다. 그러나 김소월의 시와 그 변형된 시에서 우리는 인간의 순수한 감성과 그 상업적 굴절의 극명한 대조를 보게 됩니다. 패러디된 시가 오늘의 현실에 더 가깝다고 하더라도 문학교육은 그러한 것을 지향하지 않는다는 것이 저의 판단입니다. 창의적 인간과 세속적 가치 사이의 고뇌가 문학교육의 어려움일 것입니다. 물론 창의성이란 지나치게 엄숙해야 하는 것은 아닙니다. 소재는 우리의 생활 가까이에서 발굴할 수 있지만 그것을 가치 있는 것으로 만드는 힘을 획득하는 것이 문학교육의 목표인 것입니다.

21세기에는 더욱더 인류의 진보나 국가적 성패가 창의성에 달려 있다고 할 때, 다른 예술과 더불어 문학교육은 그 창의성의 원천을 연마하는 것이라는 점에서 교육적 중요성을 가질 것입니다. 앞으로 지식과 정보는 컴퓨터나 인터넷을 통해 동시다발적으로 파급되어나갈 것입니다. 최종적으로 이것을 어떻게 응용하여 새로운 것을 창출하느냐가 중요하다고 할 때 문학교육은 그 유효성을 더 크게 확장할 수도 있을 것입니다.

여기서 제가 마지막으로 강조하고 싶은 것은 문학교육이 인간을 인간으로 지켜주는 마지막 보루가 된다는 것입니다. 왜냐하면 문학교육의 최종목표는 인간적 성숙과 더불어 좋은 작품과 나쁜 작품을 판별하게 하며 이를 통해 올바른 가치판단을 가능케 하는 것이기 때문입니다. 문학작품을 읽고 글쓰기를 경험하며 성장한 인간과, 기술이나 지식만 익힌 인간은 확연히 다를 것입니다.

신기술이 당장에 가져다주는 부가적 가치에만 골몰하는 인간에게는 과거에 그를 감동시킨 문학작품도 앞으로 그를 감동시킬 문학작품도 존재하지 않을 것입니다. 그에게는 인간에게 잠재된 악마적 본성에 대한 어떤 각성도 자리잡을 틈이 없을 것입니다. 우리는 여기서 파우스트적 명제를 떠올리지 않을 수 없습니다. 여성적인 것과 영원한 것에 대한 인간적 동경이 없다면 인간은 악마적 충동에 휩싸이고 그에 굴종하고 말 것입니다. 문학교육은 당장에 환산되는 실용적 가치교육이 아닙니다. 그것은 인간의 본성에 내재한 다양한 충동들을 종합하고 고양시켜서 지고한 것을 택하게 만드는 먼 미래의 역사 지평에 대한 투자이자 가치 부여입니다.

생태적 상상과 문명사적 전환

1. 생태비평과 문명사적 전환

일반적인 문학비평이 단순히 작가나 텍스트에 주목해온 것에 비해 생태비평은 환경파괴와 관련하여 전 생태계를 대상으로 한다는 점에서 비평의 영역을 매우 확장시킨 최근의 비평적 동향을 대변하고 있다. 구조주의나 해체비평이 텍스트에 주목하고 있다면 생태비평은 인간과 세계(또는 자연이나 생태계)를 문제 삼는다는 것이다. 대부분의 문학이론에서 '세계'는 텍스트 그 자체이거나 사회적 영역과 동의어이지만 생태비평에서 '세계'는 전 생태계가 그 대상이 된다는 점에서 종전의 문학비평과 변별성을 갖는다.[1]

한국에서 생태적 사고에 의해 시가 씌어진 것은 이미 1970년대부터이지만, 생태비평이 적극적인 비평의 관심이 된 것은 1990년대이다. 필자는 「문학과 환경」(『현대 한국사회와 문학』, 1996년 6월 문학의 해 기념

---

1) C. Glotfelty, Cheryll & Fromm, Harold. eds. *The Ecocriticism Reader : Landmarks in Literary Ecology*. Athens, G : U of Georgia Press, 1996 참조.

세미나 발표문)에서 1990년대 초반의 비평적 성과를 바탕으로 생태시의 현황을 개괄한 바 있으며, 이어 「21세기를 위한 에코토피아의 시학」(『하나의 도에 이르는 시학』, 고대출판부, 1997)에서는 문학사적 시각에서 생태시에 대한 분류를 시도한 바 있다.

그러나 필자의 관점이 인간과 자연의 이분법적 논리에 근거하고 있다는 점에 착안하여 필자는 기존의 논리를 발전시켜, 생태비평에 대한 시각을 외부의 자연환경에서 인간의 내부로 전환시켜야 한다는 인식에 근거하여 「생태묵시록 시대와 신인간의 한계상황」(『디지털 문화와 생태시학』, 문학동네, 2000)을 발표한 바 있다. 이렇게 본다면 생태시학은 필자에게 지속적으로 매우 중요한 비평적 과제로 자각된 것이라 하겠다. 20세기 후반 리얼리즘과 모더니즘이란 비평의 양대 축이 무너진 자리에 잠시 해체비평이 유행한 바 있지만 21세기를 이끌어나갈 비평적 동력은 생태비평에서 비롯되어야 한다는 비평사적 전망이 그러한 관심을 갖게 만들었던 것이다. 1990년대 중반 필자의 관심과 더불어 동시다발적으로 많은 비평이 생태비평에 바쳐지고 있는 것 또한 우연이 아닐 것이다.[2]

이러한 비평적 전개과정을 조망하면서 필자가 확인하게 된 것은 다음 두 가지이다. 하나는 생태비평에서 쟁점이 되는 환경파괴는 전 지구적 현상을 동반하고 있다는 점이고, 다른 하나는 서구적 이성의 한계가 논의되는 지점에서 동양적 사고가 그 대안으로 떠오르고 있다는 점이다. 이것이 20세기의 상황과 다른 21세기적 문명사의 징후라는 것이다. 20세기를 풍미한 서구적 사고와 논법이 이제 동양적 사고와 논법을 통

---

2) 생태비평에 대해 한국에서 축적된 그 동안의 성과는 신덕룡 편, 『초록 생명의 길 I』(시와사람, 1997)과 『초록 생명의 길 II』(시와사람, 2001) 등에 1990년대 전반과 후반의 약 80여 편의 논문들이 나뉘어 수록되어 있다. 참고문헌이 필요한 분들은 이 책들을 활용할 수 있을 것이다.

해 그 대안을 모색하고 있다는 점에서 동서의 새로운 종합을 통해 문명사적 전환이 이루어지리라는 전망이 가능하다는 것이다. 그렇다고 하더라도 동양적인 사고와 논법이 무조건적인 대안이 될 수는 없다. 범지구적 현상에 대한 면밀한 관찰과 섬세한 논법이 새로운 대안을 창출할 수 있을 것으로 기대되기 때문이다.

필자는 이 글에서 현황 분석이나 장황한 시적 분류를 다시 시도할 필요는 없다고 생각한다. 생태학적 사고의 문명사적 전환의 실마리를 풀기 위해 동양적 또는 한국적 사유에서 유기적 인간의 근거를 찾아보고, 이를 통해 생태적 상상력의 유기적 회복의 문제를 천착하여 생태시가 나아갈 바를 모색해보고자 한다.

2. 생의 형식과 유기적 상관성

서구적 이성이 한계에 부딪혔다고 할 때 그 이유는 인간중심주의적 사고 때문이라고 한다. 동양에서도 인간이 하늘과 땅 사이에서 가장 중요한 존재로 인식하고 있다는 것은 의심할 여지가 없다. 그런데 왜 서양의 인간중심주의가 문제가 되는 것일까. 서양의 인간중심주의는 「창세기」 1장 28절에서 그 첫 모습을 드러낸다.

생육하고, 번성하라, 땅을 정복하라.

땅을 정복하라는 하나님의 말씀이 인간에 대한 하나님의 축복으로 받아들여지기도 하지만, 21세기인 오늘에 있어서는 하나의 재앙으로 읽혀지기도 한다는 것이 생태비평가들의 논점이다. 땅을 정복하고 지배하는 것이 하나님으로부터 받은 인간의 특권으로 이해된다면, 인간은 오늘날과 같이 발달된 과학기술정보로 새로운 사회문화에 대한 별다른 준비도 없이 끝내는 신의 영역까지 넘보게 될 위험에 처하게 된다는 것이다.

이에 비해 동양에서의 인간은 천지가 만물을 화육하는 운동에 동참하는 동시에 공동의 창조자이기도 하다. 『중용』 22장에는 이러한 철학적 사유가 다음과 같이 표현되어 있다.

사람의 타고난 본성은 극진히 하고 있으면 만물의 타고난 본성은 극진히 할 수 있다.

能盡人之性, 則能盡物之性

우선 '극진히 한다'는 점은 세심히 보아야 하겠지만 위의 언급에서 간과할 수 없는 것은 사람의 본성(人之性)과 만물의 본성(物之性)을 구별하지 않고 있다는 점이다. 더 나아가서는 천지만물의 화육운동에 사람이 동참함으로써 자연운동이 이루어진다고 인식한다는 것이다.

하늘과 땅이 인간을 매개로 서로가 서로를 극진히 하면서 생명활동을 운용해나간다는 점에서 동양의 인간중심주의는 자연을 정복하고 지배하라는 서구적 논법과는 다른 자리에 있다고 하지 않을 수 없다.

물론, 오늘의 현실은 인간과 자연이 함께 호흡하고 생활하던 농경시대와는 전혀 다른 상황이다. 산업시대를 거쳐 기술정보시대에 이르는 과정에서 인간은 유기체적 존재로서 그 자신을 부정하게 될지도 모르는 인간복제시대를 목전에 두고 있다. 돌이켜보면, 20세기를 치달려온 동력은 산업기술이며, 산업기술은 인간과 자연을 단절시키는 논리적 패러다임에 의해 자연을 정복하며 진행된 것이다. 그렇다고 하더라도 현재의 상황을 부정하고 비판한다고 해서 누구도 근대 이전의 과거로 되돌아갈 수는 없다. 문제는 21세기의 문명사적 전환에서 인간과 자연의 연결고리를 어떻게 찾아야 할 것인가를 모색하는 것이 우리들의 과제가 될 것이라는 점이다. 조급하게 앞으로 나아가기만 한다고 해서 현재의 난관이 해결되지는 않는다.

인간과 자연을 연계해 산다는 것이 무엇일까를 모색하는 과정에서 필자는 우연히 다음과 같은 글을 읽게 되었다.

> 우리는 한 사람씩 한 사람씩 天地 사이에 태어나 한 사람씩 한 사람씩 天地 사이에 사라지고 있다는 사실을 통하여, 적어도 우리와 天地 사이엔 떠날래야 떠날 수 없는 有機的 聯關이 있다는 것 및 이 '有機的 聯關'에 관한 한 우리들에게는 공통된 운명이 부여되어 있다는 것을 발견하게 되는 것이다. 우리는 우리들에게 부여된 우리의 공통된 운명을 발견하고 이것의 전개에 지향하지 않으면 안 된다. 우리가 이 사업을 수행하지 않는 한 우리는 영원히 天地의 파편에 그칠 따름이요, 우리가 天地의 분신임을 체험할 수 없는 것이며, 이 체험을 갖지 않는 한 우리의 生은 天地에 동화될 수 없기 때문이다. 그리고 우리는 우리에게 부여된 우리의 이 공통된 운명을 발견하고 이것의 타개에 노력하는 것, 이것이 곧 究竟的 삶이라 부르며 또 문학하는 것이라 이르는 것이다. 왜 그러냐 하면 이것만이 우리의 삶을 구경적으로 완수할 수 있는 길이기 때문이다.[3]

1948년에 발표된 이 글에서 주목되는 것은 인간과 천지의 유기적 연관이다. 확신에 찬 논지 전개로 미루어 김동리는 자신이 주장한 구경적 삶에 추호도 의심이 없었던 것으로 여겨진다. 그의 이러한 주장은 앞에서 인용한 『중용』에서 요구하는 것과도 상통된다. 인간에게 부여된 공통된 운명이란 천지와 인간의 유기적 관계를 발견하고 우리가 천지의 분신임을 깨닫는 동시에 이것을 타개하기 위해 노력하는 구경적 삶을

---

3) 김동리, 「문학한다는 것에 대한 사고(私考)」, 『문학과 인간』, 청춘사, 1948, 100쪽.

완수하는 것이라는 명제는, 이 글이 발표되던 시절의 적대적인 좌우의 이데올로기가 사라진 오늘 인간과 자연의 연관이 무엇인가를 논하려는 필자에게 새롭게 읽힌다. 그것은 우리의 삶은 무엇이고, 우리는 왜 문학을 하는 것인가에 대한 확신이 이 글에 서 있기 때문이다.

그런데 이러한 인식은 김동리에게 국한된 것은 아니다. 이상화의 「빼앗긴 들에도 봄은 오는가」나 그보다 조금 앞선 세대인 남궁벽의 「대지의 찬」 등의 1920년대 시에서도 동일한 발상이 나타나고 있다.

> 天地시여
> 어머니시여,
> 善惡一切
> 모든 物種의
>
> 世界의 모든 物種—
> 地上에 動하는 者,
> 河海에 棲하는 者,
> 空中에 飛하는 者,
> 모두 당신에게 養育되고,
> 당신의 愛護를 밧나이다.
>
> —「대지의 찬」 중에서

이 시에서 대지는 만물의 자애로운 어머니이다. 만물은 대지의 애호에 의해 생육하고, 대지의 자애로운 품속으로 돌아간다. 대지가 이와 같이 자애와 생육의 모성적 원천으로 받아들여지는 까닭에 이상화는 다음과 같이 노래할 수 있었다.

강가에 나온 아해와 가티
짬도 모르고 끝도 없시 닷는 내혼아
무엇을 찻느냐 어데로 가느냐 웃어웁다 답을 하려무나

나는 온 몸에 풋내를 띄고
푸른 웃음 두른 설움이 어우러진 사이로
다리를 절며 하로를 것는다 아마도 봄신령이 접혓나 보다.
그러나 지금은 ─ 들을 빼앗겨 봄조차 빼앗기것네.
                    ─「빼앗긴 들에도 봄은 오는가」 중에서

　어머니의 품인 대지에 돌아온 봄을 빼앗을 수 없다면, 그 대지 또한 빼앗길 수 없다는 것이 마지막 행에서 화자가 말하고자 하는 바일 것이다. 만물을 생육하고 번성시키는 대지야말로 누구의 강압에 의해서도 빼앗길 수 없는 생명의 원천이라는 것이 이상화가 전하고자 하는 강력한 발언이었을 것이다. 이렇게 식민지 현실을 부정하는 사유의 원천이 자연에 근거하고 있다는 것은 인간의 삶이 그만큼 자연과 밀착되고 동화되어 불가분의 관계를 형성하고 있었던 까닭에 가능했던 것임이 분명하다. 식민지시대의 일제의 강압에도 결코 분리될 수 없던 인간과 자연의 상호관계는 산업화로 인해 단절의 첫걸음을 시작하지 않을 수 없었다. 그 단절은 처음에는 아주 작게 나타날 수밖에 없었을 것이다.
　김동리가 이 글을 발표한 지 오십여 년이 지난 오늘, 과연 인간과 자연이 유기적 연관이 있다고 믿고 거기서 인간의 운명을 찾으려는 이가 얼마나 있을지 의구심이 들지 않을 수 없다. 오히려 인간과 자연은 다음 정현종의 시와 같이 황금 고리가 절단된 것이 아닐까.

　가는 햇볕에 공기에

익은 벼에
눈부신 것 천지인데,
그런데,
아, 들판이 적막하다……
메뚜기가 없다!

오 이 불길한 고요……
생명의 황금 고리가 끊어졌느니……

—「들판이 적막하다」전문

　메뚜기가 없다는 것은 인간과 자연의 단절이 이미 시작되었음을 뜻한
다. 생명의 황금 고리가 끊어져 있음을 메뚜기의 부재를 통해 확인한 화
자는 눈부신 가을 들판의 고요가 무언가 불길한 예고를 전하는 메시지
임을 깨닫는다. 메뚜기가 그러한 것처럼 인간 또한 생명체이기 때문이
다. 어떻게 보면 산업폐기물과 농약 살포로 인한 환경파괴는 생태계 파
괴의 출발인지도 모른다. 한국현대시사의 흐름에서 보자면 1970년대 중
반 민중시에서 생태시로의 전환이 바로 환경파괴의 시작을 알려주고 있
는데, 성찬경의 「공해시대와 시인」과 신경림의 「이제 이 땅은 썩어만 가
고 있는 것이 아니다」와 같은 시들이 그 서두를 장식하고 있다.
　이재무가 수질오염을 다음과 같이 쓰고 있는 것도 우연이 아니다.

고여 있는 물 웃자란 풀이 썩고
냄새는 떼지어 몰려다닌다.
벌써 며칠째 소로를 따라 걸어온
달빛 무안한 얼굴로 되돌아간다.
기미와 화장독 오른 그녀의 낯짝에

가래를 뱉듯 돌을 던져본다

그러나 그녀는 표정을 바꾸지 않는다

소란은 이내 가라앉고

우르르 몰려간 냄새에 밟혀

먼 마을의 꽃들이 진다

아무도 호수의 깊이를 모른다

　　　　　　　—「아무도 호수의 깊이를 모른다」 전문

시화호 등을 비롯한 수많은 호수가 썩어가고 있다. 그 동안의 사례를 돌이켜볼 때 한국에서의 개발은 그대로 자연파괴와 환경오염으로 치달린다 해도 과언이 아니다. 개발론자들의 사후 안전관리가 제대로 지켜지지 않는 범례들을 우리는 도처에서 발견할 수 있다.

위의 시는 낮은 어조와 적절한 비유 그리고 오염된 호수와 멀리 있는 마을의 꽃을 대비시켜 시적 공감을 확장시킨다. 개발과 진보를 위해 자행되는 자연파괴는 한국에서만이 아니라 세계 도처에서 발견된다. 환경파괴의 심각성은, 개발비용 등으로 인해 선진국보다 후진국이 더 크기 때문에 오히려 후진국의 경제개발이 선진국에 의해 억제되어 결과적으로 오도된 환경 논쟁을 유도하기도 한다. 핵무기 실험이나 핵발전소 우라늄 누출 등은 세계적 문제로 대두되었지만 오히려 선진국의 기득권을 강화시켜주는 결과를 초래하기도 한다. 이 지점에서 환경 문제는 전 지구적 차원에서 문명사적 종말론의 위기의식을 촉발시키고 지구라는 녹색별이 더이상 무차별 파괴의 대상이 되어서는 안 된다는 인식을 확산시키기도 한다.

나는 황혼기의 별 버스정거장에 서 있었다

흐린 날이었던가

구멍 난 오존층에서 죽음의 햇빛이 쏟아지며
사막 아닌 땅이 벌건 땅으로 변해 갔다
흐린 날이었던가
나는 대감독 안의 버스정거장에 서 있었다
멀리서 우르릉거리는
천둥소리가 나며
빈 드럼통이 굴러오고 있었다

—「흐린 날」 중에서

고형렬이 8,000행의 장시 『리틀 보이』(1995)를 통해 히로시마에 투하된 원자폭탄이 미친 영향을 한 소년의 눈으로 투시하여 반핵반전사상을 고취한 바 있었지만, 최승호의 「흐린 날」에서도 우리는 지구의 종말을 예감하는 한 시인의 직관을 읽을 수 있다. 이 시에서 볼 수 있는 세기말적 황혼은 되풀이되지 않는 종말을 뜻하는 것이며, 그것은 한 문명의 종말이 아니라, 지구 전체의 종말이라는 점에서 종전의 종말론과는 전혀 다른 차원의 것이다.

지구 전체에 가해지는 파괴와 착취가 어느 선에서 통어되고 절제되지 않는다면 이 녹색 별에서 인류는 더이상 삶을 영위할 수 없게 될 것이라는 점에는 많은 사람들이 공감하지만 이를 전환시키기 위해 선뜻 실천적 조치를 취하기는 누구도 쉽지 않다. 예를 들어 다음과 같은 신생의 의미가 시에서 발견된다고 하더라도 그것은 범지구적 차원에서 행해지는 파괴나 착취의 가속화에 비해 극히 미약한 것이기 때문이다.

나는, 바라보고 있다, 건너편 야산 바위로
장님인 구름이 검은 강을 안고 가다가
지쳐서 내장을 쏟아내는 저 여우비,

자연의 수사는 베어진 그루터기 같은데
나이테 둘레에는 내용 없는
나무의 영혼이 아직도 머무는지, 아까부터
불탄 무덤을 뚫고
올해의 잡초가 파릇파릇 돋고 있다

—「풍화를 읽다」 중에서

화자는 불탄 자리에 살아남은 몇 그루 굴참나무를 본다. 그는 백 년
된 느티나무 앞에서 무심한 세월을 떠올린 다음 파릇파릇 돋아나는 새
싹을 보고 아직도 나무의 영혼이 머물고 있는 것이 아닌가 생각한다.
불타고 죽은 것들의 운명과 그것을 이겨내고 솟아나는 한해살이 풀에
서 여리고 약하지만 꺾이지 않는 생명의 힘을 인식한다. 생명이란 시련
과 역경을 이겨내고 솟아나는 것이란 점에서 아직도 김명인은 생명의
기적을 믿는 낙관론에 기대고 있다고 할 것이다. 파괴하고 불태워버려
끝내고 마는 것이 생명의 종말이라면, 또 그것이 시인이 세계를 바라보
는 시선이라면 우리는 더이상 시를 읽을 필요도 없고, 인류의 미래를
걱정할 필요도 없을 것이다.

언제나 치유의 힘보다는 파괴의 힘이, 절제의 힘보다는 욕망의 힘이
더 지배적인 상황에서 신생이나 회복의 힘은 상대적으로 여리고 무력
한 것처럼 느껴진다. 인류의 역사가 정복의 역사라고 단언할 때 우리는
어떤 비애감에 빠지지 않을 수 없다. 그렇다고 하더라도 탐욕적 인간보
다는 작은 것들에서 새로운 삶의 시작을 도모하여 오도된 역사의 방향
을 바로잡는 것이 시인들의 몫일 것이다.

독일 시인 촌스(Lieselotte Zohns)는 자연 파괴의 원인이 인간의 탐욕
에서 비롯된 것임을 다음과 같이 밝히고 있다.

모든 것을 먹어치우는 자, 인간.

형제 살해자, 인간.

학대받고, 주름살 깊게 파인 지구.

그대의 모든 피조물로부터

피를 빨아 먹는다.

신과 같은 인간의 형상

사악한 주모자,

그의 가장 커다란 죄는

탐욕이다.[4]

위의 시는 1970년대 독일에 등장한 생태시로서 인간의 탐욕을 고발한 직설적인 시이다. 이러한 탐욕이 신의 얼굴을 닮은 인간에 의해 자행되는 것이기에 절대적인 것임을 강하게 표현한 예일 것이다. 「창세기」에서 말한 '생육하고, 번성하라, 땅을 정복하라'라는 명제가 악마적으로 변용되어 있음을 읽을 수 있다. 물론 이 시는 인간의 무한욕망에 대한 반어적인 고발로도 읽힌다. 그럼에도 그 반어적 의미보다는 '원죄'가 뜻하는 바대로 욕망의 극대화라는 측면이 더 크게 부각되는 것 같다.

만약 인류가 이러한 욕망에 의해 지배된다면, 지구는 더이상 견딜 수 없을 것이고, 인류사의 미래는 파멸에 이르고 말 것이다. 21세기의 초두인 현시점에서 우리가 할 수 있는 것은 어쩌면 김지하가 다음의 시에서 말하고 있는 것처럼 작은 시작에서 그 실마리를 찾는 일이 될 것이다.

---

4) 김용민, 「생태사회를 위한 문학」(신덕룡 편, 『초록 생명의 길 II』, 시와사람, 2001, 46쪽)에서 재인용.

마지막
붉게 부서지던
노을도 지쳤나
땅거미 지고

내 마음 가득히
어두운 강물 밀리고

희끗한 머리칼마다
수천 개 달은 지고

어지럽던 마지막
하루의 끝

어둠 속에 싹트는
새 천지의 시작

—「하루의 끝」 전문

하루의 끝 그 어둠 속에서 화자는 새 천지의 시작을 본다. 새 천지의
시작은 노을, 땅거미, 어두운 강물, 수천 개의 달 등을 통해 하나의 숨결
로 이어진다. 과격한 주장도 화려한 수사도 없다. 그러나 화자의 마음
가득히 밀리는 강물과 희끗한 머리칼에서 우리는 다사다난한 세월의
여정이 녹아 있음을 발견한다. 이 시에서 말하는 하루의 마지막은 이
모든 역정을 담고 있는 것이며, 그러기에 하루의 끝은 어지럽고 복합적
이기는 하지만 이 모두를 통어하고 어둠 속에서 비로소 싹트는 새 천지
를 바라보는 시각을 얻게 된다.

한 인간의 하루가 그러한 것이며, 한 문명의 시작이 이러한 인간의 하루에서 비롯된 것이다. 정현종의 「가을 들판이 척박하다」와 김지하의 「하루의 끝」은 극명하게 대비된다. 끊어진 황금 고리를 되찾는 일은 결코 쉽지 않은 일이다. 그럼에도 과격하고 거창한 언사는 더욱더 생태 파괴의 동반자로 우리를 전락시킬 위험을 안고 있다고 생각된다. 천지 간에 인간 존재의 유기적 연관을 어떻게 발견하고 어떻게 실천할 것인가 하는 문제는 20세기적 서구적 이성의 논리만으로는 불가능할 것이다. 여기서 생태시를 논하는 비평가와 생태적 상상력을 전개하는 시인 모두가 새로운 길을 찾아갈 때, 그것이 바로 우리의 문명사적 전환의 의미가 될 것이다.

3. 생태학적 상상과 동양적 사유

문학, 철학, 사회, 경제, 정치 등 모든 분야가 연관된 생태학적 상상을 역사의 지평에서 생각할 때 앞으로 과연 인간 존재로서 무엇을 어떻게 해야 할 것인가 하는 것이 우리들의 문제이다. 생태시학의 문제가 외부의 자연환경의 파괴보다는 인간의 내부로 전환되어야 한다는 필자의 논지 또한 여기서 비롯된다. 인간중심주의라고 할 때 서구적 관점과 동양적 관점의 차이는 개략적이기는 하지만 이 글의 서두에서 밝힌 바 있다. 필자는 여기서 다시 한번 『중용』에서 말하는 천지화육(天地化育)의 관점에서 사람의 본성과 사물의 본성을 구별하지 않고 천지만물의 화육운동에 동참하는 본성을 지닌 인간을 하나의 인간형으로 강조해두고자 한다. 김동리가 말한 구경적 삶을 실천하는 인간 또한 그와 상통한다고 말할 수 있다. 인간 부정의 위기에서도 그 위기를 극복하는 힘은 인간으로부터 비롯되어야 한다는 것이 필자의 근본적인 관점이기 때문이다. 자신의 본성을 극진히 실현함으로써 그 인간적 품격을 되찾을 때 주체적 인간이 구현될 것이다.

이렇게 말한다면 서양의 인간형에 대해 지극히 일방적인 논리를 펼친 것이 아닌가라고 말할 수 있을 것이다. 여기서 필자는 요나스(Hans Jonas)가 『책임의 원칙』에서 말하는 새로운 윤리적 인간을 함께 상정할 필요도 느낀다. 기술시대의 위험을 가리키면서 하이데거가 20세기 초두에 말한 "오직 어떤 신(神)만이 우리를 구원할 수 있다"는 명제를, 요나스는 사반세기가 지난 다음 "신은 우리를 도울 수 없다. 우리가 신을 도와야 한다. 그것이 궁극적으로 우리를 돕는 길이다"라는 말로 바꾸어 책임의 원칙을 말하고 있다. 요나스는 안이한 유토피아주의의 위험성을 지적하면서 '생태학적으로뿐만 아니라 인간학적으로 실패하고(전자는 증명될 수 있고, 후자는 철학적으로 해결될 수 있다) 있는 목표 설정의 오만함에 대한 책임의 원칙으로서 공포와 경외가 명령하는 보다 겸손한 과제'를 말하고 있다.

책임의 원칙이 공포와 경외에 근거하는 것이라면, 이는 천지의 화육에 동참하는 인간, 자기의 본성을 극진히 할 수 있는 중용적 인간과도 상통한다고 할 것이다. 책임의 원칙에 이르러 동서의 인간관은 하나로 통하게 되고, 생태시인이나 생태시학 또한 여기서 하나의 길을 발견할 수 있는 것이 아닐까. 들판에 사라진 메뚜기를 생각하거나, 오염된 물을 바라보거나, 불탄 자리에서 움돋는 풀을 보며 파괴와 신생을 생각하는 것은 하루의 끝에서 새 천지의 시작을 명상하는 것처럼 무한 탐욕으로 이지러진 인간의 욕망을 순화하고 절제시키는 힘으로 작용할 것이다. 그것은 물론 작고 연약한 힘이지만, 이 힘을 상실한다면, 앞으로의 문명사는 기술정보의 무한 개발로 복제인간과 사이버 세계가 펼쳐나갈 찬란하고 기괴한 종말을 맞이하게 될 것이다.

생명체로서 유기적 인간은 천지간에 사라져갈 것이고, 지구라는 녹색 별 또한 블랙홀 속으로 파멸해갈 뿐이라는 점에서 생태적 상상의 힘은 어쩌면 그 연약함에도 불구하고 문명사의 미래를 좌우하는 마지막 원천으로 작용할 것이라 전망하지 않을 수 없다.

위에서 필자는 생태학적 상상과 유기적 인간의 중요성을 강조하면서 요나스의『책임의 원칙』을 인용한 바 있다. 기술복제시대의 서양적 윤리학을 통해서 생태학적 사유가 동서를 관통한다는 것을 논하고 싶었기 때문이다.

그러나 책임의 원칙이 '공포와 경외가 명령하는 보다 겸손한 과제'에 근거하는 것이라면 이러한 문제에 대한 풍부한 사유는 동양의 여러 사상, 유가나 불가나 도가 등은 물론 한국의 성리학에서 이미 오랫동안 천착되어왔다는 것을 확인해보지 않을 수 없다. 우선 앞에서 인용한『중용』의 구절들을 좀더 인용하면서 살펴보자.

세상에서 지극히 성실한 사람만이 자신의 본성을 다 알 수 있다. 자신의 본성을 다 알 수 있으면, 남의 본성도 다 알 수 있다. 남의 본성을 다 알 수 있으면 사물의 본성을 알 수 있다. 사물의 본성을 다 알 수 있으면 자연의 조화발육을 도울 수 있다. 자연의 조화발육을 도울 수 있으면 천지와 같은 대열에 참여할 수 있다.

唯天下至誠 爲能盡其性 能盡其性 則能盡人之性 能盡人之性 則能盡物之性 則可以贊天地化育 可以贊天地化育 則可以與天地參矣

사람의 본성(人之性)과 사물의 본성(物之性)을 매개하는 것은 '지극한 성실함(至誠)'이다. 자신의 본성을 알고 나아가 사물의 본성을 아는 사람은 자연의 조화발육에 참여하여 천지와 같은 대열에 오를 수 있다는 것은 인간과 자연이 반목질시하는 대타성을 갖는 것이 아니라 지극한 성실을 통해 하나가 될 수 있음을 말한다는 점에서 깊이 음미해볼 필요가 있다.

이 지점에서 필자는 18세기 초두에 한국에서 발생한 인성(人性) 물성 (物性) 동이(同異) 문제에 대한 논쟁의 독자성을 고려해보고자 한다. 이 논쟁은 16세기 중엽의 이기논쟁에 뒤이은 것으로 조선 성리학의 독특한 성격을 드러낸다는 점에서 중요성을 갖는다. 인성과 물성이 같은 것인가 다른 것인가 하는 문제는 인간과 자연의 상관성을 천착해야 하는 오늘의 우리에게 중요한 철학적 근거를 마련해줄 것이라 기대되기 때문이다.

그런데 18세기 초두에 시작되어 20세기 초까지 계속된 이 논쟁에서 흥미로운 것은 인성물성 동이론자들이 서로 상반된 견해를 피력하는 과정에서 양자 모두 인성의 중요성을 부각시키기 위해 자신의 논지를 전개하고 있다는 점이다.[5] 앞에서도 거론한 바이지만 동양이나 한국에서의 인간중심주의는 자연을 파괴하거나 인간성을 부정하는 측면에서 비롯된 것이 아니다. 인성과 물성의 동이를 깨달아 인간이 지니고 있는 인성의 선하고 고귀한 가치를 구현하자는 데 그 목적이 있었으므로 인간성이 부정되고 있는 오늘의 시점에서 그 철학적 의미가 재평가되어야 할 것이다.

인성물성론을 검토하는 과정에서 필자는 『맹자』의 다음 부분을 읽게 되었다. 맹자는 호생불해(浩生不害)와의 문답에서 사람의 품격을 다음 여섯 단계로 나누어 설명했다.

도가 바람직함을 아는 자를 선인(善人)이라 한다. 도를 자신에게 지닌 자를 신인(信人)이라 한다. 도를 충실하게 갖춘 자를 미인(美人)이라 한다. 도가 내면에서 충실하게 되어 겉으로 광휘(光輝)가 드러나는 사람을

---

5) 윤사순, 「한국성리학의 특징과 위치」, 이기백 편, 『한국사시민강좌』 제4집, 일조각, 1989, 57쪽.

대인(大人)이라 한다. 대인으로서 질적 변화를 충실하게 이룬 사람을 성인(聖人)이라 한다. 성인으로서 그 경지를 헤아릴 수 없는 사람을 신인(神人)이라 한다.

可欲之謂善 有諸己之謂信 充實之謂美 充實而有光輝之謂大 大而化之之謂聖 聖而不可知之謂神

주자와 정약용의 주를 기반으로 해석된 위의 글을 읽을 때 우리는 맹자의 이같은 견해를 생태학적 상상과 연관지어볼 수 있을 것이다. 첫 문장 '도가 바람직함을 아는 자를 선인(善人)' 이라 했을 때 이 '도' 는 인간과 자연의 관계의 바람직함을 아는 자를 뜻하는 것으로 읽을 수 있기 때문이다.

1568년 68세의 노철학자 퇴계가 『성학십도聖學十圖』를 지어 17세의 소년왕 선조에게 바칠 때 그의 심정은 '성학을 두터이 하여 정치의 근본을 세우라' 는 충정을 바탕으로 한 것이었다. 그러나 한편으로 성인의 인격을 갖추어 정치의 근본을 세우고 싶어했던 퇴계의 소망이 담긴 『성학십도』는 이를 열심히 배우고 익힌다면 누구나 성인이 될 수 있다는 인간주의적 이상의 표현이기도 할 것이다. 그러므로 『중용』에서 성인의 도를 다음과 같이 설파한 것은 우연이 아니다.

위대하도다! 성인(聖人)의 도는 넓고 넓어서 끝이 없도다! 만물을 발육케 하여 높고 큰 하늘까지 지극하도다! 충족하고 남음이 있게 하도다!

大哉! 聖人之道! 洋洋乎! 發育萬峻極于天 優優大哉!

도의 중요성을 깨닫는 선인의 단계에서 만물을 발육케 하는 성인(聖人)의 단계까지 나아갈 때 생태학적 인간학은 인류의 미래를 유토피아적인 것으로 실현시킬 수 있는 것이 아닐까. 신이 사라진 자리에 컴퓨터와 사이보그 인간이 등장하는 시대가 올수록 성인으로 문왕의 덕을 기리던 동양의 이상적 인간을 생각하지 않을 수 없다. 성인의 도를 생각하기 이전에, 앞에서 논한 '지극한 성실함'과 '도가 바람직함을 아는 선인'은 평범한 사람들 누구나 자기에게 주어진 현실에서 이상적 인간을 실현하기 위해 구체적으로 실천할 수 있는 바로 그 첫 단계가 될 것이다.

이 글을 마무리하는 과정에서 필자는 『누가 복제인간을 두려워하나』와 같은 책의 제목을 보게 되었는데, 그 내용을 깊이 검토하지 않아 성급히 말할 수 있는 것은 아니지만 『공자가 죽어야 나라가 산다』는 책의 제목과 유사한 선전문구로 읽힌다는 점에서 이러한 상업주의적 유행을 깊이 우려하지 않을 수 없다. 성스러운 것에 대한 감각을 상실하고, 지극한 성실성마저 상실한다면 인간성은 부정되고 왜곡될 것이고 그러한 충동이 자연을 고갈시킬 것이며 나아가 지구를 파멸시킬 것이라 전망되기 때문이다.

동아시아 자연시와 동서의 교차점
―비분리의 시학을 위하여

1. 생명의 빛과 동아시아의 문화권

생명공학의 눈부신 발전에 의해 인간의 유전자 지도의 일부가 밝혀진 상황 아래서 과연 인간이란 무엇인가를 다시 되새겨볼 필요가 있을 것인가. 인간 생명의 기원이란 무엇일까에 대한 의문을 갖는다는 것은 아직도 유효한가. 역설적으로 말하자면 오히려 이런 상황일수록 인간이란 어떤 존재인지를 규명할 필요가 있다고 강조할 수도 있을 것이다.

최근 필자는 법의학자 황적준 박사로부터 인간 생명에 관한 간명한 정의를 들은 바 있다. 전자파와 같은 빛이 파동치는 힘에 의하여 심장이 박동하고 그로 인해 생명적 활동이 시작된다는 것이 그의 견해이다. 출생의 순간부터 시작된 이 빛이 어느 순간 꺼져버리면 생리학적인 어떤 병변이 발견되지 않더라도 인간은 생명을 유지할 수 없다는 것이다. 이 생명의 빛이 어디로부터 오는 것인지 아직까지 의학적으로 규명되지 않고 있다고 한다.[1]

생명의 빛에 대한 황박사의 말을 듣는 순간 필자는 이 빛이야말로 고금의 시인들이나 종교가들이 추구하는 궁극의 빛이 아닌가 하고 생각하게 되었다. 특히 동아시아 시인들은 자연 속에서 이 생명의 빛을 찾으려 했던 것이라고 판단하지 않을 수 없었다. 이 글에서 동아시아라는 용어는 중국과 한국과 일본을 지칭하는 것이며 특히 한자문화권이 공유하는 지적 문화적 공동체를 염두에 둔 것이다. 동아시아인들이 '동아시아'[2]란 용어를 자각하기 시작한 것은 대체로 19세기 이후부터이다. 이때의 동아시아는 서양에 대한 대타개념으로서의 동양이며, 동양에서도 서쪽 지역인 인도나 중앙아시아가 아닌 지역을 동아시아라 지칭하는 것일 터이다. 물론 한국과 일본은 지역적으로 보아 동북아시아라는 명칭이 더 적절한 것일 수 있을 것이다.

동아시아에서 시는 중국의 한시를 기반으로 성립되었으며, 이백이나 두보와 같은 대시인이 출현한 당시(唐詩)의 세계는 동아시아의 많은 시인들에게 수천년 동안 결정적인 영향력을 행사해왔다고 할 것이다.[3] 당시 이전에 채록되어 동양시의 전범으로 추앙되어온 『시경』이 동아시아 각국에서 시의 정전으로 읽혀져왔다는 사실 또한 우리는 되새겨보아야 한다.

한시의 전통이 서정시에 기반을 두고 있으며, 서정시의 중요한 소재인 자연을 통해 인간의 감정을 읊고 있다는 것은 널리 알려진 사실이

---

1) 생명이란 무엇인가라는 문제는 삶과 죽음을 어떻게 규정하는가, 인간이란 생명체는 무엇인가, 그리고 정신과 육체는 어떤 관련을 갖는가 등 광범위한 문제와 관련된다. 유전자 조작에 의한 인간복제, 생명체와 디지털의 복합체 등이 앞으로 중요한 쟁점으로 거론될 것이다. 이런 문제들과 관련하여 황적준 교수는 필자에게 다음의 책을 참고할 것을 권했다. Kem B. Edwards & Glem C. Graber, *Bio Ethics*, Harcourt Brace Jovanovich Publishiers, 1988.
2) '동아시아'란 용어와 인식에 대한 여러 논의는 최원식·백영서 편, 『동아시아인의 '동양' 인식』(문학과지성사, 1997) 참조.
3) 중국 한시에서의 '자연' 인식 문제는 劉若愚, 『중국시학』(이장우 옮김, 명문당, 1994, 93~95쪽)과 方東美, 『중국인의 인생철학』(정인재 옮김, 탐구당, 1983, 151~183쪽) 참조.

다.[4] 자연을 목적론적으로나 기계론적으로 보지 않고, 순환하는 생명의 근원으로 보았던 동아시아의 시인들은 자연과 인간을 분리시키거나 단절시켜 보지 않았다는 점에서 목적론적 시각에서 자연을 바라보았던 서구의 시인들과 크게 다르다는 것이 필자의 지론이다. 분리의 시학이 아니라 비분리의 유기체적 시학에 근거할 때, 우리는 21세기의 환경파괴나 인간복제 등의 여러 위기에서 인간 존재의 정당성을 확보할 수 있는 근거를 찾을 수 있을 것이다. 자연과 화합하지 않고 자연을 파괴하며 자연을 인간의 목적으로 지배하려고만 한다면 인류는 자신의 모체인 지구를 파멸시키고 자신도 파멸하고 말 것이다.

필자는 이 글에서 동아시아 자연시의 궁극적인 점을 일본의 대시인 마쓰오 바쇼(松尾芭蕉, 1644~1694)[5]와 한국 현대시의 아버지라고 불리는 정지용(1902~1950?)[6]에서 찾아보고, 이를 비교 검토한 다음 여기서 나아가 동서시의 교차점까지 논의를 진전시켜보고자 한다. 물론 바쇼와 지용이 서로 직접적인 영향을 주고받은 것은 아니다. 그러나 한국과 일본의 대표적 시인들이 자연을 어떻게 바라보았고, 이를 그들의 시에 어떻게 표현하였는지를 살펴보는 일은 중국으로부터 퍼져나온 문화적 빛의 자장이 다채롭게 변주되어 동아시아라는 하나의 공동체적 문화권이 형성되었음을 확인하는 것이 될 것이다. 또한 서구와 다른 동아

---

4) 자연시와 동아시아의 전통에 대해서는 김종길, 「자연, 시, 동아시아전통」(『2000 서울국제문학포럼 Session II』, 대산문화재단, 2000. 9, 54~61쪽) 참조. 김종길 교수는 이 글에서 중국, 일본, 한국의 자연시들을 검토하면서 '자연'의 문제가 동아시아 시인들에게 어떻게 받아들여졌는지를 명쾌하게 분석하였다. 필자의 이 글은 이미 부분적으로 발표되었지만, 김교수와 황교수의 견해를 참고하여 21세기와 관련한 동서의 교차점을 모색한다는 점에서 새로운 시각으로 조망한 것이다.

5) 바쇼에 대한 전반적인 논의는 이영구, 『松尾芭蕉 연구』(중앙출판부, 1994. 5)를 참조.

6) 정지용에 대한 전반적 연구는 김학동, 『정지용 연구』(민음사, 1987), 작품 해설은 이숭원, 『정지용 시의 심층적 탐구』(태학사, 1999), 동양 시학의 관점은 최승호, 『한국현대시와 동양적 생명사상』(다운샘, 1995) 등을 참조.

시아적 자연과 인간 인식의 독특성이, 생명복제와 환경파괴가 전 지구적 문제로 떠오른 21세기의 새로운 대안이 될 가능성을 조망하는 일이 될 것이다.

2. 정지용의 자연과 바쇼의 하이쿠론

정지용은 한국 현대시의 아버지라 불린다. 한용운이 식민지시대의 모순을 해결하고자 혁명가로서 독립운동의 전면에 나섰다면, 정지용은 오로지 시인으로서 언어 탐구의 길을 걸었다. 정지용은 식민지시대가 마감될 때까지 교직에 봉사하였지만 그로서는 일제의 압박을 벗어나는 길은 자신의 내면을 탐구하는 시에 전념하는 것이라고 생각했던 것 같다.

그 동안 정지용의 현대적 의의를 일반적으로 서구의 이미지즘이나 모더니즘의 기법을 받아들여 뛰어난 언어 감각을 구사하였다는 점에서 찾아왔던 것이 사실이다. 그의 시가 지닌 현대성에 대한 의미 부여가 서구적 기법을 우선적으로 떠올리게 만들었기 때문이다. 그러나 그의 시적 방법에 동양적 사상과 시법이 중요한 원리로 작용하고 있다는 사실을 간과할 수는 없다. 이 점을 천착하는 것이 서구 중심적 이해 척도로만 문학을 가늠하던 시기의 비평적 논리를 넘어서는 새로운 접근법이 될 것이다.

정지용은 1902년 음력 5월 15일 충청북도 옥천군 옥천면 하계리에서 아버지 정태국의 장남으로 태어났다. 부친이 한약상을 경영하여 처음에는 여유 있는 생활을 했으나 홍수로 인해 전 재산이 수몰된 이후 가산이 기울었다고 한다. 1910년 충북 옥천보통학교에 입학하였고 1913년 당시의 관례대로 조혼하였다. 이후 고학생활을 하였던 것으로 생각되며 1918년 서울의 휘문고보에 입학한 이후 본격적으로 문학의 길에 들어섰다. 고학생임에도 불구하고 학업성적은 우수하였으며, 자신의 실력이 알려진 다음부터 장학금으로 학교를 다녔다. 이 당시 휘문고보에는 한국 근대문학의 선구자들이 다수 재학하고 있었다. 모두 근대문학 초창기에 공헌한 중요한 문인들로서 삼 년 선배 홍사용, 이 년 선배 박종화, 일 년 선배 김영랑, 동급생 이선근, 일 년 후배 이태준 등이 그들이다. 학창 시절 문재를 발휘하여 동인지 『요람』을 주도적으로 발간하였으며 1922년 휘문고보를 졸업하였다. 1923년에는 휘문고보의 교비생(校費生)으로 교토에 있는 도시샤(同志社) 대학 영문과에 입학하였다. 1922년 현전하는 첫 작품 「풍랑몽 風浪夢」을 썼으며 1923년에는 널리 알려진 「향수」를 쓰면서 본격적인 시작활동에 들어갔다. 1926년부터 도시샤 대학을 졸업하는 1929년까지 일본 문예지 『근대풍경近代風景』에 일어시 이십여 편을 발표하여 일본 시인 기타하라 하쿠슈(北原白秋)의 주목을 받기도 하였다.

정지용은 1929년 도시샤 대학을 졸업하고 모교 휘문고보의 교사로 취임한 후 1945년 이화여자전문학교로 자리를 옮길 때까지 그곳에서 십육 년간 재직하였다. 그의 중요작품은 거의 이 재직시에 씌어졌다. 1920년대부터 작품 발표를 시작하였지만, 그가 전 문단적 관심의 표적이 된 것은 1930년 박용철, 김영랑 등과 '시문학' 동인으로 참가하여 문단활동을 시작한 시기부터이다. 1933년 이태준, 김기림, 조용만 등과 '구인회'에 가담하고 동년 6월에 창간된 『가톨릭 청년』의 편집위원으로 활동하면서 그는 문단의 중심에 자리잡게 되었다. 특히 1939년 순문예지 『문장』의 추천위원이 되어 조지훈, 박목월, 박두진, 박남수 등을 배출하면서 그의 문학적 권위는 확고부동해졌다. 1935년에 간행된 『정지용시집』은 감각적 재치와 절묘한 언어구사로 그의 시적 명성을 천하에 드러내게 하였다. 1941년에 간행된 『백록담』은 여기서 한 걸음 더 나아가 동양적 허정의 정신을 육화시키는 원숙성을 발휘하여 그 시적 세계의 심화를 보여주었다.

1945년 해방 후 좌우의 소용돌이에 휩싸인 정지용은 1948년 봉직하던 이화여자대학교마저 사임하고 칩거에 들어갔으나 1950년 6·25동란이 일어나자 정치보위부에 구금되어 서대문형무소에 수감되어 있다가 평양의 감옥으로 이감되었으며 그후 그곳에서 폭사당한 것으로 추정된다.

1950년 이후 정지용은 타의에 의한 평양행으로 인해 그후 사십여 년가까이 한국현대시사에서 본격적인 논의가 터부시되었으며, 그의 시에 대한 평가도 일부를 제외하고는 비판적이거나 부정적인 경우가 많았다. 정지용은 오랫동안 학술적 연구의 대상이었을 뿐이며, 그의 작품이 공개적으로 다시 일반 독자에게 알려진 것은 납·월북 문인에 대한 공식 해금조치가 취해진 1987년 이후의 일이었다.

『정지용시집』의 언어적 신기성에 압도된 사람들이 그 서구적 취향의 감각적 일면만을 높이 평가하거나 또는 기교주의로 그의 시 전체를 부정하는 것은 『백록담』의 내적 깊이를 간과하였기 때문이다. 정지용을 진정 한국 현대시의 아버지로 이해하기 위해서는 『정지용시집』과 『백록담』을 동시에 천착하여 이 양자를 포괄하는 논리적 설득력이 확보되어야 할 것이다.

『정지용시집』이 지용의 시적 천품을 유감없이 드러낸 시집이라고 높이 평가하지만 지용의 독자적인 시세계는 『백록담』에서 심화되어 나타나고 있다고 보는 필자는 이미 「장수산」「백록담」「비」 등의 작품 분석을 통해 그 논지를 밝힌 바 있다.[7] 그러나 독자적 시관을 바탕으로 농축

---

7) 졸고, 「정지용의 「장수산」과 「백록담」」(『현대시의 정신사』, 열음사, 1985) : 졸고, 「정지용의 산수시와 은일의 정신」(『불확정시대의 문학』, 문학과지성사, 1988) 참조. 필자의 산수시론에 대한 비판으로 장경렬, 「이미지즘의 원리와 '詩畵一如'의 시론」(『작가세계』 1999년 겨울호)이 있으며, 이에 대한 비판으로 졸고, 「정지용과 情景의 시학」(『작가세계』 2000년 가을호)이 있다.

된 언어가 축적된『백록담』에 수록된 시편들은 쉽게 독자들의 접근을 허락하지 않는다.

여기서,『백록담』에 수록된「옥류동」과「진달래」를 분석하여 지용시에 대한 이해의 지평을 넓히고자 한다. 특히『정지용시집』과『백록담』이 간행되는 사이에 발표되는 시론들을 매개로 하여 바쇼의 하이론(俳論)과 대비하면서 지용시는 물론 현대적 의미에서 자연시가 갖는 본질적 의미를 규명해보도록 하겠다.

첫 시집을 간행한 지용은 시단의 주목을 한 몸에 받게 된다. 최상의 찬사와 최악의 폄하가 그에게 쏟아진 것이다. 물론 그의 시를 기교주의로 악평한 것은 임화를 비롯한 프로문학 계열의 문사들이었으며, 거기에는 이념적 편향성이 내포되어 있었다. 1935년 첫 시집을 간행한 다음 지용은 약 이 년 동안 다작을 줄이고 간헐적으로 시를 한 편씩 선보일 뿐이었다. 그리고 1937년 6월에「비로봉」과「구성동」을 동시에 조선일보에 게재하고, 이어 11월에「옥류동」을 발표했다. 1936년과 1937년에 씌어진 다량의 수필이 이와 관련이 있을 것이며, 아마도 지용은 이 시기에 자기의 시적 전진로를 모색하고 있었을 것이다. 가톨릭에 입교한 것 또한 모색과정에 있는 그로서는 자연스러운 일이었을 것이다. 이 과정에서 쓴「옥류동」은 지용의 시적 전환을 살펴보는 징검다리가 되는 자료이다.

골에 하늘이
따로 트이고,

瀑布 소리 하잔히
봄우뢰를 울다.

날가지 겹겹히
모란꽃닢 포기이는듯.

자위 돌아 사폿 질ㅅ듯
위태로이 솟는 봉오리들.

골이 속 속 접히어 들어
이내(晴嵐)가 새포롬 서그러거리는 숫도림.

꽃가루 묻힌양 날러올라
나래 떠는 해.

보라빛 해ㅅ살이
幅지어 빗겨 걸치이매,

기슭에 藥草들의
소란한 呼吸!

들새도 날러들지 않고
神秘가 한꿋 저자 선 한낮.

물도 젖여지지 않어
흰돌 우에 따로 구르고,

닥어 스미는 향기에
길초마다 옷깃이 매워라.

귀또리도
흠식 한양

옴짓
아니 긴다.

―「옥류동」 전문

  2행 1연 형식의 이 시는 모두 13연 26행의 서경시이다. 2행 1연 형식은 지용이 산문적 형태의 서술시로 바꾸기 이전에 가장 애용하던 안정된 형식이다. 물론 이를 지나치게 정태적이라고 비판할 수도 있겠지만, 2행 1연의 형식을 취함으로써 언어적 절제의 심미성을 드러낼 수 있었음은 물론 여백의 효과를 노릴 수 있었기 때문에 이와 같은 행간 배치를 즐겨 구사했던 것이라 여겨진다.

  이 시를 구조적으로 분절해본다면 대체로 네 단락으로 나눌 수 있다. 1~2연 서두, 3~5연 이어짐, 6~9연 전환, 10~13연 완결 등이 그것이다. 기·승·전·결로 보아도 크게 무리 없이 분절된다.

  서두에서는 우선 계곡으로 들어서는 과정이 표현되고, 다음에는 겹겹이 포개지듯 계곡 깊이 들어서면서 주변 산봉우리들이 묘사된다. 화자의 전진에 따른 시각 이동은 경관의 변화를 자연스럽게 나타낸다. 뾰족하게 솟은 산봉우리들의 묘사가 사실적으로 그려진다.

  전환에 해당되는 6~9연은 말 그대로 점입가경을 아낌없이 표현하여 옥류동의 신비한 경관이 우리의 눈앞에 재현된다. 지용의 비범한 언어 능력이 발휘된 뛰어난 부분이다. 제6연은 계곡에서 홀연히 해가 떠오르는 것을 바라보며 일출 현상을 마치 꽃에 앉았던 나비가 날아오르는 것으로 포착하고 있다. 깊은 산 속의 계곡을 걸어본 사람은 대개 알고 있는 사실이지만 한참 계곡을 걷다보면 어느 순간 갑자기 해가 솟구쳐오름을 느낀다. 그 순간을 나비가 꽃가루를 묻히고 날개를 떨면서 날아올랐다고 보는 것은 분명히 남다른 통찰력의 소산이다. 지용의 시선은 여기서 멈추지 않는다.

지용의 예민한 촉수는 다음 7~8연에서 발휘된다. 불쑥 나타나기는 하였지만 아직 산봉우리에 걸쳐 있는 햇살을 7연에서 "보랏빛 해ㅅ살이 / 幅지어 빗겨 걸치이매"로 선명하게 묘사하여 햇살의 스펙트럼을 자연스럽게 펼쳐 보이고 있다. 보랏빛 햇살이 산봉우리에서 계곡 아래로 눈부시게 분사되고 있음으로 인해 제8연의 "기슭에 藥草들의 / 소란한 呼吸!"이 절묘하게 살아난다.

약초는 자연의 영기를 머금고 자라나는 풀이다. 보랏빛 햇살이 계곡에 분사되고 있음으로 인해 그 산의 영기를 받아들이려고 소란하게 움직이고 있는 약초들의 존재가 예리한 투시력으로 생명력을 갖는다. 이는 후일 지용이 「시의 옹호」(『문장』 5호, 1939. 6)에서 "문자와 언어에 혈육적 애(愛)를 느끼지 않고서는 시를 사랑할 수 없다"고 하거나, 「시와 언어」(『문장』 11호, 1939. 12)에서 "언어는 시인을 만나서 비로소 血行과 호흡과 체온을 얻어서 생활한다"고 한 말을 구체적으로 실현한 예이다.

산기슭에서 지금 막 솟아난 보랏빛 햇살을 받고 있는 풀들에게서 활발히 움직이는 식물의 숨소리를 듣는다는 것은 자연을 향해 열려 있는 시인의 귀가 남다른 것임을 알려 준다. 물론 이와 유사한 표현들을 남발하는 시인들이 많이 있지만 지용의 말대로 '완성 조화 극치의 발화(發話)'라는 수준에 이른 예는 찾기 힘들다. '시가 충동과 희열과 능동과 영감을 기다려서 겨우 심혈과 혼백의 결정'을 얻게 된다는 그의 견해가 이 시를 통해 입증되고 있다고 하겠다.

9연의 진술은 이미 계곡의 한가운데 해가 떠올라 자연의 향연이 절정에 이른 상태를 말하고 있다. 이 절정의 순간은 정적감으로 인식된다.

새들은 날지 않고 오직 자연 그대로의 상태에서 흘러가는 물소리가 있을 뿐이다. 해와 약초와 계곡의 물 모두가 하나가 되는 대일치의 순간이다. 빛과 향기가 자연의 향연을 벌이고 있는 정결한 계곡에는 보랏빛 햇살이 무지개처럼 눈부시게 빛날 것이며, 오로지 들리는 것은 자연 그 자체의 존재를 알려주는 물소리였을 것이다. 첨가할 무엇이 더이상 존재하지 않는 자연 그대로의 상태에서 맑은 물에 씻긴 계곡의 바위들은 희게 빛나고 있다. 실상 순연한 존재 그 자체는 언제나 말없음으로 인식되는 것이다. 여기서 한 걸음 물러설 때 9연과 10연은 분절된다. 옥류동을 걸어올라가야 하는 다음의 등정이 남아 있기 때문이다.

9연과 10연을 분절시켜 보게 되는 것은 향연의 절정에 이른 9연에서 전환을 마련해야 하는 것이 10연이고, 그 이후의 시행들은 결말을 위해 배치된 것으로 보이기 때문이다. 10연에서는 옥류동에 흐르는 계곡물의 청정함을, 11연에서는 이 계곡을 걷고 있는 시인의 옷깃에 스며드는 계곡의 향기를 나타내고 있다. 11연에 이르러서야 비로소 이 신비한 계곡에 발을 들여놓는 시인의 존재가 드러난다. 그는 겨우 옷깃에 스미는 향기로서 나타날 뿐이다. 이 점이 전형적인 동양화적 수법이다. 화자는 자신을 아주 조금, 그것도 어쩔 수 없이 드러내고 있는데, 그는 이미 약초들의 소란한 숨소리를 들을 수 있는 자이기 때문에 한순간 이 신비경에 일체화되었다가 계곡을 다시 걸어올라가는 동작을 오로지 옷소매를 통하여 나타낼 뿐이다. 이 옷깃에 스며드는 향기로 인해 자연과 일체경의 경계에 화자가 서 있음을 독자는 깨닫게 된다.

그러나 그는 더이상 자신을 드러내는 것이 적절하지 않다고 생각하고 있다. 제12~13연에서는 귀또리를 등장시켜, 자신이 참여했던 물아일체의 한순간이 얼마나 신비로운 것인지를 간접적으로 표현한다. 움직이지 않는 귀또리는 이제 자신이 걸어나갈 계곡의 신비경이 절대적인 것임을 대변해준다. 자신의 심정을 스스로 드러내지 않고 자연물 중에서도 아주 작은 그러나 인간과 친숙한 귀또리를 통해서 표현하고 있는 시법은 인간과 자연이 근원적으로 분리된 것이 아니라는 자연관으로부터 비롯된 것이리라. 그것은 논리나 이지로 습득되는 것이 아니다. 생래적으로 체득되고 감지된 것이며, 언제나 시적 상상의 중심에 자리 잡고 있는 근원적인 자연관이다. 지용은 뛰어난 시로써 이를 실천하고 있는 것이다.

「옥류동」이 당시 뛰어난 작품으로 크게 평가받은 것은 아니다. 이 시의 제 6~9연에서 보여주는 정묘한 시적 언어가 남다른 것이기는 하지만 당대인들에게는 여기에 특별히 주목할 만한 여유가 없었다. 우선 외적으로는 이 시가 발표된 1930년대 후반은 식민지시대의 사회적·국제적 정세가 급박하게 파국을 향해 치달리고 있었으며, 빛나는 재기의 시를 기대하던 일반 독자들에게는 이와 같은 유현한 정신주의적 세계가 당혹스러운 것이기도 하였을 것이다. 오늘날에도 이러한 사정이 크게 달라진 것은 아니다. 지용시에 대한 심도 있는 이해는 당대는 물론이고 오늘에 있어서도 결코 용이한 일은 아니다.

지용은 1938년 다수의 수필과 번역시를 발표하고 1939년에는 3월에 침잠의 산문체시 「장수산」을, 4월에 기행시 「백록담」을 발표하지만 자신의 새로운 시에 대한 반응이 미미한 것으로 판단되자 「시의 옹호」(6월), 「시와 발표」(10월), 「시의 위의」(11월) 등 독자적 시론을 발표한다. 물론 그 이전에도 약간의 시평을 산발적으로 내놓은 바 있지만, 위의 세 편의 글들은 시와 시창작에 대한 원론적이며 실제적인 견해들을 포함하고 있을 뿐 아니라 1941년에 간행된 시집 『백록담』에 수록된 시편들을 뒷받침하는 시적 논리를 탐구하고 있다는 점에서 주목된다.

문자와 언어에 혈육적 애(愛)를 느끼지 않고서는 시를 사랑할 수 없다. 사랑은커니와 시를 읽어서 문맥에도 통하지 못하나니 시의 문맥은

그들의 너무도 기사적인 보통 상식에 연결되기는 부적한 까닭이다. 상식
에서 정연한 설화, 그것은 산문에서 찾으라. 예지에서 참신한 영해(嬰孩)
의 눌어(訥語), 그것이 차라리 시에 가깝다. 어린아이는 새 말밖에 배우
지 않는다. 어린아이의 말은 즐겁고 참신하다. 으레 쓰는 말이라도 그것
이 시에 오르면 번번이 새로 탄생한, 혈색이 붉고 따뜻한 체중을 얻는
다.(「시의 옹호」)

시는 이미 기성화된 상식의 정연한 설화가 아니다. 차라리 어린아이
들의 말에서 새로움을 배우라. 상식적으로 으레 쓰는 말일지라도 어린
아이들의 말은 언제나 즐겁고 참신하다. 시의 언어는 어린아이의 말처
럼 새로 탄생한 말의 참신성을 가져야 한다. 상식적인 말의 상식적인
되풀이는 새롭게 탄생시켜야 하는 언어에 대한 혈육적 사랑이 없다는
것을 뜻한다. 김기림의 모더니즘 시론과 전혀 다른 시각에서 시와 시인
이 지녀야 할 존재론적 정당성을 밝힌 이 글은 하나의 독자적 선언이라
고 할 만하다.
　지용의 이와 같은 발언은 기묘하게도 다음과 같은 바쇼의 말과 상통
한다.

　　스승께서 "俳諧는 순수한 연소자에게 시켜라" "初心의 句야말로 믿음
　직하다".(「三冊子 · 赤」)

　능통하지만 상식에 빠져 애써 새로운 구만 얻으려고 하는 사람들에게
바쇼가 던진 경구는 그대로 지용의 말과 상통한다. 바쇼의 제자 교라이
(去來)는 바쇼의 말을 다음과 같이 정리하고 있다.

　　芭蕉 문하의 發句들은 글자를 모르는 農夫나 십세 이하의 소아라도 때

로는 좋은 句를 쓸 수 있다.(「去來抄」)

　무식한 농부나 어린아이들에게 배우라는 것은 억지로 시를 쓰려고
할 것이 아니라 모두 초심으로 돌아가라는 것이다. 이는 지용의 또다른
발언을 연상시킨다.

　　시도 기껏해야 말과 글자로 사람 사는 동네에서 쓰여지지 않았던가.
　　不知何許의 일개 老軀를 택하여 白樂天은 시적 어드바이스로 삼았다든
　　가.(「시의 옹호」)

　무식한 이웃 노파에게 자신이 쓴 시를 읽어주고 그 충고를 받아들였
다는 백락천의 고사를 인용하고 있는 것은, 억지로 조작되는 시를 부정
하고 자연스럽게 쓰여지는 거짓 없는 시를 쓰라는 말이다. 곧 초심으로
돌아가 시를 쓰라는 뜻인 것이다.
　바쇼는 이를 다음과 같이 간명하게 말했다.

　　소나무에 관하여는 소나무에게서 배우고, 대나무에 관하여서는 대나
　　무로부터 배워라.(「三冊子・赤」)

　지용은 이를 다음과 같이 표현했다.

　　꾀꼬리는 꾀꼬리 소리밖에 말하지 못하나 항시 새롭다. (……) 오직
　　생명에서 튀어나오는 항시 최초의 발성이야만 진부하지 않다.(「시의 옹
　　호」)

　소나무에게 배우고, 꾀꼬리에게 배운다는 것은 무엇인가. 항시 최초

의 자연스러운 발성을 배우라는 것이고 자연의 변화 속에서 사물의 본성을 포착하라는 뜻이다. 인위나 억지가 들어간 것은 진정한 시가 되지 않는다는 것은 바쇼나 지용에게 두루 통용된다.

우리는 여기서 한 걸음 나아가 역으로 바쇼의 다음 말을 지용의 시에 적용해도 크게 어긋나지 않음을 확인할 수 있다.

句作에 관하여 스승의 말씀이 있었다. "物로부터 받은 빛과 인상이 아직도 마음속에 남아 있을 때 표현해두어라"(……) 이것은 모두 物과의 一如의 경지에서 物과 本相이 생생하게 남아 있는 동안에 그 모습을 밝혀두라는 가르침이다.(「三册子 · 赤」)

사물로부터 우러나오는 빛은 위에서 되풀이하여 말한 최초의 발성이자, 한순간 한 찰나의 살아 있음의 생동하는 인식일 것이다. 새로운 혈행(血行)의 따스함이 살아 있는 시를 쓰는 것은 아마도 모든 시인들이 도달하고자 하는 구경의 이상일 것이다.

앞에서 논한 「옥류동」의 제6~9연은 사물의 본상에 핍진하는 부분이라고 할 수 있다. 특히,

꽃가루 묻힌양 날아올라
나래 떠는 해

보랏빛 해ㅅ살이
幅지어 빗겨 걸치이매,

기슭에 藥草들의
소란한 呼吸!

에 이르는 시적 전개는 자연의 빛을 따라 그대로 마지막 지경까지 나아
간 언어적 묘사라고 할 수 있다.[8] 지용은 '소란한 호흡'이라 표현하고
있지만, 그 표현에 담기는 것은 온갖 향기를 머금은 약초의 냄새요, 그
것은 바로 자연의 신비로운 냄새일 것이다. 표현된 언어 속에 자연의
생기가 담겨 있다는 것이다. '天地의 變化가 俳諧藝術의 소재'라고 설
파한 것이나 '物의 생생한 本相이 사라지기' 전에 포착하라는 충고는 바
쇼만의 것은 아니다. 지용 또한 자연의 관찰을 통해 시적 영감을 얻을
수 있다는 것을 다음과 같이 말하고 있다. 그는 시적 휴양기에 독서와
외국어 학습의 중요성을 강조하며 다음과 같이 말하고 있다.

그보다 더 좋은 것을 얻을 수 있는 것은 바다와 구름의 동태를 살핀다
든지, 절정에 올라 고산식물이 어떠한 몸짓과 호흡을 가지는 것을 본다
든지, 들에 내려가 一草一葉이, 벌레 울음과 물소리가, 진실히도 시적 운
율에 떠는 것을 나도 따라 같이 떨 수 있는 시간을 가질 수 있음이다. 시
인이 더욱 이 시간에서 인간에 집착하지 않을 수 없다. 사람이 어떻게 괴
롭게 삶을 보며 무엇을 위하여 살며 어떻게 살 것인가라는 것에 주력하
며, 신과 인간과 영혼과 신앙과 애(愛)에 대한 항시 투철하고 열렬한 정
신과 심리를 고수한다. 이리하여 삶과 죽음에 대하여 점점 단(段)이 승
진되는 일개 표일(飄逸)한 생명의 검사(劍士)로서 영원에 서게 된
다.(「시와 발표」)

자연을 관찰하여 시적 순간을 인식하라는 앞부분과 인간이 겪어야
하는 삶의 고통스러움을 어떻게 고양시킬 것인가를 투철하게 고뇌하라

---

8) 김종길 교수는 앞의 논문에서 정지용의 「구성동」이 '自然高妙'의 세계에 이른 시라고
  높이 평가하고 있으며, 필자는 「옥류동」의 이 부분에 주목하여 '자연의 빛'이 시행에 표현
  되어 있다고 본다.

는 뒷부분이 조화를 이룰 때 비로소 시인은 생명의 검사로서 영원과 맞서게 된다고 위의 글에서 지용은 말하고 있다.

식물과 동물은 물론 삼라만상이 생명의 운율에 떠는 것을 시적 순간으로 파악하고 시인도 거기에 일체화시켜 바라보는 것이 지용의 자연관이라면, 이에 그치지 않고 인간의 고뇌를 반영하여 영원한 시적 주제를 부각시키라고 하는 것은 지용의 자연관찰이 결국 무엇을 조준하고 있는지를 말해준다. 자연을 관찰하여 생명의 첫 발성을 포착하는 것이 시적 순간일 것이며, 그 시적 포착 또한 현실에서 고뇌하는 인간의 자기 발견에 도달하기 위함일 것이다.

여기서 우리는 다시 한번 바쇼적 경구를 떠올릴 필요가 있다.

높이 깨닫고 俗에 놀아가라는 가르침이다.(「三册子 · 赤」)

바쇼의 고오귀속(高悟歸俗)의 사상은 결국 시가 인간 사는 세상에 돌아오는 것일 수밖에 없으며, 지용이 말한 생명의 검사로서의 시인 또한 생명을 가진 존재로서 인간의 고뇌와 대결하게 된다는 것이다. 이처럼 두 사람 모두가 인간중심적 세계관을 반영한다는 공통점을 갖고 있다고 하겠다.

그러나 인간이 인간으로 돌아오기 위해서는 자연에 대한 심도 있는 관찰과 번뜩이는 통찰이 필요하다. 인간을 통해서 인간을 안다는 것은 언제나 제한적이다. 궁극의 대상인 자연에서 인간의 가장 본질적인 근원을 포착할 수 있다. 유전무상(流轉無常)한 자연의 변화와 인간의 삶의 궁극적 일치점을 찾는다는 것은 일차적으로는 시인의 기쁨일 것이다. 그러나 그것은 또한 인간 존재가 감수하지 않을 수 없는 자기 한계의 인식일 것이다.

자연과 일치되는 구극의 지점까지 나아가는 것은 시적 떨림의 한순간을 지칭하는 것일 터이다. 「옥류동」에서 우리는 자연의 신비경에 깊숙이 동참하고 있는 지용의 세계를 관찰할 수 있다. 그는 여기서 잠깐 머물렀을 것이며, 다시 한 걸음 더 전진하기 위해 산문체의 설화적 어법을 도입하여 쓴 시가 1941년에 발표한 「진달래」이다. 1941년 『문장』지의 신년호 지상에 「조찬」 「비」 등 열 편의 작품과 함께 발표된 이 시는 동년 9월에 간행되는 시집 『백록담』을 위해 지용이 비축하고 있던 마지막 시들을 망라한 중요 작품군 중 하나이다. 열 편의 시를 동시에 발표한 것은 지용에게는 전무후무한 일이며, 이렇게 집중적으로 시적 에너지를 일거에 분출시킨 다음 그는 더이상 새로운 시적 전진로를 찾지 못하고 만다. 그러나 이 마지막 시적 섬광을 발하는 작품으로서 「진달래」는 손색이 없다.

(1)한골에서 비를 보고 한골에서 바람을 보다 (2)한골에 그늘 딴곳에 양지 따로 따로 갈어 밟다 (3)무지개 해ㅅ살에 빗걸린 골 山벌떼 두름박지어 위잉 위잉 두르는 골 雜木수풀 누릇 붉웃 어우러진 속에 감초혀 낮잠 듭신 칙범 냄새 가장 자리를 돌아 어마 어마 긔여 살어 나온 골 (4)上峯에 올라 별보다 깨끗한 돌을 드니 백화가지 우에 하도 푸른 하눌…… 포르르 풀매…… 온산중 紅葉이 수런 수런 거린다 (5)아래ㅅ절 불켜지 않은 장방에 들어 목침을 달쿠어 발바닥 꼬아리를 슴슴 지지며 그제사 범의 욕을 그놈 저놈 하고 이내 누었다 (6)바로 머리 맡에 물소리 흘리며 어늬 한곬으로 빠져 나가다가 난데없는 철아닌 진달래 꽃사태를 만나 나는 萬身을 붉히고 서다.

—「진달래」 전문

이 시는 구성동, 옥류동을 지나 산의 정상에 올라갔다 내려온 이야기를 서술한 산문체의 작품이다. 이와 유사한 산문체는 「장수산」에서도 시도되었는데, 지용으로서는 가장 안정된 시적 서술방식인 2행 1연의 자유시 형식을 버리고 사설적인 산문체로 전환했다는 사실이 주목된다. 이는 남다르게 예민한 그로서는 상당한 고민의 소산이었을 것이다. 「장수산」에서는 음향적 울림을 살려 겨울 산의 정적감을 드러내고자 하였으며, 이어 「백록담」에서는 산의 풍경들을 장면장면을 카메라로 포착하듯 독립적으로 병치시켜 시적 효과를 얻고자 구사한 것이 산문체이다. 「진달래」에 이르러서는 시작과 종결이 있는 이야기를 도입하여 설화성을 강조하고 있다.

크게 보아 위의 시는 여섯 개의 단락으로 구분된다.

(1) 한 골에서는 비를 보고 또다른 골에서는 바람을 본다.

(2) 한 골에는 그늘을 걷고 다른 골에는 양지를 걸었다.

(3) 무지개 햇살 비치는 골과 산벌떼가 윙윙거리는 골 그리고 칙범이 숨어 있을지도 모른다는 잡풀 우거진 골을 걸어올라 정상에 올랐다.

(4) 상봉에 올라 깨끗한 돌을 들어 숲으로 던지니 온 산의 홍엽이 수런거렸다.

(5) 산에서 내려와 아랫절의 불 켜지 않은 방에 들어와 목침을 달쿠고 누우니 그때서야 범을 욕하는 소리가 나왔다.

(6) 잠이 들어 계곡물을 따라 흘러내려가다 진달래 꽃 사태를 만나 나도 온몸을 붉히고 섰다.

산문으로 해체되어 있지만, 대략 위와 같이 요약할 수 있는 「진달래」는 그 전개로 보아 처음 (1)(2), 전개 (3), 전환 (4)(5), 결말 (6) 등으로 나눌 수 있다. 작중 화자는 여러 계곡을 오르내리며 산의 정상에 올라가서 푸른 하늘을 바라보고 별보다 깨끗한 돌을 온통 물든 나무숲에 집어던지고 내려와 잠이 들었는데 그 꿈속에서 범을 만난 것이 아니라 진달래꽃 사태를 만났다는 이야기이다.

잡목 숲 우거져 칙범이 숨어 있을지도 모른다는 느낌이 드는 계곡을 오르면서 느꼈던 공포감을 '어마 어마 긔여 나온 골'이라 표현한 것은 지용 특유의 발랄한 재치의 소산이지만, 이 시의 묘미는 마지막 제(6) 단락에 있다.

어딘가에 칙범이 숨어 있을지도 모른다고 겉으로 중얼거리기는 했지만 내심 무서워하며 끝내 정상까지 올라간다. 그러나 나타나지 않은 그 범이 몹시 무섭더라고 여유를 가지고 농담을 하다가 잠든다. 꿈속에서 계곡물을 따라 흘러가다 진달래꽃 사태를 만나는 순간 자기 또한 진달래처럼 만신을 붉히고 섰다는 것은 시적 전개를 일순에 멈추게 한다는 점에서 묘미가 있다. 아마도 그것은 진달래꽃과 자기가 하나가 되었다는 뜻으로 해석된다. 물론 여기서 진달래꽃 사태 속에서 갑자기 산에 오를 때 상상하던 칙범을 만난 것이 아닌가라고 해석할 수도 있다. 그러나 그것은 시적 문맥을 넘어선 해석이다.

거슬러가보자. (4)에서 우리는 상봉에 올라 별보다 깨끗한 돌을 던져 온산 홍엽을 수런거리게 했다고 화자가 말한 사실을 떠올릴 필요가 있다. 홍엽은 떨어지고 팔매는 날아가다 꿈속에서 계곡물을 따라가는 나의 가슴에 맞은 것이다. 봄이 돌아온 것을 연상했다고나 해야 할까. 온산 홍엽을 뒤흔드는 팔매 하나가 날아가 진달래꽃 사태를 부르며 꿈속의 자신을 향해 날아와 박힌 것이다. 돌팔매가 일으키는 파장은 이 시에서 온 산을 뒤흔들고 있다.

「옥류동」은 물론 이 골 저 골을 지나 상봉에 오른 그가 시적 상상을 펼칠 수 있는 한 정점에 돌팔매가 날아가 멀리 있는 봄을 불러오는 「진달래」가 있으며, 이는 자연과 인간이 구극에서 하나가 되고 그 속에 사람들이 살아가며 겪는 무수한 사연이 깃든다는 것으로 해석된다. 아마도 거기에는 과거로부터 오늘에 이르기까지 살아온 인간들의 수많은 이야기가 들어 있었을 것이며, 그러한 이야기를 이 시에서 설화적으로 그리고 있는 것 또한 바로 그 때문일 것이다. 이 설화적 세계에서의 삶이란

'무엇을 위하여 살며, 어떻게 살 것인가'를 고민하는 삶 그 이전의 단계이거나 그 이상의 단계일 것이다. 식민지시대 말기를 맞이하여 현실에서 물러나 산수자연에 숨고자 했던 지용이 도달하고자 한 시적 종착점의 하나가 진달래꽃 사태 앞에 만신을 붉히고 선 그이다.

1941년 두번째 시집 『백록담』을 간행한 지용은 『국민문학』에 「이토異土」라는 시를 발표하고 침묵에 들어간다. 꾀꼬리가 제철에 울듯이 그 자신의 시도 하나의 침묵기를 맞이한 것이다. 그는 1945년 해방과 더불어 과도기적 혼란 속에서 시대와 함께 전진하려는 태도를 잠시 취했으나 좌우의 대립이 극에 이르자 다시 1948년 이화여자대학을 사임하고 일선에서 물러나 칩거했다. 그러나 역사의 소용돌이는 그에게 한가한 자기 탐구의 시간을 허락하지 않았다. 1950년 6·25동란이 일어나 북의 정치보위부에 구금되어 김기림, 박영희 등과 서대문형무소에 수용되어 있던 그는 이송된 평양감옥에서 폭사하였다는 풍문과 더불어 생애를 마감한다.

3. 고금(古今)을 통한 자연시의 길

바쇼와 정지용은 각기 다른 시대를 살았고, 각기 다른 언어로 시를 썼다는 점에서 이질적이다. 그러나 그들은 다음 두 가지 공통점을 지니고 있다. 하나는 각기 당대를 대표하는 시인으로서 구극의 길을 갔다는 것이며, 다른 하나는 그들의 사상적 기반이 동양의 고전적 경전과 당송의 문학적 대가들의 작품들에 대한 독서 체험에서 비롯되었다는 사실이다.

그들의 시는 각기 다른 형태의 빛깔로 발산되지만 그들의 정신적 토대는 모두가 한자문화권의 보편적 경전과 시에 대한 독서 체험을 모태로 하고 있으며, 근원적으로 인간과 자연이 단절되지 않고 하나로 통하는 자연사상을 공유하고 있다는 것이다. 그들의 시적 통찰 속에는 선불교적 직관이 작용하고 있으며, 때로는 적극적인 현실 개혁으로 나아가기도 하지만 그들 모두 자신의 모국어로 표현할 수 있는 최상의 시를 썼다는 점에서 그들의 독자적 개성 속에 스며들어간 독서 체험이 각기 다른 형태로 반사되어 나타났다고 할 것이다.

두 시인의 직접적인 상호영향관계는 쉽게 포착되지는 않는다. 그러나 그들의 시와 산문에서 읽을 수 있는 광범위한 지적 편력의 흔적들은 그들이 하나의 문화권의 자장 속에 있음을 확인하게 한다.

중국으로부터 퍼져나간 동양문화의 정신적 빛은 한국을 거쳐 바다 건너 일본으로 전파되면서 하나의 중심을 형성하면서도 또다른 그들 특유의 독자적 색감을 갖게 되었을 것이다. 그러나 이러한 문화의 확산 과정이 20세기에 들어서면서 완전히 역전되어 일본을 거쳐 서구문화의 물결이 밀려왔다. 오랜 시간 동안 동양문화의 전개과정에서 중국은 하나의 원점으로서 발상지였으며, 일본의 근대문화가 성숙되기까지 한국은 선진문화에 대한 중개자의 위치에서 일본에 강한 자부심을 갖고 있었다. 그러나 20세기에 들어서면서 상황은 뒤바뀌었으며, 일본은 서양 근대문화의 선진적 중개자로서 동양문화권에서 새로운 역할을 담당하였다고 할 것이다.

정지용이 1920년대 일본에서 새로운 문물을 경험한 것은 이 문화의 전파 방향이 역전된 대전환에서 비롯된 문화적 소용돌이를 경험한 것으로 그에게 매우 충격적인 일이었을 것이다.

모든 것을 포기해도 언어 그 자체를 포기할 수 없다는 것이 오랫동안 문화적 선진국이라고 자부했던 한국인들이 마지막까지 지켜야 했던 자존심의 보루가 아니었을까 한다.

지용이 새로운 시의 길을 모색하는 과정에서 발표한 시론들을 정독해보면, 어쩌면 그가 바쇼의 하이쿠를 읽고 또 하이론(俳論)도 접하지

않았는가 하는 생각이 든다. 그의 시론과 바쇼의 하이론은 매우 유사한 관점을 취하고 있기 때문이다.[9]

그러나 이러한 추론은 약간 성급한 면도 없지 않다. 바쇼가 그러했던 것처럼 정지용 또한 『시경』을 비롯한 동양의 고전을 남다르게 섭렵하였고, 이를 독자적인 형태로 육화시켜 자신의 세계를 심화했기 때문이다. 다음에 인용하는 정지용의 시론의 일절은 여러 가지 생각을 떠오르게 만든다.

시는 마침내 선현의 밝히신 바를 그대로 좇아 오인(吾人)의 성정(性情)에 돌릴 수밖에 없다. 성정이란 본시 타고난 것이니 시를 가질 수 있는 혹은 시를 읽어 맛들일 수 있는 은혜가 도시 성정의 타고난 복으로 칠 수밖에 없다. 시를 향처럼 사용하여 장식하려거든 성정을 가다듬어 꾸미되 모름지기 자자근근(慈慈勤勤)히 할 일이다. 그러나 성정(性情)이 수성(水性)과 같아서 돌과 같이 믿을 수 없는 노릇이니 담기는 그릇을 따라 모양을 달리하며 물감대로 빛깔이 변하는 바가 온전히 성정이 물을 닮았다고 할 것이다. 그뿐이다. 잘못 담기어 정체하고 보면 물로 썩어 독을 품을 수가 있는 것이 또한 물의 성정을 닮았다고 해야 할 것이다. 성정이 썩어서 독을 발하면 사람을 상할 것인데도 시라는 이름을 뒤집어쓰고 나오는 것이 세상에 범람하니 지혜를 갖춘 청춘사녀(靑春士女)들은 시를

---

9) 송욱은 『시학평전』(일조각, 1963)에서 지용의 짧은 시형식에 의한 언어 운용방식이 '재롱'에 떨어졌다(같은 책, 202쪽)고 비판하였으며, 김윤식은 『한국근대문학사상사』(한길사, 1984)에서 '정지용의 놀랄 만한 신선함과 날카로움은 그의 개인적 감수성의 특질이 낳은 것임이 분명하지만, 저 일본의 단가나 俳句의 미를 포착하는 방식과도 견주어볼 만한 것임에 틀림없다'(같은 책, 438쪽)고 말한 바 있다. 김윤식은 여기서 더이상 구체적 논의를 개진하지 않았지만, 필자의 바쇼와 지용의 대비는 이 연장선상에서 읽혀질 때 새로움을 갖는다. 물론 필자는 단순히 방법론적 차이나 직접적인 유사점을 논한 것이 아니라 동양의 시학이라는 전통적 시학의 원리라는 측면에서 접근한 것임을 밝혀둔다.

감시하기를 맹금류(猛禽類)의 안정(眼睛)처럼 빠르고 사납게 하되 안광(眼光)이 능히 지배(紙背)를 투(透)할 만한 감식력을 가져야 할 것이다.(「시선후詩選後」, 『문장』 1939년 5월호)

위의 인용에서 우선 확인할 수 있는 것은 시란 선현의 말대로 인간의 본성에 의한다는 견해이다. 이는 인간의 본성에는 시를 읽고 즐길 수 있는 천성이 있다는 『문심조룡』의 관점과 크게 다르지 않은 것이다.

지용이 다시 이 성정을 수성(水性)에 비유하는 것은 잘 알려진 대로 『노자』의 "上善은 물과 같다(上善若水)"를 원용한 것이 아닐까 한다. 공자 또한 『논어』에서 "흘러가는 만물은 물과 같도다! 밤낮을 가리지 않는다(「逝者如斯水! 不舍晝夜」)"라고 한 바 있다.

물에 비유하여, 변하는 사물을 설명하는 것은 동양적 사유에서는 관례적인 일이라고 할 만하다. 그러나 흘러가지 않는 물은 정체되어 독을 품게 되는데, 성정이 썩어서 독을 품고 있으나 오히려 이것이 시라는 이름으로 세상에 범람하는 경우가 있으니 청춘남녀들은 이를 예의주시해야 한다고 지용은 보았던 것이다. 썩은 성정이란 도야되지 않은 왜곡된 인격을 말한 것으로 이해된다. 썩은 성정에 근거한 시는 사람을 상하게 하기 쉽다는 것이 지용이 강조하고자 하는 바이다.

여기서 나아가 썩어서 독을 발하는 시에 쉽게 감염되기 쉬운 청춘남녀는 더욱 이를 경계해야 한다는 것이다. 위의 인용의 후반부를 살펴보면 아마도 그가 생각한 것은 유가적 실용주의의 관점이었던 것으로 판단된다. 특히 그가 병적인 자의식에 빠진 시를 경계하면서 감상주의적 시 또한 비판적으로 바라보고 있음을 알게 된다.

열정(劣情), 치정(痴情), 악정(惡情)이 요염한 미문으로 나타나는 경우 이에 속아넘어가지 않는 형형한 안광을 가져야 한다는 것이다. 결국 시의 바탕이 되는 성정은 썩어 있으면서 아름다운 미사여구로 분장한 사이비 시를 변별할 수 있는 능력을 가져야 한다는 것이 정지용의 견해라고 말할 수 있다. 노장과 유가의 관점이 혼합된 그의 관점은 다음과 같이 귀결된다.

목불식정(目不識丁)의 농부가 되었던들 시(詩)하다가 성정을 상하지는 않았을 것이니 누구는 이르거늘 시를 짓는 이보다 밭을 갈라고 하였고, 공자(孔子) 가라사대 시삼백(詩三百)이 일언이 폐지왈 사무사(一言以蔽之曰思無邪)라고 하시었다.(「시선후」)

미사여구에 집착하여 억지로 시를 쓰는 것보다는 밭을 가는 농부가 더 모범이 된다고 하는 것은 노장의 무위자연 사상으로 이어지는 것으로 바쇼의 견해와도 일치한다. 천지 자연의 변화를 관찰하라는 바쇼와 꾀꼬리는 꾀꼬리 소리밖에 발하지 못하나 항상 새롭다는 지용은 모두 시적 진실에 이르는 하나의 길을 말한 것이라고 생각된다. 흔히 인용되는 말이지만 공자의 사무사(思無邪)설 또한 표현된 언어와 시적 진실 사이에 어긋남이 없어야 한다는 바쇼의 마코토(まこと, 誠)나 지용의 꾀꼬리 소리에 다 적용될 수 있는 경구라고 할 수 있을 것이다.

바쇼의 불역유행론(不易流行論)이 성리학의 관점에서 이(理)와 기(氣)로 대별될 때 지용의 성정론(性情論) 역시 성(性)과 정(精)으로 구분될 것이며, 열정(劣情), 치정(痴情), 악정(惡情)이란 본성의 왜곡으로 야기된 결과일 것이다. 지용의 성정론이 다른 글에서 더 깊게 전개되지는 않았지만, 그의 견해가 성리학적 토대 위에 설정된 것이며, 거기에 노장류의 자연사상이 동시에 공존하고 있음은 분명하다.

한용운이 님을 기리면서 '아침볕의 첫걸음'이나 '얼음바다에 봄바람'을 노래한 것 또한 가없는 사랑이란 생명의 원천인 자연에서 비롯되는 것임을 말한 예일 것이다.

결국 이들 세 시인을 통해서 공통적으로 지적할 수 있는 사실은 다음 두 가지이다. 하나는 만물일여(萬物一如)의 자연사상이며, 다른 하나는 지행합일(知行合一)의 실천사상이다. 만물일여는 노장에 의해 강력하게 표현되며 지행합일은 유가에 의해 실천의 덕목으로 중요시된다. 그러나 이 양자는 별개의 것으로 대립하는 것이 아니라 상호불가분의 관계에 있다. 인도에서 전파된 불교는 중국적 선불교로 정착되면서 노장과 유가가 해결하지 못하는 생사(生死)의 구경적 초월을 천착해 현실과 이상의 중개자가 되었다고 할 것이다.

만물일여의 극단에서 우리는 바쇼가 직관한 매미 소리가 바위에 스며들어가는 소리[10]를 들을 것이며, 지용의 보랏빛 옥류동 햇살을 바라보며 약초들의 숨소리를 들을 것이다. 겨울밤 정적 속에 내리는 눈발을 흩뜨리는 바람 소리를 들으며 한용운의 시적 통찰을 음미하게 될 것이다.

인간과 자연이 하나라는 동양사상의 전통을 좀더 깊이 천착하면, 시인과 시가 분리되지 않고 하나라는 생각과 통하게 된다. 시에서 말하는 사람과 시인이 분리되지 않는다는 것은 허구의 개념으로서 시가 논의되는 서양의 논리와는 아주 다른 것이라고 하지 않을 수 없다.

예이츠(Y. B. Yeats)의 시 「유리」와 한국의 황매천, 이육사, 윤동주 등의 시를 비교하면서 서양의 비극과 동양의 비극의 차이를 논한 글에서 김종길은 시와 시인이 분리되지 않은 동양적 전통을 다음과 같이 말하고 있다.

가장 오래된 中國에 있어서도 詩의 定義는 '마음속에 있는 바의 發言', 즉 '言志'이다. 이러한 뜻에 있어서의 詩는 작품과 詩人 사이의 구별을 용납하지 않는 개인적이며 抒情的인 詩이다. 虛構로서의 '포에씨스(詩·

---

10) 바쇼의 명구 '閑さや岩にしみ入る蟬の聲'을 말함.

文學)'의 개념과는 정반대로 東洋에 있어서의 詩는 이리하여 詩人 자신의 삶과 하나가 되어 있었다. 그것은 전통적으로 修養의 일부이며 내면 생활의 직접적 음성으로 간주되었다. 그것은 또한 사람의 性格形成에 크게 도움이 되는 것으로 간주되어 『論語』에 있어서의 孔子의 詩에 관한 빈번한 言及은 정말 거의 실용주의적으로 들리기까지 한다.[11]

시인 자신이 비극적 순간의 작자일 뿐만 아니라 그들 자신이 그러한 비극의 주인공으로서 명상과 관조를 통해 이를 표현한 것이 시라고 하는 견해는 서양과는 시는 다른 동양의 비극을 규명한 하나의 논거가 된다.

시가 시인과 분리되지 않음으로 인해 시가 시인의 인격 수양에 척도가 된다는 것은 어떻게 보면 자연스러운 결론일 것이다. 인간과 자연 또는 세계를 분리시켜 이를 인간과의 대결 또는 인간정복의 패러다임으로 인식하는 서양의 비극은 확실히 동양의 사상적 전통과 다른 것이라고 하지 않을 수 없다.

중국과 한국 그리고 일본은 공통의 고전적 경전을 가지고 한자문화권을 형성하며 각기 독자적 문화를 형성, 발전시켜 왔다. 그러나 자연과 인간을 분리시키지 않고 하나로 인식한다는 것은 이 글에서 거론한 바쇼와 지용 등의 시에서 두루 입증되는 사실이다. 자연과 인간 그리고 시와 시인을 분리시키지 않을 때 도달하게 되는 결론은 위의 인용에서 이미 언급되고 있지만, 시와 인격을 동등한 것으로 파악하고 시를 공부하는 것과 인격 함양이 동일하게 받아들여진다는 것이다. 중국은 물론 한국에서도 인재 등용의 관문인 과거시험에서 시를 통해 그 인간적 자질을 평가했다는 것은 이를 입증하는 한 가지 구체적인 예가

---

11) 김종길, 「한국시에 있어서의 비극적 황홀」, 『진실과 언어』, 일지사, 1974, 207쪽.

될 것이다.

위에서 실천 덕목으로서 거론한 지행합일(知行合一)이란, 사실은 유가적 실용주의일 뿐 아니라 인간이 지향해야 할 구극의 이상을 표현한 것이라고 하지 않을 수 없다.

바쇼가 청한 궁핍을 견디며 밤늦게 대야에 떨어지는 빗방울 소리를 듣거나 죽음을 예감하면서 거친 겨울 들판을 헤매는 자신의 영혼을 노래한 것은 물론, 지용이 식민지시대 말기 산수자연에 숨어 무아무념의 세계에 침잠했던 것 등은 모두가 지행합일이라는 인간적 수양의 목표와 깊은 관련이 있다고 할 것이다.

오늘의 관점에서 시와 삶을 분리하지 않는 하나의 시학을 구상해본다는 것은 불가능한 일일까. 이 글의 서두에서부터 염두에 두고 천착해온 의문이 바로 그것이다. '길은 고금(古今)에 통하고 불역(不易)과 변화(變化)의 참뜻'을 알라고 말하면서 '고오귀속(高悟歸俗)'(「三冊子」)을 말한 바쇼의 주장을 불역(不易)은 무위(無爲)이고 유행(流行)은 유위(有爲)라고 가름할 수도 있을 것이다. 정지용 또한 벌레의 울음소리나 일초일엽(一草一葉)을 관찰하면서 생명의 검사로서 영원과 맞서는 것을 시적 목표로 삼아야 한다고 말한 것으로 보아 시인으로서 구극의 길에 나섰던 것이라 판단된다.

하나의 길로 나아가는 시학을 정립하는 것은 동양사상의 전통에서 볼 때 인간적 완성의 길로 나아가는 것과 상통한다. 언어 표현과 분리되지 않는 시, 인간 품격과 분리되지 않는 시란 인간의 전인적 완성을 뜻하는 것이라 해석해도 크게 틀리지 않을 것이다. 앞에서 가급적 시와 삶을 분리시키지 않고 시해석의 논리를 전개한 것은 바로 그러한 이유에서였다.

4. 동서시의 교차점

이성주의에 의한 분화와 해체 속에서 동양의 시학이 기여할 수 있는 부분도 바로 이와 같이 전인적 완성을 이상으로 하는 시의 독자적 보편성을 확보하는 일이다. 바쇼의 위대성이란 단순히 뛰어난 하이쿠로써만 성립하는 것은 아니다. 실천적으로 보여준 그의 삶이 또한 높은 차원에 도달했다는 사실도 결코 간과될 수 없을 것이다.

여기서 마지막으로 20세기 영미시의 세계적 대가라고 할 수 있는 T. S. 엘리엇(T. S. Eliot)을 이 문제와 관련시켜보면 어떠할까 생각해볼 필요가 있다. 유럽문학의 전통을 중시하였던 그는 『황무지』(1922)를 통해 시적 명성을 얻었지만, 그의 심오한 세계는 『네 개의 사중주』(1940~1942)에서 펼쳐 보이고 있다. 필자에게 흥미로운 것은 『네 개의 사중주』에서 엘리엇 나름의 '하나의 도'라고 할 수 있는 시적 관점이 드러나고 있다는 점이다.

현재의 시간과 과거의 시간은
아마 모두 미래의 시간에 존재하고
미래의 시간은 과거의 시간에 포함된다.
모든 시간이 영원히 현존한다면
모든 시간은 되찾을 수 없는 것이다.
있을 수 있었던 일은 하나의 추상으로
다만 사색의 세계에서만
영원한 가능성으로서 남는 것이다.
있을 수 있었던 일과 있은 일은
한 점을 향하고, 그 점은 항상 현존한다.

Time present and time past

Are both perhaps present in time future

And time future contained in time past.

If all time is eternally present

All time is unredeemable.

What might have been is an abstraction

Remaining a perpetual possibility

Only in a world of speculation.

What might have been and what has been

Point to one end, which is always present.

—「번트 노튼」, 『네 개의 사중주』 서두 부분[12]

옥스퍼드에서 박사논문을 준비하던 과정에서 '미소짓는 불타'라는 별명을 얻기도 한 엘리엇의 인도철학과 불교에 대한 광범위한 섭렵은 후일 『네 개의 사중주』를 통해 서구시에서 가장 깊은 불교 체험 중의 하나로 나타난다.

위의 시에서 '한 점'은 '하나의 도'이다. 반향하는 발자국 소리의 메아리를 찾아가 새 세계와 낡은 세계가 해체되고 생성되면서 뚜렷하게 구분되는 경계까지 나아간 그의 시적 통찰은 정지도 운동도 아닌 하나의 점을 인식한다.

그의 초점은 '정중동의 흰 빛(a white still and moving)'을 찾아내 과거와 미래의 시들을 밝히고자 하는 것이었다. 그가 『전통과 개인의 재능』에서 유럽의 문학을 하나의 전체로 보고자 했던 것도, 각각의 개별성을 부정하는 것이 아니라 오히려 그 독자적 개성을 인식하는 방법으

---

12) T. S. 엘리엇, 『T. S. 엘리엇 전집』, 이창배 옮김, 민음사, 1988, 135쪽.

로서 하나의 전체를 구상했기 때문이 아닌가 생각된다.

오늘의 시각에서 보자면, 그가 지나치게 전통에 의지하고 있는 것이 아닌가 그리고 그의 논법이 획일주의적인 것이 아닌가 하는 혐의가 있기는 하지만, 그가 추구하고자 했던 것은 과거와 현재와 미래를 이어주는 하나의 사슬을 전통이라는 이름 아래 찾았던 것이라고 말하지 않을 수 없다.

여기서 우리는 동과 서의 교차점으로서 엘리엇이 말한 '정중동의 흰빛'이 있는 것이 아닐까 가정해볼 수 있다. 물론 그가 동양적 명상의 순간을 지칭하는 '고요'를 서구의 로고스적 이성으로 파악하고 있기는 하지만, '과거와 현재' '시작과 끝'에서 하나의 종합을 의식하고 있다는 점에서 서구적 로고스의 한 극단까지 나아갔던 것이라고 생각된다. 분명 '시간은 시간을 통해서만 정복된다(only through time time is conquered)'는 시의 행간에는 정복과 지배의 패러다임이 배어 있는 것이 사실이다.

그러나 지금의 우리에게는 시작과 끝의 접점에서 하나의 도를 구상하는 것이 더 현명한 일이 아닐까. 그 하나는 무수한 다양성을 종합하고 집약한 하나이며, 그 하나는 방사적으로 수많은 개성을 창출하는 하나일 것이다. 전체가 하나로 모아지지 않는 욕망의 분출이란 어디까지나 찰나적이고 끝내 공허한 것으로 전락하고 말 자기 과시에 불과하다. 개성의 과시가 아니라 개성의 몰각을 주장한 엘리엇의 관점은 카오스적 상황을 제어하지 못하고 있는 오늘의 우리에게 더 적절한 지적 통찰일 것이다.

이 글을 마무리하면서 우리는 마지막으로 새로운 세기에 시란 과연 어떻게 받아들여질 것인가 하는 의문을 던져보지 않을 수 없다. 단순한 말놀이나 사회혁명의 수단으로서의 시가 아니라 인간의 삶과 표리가 일치된 시가 궁극의 목표가 될 것이다. 아마도 그 정신적 원형은 고전적 자연시에서 찾을 수 있을 것이다. 가상현실을 영상매체를 통해 체험하는 오늘의 세대들에게 시란 고서 더미에 묻혀 있는 옛사람의 이야기로 전락해서는 안 될 것이다. 시가 오늘날 우리들의 삶과 호흡을 함께하기 위해서는 위에 거론한 시인들이 모범적 선례를 보여준 것처럼, 오늘 우리들의 삶의 실상을 깊게 통찰해야 할 것이다. 변하는 것 중에서 생명의 빛이 사라지기 전에 변하지 않는 길을 찾는다면, 그는 시의 길에서 고금을 꿰뚫는 하나의 도에 들어서게 될 것이라 전망할 수 있을 것이다.

제2부

아수라의 울음과 투명한 소리

―김명리·강은교의 시세계

1. 말의 잔해와 시의 위의

시의 위의가 사라졌다. 말의 공해 속에서 시의 쓰레기 더미 위에서 시는 갈데없이 소모적 폐품이 되어가고 있는 듯한 느낌을 최근의 많은 시에서 발견한다. 누구나 시라는 일회용품을 쓰고, 누구나 시적인 언어와 이미지를 일용품처럼 소비하고 있다.

물론 시가 별도의 남다른 성역을 갖고 있는 것은 아니다. 그러나 아무렇게나 남발되는 시들을 바라보면서, 시적 긴장과 절제에 의해 성립되는 시의 예술적 위의는 어느 틈에 사라진 것이 아닌가 하는 자괴감에 빠지기도 한다. 소모적이기만 하고 부가가치를 창출하지 못하는 시는 좋은 시가 아니다.

최근에 쏟아지는 쉬운 시들은 그 동안 우리가 가져왔던 시적 엄숙주의에 대한 하나의 반성으로써 의미 있는 작업이다. 그러나 쉬운 시라고 해서 안이한 감정의 노출로 치닫는다면 쉬운 시는 오히려 독자에게 외면당할 것이며, 헐가에 방매될 것이다.

최근 김명리와 강은교의 시집을 읽었다. 단숨에 읽고 다시 되풀이하여 읽었다. 단숨에 읽고 그냥 던져버릴 수 없는 시집이었다. 이들의 시는 필자에게 충격과 기쁨을 주었다. 되풀이하여 읽어야 하는 어려움이 그들의 시에 밀집된 시적 감정의 강도로 인해 오히려 기쁨으로 바뀌는 이들의 시집을 읽고 나서 아직도 우리 시단에 활력과 에너지가 넘치고 있음을 실감하지 않을 수 없었고, 우리 시의 미래가 결코 비관적인 것이 아니라고 확신할 수 있었다.

2. 아수라의 울음과 폭발하는 열정

김명리의 시집 『불멸의 샘이 여기 있다』를 읽고 난 다음 그 시적 감정의 격렬성으로 인해 한동안 얼떨떨한 기분에 사로잡혀 있었다. 자기 집중과 탐구가 시집 전체를 지배하고 있었으며, 그 강렬성에 흡입되지 않고는 시집을 덮을 수 없었다. 연전에 간행한 『적멸의 즐거움』(1999)에서 김명리의 시적 역량은 이미 유감없이 드러난 바이지만, 이번 시집에서 그의 시적 에너지는 더욱 강렬한 힘을 얻고 있었다. 이 에너지는 강한 생의 욕망으로부터 비롯되는 것이지만, 그것은 좌절과 슬픔에 의해 촉발되는 것이기도 하다. 슬픔이란 김소월 이래 한국 서정시의 전형을 대변하는 것이지만, 김명리의 슬픔은 슬픔을 부정하고 생의 환희를 되찾으려는 열정으로 인해 새로운 지평을 열어나갈 단초를 마련했다는 점에서 새롭다고 할 수 있다.

완도에서 육로로 해남길을 간다
인간의 시조가 광년을 벼루 삼아
이제 막 흩뿌린 듯한 저 墨線,

흠흠, 먹냄새, 여태도 아수라 지상에 가득하여라
그러니 여기서 그만
털부덕 여기서 그만
털부덕 주저앉아버리고 싶은 봄날의 물 속에서
天樂―범패 소리로 굽이치는 달마산

―「空手來, 滿手去」 중에서

태초의 먹냄새를 풍기는 지평선에서 화자가 느끼는 것은 아수라의 고통 소리이다. 광년을 벼루 삼아 인간의 시조가 그은 묵선이니 어찌 고통이 다할 날이 있겠는가. 육로의 지평선에서 그가 본 것은 봄날 물 속에서 꿈틀거리는 욕망의 원초성일 것이며 또한 그로 인해 치러야 하는 고통의 붉은 울음소리일 것이다.

욕망이 없다면 슬픔도 없을 것이며, 욕망이 없다면 기쁨도 없을 것이다. 슬픔으로 인해 기쁨이 광채를 띠는 것이며, 기쁨과 뒤섞일 때 슬픔은 생의 근원에 충격을 가하는 강렬한 에너지로 전화되는 것이다. 타오르는 봄날 저녁 왈칵 다가오는 해오라기의 붉은 울음이란 빈손으로 온 자의 손을 가득 채우는 생의 한순간이 될 것이다.

연푸른 종소리 울리는 초사흘 달빛
마침내 합환 송화주 한 잔
단숨에 남김없이 들이키겠네
내 안의 소쩍새 울음 젖은 봄 산을 뒤흔들겠네

―「나무 속의 방」 중에서

사랑하는 그가 나무 속에 방 한 칸 들이어 살자고 한다. 마침내 그와 한 몸이 되는 합환주 한 잔을 들이켜니 화자의 가슴속에 살아 있는 소쩍

새 울음으로 봄 산을 뒤흔들겠다고 말한다. 울음은 울음이되 그 울음이 환희의 절정으로 나타나는 이 시에서 우리는 환희의 순간 한편으로 사라지는 생의 가없음을 느끼는 동시에, 다른 한편으로는 '오동꽃 연분홍 좁으로 천지에 가득한' 열락의 순간을 느끼게 된다.

슬픔이 이처럼 강렬한 에로티시즘으로 전화되는 순간을 우리 시에서 발견하는 것은 쉬운 일이 아니다.

소쩍새 울음을 집어삼키는 황소개구리 울음, 황소개구리 울음을 집어삼키는 소쩍새 울음, 千變萬化 울음의 울대를 동시에 집어삼키는 늪의 울음, 그리하여 그 모든 울음의 울대의 소소한 아가리들을 단숨에 집어삼킨 무한천공 달빛이 全裸의 헛것으로 내 안으로 스며들고 이대로 한 천 년쯤 개미 새끼 한 마리 이 芝蘭의 폐허 속을 비틀거리지 않고는 기어다니지 못하도록 콸콸콸 토해놓고 싶은, 한 늪의, 도저한 울음이 내 안에 깊이 뻘박혀버린 것이다.

—「우포, 검은 보리밭」 중에서

우포늪의 도저한 울음이 내 안에 뻘 박혀 있다는 것은 육체를 가진 인간의 울음이 드러내는 에로티즘의 극치이다. 여기서 울음은 생의 욕망이자 육체를 가진 자의 숙명이다. 개미새끼 한 마리 비틀거리지 않고는 지나다닐 수 없는 마비의 순간을 토해내는 울음은 늪이자 생의 원초적 본능이다. 모든 울음의 울대를 단숨에 집어삼킨 무한 천공의 달빛이 全裸의 헛것으로 화자에게 스며든다고 할 때, 그의 울음은 광적 엽기성을 토해낸다고 할 것이다. 이런 시각에서 본다면 「노래의 序」에서,

나는 가죽나무 불씨로 함부로 불 밝히고
천둥소리 본떠 노래를 짓는다

는 표현이 결코 과장이 아님을 알 수 있으리라. 그러나 김명리의 시가 이렇게 울음소리로만 가득한 것은 아니다. 이 울음이 천둥소리로 들려오는 것은 울음의 배후에 고요를 거느리고 있기 때문이며, 그 고요를 투명하게 인식하는 시적 통찰을 거느리고 있기 때문이라는 점을 간과해서는 안 될 것이다. 삶과 죽음의 경계에서 느낄 수 있는 이 고요는 울음을 노래로 빚어내는 공명판이 되는 것이기도 하다.

비 온 다음날 골짜기로 갔더니 죽은 단풍나무 가지 끝에 잠자리 두 마리 죽은 듯한 고요가 한 가지에 잇닿은 보이지 않는 투명한 끈을 서로 밀치고 당기고 하는 것 같았어요 실은 그 잠자리들은 바람에 젖은 날개를 말리고 있었을 테지만 죽은 나무는 제 가지 끝에서 生이 새롭게 꽃피고 있다고 믿는 중인지도 모르지요 서서히 땅거미에 잠겨가는 그 나무의 상처 주위로 들며 나는 무수한 벌레들이 그 나무가 토해내는 검고 푸르고 싸늘한 입김인 양 느껴졌는데 보이는 것과 보이지 않는 것 들리는 것과 들리지 않는 것 있다와 없다 사이에 머무는 저것들 경계를 짓지 않으면서 서로 붐비는 그 사이로 뒤섞어놓은 색실 가닥처럼 잠자리 두 마리 죽은 단풍나무 가지를 떠나 대기 속으로 화르르 날아올랐지요
　　　　　　　　　　　　　　　—「아주 투명한 끈」 전문

죽은 듯한 고요와 죽은 고요 사이를 매개하는 투명한 끈을 통찰하면서 경계를 짓지 않는 경계에서 죽음으로부터 생으로 날아오르는 잠자리 날개를 통해 죽음이 토해내는 삶의 입김을 놀라운 감별력으로 드러내고 있다.

죽은 나무의 상처를 넘나드는 벌레들이란 바로 생이란 상처이고, 이것을 치유하기 위한 생의 몸부림이 그의 울음이다. 울음소리가 높아질수록 상처도 커지는 것이고, 상처가 클수록 생에 대한 욕망도 증폭되는

것일 터이다. 죽음에서 생으로 터져나오는 입구가 비록 상처일지라도 생과 사를 잇는 끈을 아주 투명하게 인식하는 것이 위의 시일 터이며, 여기서 한 걸음 더 나아가 생의 풍요로움을 펼쳐놓고 있는 시가 「불멸의 샘이 여기 있다」이다.

휘젓던 꽃샘바람 그치고 볕 좋은 날
잘 익은 너르바위에 식탁을 차린다
인적 드문 이곳, 금빛 골짜기
유릉 숲 사이론 푸른 해오라기 날고
물소리가 해묵은 커튼처럼 드리워지고

아무래도, 덮쳐오는 봄빛은
치한의 눈빛처럼 이글이글해
만개한 산철쭉 두근거리는 바위틈으로
나 돌아간다 먼저 온 슬픔이 엿볼세라
치렁치렁한 검은 머리채
더 깊이 바위틈으로 밀어넣는다

앗! 불멸의 샘이 여기 있다
은둔하는 하루살이들이 개미 떼들이
바위 속을 온통 하얗게 누비고 있다
그들의 하루 일과는 바위 속으로 널찍한 신작로를 내는 일
봄이 다 가기 전에 그들의 대지에 또 한 그루 망개나무를 심는 일
해 넘어가기 전에 불멸의 식탁을 마련하는 일
                            ―「불멸의 샘이 여기 있다」 중에서

화자는 밝은 봄날 유릉의 숲속으로 간다. 개울물 소리가 커튼처럼 드리워지고 봄 햇빛은 금빛 골짜기를 만들고 있다. 화자는 어떤 알 수 없는 이끌림으로 인해 산철쭉 만개한 바위틈을 들여다본다. 그 바위 밑에서 무수한 하루살이와 개미 떼들이 새하얗게 생의 향연을 벌이고 있다.

이보다 더 풍요로운 식탁이 어디에 있겠는가. 산철쭉만 봄의 향연을 준비하고 있는 것이 아니다. 하루살이와 개미 떼들 또한 누구보다 부지런히 생의 축제에 동참하고 있다. 그들의 하루 일과가 바위 속에 널찍한 신작로를 내는 일이라고 화자가 말할 때, 대지에 망개나무를 심고 불멸의 식탁을 마련하는 일에 신성성이 부여된다.

삶과 죽음의 경계가 아주 투명한 끈으로 인식된 것이라면 불멸의 샘은 금빛 골짜기에서 치한처럼 이글거리는 봄햇빛이 만들어내는 생의 축제이다. 이 축제의 순간에 상처가 빚어내는 검고 음울한 아수라의 울음소리는 오히려 역동적으로 전화하여 불멸의 샘이 되고 또 불멸의 식탁을 만들어낸다. 실상 아수라의 울음소리란 생의 고통으로부터 촉발되는 것이지만 동시에 그것을 생을 강렬하게 긍정하는 불멸의 축제로 승화시키고 싶은 것이 김명리의 시적 열망일 것이다. 우리는 그의 천둥소리 같은 고통의 노래에 경탄의 박수를 보내지 않을 수 없다.

3. 투명한 은빛 소리와 주술적 목소리

강은교의 시집 『시간은 주머니에 은빛 별 하나 넣고 다녔다』를 읽고 나서 문득 삼십여 년 전 읽었던 『허무집』의 환각에서 깨어났다. 그 동안 그의 시에 너무 무관심했던 것이 아닌가 약간의 후회가 일기도 했다. 이번 시집을 통독하면서 느낀 것은 맑고 투명한 소리들이 독특한 울림을 자아내면서 하나의 주술적 차원의 목소리를 전하고 있다는 사실이다. 집중적으로 씌어진 향가풍의 시들에서 우리는 비애 서린 목소리와 동시에 사물을 끌어당기는 육화된 사랑의 목소리가 고통스러운 삶을 껴안고 있는 모습을 발견한다.

지금 여기에서 삶이란 무엇인가. 다대포 모래사장에서 그는 심연에서 심연으로 달리는 사랑이 흩날리는 것을 보면서 '별의 은빛 기침소리'를 듣기도 하지만, 생활에 가까운 소재들인 된장찌개나 병어구이에서 자기 존재를 발견하기도 한다.

　　지금 나의 옆 벽에는 네덜란드의 풍차가 있는 그림이, 아니 사진이, 아니 그림이, 아니 사진이(나의 판단을 기다리고 있다)…… 그림 속의, 아니 사진 속의 풍차는 지금 마악 돌아가려고 하고 있다. 풍차 곁의 헛간에는(고동색이다), 노오란 햇빛이 내려 비치고 방금 머리를 감은 한 처녀가(보이진 않지만) 문을 연다. 삐이걱 하는 소리가 햇빛에 가려 흐리게 들린다. 아니 보인다, 아니…… 지금 마악 된장찌개가 도착했다. 아주 뜨거운,…… 끓고 있는.

　　여기는 진주식당, 벽 속에 슬몃 손을 내미는 햇빛―,

　　　　　　　　　　　　　　　　　　　　　―「진주식당에서」 전문

진주식당에 가서 된장찌개를 시킨다. 찌개를 기다리는 잠깐 동안 우연히 옆 벽에서 네덜란드 풍차가 있는 그림을 본다. 그림인지 사진인지 불분명하지만, 이 불분명함이 화자가 그림에서(아니면 사진에서) 보고 있는 풍경을 두드러지게 돌출시켜준다. 이러한 판단 유보는 다분히 의도적이다. 지금 막 누군지 모를 머리 감은 처녀가 나올 것 같은 순간이지만 햇빛이 너무 강해 그 처녀는 보이지 않는다. 보이지 않는 처녀가 문을 여는 소리가 보이거나 들리려는 찰나 화자가 시킨 된장찌개가 나온다. 잠시 빠져든 환각일 터이지만, 이 시의 묘미는 행간을 건너뛴 마무리에 있다.

뜨겁게 끓고 있는 된장찌개를 향해 벽 속에 있던 햇빛이 슬쩍 손을 내밀어 보인다. 아마도 고독한 식사의 동반자가 되겠다는 뜻이리라. 슬쩍 손을 내미는 햇빛으로 인해 네덜란드의 풍경은 더이상 단순한 이국의 풍경이 아니다. 그 풍경에서 살아나온 햇빛은 사물이나 대상과 친화하려고 하는 화자의 시적 동반자이다. 「병어」와 같은 시에서도 병어튀김을 먹으려다 다음처럼 말하는 것은 이러한 시적 인식을 드러낸 것이다.

나는 잿빛 젓가락을 병어의 살 깊숙이 찔러 넣네
아얏!
병어가 놀라 눈을 뜨네

—「병어」 중에서

남태평양에서 온 병어가 튀김이 되어 있는데, 그때 죽은 병어는 시인에게는 죽은 병어가 아니다. 죽어 있지만 살아 있는 병어이고 남태평양으로 돌아가고 싶은 병어이다. 은빛 별소리를 들으며 사물과 친화하려하는 시 속의 화자 모두 이와 깊은 연관을 갖는다. 작고 사소한 것에서 살아 있는 자의 고통을 감지하는 그의 감각은 특히 예민한 청각을 통해 시각으로 환기된다.

햇빛 소리가 들렸다

폐허 한 구석, 어여쁜 햇빛 한 올이
나무 등걸에 걸터앉아 있었다

게 누가 날 찾는가, 날 찾을리 없건마는

어느 누가 날 찾는가

아야아—

고개 빼고 바라보는 보라 제비꽃 한 송이

—「햇빛 소리」 전문

　화자의 섬세한 귀에 쉽게 들을 수 없는 햇빛 소리가 들린다. 고개를
돌려 폐허 한구석을 바라본다. 햇빛 한 올이 나뭇등걸에 걸터앉아 있
다. 그 순간 「바리공주」의 무가 한 구절(중간 고딕체 부분)이 떠올려 삽
입되고 '아야아—'라는 탄식음이 던져진다. 그 소리를 듣고 바라보니
제비꽃 한 송이가 고개를 빼고 바라본다. 소리를 통해 환청의 소리가
불러일으켜지고 다시 '아야아—'라는 탄식음을 매개로 소리는 존재로
치환된다.
　'아야아—'라는 목소리는 향가풍의 노래 전체를 관통하면서 이 시집
의 독특한 발성음으로서 고가로부터 오늘날에 이르는 서정적 노래들의
비애 어린 감정을 전달해준다. 이 소리는 「병어」에서 병어의 살을 찌르
는 순간 병어가 외치는 신음 소리 '아얏'과 상통한다. 어쩌면 살아 있는
모든 것은 그 고통을 감내하기 위해서 비명을 외치기도 하지만 동시에
희열과 고통이 교차하면서 이러한 주술적 신호음을 발하는 것인지도
모른다.

　한 어둠이 두 어둠의 혀일 줄이야,

　작은 설움이 큰 설움의 깊은 눈일 줄이야,

　얇은 한숨이 두꺼운 한숨의 피일 줄이야,

한 무덤이 두 무덤의 나부끼는 속눈썹일 줄이야,

고통구름 하나 산길, 무덤 옆으로 걸어간다

아야아—

짧은 눈물이 긴 눈물의
속가슴일 줄이야!

—「짧은 눈물이 긴 눈물의」 전문

어둠은 어둠에 겹쳐지고 설움은 설움에 겹쳐지며 한숨은 한숨에 겹쳐진다. 한 무덤은 두 무덤이 되고, 짧은 눈물은 긴 눈물이 된다. 이러한 삶의 아이러니로 인해 살아갈수록 괴로워지는 인간은 탄식음 '아야아—'를 발할 수밖에 없고, 그것은 설움에 주술을 걸어 긴 눈물의 시간을 짧은 눈물의 순간으로 뒤바꾸어놓는다. 향가풍의 서정적 노래들은 깊은 생의 비애를 떠올리게 하는데, 지나간 시간의 상실감을 드러낼 때 그것은 가벼운 기타풍의 가요로 바뀌기도 한다.

가을이 오는데
누가 기타를 켜네
아무도 없네
아무도 없이
기타를 켜네

—「혜화동」 중에서

서술적 산문이 삽입된 이 시에서 지나간 시간에 대한 추억은 경쾌한 가요풍으로 나타나기도 한다. 이것은 슬픔을 감상으로 처리하지 않는 노련한 수법일 것이다. 어떻든 향가풍의 서정시들은 독특한 화음으로 울려퍼지면서 사랑이 사랑으로 흩날리고 심연이 심연으로 치닫는 시대를 사는, 사람들의 상처와 고통을 치유하는 낮고 그윽한 노래가 된다. 물론 이러한 시적 시도가 지나쳐 「제라늄」이나 「빈 콜라병」과 같은 시에서는 신통술로 기우는 위험이 뒤따르기도 하지만, 대체로 그의 시들은 덧없는 생의 허무와 비애를 놀랄 만큼 담담하고 절제된 언어로 명징하게 빚어내고 있다.

나는 담쟁이입니다. 기어오르는 것이 나의 일이지요.
나의 목표는 세상에서 가장 길며 튼튼한 담쟁이 줄기를 이루는 것입니다. 옆 벽에도 담쟁이 동무 잎들이 기어오르고 있었지만 내가 더 길고 아름답습니다. 내 잎들은 부챗살 모양입니다.

오늘도 그 사람이 보러 왔습니다. 나는 힘차게 벽을 기어 올라갔습니다. 그 사람은 한참 동안이나 나를 바라보다가 벽의 어깨를 한 번 쓰다듬고는 떠나갔습니다.
나는 부챗살로 벽을 기어 올라갔습니다. 주홍빛 아침 해가 내 꿈밭 위에서 허리를 펼 때까지. 아아, 세상에서 가장 눈부신 담쟁이 줄기가 될 때까지. 있는 힘을 다해.
　　　　　　　　　　　　　　　　　　—「그 담쟁이가 말했다」 전문

세상에서 가장 눈부신 담쟁이 줄기가 될 때까지 있는 힘을 다해 벽을 기어오르는 담쟁이 줄기의 힘이야말로 강은교의 시와 삶에 원동력이 될 것이다. 짧은 눈물이 긴 눈물 속가슴이 되고, 우리를 기다리지 않는 시간을 기다릴지라도 주홍빛 아침해가 그의 꿈밭에 찬연하게 부챗살을 펼 때까지 생을 살며 시를 쓰는 것이야말로 강은교에게 부과된 인간적 사명일 것이다. 그러므로 그는 다음과 같이 단언한다.

> 모든 일몰이 아름다운 이유는
> 은빛 별, 또는 주홍빛 해가 거기 미리 와
> 서 있기 때문이다.
>
> ─「일몰」 중에서

은빛 별과 주홍빛 해가 어우러진 곳에서 향가풍의 목소리 '아야아─'는 황금빛 기다림의 주술적 마력을 획득한다. 그러므로 이 시집은 읽는 사람들에게 강은교의 시들은 환청처럼 독자의 귀를 잡아당기지 않을 수 없을 것이다.

4. 울음과 노래

김명리의 시들은 탁한 아수라의 울음소리로 가득 차 있고, 강은교의 시들은 투명한 서정적 노래로 삶의 비애를 들려주고 있다. 이 두 시인의 시집을 읽으면서 공통적으로 느껴지는 것은 두 시집이 그 시적 방법이나 시적 음색은 다를지라도 매우 수준 높은 완결성을 보여준다는 점이다.

강은교의 시에서는 사십여 년에 가까운 시력의 원숙성이 드러나며 김명리의 시에서는 이십여 년의 시력의 패기와 열정이 느껴진다. 또 이들의 시에서는 우리 시단에 병폐처럼 만연해 있는 시적 긴장의 이완이나 시적 세속주의를 찾아볼 수 없다. 김명리의 시에서는 우리 시에서 약화되고 있는 시적 울림의 절규성을, 강은교의 시에서는 우리 시의 주관주의를 극복하는 객관적 투명성을 확인할 수 있다는 점에서 이들의 시는 우리 시단의 중요한 성과로 기록되어야 할 것이다. 여기서 마지막으로 강조하고 싶은 것은 이들의 시편 모두가 우리들에게 가까운 삶의 현장을 예리하게 투시한 결과 얻어졌다는 점이다. 이들의 시가 힘을 얻고 있는 것이 구체적 현장에서의 삶이기 때문이라는 점을 왜 유독 강조하여야 하는 것일까. 불멸의 샘이 여기에 우리 가까이 있고, 세상에서 가장 눈부신 담쟁이가 있는 힘을 다해 부챗살을 펼치고 있다는 것은 지금 이 땅에서의 삶이 우리 시의 원천이자 궁극의 목표이기 때문이다. 이러한 의미에서 세계화 시대와 사이버 세상이 더욱 시적 진정성을 되새겨보게 만든다면 지나친 기우일지도 모르겠다.

파꽃 냄새와 사랑의 빛
—양귀비꽃 머리에 꽂은 문정희의 시

1. 파꽃 냄새와 명교리

　몇 년 전 샘터 파랑새 극장에서 문정희가 「파꽃 냄새」라는 시를 낭독하는 것을 방청한 적이 있다. 시를 읽는 목소리와 표정과 몸짓이 어우러져 하나의 일인극을 연출해내는 뛰어난 솜씨에 놀라움을 금치 못했다. 그리고 그가 1960년대 진명학교 시절부터 이름을 날리던 문정희임을 떠올렸다. 그때 느낀 파꽃 냄새와 그의 문학의 길이 겹쳐 보임은 왜일까.

　　흰 파꽃이 피는 여름이 되면
　　바닷가 명교리에 가 보리라
　　조금만 스치어도
　　슬픔처럼 코끝을 건드리는
　　파꽃 냄새를 따라가면
　　이 세상 끝에 닿는다는 명교리에 가서
　　내 이름 부르는 바다를 만나리라

어린 시절 오줌을 싸서

소금 받으러 가다 넘어진 바위

내 수치와 슬픔 위에

은빛 소금을 뿌리던 외가 식구들

이제는 모두 돌아가고 없지만

서걱이는 모래 틈 속에 손을 넣으면

차가운 눈물샘은 여전히 솟으리니

조금만 스치어도

슬픔처럼 코끝을 건드리는

파꽃 냄새를 따라서

그리운 키를 쓰고 소금을 받으리라

넘실대는 여름 바다에

푸른 추억의 날개를 달아주리라

―「파꽃 길」 전문

눈부신 조명을 받으며, 문정희가 이 시를 읽고 있을 때 어둠 속의 청중들은 알 수 없는 파꽃 냄새의 아련함에 취하여 침묵 속에 빠져들지 않을 수 없었다. 그리고 필자는 이 파꽃 냄새를 따라가는 길이 문정희 시의 원체험에 이르는 길이라고 느꼈다. 어린 시절 오줌 싸던 고백 때문만이 아니라 외가 식구들의 모계적 원천이 머나먼 죽음의 한 끝과 지금 여기에서의 삶을 이어주고 있기 때문이다. 이 시를 지배하는 슬픔의 감정은 그만큼 근원적인 것이라 할 수 있고, 바로 그 점에서 문정희 시의 모태가 된다고 할 수 있으리라. 이 시를 이끌어가는 유창한 말솜씨 또한 문정희의 시적 재능을 유감없이 보여준다. 막히지 않고 유려하게 전개되는 시상의 흐름은 물론, 적절히 시작하고 마무리할 줄 아는 능력은 남다른 바가 있다.

2. 건방진 언어와 사랑의 빛

　시적 재능을 빨리 드러내는 시인은 일상의 단조로움에 빠져들기 쉽다. 남보다 조숙하므로 세상사에 빨리 익숙해지고 쉽게 싫증내게 된다. 신기할 것도 대수로울 것도 없으므로 일상의 삶은 진부하고 지루하다. 최근 문정희의 이러한 심정을 다음 시는 단적으로 보여준다.

　　비로소 눈부시게 일어서는 하루 속에서
　　찰랑거리는 자유를 누린다.
　　차 한 잔을 마시고 어떨 때는
　　밥 대신 술 한 잔을 마시기도 하고
　　오후엔 다소 우울할 권리를 누리며
　　요즘 점점 건방져진 언어를 모아
　　음탕한 시를 조금 쓴다.

　　조각조각 자르지 않고
　　나직하고 여유로운 긴 비단폭 속으로
　　기어 들어가 홀로 고치를 짓는다.

　　　　　　　　　　　　　　　　　─「스케줄 짜기」 중에서

　약속도 계획도 없는 이 느슨한 나날의 삶을 어떻게 할 것인가. 아침마다 새로워질 수 없으므로 그는 조금 건방져지기도 하고, 조금 음탕해져보기도 한다. 여유로움보다는 나태한 게으름에 가까이 가 있다.

　그러나 이러한 유의 시들이 결코 시인 문정희의 진정함을 담고 있는 것은 아니다. 「미안한 시」에서 삶이 아무것도 아니라고 하면서, 쉽게 도통해진다는 것이 미안한 일이지만 어쩔 수 없다고 말하거나, 「동창회」

같은 시에서 삼십 년 전의 기찻길 옆 분교 옛 친구들을 만나 야유적으로 흘러가버린 시간이란 괴물을 이야기해도, 그의 마음속에는 파꽃 냄새와 같은 시적 순수성이 자리잡고 있는 것이 아닐까. 중년이란 나이는 예고 없이 달려들어 그의 옆구리를 찌르기도 하지만, 밤이면 원고지 앞에서 불면의 날을 보내는 시인일 수밖에 없는 것이 그의 진정한 모습이다.

> 서른이 가고 마흔을 넘겼지만
> 오늘밤에도 두 눈을 부릅뜬 채
> 나는 어디론가 가고 있다.
> 그곳이 어디인지
> 얼마를 더 가야 하는지도 모르면서……

> 이름도 낭만적인 영구불면증,
> 그 불치병에 걸려
> 아무래도 나는 부질없는 시인인가보다.
>
> ─「영구불면증」 중에서

죽어야만 해방된다는 시인이란 고질병에 걸린 사람이 문정희다. 그러나 이 병에 걸렸다고 해서 모두가 좋은 시를 쓸 수 있는 것도 아니다. 훌쩍 지나가버린 시간의 흐름을 느끼고 초조해질수록 시적 언어는 느슨해지고, 시적 어조는 건방져지고 마는 경우도 많다. 건방짐이란 새로워지고 싶은 자기 자신에 대한 야유적 비틂이다. 비틀지 않으면, 아마도 그 스스로 자신의 느슨함을 감당할 수 없을 것이다.

그런데 솔직함과 유창함으로 얼버무려진 최근의 많은 시들 중에서 필자에게 가장 단순해 보이는 다음 시가 눈에 띄는 것은 무슨 까닭일까.

지난해 흙 속에 묻어둔
까아만 그 꽃씨는 어디로 가벼렸는가

그 자리에 씨앗 대신
꽃 한 송이 피어나

진종일
자릉자릉
종을 울린다.

—「꽃 한 송이」 전문

군더더기가 없는 단순 평범한 시이다. 누가 보아도 알 수 있고, 느낄
수 있는 시이다. 특히 마지막 3연의 처리는 돋보인다. 왜 3행으로 분절
시켜야만 하는지는 좀더 생각해보아야 하지만, 어떻든 시인의 의도가
효과적으로 살아나 읽는 이에게 '자릉자릉' 울리는 종소리를 들려준
다. 너무 많은 말과 거침없는 감정의 구사는 시적 긴장의 이완을 가져
오는 것은 물론 읽는 이를 지루하게 한다.

하고 싶은 말을 다했다고 시가 되는 것은 아니다. 자기 감정의 일방
적 배설로 시가 되는 것은 아니기 때문이다. 말을 절제할 줄 아는 것이
문정희의 시적 재능이다. 왜 이와 같은 시에 좀더 집중하지 않고, 수다
스러운 시로 기우는지 안타까운 일이다. 필자가 생각하기에 문정희의
시적 진로는 파꽃길에서 꽃 한 송이로 이어지는 길이어야 된다고 믿는
다. 쏟아지는 말을 참을 줄 아는 사람이 시인이다. 갑자기 모든 것이 쉬
워 보이고, 갑자기 모든 것이 다 보인다는 식의 안이한 달관주의를 벗
어나야만 문정희의 시적 천품이 제대로 빛나게 될 것이다.

이러한 기대를 가져보는 이유는 다음과 같은 시를 다시 음미해보기

때문이다.

> 빛은 해에게서만 오는 것이 아니었다.
> 지금이라도
> 그대 손을 잡으면
> 거기 따스한 체온이 있듯
> 우리들 마음 속에 살아 있는
> 사랑의 빛으로 나는 안다
>
> 마음 속에 하늘이 있고
> 마음 속에 해보다 더 눈부시고 따스한
> 사랑이 있어
>
> 어둡고 추운 골목에는
> 밤마다 어김없이 등불이 피어난다
>
> ─「우리들 마음 속에」 중에서

사랑의 빛을 느끼고 안다는 것은 인간에 대한 사랑을 가지고 있다는 것일 터이며 세상에 대한 따스한 희망을 지니고 있음을 드러내는 것일 터이다. 절망과 좌절을 이기는 힘은 사랑이며, 일상의 진부함 때문에 나태해지는 것을 일깨우는 것은 세상에 대한 희망이다. 우리들의 마음 속에 사랑의 빛이 살아 있다면, 우리들의 오늘과 내일은 결코 비관적일 수 없다. 우리들의 삶에 희망의 빛이 살아 있다면, 문정희의 시 또한 낙관적인 것이라 보아야 할 것이다.

가벼운 스케치 풍으로 씌어졌지만, 오히려 그 가벼움으로 인해 문정희의 시적 진실이 잘 살아 있는 것이 위의 시이다. 지나치게 솔직해지려

하거나, 지나치게 깨달음을 얻고자 할 때 시적 감정은 왜곡되기 쉽다.

> 산 목숨에도 노란 빈혈이 드는
> 가을날 오후
> 어김없이 찾아온 제사를 위해
> 파를 다듬는다.
> 파를 다듬다가 철철 눈물을 흘린다.
>
> 홍 동 백 서, 주 과 포 혜
> 몇백 년을 루머처럼 떠도는 지령에 따라
> 바삐 손을 놀리는 나에게
> 어린 효자 아들이 말했다.
> 「엄마, 제사상에 짜장면 시켜다놓자.
> 탕수육도 한 접시」
>
> —「파를 다듬으며」 전문

위의 시와 같은 경우 1연과 2연의 감정 조절이 적절하지 못하다. 2연에서 진술한 한 장면을 보여주고 있으나, 1연의 사실적이며 담담한 진술과 대응하지 못하고 시적인 감정으로 진전되지 않아 서로 엇갈리게 된다. 위의 시에서 우리는 제사 준비에 여념 없이 바쁜 엄마를 볼 수는 있지만, 그것이 시적 감정으로 변용되어 독자에게 전달되지 못하고 있음을 느끼는 것이다. 이러한 분열 현상이 여러 시편에서 목격되는데, 이는 앞으로 문정희가 극히 경계해야 할 부분이다. 솔직함 그 자체가 시가 될 수 있지만, 그것이 한층 더 강도 높은 시적 긴장을 통해 토로될 때 독자에게 전달될 것이라 믿기 때문이다.

3. 불길한 운명과의 첫 만남

문정희의 시를 읽으면서, 이상하게 자꾸 과거로 돌아가고 싶어지는 것은 어쩐 일일까. 노천명이 있고, 문정희가 있다는 진명학교 때문일까. 어떻든 그가 불길한 운명과의 첫 만남을 기술하고 있는 다음 시를 그대로 지나치기 힘들다.

열일곱 살의 우수가 바스락거리는 가을밤
철 이른 추위처럼 스며왔던 그대
온몸이 떨리었지. 오래된 여학교 그 강당에서.

그날 초대시인은 머리를 상고로 깎은
우리의 시인 목월이었고
그와 함께 온 사내는
동구에서 온 눈이 큰
라이너 마리아 릴케, 바로 그였지.

⟨소녀여
시인이란 왜 그대들이 고독한지
그것을 말할 수 있기 위해
그대들한테 배우는 사람들이요⟩

— 「첫 만남」 중에서

살로메가 되어 릴케를 독점하고 싶은 발칙한 소녀, 그가 문정희이다. 그는 이미 소녀가 아니다. 불길한 운명의 첫 눈뜸을 맛본 시인이다. 아마도 목월이 읽어주었을 릴케의 시를 듣고 대담하게 살로메가 되고 싶었던 그는, 철 이른 추위에 온몸을 떨며 이미 시인이 되었던 것이다.

이후 그는 지난 삼십여 년 동안 영구불면증에 걸린 고질병 환자가 되었다. 그러나 문제는 시인이 된다고 해서 다 좋은 시를 쓸 수 있는 것은 절대로 아니며, 좋은 시가 쓰어지지 않을수록 그의 병은 더욱 깊어진다는 것이다. 위에서 인용된 릴케의 시 구절은 어떻게 보면 소녀적 감성을 건드리는 감상적인 것일 수도 있다.

그러나 이 첫 만남의 순수성이 살아 있을 때 그는 진정한 시인일 수 있을 것이다. 안이한 달관주의나 건방진 언설들이 때때로 고개를 내밀고 밖으로 뛰쳐나오려고 할 수는 있겠지만, 그러한 감정에 휩싸이는 것은 정도가 아니다. 전체적으로 보아 문정희의 시는「파꽃길」에서「꽃한 송이」로 이어지며,「첫 만남」에서「우리들의 마음속에」로 이어진다. 전자가 시적 완결성의 측면에서라면, 후자는 삶의 경험적 연속성의 측면에서 그러하다.

문정희의 시를 읽는 동안 우연히 릴케의『형상시집』(김재혁 옮김, 책세상, 1994)을 들춰보았다. 제2권의「서시」는 시를 쓰는 모든 이가 음미할 점이 있다고 생각된다.

세지도 말하지도 말고
언제나 아름다움을 아낌없이 주어라. 네가 침묵해도,
네 아름다움이 너를 위하여 '나는 존재한다' 말할테니.
그러면 너의 아름다움은 수천 배의 의미가 되어
마침내 모든 이에게로 전해지리라.

문정희가 쓴「꽃 한 송이」가 자르릉자르릉 울리고 있다. 어둠 속에서 시를 읽고 있던 문정희의 목소리에서 파꽃 냄새가 스친다. '나는 존재한다' 고.

4. 불상이 돌로 돌아가는 길

문정희의 시가 1960년대 유행하던 릴케적 감성과의 운명적 만남으로부터 시작된 것은 어쩔 수 없는 필연이었다. 그가 1990년대의 거친 소용돌이를 이겨내고 21세기 초 간행한 『오라, 거짓 사랑아』(2001)와 『양귀비꽃 머리에 꽂고』(2004) 등의 시집에서 우리가 맞닥뜨린 것은 사십 년에 가까운 시력에서 우러나오는 그의 당당한 목소리이다. 여성의 허울을 벗어던지고 사랑의 속박도 떨쳐버린 활달한 목소리를 통해 그의 시는 독자적 개성을 얻는다. 그럼에도 그는 다른 한편 추억의 소중함을 다음과 같이 기록하고 있다.

> 내 처음의 집인 어머니의 자궁은
> 고향을 떠나 일산 공원묘지 흙이 되었고
> 어린 날 서울 와서 살던 원효로 집
> 홀로 초경을 맞았던 그 적산 가옥은
> 지금 성형외과가 되었다
> 중학교 때 혁명 공약 듣던 마포 집은
> 구청 건물로 바뀌었고
> 밤섬도 사라졌다
> 내가 다닌 청와대 옆 진명여고는 정부 기관이 차지하고
> 대학 시절의 상도동 집은 장급 호텔로 바뀌었다
> 신혼 시절, 맹꽁이 울던 구의동 집은 편의점이 되었는데
> (……)
> 추억은 자식처럼 애물단지
> 사랑이요, 슬픔이요, 장애물이라
> 아직도 추억을 끌고 다니는

나는 어쩌면 이 시대의 마지막 동물
조금 후면 황막한 도시의
어느 표본실로 끌려갈지 모를 일이다
어디에도 내가 없는 여기가 진정 나의 조국인가
　　　　　　　　　—「나의 집은 어디에」 중에서

　추억은 버릴 수 없는 애물단지이다. 그러나 그 추억이 있기 때문에
시가 씌어진다. 추억은 사랑이요 슬픔이다. 사랑도 슬픔도 모두 떨쳐버
릴 수 없는 장애물이다. 시인은 추억 속에서 살고 추억을 통해 자신의
삶에 의미를 부여하는 자이다. 추억은 시를 쓰게 만드는 모태이며 자궁
이다. 추억은 문정희 시에 있어서 체험의 원형질이자 흙이다.

흙이 가진 것 중에
제일 부러운 것은 그의 이름이다
흙 흙 흙 하고 그를 불러보라
심장 저 깊은 곳으로부터
눈물 냄새가 차오르고
이내 두 눈이 젖어온다

(……)

그래도 나는 흙이 가진 것 중에
제일 부러운 것은 그의 이름이다
흙 흙 흙 하고 그를 불러보면
눈물샘 저 깊은 곳으로부터
슬프고 아름다운 목숨의 메아리가 들려온다

하늘이 우물을 파놓고 두레박으로
자신을 퍼올리는 소리가 들려온다

—「흙」중에서

문정희는 흙을 소리내어 발음하면서 눈물샘 깊은 곳으로부터 '슬프
고 아름다운 목숨의 메아리'를 듣는다. 그가 그 자신일 수 있는 것은 흙
으로 돌아간 어머니를 떠올리고 흙에서 생명의 숨소리를 들을 수 있기
때문이다. 뿐만 아니라 흙은 그 자신 또한 되돌아갈 귀의처이기 때문에
흙에서 눈물 냄새가 차올라와 자기도 모르게 눈물에 젖게 된다.
　수많은 삶의 편력을 거쳐 마침내 흙으로 돌아간다는 것은 평범한 진
리이지만 그 자신이 새롭게 깨달은 시적 인식이기도 하다. 자연으로 돌
아간다는 것, 그것은 인연도 숙명도 넘어선 어떤 절대적 진리라는 것이
문정희가 남다르게 깨달은 시적 인식이다.

다가서지 마라
눈과 코는 벌써 돌아가고
마지막 흔적만 남은 석불 한 분
지금 막 완성을 꾀하고 있다
부처를 버리고
다시 돌이 되고 있다
어느 인연의 시간이
눈과 코를 새긴 후
여기는 천 년 인각사 뜨락
부처의 감옥은 깊고 성스러웠다
다시 한 송이 돌로 돌아가는
자연 앞에

시간은 아무 데도 없다
부질없이 두 손 모으지 마라
완성이라는 말도
다만 저 멀리 비켜서거라

―「돌아가는 길」 전문

눈도 코도 없어진 채 마지막 흔적만 남기고 돌로 돌아가는 석불을 바라보며 인연의 시간이 다하고 자연으로 돌아가는 부처 아닌 돌의 모습에서, 시간 저 너머의 세계를 응시하는 화자의 놀라운 시선을 발견할 수 있다. '부처의 감옥은 깊고 성스러웠다'는 그의 설명은 부처의 깨달음을 넘어서는 절대의 시간에 대한 깊은 통찰을 담고 있다는 점에서 새로운 발견이다.

돌은 부처로 완성되는가. 아니다. 부처의 감옥은 깊고 성스러웠지만 그 또한 천년의 세월을 넘어서고 나니 무상한 것이다. 그것은 부처에 대한 불경스러운 상상이 아니다. 어쩌면 가장 불교적인 것인지도 모른다. '한 송이 돌로 돌아가는'에서 돌을 '꽃 한 송이'에 비유하는 어법을 구사하고 있기 때문이다. 이 어법에는 사려 깊은 존경심이 배어 있다. 단순한 불교 예찬의 시는 원래 주변에 너무나 많지만 이 작품이 평범한 예찬의 시를 넘어서는 이유가 여기에 있다. 이러한 인식에 도달하기까지 그는 숙명의 인연을 자르거나 파뿌리를 잘라내는 연습을 수없이 했기 때문일 것이다.

크고 뭉툭한 부엌칼로 파뿌리를 잘라낸다
마지막까지 흙을 움켜쥐고 있는
파뿌리를 잘라내며 속으로 소리지른다

결혼은 왜 새를 닮으면 안 되는가

질기게 붙잡고 늘어져야 하는가

뿌리 없이 가볍게 날아다니는 깃털이란

그토록 두렵고 불안하기만 한 것인가

언제나 정주(定住)만을 예찬해야 하는가

가축처럼 번식과 무리를 필요로 하고

영원히 동반이어야 하는가

검은 머리는 언제 파뿌리가 되는가

—「파뿌리」 중에서

파뿌리는 문정희의 원초적 생의 감각을 건드리는 매개체이다. 파가 눈물샘을 자극하고 푸른 추억의 날개를 자극한다는 것은, 이 글의 첫머리에 인용한 「파꽃 길」에 나타난 그의 시적 상상의 출발점 아니었던가. 이제 그는 결혼생활의 인연 또한 잘라내고 싶어한다. '검은 머리 파뿌리가 될 때까지'라는 결혼서약을 파기하고 싶어한다. 왜 결혼에는 새처럼 날아다닐 자유가 없는가. 그 질긴 파뿌리를 잘라내며 소리지른다.

그러나 묘한 것은 그 파뿌리가 마지막까지 흙을 움켜쥐고 있다는 사실이다. 파에서 흙까지 나아가면 그 육질의 흙에 박힌 실뿌리가 문정희가 도달한 상상력의 한 끝이다. 그렇다면 흙으로 돌아간다는 것은 무엇을 의미하는가. 그것은 바로 위에서 인용한 「돌아가는 길」에서처럼 돌부처가 돌로 돌아가는 길이자 존재의 집으로 돌아가는 것에 대한 심원한 시적 인식의 표현이라고 할 것이다. 나의 집은 어디에 있는가라고 그가 반문할 때 어머니의 육신이 흙으로 돌아가고 그 또한 파뿌리가 되어 흙으로 돌아간다고 대답할 수 있을 것이다. 이 모든 것을 경험한 문정희가 자신에게 말할 수 있는 것은 다음과 같은 알몸의 예찬이다.

나의 시가 침묵과 경쟁을 하는 사이
네 멋대로 사내를 만났지만
그래도 그냥 너는 알몸을 살아라
책상보다 침대에서
양귀비꽃 머리에 꽂고 싱싱하게
나의 방앗간, 나의 예배당이여

—「다시 알몸에게」 중에서

샤워를 하고 알몸을 바라본다. 세월이 흘러 제멋대로 뚱뚱해지고 제멋대로 주름이 생겼지만, 여성의 알몸은 그 자체로 언제나 얼마나 참혹하게 아름다운가. 그 알몸이 돌아갈 곳이 바로 마지막 집이자 흙이다. 하루에 세 살씩 젊어지는 알몸에 대한 소망을 알뜰하게 간직하고 있는 한, 문정희의 시는 언제나 싱싱하고 젊다. 그 알몸을 돌부처보다 아름답게 자연으로 돌아가게 하는 상징적인 매개체가 양귀비꽃이다.

결과적으로 문정희가 최근에 도달한 시적 인식의 정점은 흙과 돌과 알몸의 변증법이며, 이는 양귀비꽃 머리에 꽂고 사는 싱싱한 젊음의 인식에서 비롯된다고 할 것이다. 슬픔처럼 코끝을 건드리는 파꽃 냄새를 따라 푸른 추억의 날개가 넘실거리는 여름 바다를 지나서 어느 인연의 시간이 눈과 코를 새기고, 천년 세월이 이를 다시 베어먹고 돌아가는 세월을 바라보며 문정희의 시력 또한 사십 년에 가까워지고 이순의 나이에 이르게 되는 것이다. 침묵과 경쟁하는 시에게 어쩌면 양귀비꽃 머리에 꽂은 그가 가장 하고 싶은 말은 다음과 같은 구절일 것이다.

완성이라는 말도
다만 저 멀리 비켜서라

영원으로 돌아가는 길, 추억과 슬픔과 아픔도 저 멀리 비켜서라고 당당하게 말할 때 문정희의 시는 오늘의 우리에게 알몸의 싱싱함을 전해주는 시로 다가온다고 말할 수 있을 것이다.

노래와 숨의 시학
—한분순의 시세계

1. 노래와 이야기

　노래는 어디로부터 오는 것일까, 시의 근원은 정말 노래일까 등등의 생각을 한분순의 시조시집 『길을 가다가』를 읽고 떠올려보았다. 모두가 다 동의하지는 않겠지만, 노래의 시대가 가고 시의 시대가 왔다고 판단했던 것이 신시의 시대이고, 서정시의 시대가 가고 이야기시의 시대가 왔다고 생각한 것이 1980년대이며, 시의 시대가 가고 노래와 낭송시의 시대가 왔다고 여겨지는 것이 21세기 초두의 시대상황이 아닐까 한다.

　한분순의 이번 시집은 삼십여 년 시력을 결산한 것이라는 점에서 이채롭다. 어떻게 보면 최두석이 다음과 같이 설파한 것처럼 1980년대적 리얼리즘 시의 거센 풍랑이 휘몰아쳤음에도 불구하고 이에 조금도 흔들리지 않고 자신의 세계를 일관되게 지켜왔다는 것이 놀랍기도 하다.

　　노래는 심장에, 이야기는 뇌수에 박힌다

처용이 밤늦게 돌아와, 노래로써

아내를 범한 귀신을 꿇어 엎드리게 했다지만

막상 목청을 떼어내고 남은 가사는

베개에 떨어뜨린 머리카락 하나 건드리지 못한다

하지만 처용의 이야기는 살아남아

새로운 노래와 풍속을 짓고 유전해가리라

정간보가 오선지로 바뀌고

이제 아무도 시집에 악보를 그리지 않는다

노래하고 싶은 시인은 말 속에 은밀히 심장의 박동을 골라 넣는다

그러나, 내 격정의 상처는 노래에 쉬이 덧나

다스리는 처방은 이야기일 뿐

이야기로 하필 시를 쓰며

뇌수와 심장이 가장 긴밀히 결합되기를 바란다

—「노래와 이야기」 전문

광주민주화혁명으로 비롯된 1980년대적 상황에서 누구도 위와 같은
시적 명제로부터 자유로울 수 없었다. 1980년대적 상처를 치유하는 처
방은 아마도 이야기시였으리라. 그러나 뇌수와 심장을 가장 긴밀히 결
합하기 위해 하나의 방법밖에 없는 것일까. 시인마다 각각의 방법이 있
을 것이고, 시대에 따라 대응방식도 달라질 것이다.

1980년대의 격랑 속에서도 한분순에게 뇌수와 심장을 가장 긴밀하게
결합시키는 방법은 노래였을 것이며, 어쩌면 그는 노래 이외에 다른 방
법으로 시를 쓰는 법은 생각지도 않았을 것이다. 한분순의 시에서 노래
는 어디로부터 연원하는가. 이것이 그의 시집을 몇 차례 읽고 난 다음
가장 강력하게 제기되는 의문이었다. 아마도 그것은 시와 노래의 본질
이 무엇인가에 육박하는 근본적인 문제이기도 할 것이다. 그런데 노래

와 이야기에 대한 훌륭한 답변이 조선조의 시조시인 상촌 신흠(申欽)에 의해 제시되어 우리들의 흥미를 촉발시킨다.[1]

노래 삼긴 사람 시름도 하도 할사
일러 다 못 일러 불러나 푸돗던가
진실로 풀릴 것이면 나도 불러보리라.

노래를 만든 사람은 시름이 많기도 하다. 이야기로는 다 이를 수 없는 것이 있으니 노래로 불러서 푸는 것인가. 노래를 불러 진실로 시름이 풀린다면 나도 노래를 불러볼 것이다. 이야기로 다 풀어낼 수 없는 사연으로 인해 노래를 부른다는 것이 상촌의 견해이다. 격정의 상처는 이야기로 풀어낼 수밖에 없다고 최두석이 말한 것과는 상반된 시각이다.

여기서 우리는 한분순은 바로 신흠이 말한 노래시를 쓰고 있다는 것에 주목하지 않을 수 없다. 노래와 시가 분리되기 이전의 시가적 전통 속에 한분순의 시가 깊게 자리잡고 있다는 사실을 발견한다는 것은 한편으로는 놀라운 일이고, 다른 한편으로는 자연스러운 일이었는지도 모른다.

2. 그리움과 숨의 노래

한분순의 시들은 그리움과 한숨과 기다림으로 가득 찬 한의 정서에 강하게 자극된다. 이른바 우리 시가에서 전통적으로 중요한 정서로 여겨지던 한의 감정이 바로 그것이다. 한과 서러움이 시조 형식에 얹혀진

---

1) 김대행, 『노래와 시의 세계』, 역락, 1999 참조.

다면 그 형식이 아무리 현대적으로 변형되었다 하더라도, 그것은 노래
가 될 수밖에 없다.

    가슴을 적시고 드는
    그윽한 흔들림 있어

    손짚어 더듬어 가면
    한가득 고이는 가람

    소롯이 시름도 잊고
    옛길 속을 거닌다.

─「옥적玉笛」 중에서

    손가락으로 구멍을 짚어 피리를 불면 옛길 속을 걷게 되고, 그로 인
해 화자는 시름을 잊는다. 한 깊은 사연을 푸는 방법이 이처럼 고법(古
法)을 따르고 있다는 점을 간과할 수 없다.
    눈 오는 날 저물녘, 화자는 밀려오는 그리움을 어찌할 줄 모른다. 그러
나 그 눈송이가 은혜처럼 날리고 강물 같은 그의 그리움은 노래가 된다.

    저무는 날
    저무는 날같이
    밀려오는 그리움.

    젖빛으로 물든
    꽃 앞에서
    자기(瓷器)처럼 희게 웃으면

아, 송이송이 내리는
은혜의 강(江).

노래여
강(江)이 되는 노래여
가슴엔 이토록
물이 오른다.

—「눈오는 날」 전문

위의 인용에서 '자기(瓷器)처럼 희게 웃으면'이라는 표현에 의해 결정적 전환이 가능해진다. 그리움을 감상이 아니라 노래로 바꾸는 시적 변용이 맑고 정결한 웃음을 통해 획득된다. 그리움을 노래로 승화시키는 힘을 갖는다는 것은 시인으로서 분명 은혜로운 일일 것이다. 한 많은 사연을 풀어내는 것이 노래이기 때문이다. 풀어내지 못한다면 그것은 노래가 아니라 이야기가 될 것이다. 노래가 있음으로 인해 그의 외로운 삶의 비늘 또한 반짝이는 별이 되기도 한다.

튕겨 안기는
살아 숨쉬는 비늘.

노래를 외던 시절
강(江)을 타고 반짝이네.

여름을 거닐었더니
손금을 포개었더니

수천의
눈들이 별을 닮듯
나 또한 별이 된다.

—「회억回憶」 중에서

화자는 아쉬워 머물게 한 그 사람의 얼굴을 떠올려본다. 눈물로 지낼 수 없는 눈물이 있다. 그 눈물은 살아 숨쉬는 비늘이 되고, 노래를 타고 강물에 반짝이며, 수천의 눈들이 별을 닮듯 나 또한 별이 된다. 노래가 없다면, 그의 눈물은 별을 닮지도 않을 것이고 나 또한 별이 될 수 없다. 나의 눈물이 노래를 매개로 반짝이는 강물이 되고, 강물을 매개로 나 또한 하늘의 별이 된다. 그리움을 기리는 노래가 없다면 그리움을 그리는 나는 슬픔에 빠져 별이 될 수 없다. 이처럼 노래가 아니라면, 삶의 응어리는 결코 풀리지 않을 것이다.

안으로 성(城)을 쌓아올리며
응어리로 맺는 한(恨).

빛이여, 차가운 손(手)이여.
열기(熱氣)의 맨 끝이여.

상흔(傷痕)을 아물리며
열락(悅樂)에 떨게 하라.

영혼(靈魂)의 그윽한 곳에 얹혀
숨을 고르게 하라.

—「그 누가 먼 날에」 중에서

상흔을 아물리며 열락에 떨게 하는 것은 피리 소리거나 노래일 수밖에 없다. 목숨이란 잡아보면 쉬 삭을 풀꽃과 같은 것이다. 피울림이 조여드는 삶의 무상을 달래는 길은 영혼의 그윽한 곳에 얹혀 숨을 고르는 노래가 아니겠는가. 열기의 맨 끝까지 나아가 숨을 고를 수 없다면 노래는 이루어지지 않는다. 숨은 목숨이기도 하고 한숨이기도 하다. 숨을 고르면 한 많은 사연은 노래가 된다. 바람 한 올이 지나가도 숨이며, 허무의 무상한 무게를 깨닫는 것도 숨이다. 숨이 문을 열면 머리가 맑아지고 숨의 가락을 고르면 노래가 된다.

한
―올
손에 쥐고
가만히 들여다본다.

풀내,
꽃내가 섞여
머리가 말갛다.

그 속에
숨을 포개면
큰
문이
열린다.

—「바람」 전문

바람 한 올을 통해 문을 열지 않는다면 노래는 불가능하다. 숨을 포개면 큰 문이 열리고, 노래의 문도 열린다. 노랗게 물든 은행나무 잎이 흩날리는 것을 보고도 그는 풍금 소리를 듣는다.

　　금빛을 쏟아내며
　　낱낱이 흩어지는 상처.

　　바람을 견딘 자리
　　손풍금 소리,
　　고여 넘친다.

　　　　　　　　　　　　　　　　　——「은행나무 아래서」 중에서

　금빛 은행잎이 흩날리는 곳에서 화자는 상처를 보고, 그 상처에 고여 있는 풍금 소리를 듣는다. 풍금 소리란 노랫소리이다. 풍금 소리는 무엇인가. 그것은 상처를 치유하는 소리이다. 상처를 치유하려는 시적 인식이 없다면 풍금 소리가 없었을지도 모른다. 여기에 한분순의 시적 비밀이 있다. 상처를 노래로 치유하는 법, 그것이 한분순의 노래시인 것이다. 은행나무 잎이 떨어져 세상이 환하게 열릴수록 그의 아픔도 새롭다. 은행잎 하나하나가 다 아픈 사연으로 인식되기 때문인 것이다.

　　한 잎씩 묻어나
　　눈에 밟히는,
　　긴 오수(午睡).

　　속눈썹 짙은 친구여
　　예서 우린 노래나 하자.

　　　　　　　　　　　　　　　　　——「은행나무 아래서」 중에서

아픔을 잠그고 긴 오수에 잠긴 그가 할 수 있는 것은 노래로 자신의 사연을 풀어내는 일이다. 이 지점에 이르면 그가 왜 일관되게 노래의 시학을 견지해왔는지 깨닫게 된다. 그리고 노래의 시학을 통해 그가 전통적인 시학에 깊게 자리잡게 되었을 뿐만 아니라, 노래의 시학이 지닌 풀림의 미학이 앞으로도 그의 시를 굳게 지켜줄 것임을 확인할 수 있다.

3. 노래의 원형과 적요의 즐김

위에서 우리는 한분순의 시가 풀림의 노래임을 살펴보았다. 그러나 마지막으로 남은 문제는 어떻게 그와 같은 방법으로 자신의 정서를 풀어내게 되었는가라는 의문이다. 이에 대한 천착이 없다면 우리들의 고찰은 표면적인 것에 불과하다. 한분순의 시적 감성의 원형은 다음의 시에서 발견된다.

앙상한 가지 끝에
바람도
머물다 가고
추운 방 살로 덥히고
수심도
다독이며

해종일
무료(無聊)를 깁으시는
조요로운
그 모습.

짜디짠
눈물이 배어
밀쳐놓은 반짇고리

실이며 바늘이며
골무며
헝겊조각

주름진 치마폭 속에
손마디를
모으네.

—「어머니」 전문

　전형적인 한국의 어머니라고 할 수 있는 이 어머니가 한분순의 시적
감성 속에 모성으로 깊게 자리잡고 있다. 추운 방을 살로 덥히며 수심
도 다독이고 하루 종일 무료도 깁는 어머니는 한분순의 모든 노래에 깊
이 담겨 있는 원형적인 여성이다. 어린 시절 어머니가 실과 바늘을 다
루며 살아가는 것을 보았을 바로 그처럼 실과 바늘을 다루는 어머니의
손에서 그는 또한 수많은 사연을 노래로 만드는 방법을 배웠을 것이다.

그대 눈빛은
밤을 깁는 돗바늘

그 아픔에 눈을 뜨면
인연의 실끝이 여기 닿는가.

끝없는

마음의 누비질

열 손톱에 피가 맺혔다.

—「그대 눈빛은」전문

열 손톱에 피가 맺힌 것은 한분순의 끝없는 마음의 누비질의 표출이며, 이 누비질이 한분순 노래시의 저 깊은 곳에 잠복하고 있는 고통을 다독여준다. 바느질은 한분순 시의 여러 곳에서 삶의 상처를 꿰매고 달래어 노래시를 쓰게 만드는 중요한 동인이 된다. 피맺힌 아픔을 밝고 맑게 걸러내는 것이 시라고 그는 굳게 믿고 있으며, 우리는 이러한 그의 시심에서 노래가 시인 자신만이 아니라 우리들 모두의 삶의 고통도 정화시키는 작용을 한다는 평범한 진리를 새롭게 발견한다. 그리고 이 노래시의 길이 1980년대적 이야기시로 해결할 수 없는 새로운 시의 길이 될 것이며, 그렇게 할 때 소모되고 고갈된 인간의 감정 또한 자기 정화의 길을 찾는 계기를 마련할 수 있지 않을까 한다.

점점이

찢긴 날개를

누군가 꿰매고 있다.

—「길을 가다가」중에서

봄볕이 아니라면 찢긴 생명의 날개를 되살릴 수 없다. 노래가 아니라면 찢긴 상처를 치유할 수 없다. 영원을 다스리는 것은 찰나이고, 찰나를 빛나게 하는 것은 시적 감정이다. 찢긴 날개를 꿰매는 자가 누구인가. 그가 바로 노래하는 자이고, 자신의 상처를 통해 타인의 상처를 치

노래와 숨의 시학　167

유하는 자이다.

전통시학에 뿌리를 둔 한분순의 시가 지닌 강점이 바로 여기서 발휘된다. 깊은 시름은 노래로 풀어낼 수밖에 없다는 이런 마음 자세를 통해 바람 속에 조요로이 밀리는 한 그루 나무가 되거나 풀섶 지나온 바람의 길목을 지키고 앉아 적요를 즐기는 것은, 삶의 아픔으로부터 벗어나는 자유로움을 터득했음을 뜻하는 것이라 하겠다.

페미니즘 또는 순간의 시학
─ 한영옥 · 최정례의 시세계

1. 시적 활력과 페미니즘

한영옥의 시집 『비천한 빠름이여』와 최정례의 시집 『붉은 밭』, 두 권의 시집을 읽었다. 처음 어떤 기대를 가지고 읽기 시작했는지는 확실하지 않지만, 시집을 통독하고 난 다음 새로운 시적 긴장과 기쁨을 느꼈다.

시가 문화의 변방으로 밀려나고 있다는 부정적 인식이 확산되고 있다고는 하지만, 이 두 권의 시집을 읽으면서 느낀 것은 결코 그렇지 않다는 사실의 확인이다. 그러나 흥미로운 점은 평단이나 매스컴이 이 시집들에 대해 거의 무관심하게 다루고 있다는 사실이다. 시류적인 흐름이나 저급한 매명주의를 이들의 시가 거부하고 있기 때문이다. 그것이 아니라면 그들의 시를 알아볼 평단의 시각이 없기 때문이다. 약간은 난삽한, 그럼에도 시읽기의 즐거움을 충분히 느끼게 하는 이들의 시는 페미니즘 시의 질적 수준을 한 단계 올려놓은 것은 물론이요, 우리 시단 전체의 수준도 확고하게 만들어주고 있다는 것이 나의 판단이다.

뭔가 그럴듯한 것이 있는 것처럼 착각하게 만드는 손쉬운 단맛에 익숙한 독자들에게 한영옥과 최정례의 시들은 아리고 강렬한 시적 아픔의 맛을 느끼게 해줄 것이다.

2. 페미니즘적 사랑의 역설

한영옥의 시집 『비천한 빠름이여』를 읽으면서 크게 느낀 것은 사랑의 아픔이다. 그 아픔이 여러 빛깔과 냄새를 통해 아름답게 표현되어 있다 하더라도, 그의 시들은 아픔을 통해 발효되고 숙성된 것이라 하지 않을 수 없다. 그것은 그의 연륜을 통해 육화된 삶을 바라보는 시선으로부터 획득된다고 하겠다. 사랑의 기쁨보다는 사랑의 아픔으로 기울어 있는 것이 그의 시이고, 그 아픔이 시적 내밀성을 갖도록 만드는 동인이다. 그의 사랑은 다음과 같은 비탄의 언어를 토로하게 만든다.

> 벌써 사랑이 썩으며 걸어가네
> 벌써 걸음이 병들어 절룩거리네
> 그나마 더는 못 걷고 앙상한 수양버들 아래
> 수양버들 이파리 수북한 자리에 털썩 눕네
> 누운 키 커 보이더니 점점 줄어드네
> 병든 사랑은 아무도 돌볼 수가 없다네
> 돌볼수록 썩어가기 때문에
> 누구도 손대지 못하고 쳐다만 볼 뿐이네
> 졸아든 사랑, 거미줄 몇 가닥으로 남아 파들거리네
> 사랑이 몇 가닥 물질의, 물질적 팽창이었음을 보는
> 아아 늦은 저녁이여
>
> —「벌써 사랑이」중에서

위의 시에서 두드러지는 것은 병든 사랑은 아무도 돌볼 수가 없다는 것이다. 병들어 썩어가는 사랑은 어쩌면 육신의 사랑을 말하는 것이리라. 그러므로 사랑이 몇 가닥 물질적 팽창이라고 화자는 말한다.

더이상 돌이킬 수 없는 늦은 저녁 썩어서 절룩거리는 사랑은 치유 불능의 사랑일 터이고, 그 사랑의 찬란한 기억 또한 막다른 시간에 이르렀음을 뜻하는 것일 터이다. 병들어 죽어가는 한 사람에 대한 사랑의 탄식처럼 읽히는 이 시에서, 우리는 그 탄식을 통해 사랑에 대한 절망보다는 사랑에 대한 간절한 소망을 읽을 수 있다. 그의 표면적 진술과 달리 사랑은 물질이 아니라는 확신이 그 이면에 담겨 있다고 느껴지기 때문이다.

병들어 절룩거리는 사랑의 저물녘, 어둠은 한쪽으로 아침나절 햇살 같은 어머니의 사랑과 함께하고 있다.

실한 풋고추들이 쪼개져 있었다
쪼개진 풋고추 처음 보여준 사람은
고추전 잘 부치시는 우리 어머니
풋고추 싱그럽게 채반 가득한 꿈이
아침나절 덮어와 어머니 곁에 왔다

함께 기우는 목숨 언저리 햇살
한껏 잡아당겨 서로를
찬찬히 눈여겨두는
나물 그득한 점심이 달다

—「맛있었던 것들」 중에서

이제 함께 나이 들어가는 어머니와 먹는 점심은 달다. 찬찬히 눈여겨보면 나의 삶은 모든 것이 어머니로부터 비롯된 것들이다. 특히 어머니에 대한 사랑은 아침나절 채반 가득했던 햇살처럼 맑고 싱그러운 것이다. 어쩌면 그 사랑은 나이 들수록 더 싱그럽게 여겨지는 것인지도 모른다. 「벌써 사랑이」에서 볼 수 있는 병들어 절룩거리는 썩어가는 사랑이 아니다. 어머니의 목소리는 다른 것과 섞이지 않는다. 어머니를 만날 수 없을 때, 전파에 메모리된 어머니의 목소리는 다음의 시행처럼 싱그럽다.

> 또글또글한 꽃사과 알갱이로
> 딴 목소리들 헤치고
> 혼자 굴러나온다
> 혀끝에 가져가 대면
> 슴슴한 맛으로 고이다가
> 메모리 끝나면
> 강엿으로 굳는다.
>
> ―「꽃사과, 메모리」 중에서

 딸의 전화를 기다리다가 옥상에 꽃을 보러 갔던 어머니의 목소리가 메모리된다. 그 어머니의 목소리는 잘 익은 사과의 맛처럼 혀끝에 슴슴하다. 어머니의 목소리가 끝나면, 세상의 일들이 그러한 것처럼 메모리는 강엿으로 굳는다.
 살아 있다는 것과 사랑한다는 것 그리고 믿는다는 것은 한영옥에게는 슴슴한 맛으로 감식된다. 사랑이 썩어가기 전 그 사랑의 빛깔은 연둣빛이었다. 푸릇한 생명을 머금은 연두꽃에서 그의 사랑이 시작된 것이다.

함께 쳐다본 그것들의 윤곽
또록또록 살아나는 것을
환하게 본 그후로는
함께 보아야만 보인다는
내 시선의 투정에 시달린다
혼자서 보는 모든 것들은
이제 믿기지가 않는다

—「연두꽃에서 비롯된」 중에서

나만의 시선이 아니라 함께 보는 너의 시선이 필요하다는 것, 혼자 보는 모든 것이 믿기지 않는다는 것은 사람은 홀로일 수 없다는 뜻일 것이다. 그 대상이 꼭 연인일 필요는 없다. 위의 시에서 볼 수 있는 것처럼 사물을 '환하게 볼' 그 순간이 그에게는 매우 중요하다. 너의 시선 없이 나는 그것을 환하게 볼 수 없다. 환하게 볼 수 없으므로 그가 보는 모든 것을 믿을 수 없다. 그가 시를 쓰는 것은 환하게 보기 위한 노력이라고 할 수 있을지 모르겠다. 그러니 함께 환하게 본다는 것은 얼마나 지난한 일인가. 이러한 그의 내면 풍경은 벼랑 하나를 넘지 못하고 말라죽은 담쟁이넝쿨로 표현된다.

넝쿨의 담쟁이는 저렇게 끝이다
벼랑 중간쯤에서
벼랑 하나를 넘지 못하고
숨을 덜컥 놓는 흉한 꼬락서니가
벌써 몇 해짼가 흉흉하다
시간이 많을 줄 알았다고
탄식하는 네 마른 혓바닥에

죽으면서 불타던 斷末魔의

담쟁이 잎새를 놓아주리

—「황야」 중에서

　샘물은 솟지 않고 혓바닥도 말랐다. 끝내 벼랑 하나를 넘지 못하고 죽어버린 담쟁이의 비명 소리를 화자는 듣고 있다. 그는 몇 해째 담쟁이넝쿨을 지켜보았다. 그러나 되살아날 가망 없는 담쟁이에서 화자는 말라비틀어지는 생명의 고갈을 바라보며, 황야의 삶을 떠올린다. 담쟁이만이 아니라 그것을 바라보는 화자 역시 말라서 쭈그려앉는다고 느낀다. 사랑도 삶도 그러한 것이 아닐까.

나, 지금 사랑하고 있는 중인데

네가 등뒤에서 오는 그때

차오른 사랑을 매만지는 중이었는데

휙, 돌아서서 너는 가버리고

나는 너를 뒤쫓지 못했다

—「떠올려다오」 중에서

　「황야」의 메마름과 대조적인 이 시에서 우리는 총총한 별처럼 가득 괴어오르는 사랑을 느낀다. 국자를 움켜쥔 채 울먹거리기만 하는 화자를 발견한다. 사랑이 괴어오를수록 사랑은 고통스럽다. 분명 어머니의 슴슴한 사랑과 이 괴어오르는 사랑은 다른 것일 터이다. 어쩌면 사랑의 고통스러움이 바로 그의 삶이라고도 할 수 있다. 사랑의 고통과 기쁨이 어우러진 그의 절창은 다음과 같이 서술된다.

기름눈물 머리에 혼자 바르고

거꾸로 걸어봅니다
아득히 멀어져가는 뒷모습 보며
거꾸로 걸어봅니다
가까이 있던 당신, 실은 저토록 머나먼
옛날의 단 한 번 나타남이었습니다
단 한 번을 아슴푸레 보여주신 당신
빠르게 멀어져가십니다
빠르게 가실수록 고맙습니다
눈물기름에 충분히 녹아 계신 당신.

　　　　　　　　　　　　　　　　　—「눈물기름」 중에서

　새파란 겨울 냉이꽃에서 떨어진 눈물기름 한 종지로 울음과 웃음을
나누고 싶지만 휙 돌아서버린 당신은 멀어져만 간다. 멀어져갈수록 거
꾸로 걸어 다가서고 싶은 사랑의 역설은 눈물기름에 녹아 있는 당신을
통해 선명히 부각된다. 그 사랑은 환하게 나타났다 휙 돌아서버리는 사
랑의 속절없음이다. 사랑은 순간이고 고통은 길다는 경구를 떠올리게
하는 그의 사랑 시편은 다음과 같이 완결된다.

지친 꽃묶음 한 구비마다 내던지고
비척비척 일어서는 믿음의
비천한 관성이여
비천한 빠름이여

　　　　　　　　　　　　　　　　—「비천한 빠름이여」 중에서

　사랑은 비천한 것인가. 아마도 그러할 것이다. 그러나 그 비천한 것
이 빠른 순간에 환하게 열렸다 사라질 때 그 사랑은 고통스러운 기쁨일

터이다. 벌써 사랑이 병들어 썩어간다고 말한 이유가 여기에 있다. 병들어 절룩거리지 않으려면 그 사랑은 빠르고 순간적일 수밖에 없다. 가상과 현실이 뒤바뀌는 모순과 역설 속에 한영옥의 시적 사랑의 페미니즘적 진실이 숨겨져 있다고 할 것이다.

3. 사랑의 순간과 상처의 기억

한영옥의 사랑이 썩어 물크러지는 향기를 발하는 것이라면, 최정례의 사랑은 날 선 순간을 틈입하려는 강렬한 충동으로 붉게 채색되어 있다. 순간과 순간의 잘려진 틈새로 파고드는 그의 시적 인식의 저변에는 현실을 넘어서는 환각을 통해 또다른 현실을 불러오는 주술성이 있다.

깜박 잠이 들었었나봅니다 기차를 타고 가다가 푸른 골짜기 사이 붉은 밭 보았습니다 고랑 따라 부드럽게 구불거리고 있었습니다 이상하게 풀 한 포기 없었습니다 그러곤 사라졌습니다 잠깐이었습니다 거길 지날 때마다 유심히 살폈는데 그 밭 다시 볼 수 없었습니다

무슨 일 때문인지는 기억나지 않습니다 엄마가 내 교과서를 아궁이에 처넣었습니다 학교 같은 건 다녀 뭐 하냐고 했습니다 나는 아궁이를 뒤져 가장자리가 검게 구불거리는 책을 싸들고 한 학기 동안 학교에 다녔습니다 왜 그랬는지 모릅니다

—「붉은 밭」 중에서

푸른 골짜기 사이의 붉은 밭은 최정례의 유년 시절을 상징하는 이미지이다. 그것은 공포의 기억인 동시에 생에 대한 강한 집착이다. 풀 한

포기 없이 나타났다 사라지는 황량한 밭과 아궁이에 처넣어져 검게 탄 책은 위기에 처한 삶의 한 극단이 엇갈리는 극적인 순간의 체험이라고 할 수 있다. 어머니가 딸아이의 교과서를 불에 처넣고, 학교 같은 건 다녀서 뭐 하냐고 말했다는 것은 아무리 오랜 시간이 지나더라도 쉽게 지울 수 없는 아픈 기억이다.

이 체험이 언제나 최정례 시의 밑그림으로 자리잡고 있다는 것은 공포와 전율로부터 그의 시가 씌어지고 있음을 상기하게 한다. 「붉은 밭」「붉은 구슬」「피」「빨간 다라이」 등의 시편들이 붉게 채색된 유년 시절의 강박감을 드러낸다는 점에 눈여겨볼 필요가 있다.

> 억울하게 능멸당하면
> 벌레가 되어 울다가
> 독버섯으로 피었다가
> 뱀처럼 가늘어지고 싶은 거
> 할머니 피 때문이다
> 매 맞아 고막이 터져 한쪽 귀가 멀었던 할머니
> 세상의 굉음들이 아득한 먼지 뒤에서
> 내 귀에 쟁쟁거리는 거
> 할머니 귓속에서
> 소용돌이치며 울던 피 때문이다
>
> ─「피」 중에서

'내 피의 반은 할머니의 피다'라는 단언적 명제에서 출발한 위의 시는 매맞아 귀먹은 할머니를 매개로 하여 그의 피 속에서 소용돌이치던 첨예한 갈망을 드러낸다. 나는 억울하게 능멸당할 수 없다. 누가 뺨을 갈기거나 팽개치거나 안아준 모든 사람들에 대한 애증이 내 피 속에서 들끓는다. 세상의 꿍음을 들을 수 없는 할머니의 귀 속에는 얼마나 많은 소리들이 살았을까. 할머니가 죽던 날 슬퍼하는 기색 없이 마당만 쓱쓱 쓸었던 할아버지로 인해 능멸에 대한 그의 강박은 더욱 강렬해진다. 「붉은 구슬」에서는 핏빛 구슬 덩어리 속에 갇힌 자아가 인식되고, 「빨간 다라이」에서는 가난한 외갓집과 파산한 외삼촌을 매개로 사라져버린 과거에 대한 추억을 떠올린다.

추억 속의 상처를 통해 그리고 과거의 시간을 잘게 분절시켜 그 시간의 틈새로 파고들려는 것이 현재의 시간을 뛰어넘고 싶은 최정례의 시적 자의식이다. 그의 시간의 첫 단계는 삼 분이다. 지난 시집의 「3분 세차장」이나 이번 시집의 「3분 동안」은 그가 최초로 절개해낸, 일상이면서 일상이 아닌 시간의 단위이다.

> 3분 동안 못 할 일이 뭐야
> 기습 결혼을 하고
> 아이를 낳을 수 있지
> 다리가 끊어지고
> 백화점이 무너지고
> 한 나라를 이룰 수도 있지
>
> —「3분 동안」 중에서

「붉은 밭」에 대한 몽환적 인식에서 출발하여 날카로운 명료성을 통해 현실과의 상관성을 나타내는 시가 「3분 동안」이다. 그의 시각은 칼날처럼 날카롭다. 최초의 삼 분 동안 또는 최후의 삼 분 동안 어떤 것도 불가능한 일은 없다는 것이 그의 삼 분이다.

이 삼 분은 다음과 같이 더 잘게 쪼개진다.

나는 두통을 견디려고
양손으로 관자놀이를 꽉 누르고
허공에 놓친 오리를 찾는데

1초 전의 틈 속으로
오리는 사라졌다

                                    ―「1초 전에는 오리」 중에서

　쓰레기 더미 속의 비닐봉지에 죽은 오리가 담겨 있다. 그것은 오리털
과 그 부산물일 수도 있다. 화자는 한순간 그 오리가 날아올랐다고 보
았는데, 오리는 간 곳 없고 비닐봉지만 펄럭거린다. 이 시에서 이러한
착각이 중요한 것은 아니다. 화자가 그 착각의 순간, 한 틈을 인식하는
것이 중요하다. 일 초의 틈으로 자의식의 눈길이 파고들어간다는 것은
극소의 시간 속으로 들어간다는 것을 뜻한다.
　그는 일 초의 틈에도 만족하지 않는다.

무너지기 전에 무너져야지 하는
죽기 전에 가야지 하는
그런 생각이 있었을 거야
모래알과 뼈와 피의 세포 속에서
순간
교란이 있기 전에
어둠 속에서 더 아득한 어둠 속으로
추락하고자 하는

그 백분의 일 초 동안

뼛가루들은 모래알들은 알갱이들은

다 짐작하고 있었을 거야

—「무너지기 전에」 중에서

추락하기 전 백분의 일 초 동안 그야말로 한순간 더 아득한 어둠 속으로 무너지려는 생각이 있었을 것이라는 화자의 짐작은, 아마도 모든 붕괴의 원초성에 대한 그의 탐구가 상상의 극에 이르고 있다는 점에서 분명 새로운 자의식의 확장이라고 할 수 있다. 그의 시적 중요성은 여기에서 발견된다. 피와 세포가 본능적으로 느끼는 붕괴의 전율, 그것은 아마도 「붉은 밭」으로부터 연원하는 공포에 대한 뿌리깊은 각성을 전제한다고 여겨진다. 이렇게 극소화된 그의 시간은 극소를 통해 극대로 나아간다. 「일타홍과 도화마」에서는 삼백년 사랑 이야기가 등장하고, 「사슴이 장대에 올라」에서는 고려시대로 거슬러올라가 영원에 가까운 머나먼 시간으로 회귀한다.

저 티끌을 지나서 왔구나

저 벌레를 지나서

한없이 지나서 왔구나

업은 아이를 내려놓고

순두부를 시켜 먹는 동안

훌쩍거리며 코를 훔치는 동안

아이는 끽끽거리며

바닥을 기어다니고

너의 나이 나의 나이

저 티끌에서부터의

나이를 셀 수가 없구나

그 동안 돌 비는 깨어지고

많은 은금보화는 땅에 묻히고

까마귀도 긴 족보를 이루었는데

—「보푸라기들」중에서

　옷에 붙어 있는 보푸라기로부터 시작된 화자의 시적 상상은 티끌에서부터 지금까지의 시간을 모두 내포함으로써 시간의 용량을 크게 확장한다. 영원한 과거에서 현재로의, 그리고 현재에서 영원한 과거로의 전환은 최정례 시의 독특한 개성을 드러낸다. 물론 이러한 시적 상상들은 보푸라기를 보는 한순간에 통찰된 것이다.

　이러한 시간 속으로 틈입할 때, 그것은 우리를 금도끼나 은도끼 같은 도깨비 방망이의 세계로 이끌고 나가는데, 그렇다면 과연 왜 이러한 상상을 하게 되는 것일까 의문을 던져보지 않을 수 없다. 이미 앞의 「무너지기 전에」라는 시에서 보았던 것처럼 최정례의 시적 강박감 속에는 추락하는 것에 대한 불안이 숨겨져 있다. 그가 「3분 동안」이나 「비행기 떴다 비행기 사라졌다」 등의 시에서 비행기를 자주 떠올리는 것은 추락과 비상이라는 상관성을 드러낸다는 점에서 의미가 있다. 또 「1초 전에는 오리」와 같은 시에서 오리의 비상을 다룬 것 또한 추락과 상승의 또다른 변주이다. 부당하게 모멸당하면 절대로 가만히 있지 않겠다는 시적 오기는 들끓는 피의 용솟음을 불러오기도 하지만, 추락에 대한 그의 불안은 아마도 사랑에 대한 갈망 때문이 아닐까 한다.

　사랑하는 자만이 날 수 있다

　그렇지만 누가 그토록 사랑하는가?

라고 저작되는 시가 있었다

누구였던가 누구의 시였던가

　　　　　　　—「비행기 떴다 비행기 사라졌다」 중에서

　미겔 에르난데스의 시가 경구처럼 인용된 이 시에서 화자가 마지막에 확인하는 바는 '너는 날 수 없으리라 너는 날 수 없다'와 같은 부정적 명제이다. 비행기가 뜬 것처럼 그토록 사랑할 수 없다는 말인가? 이것이 최정례의 절망이다. 이 절망이 그의 시적 비극성을 찬연하게 빛나게 한다.

　그는 절망으로 인해 짧은 시간의 틈 속으로 틈입하고자 하며 그 짧은 찰나를 타고 비상하고자 한다. 그것은 때로 다음과 같은 시에서 사물과의 내밀한 거리 좁히기로 나타나기도 한다.

　　길도 없고 다리도 없고

　　무언의

　　접근하고 하나가 되는 것을 반대하는

　　거부가 있을 뿐이지

　　돌멩이 돌멩이 돌멩이 속으로

　　불가능의 꿈속으로

　　그 아득한 거리를 짐작해보는 것

　　이게 겨우 나의 사랑이지

　　으으 돌멩이 돌멩이 돌멩이

　　　　　　　—「돌멩이 돌멩이 돌멩이」 중에서

　화자는 저 끝 아주 먼 곳에 있는 웅크린 돌멩이에 다가서기 또는 돌멩이와 하나 되기를 시도한다. 그러나 그러한 시도는 거리를 좁힐 수 없는 끔찍한 거부로 인해 좌절된다. 그는 불가능의 꿈속으로 들어가 그 거리를 짐작해보면서 '이게 겨우 나의 사랑'이라고 토로한다. 그 사랑은 얼마나 심한 자기 부정으로 끝나게 되는가. 위의 시의 '으으 돌멩이 돌멩이 돌멩이'라는 비명에 가까운 마지막 신음 소리로 끝나는 사랑의 불가능으로 인해 지르는 외침이며, 그것은 핏빛 구슬 덩어리에 갇힌 것 같다는 「붉은 구슬」이나 풀 한 포기 나지 않는 「붉은 밭」으로 회귀하는 처연한 고통의 표현이라 하겠다. 소용돌이치며 울던 피의 굉음으로 물들여진 자아의 내면 풍경이 돌멩이의 신음 소리로 나타나는 것이다.

4. 연둣빛과 붉은빛 사랑

벌써 사랑이 썩어가서 절뚝거린다는 한영옥의 시적 출발은 연둣빛으로 숨쉬고 있으며, 가까이 갈 수 없는 아득한 거리로 인해 최정례의 사랑은 핏빛 구슬 덩어리로 물들여져 있다.

이들의 시는 삶의 결을 다루는 시적 솜씨에 있어서나 짧은 시간의 틈새 속으로 파고드는 시적 집중에 있어서, 근래 드물게 보는 높은 수준을 보여준다. 시적 감정의 밀도나 언어의 세련성에 있어서도 나름대로 시적 성취를 이루고 있다. 시가 문화의 변방으로 밀려난다고 하지만 이렇게 좋은 시들을 읽고 있으면, 우리 시의 미래가 밝다고 생각하지 않을 수 없다. 산더미처럼 쌓이는 많은 유사제품 속에서도 그 독자성을 갖기 위해 이 두 시인은 나름대로 각고의 시간을 보냈을 것이다. 남발되는 일회용 양산품과 그들의 시가 다르다는 점을 강조해두고 싶다.

난삽하기 때문에, 아니면 그저 그럴 것이라는 선입감 때문에 좋은 시집이 지나쳐져서는 안 된다는 것이 나의 명백한 입장이다. 최근 우리 시의 위기는 문화적 주류냐 아니냐의 문제에서 비롯된 것이 아니라 문학적 변별성의 상실과 지나친 세속적 매명성으로 인한 것이라고 생각한다. 일부러 심각하고 억지로 난삽할 필요는 없다. 충분한 내적 동기를 가지고 시적으로 승화된 시편에 대해 무감각하다면 그것은 우리들 스스로의 가치 부재를 나타내는 것이라 생각한다. 좋은 게 좋고, 그저 모든 게 그렇고 그렇다는 식의 무사안일주의는 우리 모두를 위해서 바람직한 일이 아니다.

한영옥 시의 슴슴한 맛과 최정례 시의 칼날처럼 독한 맛이 우리 시를 풍요롭게 하고 있다는 점에서, 마땅히 그에 상응하는 경의가 표해져야 한다고 믿는다. 끝으로 우려의 말을 덧붙인다면 한영옥의 시는 자꾸 자신을 숨기려 하고, 최정례의 시는 너무 강한 이미지에 집착하고 있는 것이 아닌가 하는 아쉬움이 남는다. 그렇다고 하더라도 이 두 시인의 시집으로 인해 우리 시의 페미니즘적 활력이 더욱더 우리 문단의 중심에 깊이 뿌리내리게 되었다는 사실은 이제 쉽게 부인할 수 없을 것이다.

신화적 미학에서 삶의 푸른 나무로

—이사라의 시세계

1. 비디오와 가상현실

우연히 이사라의 시 「가슴에서 꺼낸다」를 읽었다. 비디오 천국에서 살고 있는 현대인들이 가진 의식의 단면을 객관적으로 그리고 있다는 점에서 이 시를 주목하지 않을 수 없었다. 이에 대한 언급을 다시 인용하면 다음과 같다.

*

기계적 메커니즘에 의해 지배당하는 현실의 한 단면을 이사라는 「가슴에서 꺼낸다」에서 다음과 같이 쓰고 있다.

뒷골목도 한참 달리다보면 큰길처럼 넓어져서
나뭇잎들 햇빛 밑으로 무성히 흔들리는 시간에
깊이가 흔들리지 않는 비디오처럼 산다

　세 행으로 표현된 이 시의 서두는 가상과 현실, 비디오와 삶 사이가 깊게 단절되어 있음을 나타낸다. 가상 속으로, 비디오 속으로 들어가는 도입부로서 이 시의 서두는 여러 시적 의미를 함축하고 있다. 그는 비디오 속에서 움직이는 사람들을 보고 눈부신 액션을 본다. 그리고 과연 생의 발원지는 어디일까 생각해본다.

　　휙 휙 휘파람 소리로 사라지는 날들
　　목이 마르는데
　　너희들은 저곳에 있다. 저곳에서 활약하는 남녀 틈에
　　정면 투시는 너무 눈부셔
　　목숨 속에 목이 길게 늘어나고
　　종이벽에 달라붙어 욕망의 버짐, 사방무늬로 번져나가
　　나는 던져진다 허공으로 내세로 까마득한 어둠이
　　내게서 떨어지지 않고 매달려 있어
　　뒷걸음치는 거미가 틀어박혀 목숨의 색을 발송하는
　　생의 발원지
　　누군가의 무심한 온 오프 전원 따라 움직인다
　　공포에 공포를 더하면
　　사색이 이미 아니다. 비디오다.
　　한때 미쳐버려 늙어가지도 않는 사람처럼
　　생을 뚝뚝 부러뜨리며 조립품으로 늘어놓고
　　다시 꿰매는데

　　너, 읽을 줄 아니? 쓸 줄 아니?

소리 하나로 허공을 날아다니는 날벌레

가슴에서 꺼낸다

—「가슴에서 꺼낸다」 중에서

비디오 속에서 벌어지는 삶과 죽음, 그리고 공포와 괴기를 우회적으로 말하면서 화자는 전원을 따라 움직이는 생의 발원지를 떠올린다. 그는 극도의 공포에서도 비디오는 비디오다라고 말한다.

그러나 이 시의 묘미는 가슴에서 날벌레를 꺼내는 데 있다. 날벌레가 비디오를 보는 사람에게 질문을 던진다. 조립품처럼 생을 부러뜨리고 꿰매는 비디오를 보는 화자에게 "읽을 줄 아니? 쓸 줄 아니?"라는 질문이 던져진다. 날벌레가 말한다는 점에서 풍자적이다. 볼 줄만 아는 사람은 쓸 줄 모른다. 읽을 줄도 모른다. 비디오 중독자이다.

이 시의 서두를 돌이켜보면, 시적 화자의 의도는 더욱 심층적이다. 밖은 대낮인데 깊은 어둠 속에서 화자는 비디오를 보고 있다. "나뭇잎들이 햇빛 밑으로 무성히 흔들리는"에서 '대낮'을, "깊이가 흔들리지 않는"에서 방 안의 '어둠'을 짐작해볼 수 있다. 비디오를 보는 어둠 속의 시간은 흔들리지 않는다. 생은 어둠 속에서 마음대로 조립된다.

비디오를 애청하는 현대인들일수록 읽고 쓸 줄 아는 기능은 퇴화된다. 날벌레의 출현이 적절한 것은 바로 그러한 이유에서이다.[1]

*

그러나 이 시를 읽고 난 다음에도 남는 것은 왜 이와 같은 상상력으로

---

1) 졸고, 「시간의 톱니와 비디오 그리고 자연의 나무」, 『문학사상』 1996년 11월호.

그가 시를 쓰고 있는가라는 의문이었다. 첫 시집 『히브리인의 마을 앞에서』(1988)와 두번째 시집 『미학적 슬픔』(1990)을 통독한 다음 어느 정도 그 의문의 실마리를 풀어낼 수 있었다.

2. 이성적 상상력의 근원

첫 시집 『히브리인의 마을 앞에서』부터 세번째 시집 『숲속에서 묻는다』(1997)를 관통하는 중요한 시적 특징은 이사라가 이성적인 작시법을 구사한다는 점이다. 통상적 의미에서 감상적 슬픔이나 외로움 같은 것은 그에게 존재하지 않는다.

일반적인 시법과 다른 그의 이성적 상상력은 일단 특이하다. 물론 그 나름의 슬픔이나 고통이 없는 것은 아니다. 고통 없이 어찌 시를 쓸 수 있겠는가. 그러나 그의 상상력의 근원에는 남다른 이성적 사고가 자리잡고 있다. 우리는 그것을 '신화적 미학'이라고 명명할 수 있을 것 같다.

『히브리인의 마을 앞에서』에 수록된 「두 이야기」 「히브리인의 마을 앞에서」 「匠人의 손」 등을 읽어보면, 그의 시적 탐구는 매우 지적인 것으로부터 시작된다. 서구문명의 두 줄기 근원이라는 헬레니즘과 헤브라이즘 사이에서의 지적 고뇌와 갈등이 그의 시적 상상의 원점에 놓여 있는데, 여기서 한국의 정신사를 거슬러올라갈 경우 세종대왕이나 양녕대군이 할아버지, 아버지 등 절대적 권위를 가진 거인들에 의해 지배되는 부성적 세계가 자리잡고 있다. 그 또한 '황제이고 싶은' 욕망을 갖고 있기는 하지만, 그가 처한 위치는 '시간강사'에 불과했던 것이 이 시기 그의 현실적 상황이었던 것이다. 그러므로 그가 자신의 삶의 거점을 다음과 같은 경계선에 설정하였던 것은 어쩌면 자연스러운 일이었는지도 모른다.

　　오랫동안 살아남은 죽음을 만들지 않고 썩기 쉬운 물, 흐르는 물이 너
와 나, 부끄럽게 스며들며 결코 영웅을 꿈꾸지 않는다. 히브리인의 마을
땅은 튀어오르지도 않으면서 하늘은 가라앉지도 않으면서 偉人 이야기
바깥을 지키고 있다.

　　　　　　　　　　　　　　　　　　—「히브리인의 마을 앞에서」 중에서

　　성서적 세계와 인간의 세계 그리고 19세기적 이성과 20세기적 이성
사이에 설정된 그의 시적 상상력은 이러한 설정이 뜻하는 바 그대로 이
성적이며 논리적이다. 그것은 그의 시가 위인들의 이야기 바깥에 있는
인간의 이야기이기는 하지만 다른 한편으로 시인의 상상력을 촉발하는
삶의 터전이 신화적 세계를 동경하는 '히브리인의 마을'이라는 점을 우
리에게 음미하게 한다.

　　첫 시집에서 볼 수 있는 이러한 상상의 세계는 두번째 시집 『미학적
슬픔』에서도 그대로 이어진다. 「打電」이란 시에는 그의 무의식에 잠재
되어 있던 기독교적 강박감이 전면에 나타난다.

　　읽어보세요
　　드릴 수 있을 때까지
　　시를 드리겠어요
　　이렇게 사는 세상보다
　　길지 짧을지
　　글쎄요

　　저는요

폭우와 폭풍과 또
폭설과 폭력 속으로
작지만 용감하게
타전할 줄 아는
오늘날의 골리앗이거든요.

—「打電」전문

　시인이란 폭풍과 폭력과 싸우는 현대의 골리앗이라고 화자는 말한다. 스스로 자신을 '작지만 용감한 골리앗'이라고 표현하고 있다는 점이 흥미롭다. 이것은 그가 살고 있는 시대의 폭우와 폭설이 물리치기 어려울 만큼 엄청난 재난이라는 인식으로부터 파생된 반어적 어법인지도 모른다. 그러나 여기서 우리가 확인할 수 있는 것은 스스로를 성서 속의 거인으로 자처한다는 점이다. 과대망상이라고 간단히 처리할 수도 있겠지만, 이러한 상상은 그의 유년기를 지배한 거인들에 대한 강박감이 잔존하기 때문이라는 점에서 세심하게 검토할 필요가 있다. 그렇다면 왜 시가 그리고 시인이 현대의 골리앗이 될 수 있는 것일까. 이사라의 시를 통독해보면 그는 시적 상상만이 현실에서 불가능한 것을 뛰어넘어 자유롭게 자신을 펼칠 수 있는 힘을 갖는 것이라고 생각하고 있음을 알게 된다.

　그의 시는 드물게 이성적 구조로 짜여 있지만, 그 이성을 뛰어넘는 초월적 힘을 시에서 얻을 수 있다고 생각한다는 것이다. 그는 기쁨이나 슬픔조차도 그 자체로 받아들이지 않는다.

주고받음이 그리도 대단하다니요
받고도 줄 줄 모르는
그 슬픔이 그리도 대단하다니요

세상도 가진 슬픔, 기쁨도 가진 슬픔을
그대의 슬픔의 척추에 홀로
찬란한 깃발인 듯 꽂으려 하다니요

그대가 멀어지는 저녁이 아니어도
슬퍼지는 약속이 아니어도
내가 슬플 때
슬픔의 창을 열고 나서면
사라지는 슬픈

슬픔

— 「미학적 슬픔」 전문

　화자는 결코 슬픔에 탐닉하는 자가 아니다. 슬픔을 슬픔으로 받아들이는 것은 감상적 슬픔에 빠지는 것이라고 그는 판단하고 있다. 그는 슬픔에 스스로를 자폐시키지도 않는다. 슬픔이 다가오면 그는 슬픔의 창을 열어놓는다. 슬픔은 그 창문으로 사라진다. 그가 비록 '슬픈 슬픔'이라고 반복하며 슬픔을 말하고 있지만, 거기에는 말 그대로의 '슬픔의 감정'은 없다. 슬픔을 조절하고, 슬픔을 배출하는 이성적 사고가 작용하고 있는 것이다.

　그는 '슬픔의 척추에 홀로 찬란한 깃발'을 꽂는 것을 부정한다. 그렇다면 그에게는 슬픔이 전혀 없는 것일까. 아니다. 어쩌면 그는 슬픔에 빠지는 것을 두려워하는지도 모른다. 미학이라는 이성을 전면에 내세워 그의 슬픔을 감추고 있는지도 모른다. 그것이 현대판 골리앗의 운명이다.

　이사라에게 미학적 이성이란 바로 절대적 권위로서 군림하며 자기를 지키는 시적 방패인 것이다. 이사라의 시는 그 깊은 심연에 슬픔의 감정을 가지고 있을지 모르지만, 그 표면에 미학적 이성을 내세우는 이중적 특성을 지닌 것으로 판단된다. 이 양자는 서로 이질적이라기보다는 동전의 양면과 같이 하나의 전체를 이루고 있다. 그렇다고는 하더라도 좀처럼 슬픔의 감정을 드러내보이지 않을 수 있을 만큼 이성적 측면이 두텁게 자리하고 있다는 점에서 그는, 쉽게 슬픔에 빠지기 쉬운 감상적 시인들과 구분된다. 19세기적 이성에서 20세기적 이성으로의 전환이라는 대명제가 그의 시적 상상을 통어하는 기제가 된다는 것이다.

3. 일상의 푸른 나무

세번째 시집 『숲속에서 묻는다』에 이르면 이사라의 시는 우리에게 범박한 일상적 삶을 보여준다. 비디오와 TV와 더불어 살아가는 나날의 삶이 사실적으로 표현된다. 물론 이 사실적 표현 속에는 그 나름의 비판적 의식이 날카롭게 살아 있기는 하지만, 다른 한편으로는 이러한 삶을 반어적으로 수용하고 있다.

어느 추운 날
활시위가 팽팽해지면서
생을 관통하는 저녁이 있다.
보는 것이 보여주는 것이 아닐 때
알아가는 것이 알려주는 것이 아닐 때
TV를 끄고 분노가 끓는 냄비 속에
누우면 나는 새우가 된다

(……)

바겐세일이 끝날 즈음
상처입은 짐승 얼굴에 화살촉 하나씩 박혀 있다
TV는 생을 돌리는 괘종시계
파편들이 모여드는 저녁이면
꺼져가는 몸이 부르는 짧은 슬픔의 노래
애국가는 영원하다

—「숲속에서 묻는다」 중에서

　풍자적이며 야유적인 어조로 말하고 있는 이 시에서 우리가 느낄 수
있는 것은 자질구레한 삶에 집착하여 부서져나가는 진실이다. 유언비
어가 난무하고, TV가 진실을 전하지 못하는 시대상황이 투영된 이 시
에서, 우리는 바겐세일이라는 물질적 욕망의 덫에 걸려 헤어나지 못하
는 동시대인들에 대한 비판을 읽을 수 있다.

　그러나 더욱 통렬한 것은 골리앗에서 새우로 전락한 자기 자신에 대
한 비판이다. 쓸모없이 수염만 길고, 배설물만 가득 차 등줄기가 굽은
새우가 된 시적 자아의 변신은 그 스스로에게 자신의 삶이 매우 혐오
스럽게 느껴졌음을 뜻한다. 이런 의미에서 '애국가는 영원하다'는 결
말은 더욱 극적 효과를 얻는다. 바겐세일로 북새통을 이루는 백화점이
나 슈퍼에서 부딪힌 얼굴들이란 그만이 아니라 우리 시대 모든 사람들
의 일상적 자화상이다. 스스로 상처입은 자들이지만 TV 종영을 알리
는 애국가를 들으며 잠드는 그들의 안락한 삶에 대한 야유적 풍자는
시적 화자가 잠들지 않는 이성의 눈으로 오늘의 삶을 직시하고 있음을
알려준다.

그러나 이미 그러한 삶은 히브리인의 마을에서 이루어지는 참다운 삶은 아니다. 어쩌면 그것은 신화적 이상의 세계도, 히브리인의 마을에서의 삶도 아니다. 우리가 몸 부딪히며 살아야 하는 오늘의 왜곡된 현실에서의 삶이다. 그러나 현실의 삶을 직시할 때 이사라의 시는 좀더 솔직해진다. 이성이라는 사고체계를 벗어던진다. 이 점에서 그의 시는 매우 역설적 전환을 보여준다. 이 순간 다음과 같이 아름다운 시가 탄생한다.

　　　겨울에는 강이 길어진다
　　　슬픔도 길어진다
　　　내가 섬처럼 투명하게 흐르고 있다
　　　난폭한 투명

　　　겨울에는
　　　비상을 꿈꾸는
　　　비상구처럼
　　　내가 강 속으로 들어간다
　　　슬픈 나를
　　　부드러운 마찰의 힘에 떠맡기게 했다

　　　상처는 딱딱한 것이 아니었구나
　　　황홀한 상처
　　　그 속은 우주로 가는 통로였구나
　　　몸이 맘이 된다.
　　　　　　　　　　　　　　　　　—「겨울에는 강이 길어진다」 중에서

투명한 슬픔은 슬픔이 아니다. 겨울은 슬픔조차도 이성적인 것으로 만드는 것일까. 슬픔을 직시할 수 있다면 그것은 이미 슬픔이 아니다. 강 속으로 들어가서 얻은 상처는 몸과 마음이 하나가 되는 통로를 만든다. 그러므로 여기서 상처받은 슬픔은 몸과 마음을 하나로 만들어주는 변증법적 계기가 된다. 흐르는 것이 멈추고, 멈춘 것이 흘러간다는 시적 인식은 투명한 슬픔을 통해 우주로 비상하는 이사라 특유의 시법이다. 이 슬픔의 자기 극복 과정이야말로 이사라 시적 미학의 핵심일 것이다. 상처를 통해 슬픔을 극복하는 것은 우리 시가 전통적으로 가져온 슬픔의 미학과는 전혀 다른 것이다. 오히려 이사라의 시는 지나치게 이성적이라는 것이 약점이라면 약점이었다고 하지 않을 수 없다. 그러나 「겨울에는 강이 길어진다」에 이르면, 몸과 맘이 하나가 되어 우주로 통하는 슬픔의 미학을 독자적으로 구축하게 된다.

물론 여기에서도 작용하는 시인의 눈은 이성적인 것이다. 슬픔을 확장하고, 다시 그것을 투시하고 끝내 몸과 마음이 하나라는 시적 인식의 논리적 과정을 드러내고 있다는 점에서 그러하다. 그럼에도 위의 시는 이사라의 시적 전개에서 남다른 성취를 유감없이 보여준다. 신화적 이성에서 유심론적 직관으로의 전환이 바로 그것이다. 이성의 눈이 아니라 마음의 눈으로 사물을 포착할 때, 그의 시는 다음과 같이 생명력을 얻게 된다.

　　나무가 푸른 것은 우리들의 이야기가 아니다
　　나무가 살아가는 기쁨과 고통이
　　자꾸자꾸 자라나서
　　그렇게 퍼져가서
　　우리는 푸른 바다를 보듯

푸른 역사를 침묵하는 나무의 마음을 본다

나무가 푸른 것은 우리들의 이야기가 아니다

　　　　　　　　　　　　　　　　　　—「푸른 나무」 전문

　이 시를 돋보이게 하는 것은 '우리는 푸른 바다를 보듯 / 푸른 역사를 침묵하는 나무의 마음을 본다' 는 시행이다. 기쁨과 고통이 나무를 푸르게 한다는 것은 화자 자신이 이미 그러한 세상살이를 겪었다는 뜻이다. 그런데 중요한 것은 '푸른 바다' 와 '나무의 마음' 의 대비이다. 기쁨과 고통을 통해 나무가 살아갈수록 크고 넓어졌을 뿐만 아니라 그만큼 더 생명력으로 넘치고 있다는 시적 인식은 남다른 것이라고 하지 않을 수 없다.

　기쁨과 고통이 자라고 퍼져가서 푸른 바다처럼 크고 넓어지는 나무의 마음이란 바꾸어 말하면, 화자 자신의 마음이기도 하다. 투명한 슬픔이 몸과 마음을 하나로 만들어 우주로 비상하는 통로를 만들듯이 기쁨과 고통이 침묵의 역사를 만들지만 그럴수록 나무는 푸름의 생명력으로 충만하게 된다는 것이다.

　결과적으로 이사라의 시는 두 줄기로 요약된다. 하나는 이성중심적인 신화적 미학이며, 다른 하나는 몸과 마음의 분열을 통합하는 유심론적 직관의 미학이다. 후자의 경우는 시집 『숲속에서 묻는다』에 특히 두드러지게 나타나는 경향으로서, 그의 시적 방황과 모색이 종합되는 한 지점이 여기에 있지 않을까 판단된다.

　물론 서두에서 거론한 「가슴에서 꺼낸다」와 같은 계열의 시들이 이성중심의 신화적 미학의 동시대적 변주로서 더 많이 씌어질 것이며, 시대적 현장성도 짙게 드러내줄 것으로 여겨지기는 한다. 그럼에도 서투른 관념의 경구적 표백보다는 직관의 미학에 근거한 경향의 시들이 보다

독자성을 갖게 되리라는 점을 강조해두지 않을 수 없다.

　우리들의 삶이 비록 위인들의 이야기 밖에 머무는 것이라고 하더라도, 우리들이 지향하는 바는 언제나 상상의 차원에서의 신들의 세계일 것이다. 서두에서 거론한 가상현실이 그의 시에 자연스럽게 자리잡을 수 있었던 것은 바로 그의 이성적 신화의 미학이 그의 시적 상상과 접맥되기 때문이다. 가상현실처럼 철저하게 이성적인 세계는 없다. 그러나 우리가 살고 있는 세계는 비디오나 TV에 휘둘리기는 하지만 '가상'이 아니라 현실이라는 사실을 결코 배제할 수 없다. '가상현실'과 '현실,' 이 양자를 엄밀히 구분할 수 있는 자만이 이를 발전적으로 통합할 수도 있을 것이다. 「겨울에는 강이 길어진다」나 「푸른 나무」가 깊이 음미되어야 하는 이유가 여기에 있다. 시의 중심을 바로 잡아주는 것은 이성의 힘일 터이지만, 시의 생기를 살려내고 시를 매력적인 것으로 만드는 것은 감각과 직관이기 때문이다.

　　나무가 살아가는 기쁨과 고통이
　　자꾸자꾸 자라나서
　　그렇게 퍼져가서
　　우리는 푸른 바다를 보듯

　이처럼 그의 시가 대양적 감정에 도달할 때 우리는 그의 시를 읽는 기쁨을 경험하게 된다. 신화적 이성주의적 논리를 떨쳐버리고 더 깊이 삶의 근원을 천착할 때 이사라는 시적 감동의 세계를 확고하게 열어갈 것이다.

　　겨울에는 강이 섬처럼 떠다닌다

혹한의 겨울이 그에게 잔인한 것일수록 푸르름의 나무가 무성해질 것이며 그의 시를 읽는 독자의 슬픔 또한 투명해질 것임에 틀림없을 것이다.

나혜석의 시와 근대적 여성성
─그 문학사적 의미를 중심으로

1. 선각자적 인식과 예술

20세기 초반 한국의 선각자적 예술가 중에 나혜석처럼 극명하게 자신의 삶을 불사른 경우는 많지 않다. 19세기와 20세기의 교차점에서 소용돌이치는 세계사적 격랑을 헤쳐나가는 과정에서 나혜석은 그 누구보다 여러 가지 난관에 봉착하지 않을 수 없었을 것이다. 우선 그가 여성이었다는 것도 중요한 이유가 되겠지만, 그보다 더 심각한 것은 그가 지닌 독특한 개성 때문이었을 것이다. 적어도 그가 예술적으로 그리고 인간적으로 자신의 강렬한 개성을 완강하게 지키기 위해 세속적으로 타협하지 않았던 것은 분명한 일이다.

이번에 간행된 『원본 정월 라혜석 전집』(서정자 편, 국학자료원, 2000. 12)을 살펴보니, 필자 또한 나혜석에 대해 풍문에 의한 선입견을 가지고 있었음을 깨닫게 되었다. 시와 소설과 희곡은 물론 그의 평론과 수필 등 그의 모든 문자활동이 망라된 이 전집을 읽으면서 놀란 것은 그의 솔직담대한 고백과 예술적 치열성이 일관된 삶의 의지로 표현되고 있다는 점이다.

이 글에서 필자는 그의 문자행위 전체를 대상으로 하고자 하는 것은 아니다.[1] 그가 남긴 많은 저작 중 지금까지 필자가 주 전공 분야로 관심을 가져온 시의 영역에서 그 문학적 의미를 되새겨보고자 한다. 물론 이 전집에 시로 분류된 것은 여섯 편에 불과하다. 그러나 이 정도의 작품이라도 다른 산문에서 발견되는 시들을 선별하여 문학활동과 적절히 비교 검토한다면 나혜석의 전체성을 이해하는 한 가지 접근방법을 마련할 수 있다고 생각했다. 이런 방법을 택한 것은 그의 미술활동이나 소설사적 의미는 이제 상당 부분 밝혀졌기 때문이기도 하다.

나혜석의 문학활동을 살피는 데 있어서 그가 1910년 동경을 유학한 초기 선각자라는 점에서 이 글의 실마리를 그의 첫 애인이자 그의 인생에 결정적 영향을 미친 최승구와의 관계를 통해 풀어나가고자 하며, 그와 동일한 여성 선각자 중의 한 사람이지만 한 세대 늦은 모윤숙과의 사상적 대비를 통해 그의 문학사적 가치를 찾아보고 마지막으로 그의 그림에 대한 필자의 소감을 간략히 피력하고자 한다.

2. 나혜석의 각성과 시적 전개

나혜석의 일생은 크게 보아 세 단계로 나눌 수 있다. 초반 유년 시절부터 18세(1896~1913)까지의 각성 이전의 단계와 중반 19세부터 32세(1914~1927)까지의 자유로운 예술활동 단계, 종반 33세부터 53세(1928~1948)까지의 재기의 노력과 실패의 단계 등이 그것이다.[2]

---

1) 나혜석의 소설에 대해서는 서정자, 송명희, 이상경, 이호숙, 정순진 등의, 시에 대해서는 신달자, 정영자 등의 업적이 보고되어 있다. 『원본 정월 라혜석 전집』의 참고문헌을 참조.

이렇게 본다면 초반과 중반의 화려하고 자유분방한 시기를 정점으로 초반의 계몽적 시기와 후반의 좌절과 파멸의 시기가 마치 드라마의 발단, 절정, 파국과 같이 극적인 구조를 갖고 있는 것이 그의 생애이다. 여성해방론자로서 그 누구보다 선각적이었지만 그의 생애는 1914년 최승구, 1927년 최린 등의 만남 그리고 1930년 김우영과의 이혼 등과 분리해서 생각할 수 없다. 1916년 봄 최승구의 죽음이 그에게 결정적 위기를 불러일으켰지만 최승구의 죽음 이후 만난 김우영과의 오랜 교제 끝에 1920년 결혼함으로써 이 위기는 일단락되는 것 같았다. 그러나 최린과의 문제로 인해 1930년 김우영과 이혼함으로써 그의 생에 드리워진 어두운 그림자는 불꽃과 같은 그의 열정을 사그라뜨리는 동시에 그의 예술활동 또한 파국으로 몰고 갔다. 나혜석은 당시 조선사회에서 기성의 도덕적 통념에 정면으로 도전하였기 때문에 후원자 없는 고독한 그를 후원할 세력은 사회의 저변으로 잠수해버리고 오직 그만이 홀로 봉건적 도덕률과 투쟁하게 남겨놓았던 것이다.

가족들을 설득하여 나혜석을 동경으로 유학하게 만든 오빠 나경석의 절친한 친구이기도 했던 최승구는 당시 동경 문단에서 춘원 이광수 못지않게 촉망받던 인물이었다. 그와의 만남을 통해 나혜석은 당시 조선의 봉건적 윤리감각을 버리고 근대적 신여성의식으로 스스로를 자각했다는 점에서 그의 중요성이 부각된다. 최승구와 나혜석은 당시 동경에서 유학생들이 발간했던 『학지광』(제3호, 1914. 12)에 다음과 같은 글을 동시에 발표하고 있다는 사실에 우리는 주목하지 않을 수 없다.

아아! 내가 나의 系縷(羅蕙錫 — 필자註) — 풀지 못헐 밉고, 사랑스러

---

2) 나혜석 평전은 이상경, 『인간으로 살고 싶다』(한길사, 2000)가 종합적이며 대표적이다.

운 系縺― 을 얼마나 생각허고, 얼마나 사랑허는지! 그것으로 하야, 얼마나 煩悶하며, 얼마나 우는지! 나는 이것을 생각험으로 하야, 이러헌 생각을 웃엇소. '우리의 系縺은 먼저 感情的(情感― 필자 註) 生活을 허도록' 해야겟다고. 例를 들어 말씀허면 五官은 다 가젓겟소. 허나, 作用은 조금도 허지 못허오. '月色은 淸明허다' 허나 淸名헌 것을 실제에 四肢가 興奮되도록 늣기지 못허오. '꽃은 어엽부다' 허나, 實際에 花蕊의 香氣를 쪽 쌔러마실 듯이 늣기지 못허오. '꿀은 달다' 허나, 實際에 입맛을 싹싹 다시듯이 늣기지 못허오. 이와 갓치 神經에 故障이 생긴 사람은 누가 自己의 興味를 이지럽게 헌다 헐지라도, 다만 '滋味읍게 되얏구만' 헐 쑨이지, 그 興味를 다시 만들겟다는 생각은 읍소.[3]

위의 글은 나경석에게 보내는 편지 형식으로 씌어졌지만, 이 글은 그대로 나혜석에게 사랑을 고백한 연애편지라 해도 과언이 아니다. 세 사람의 인간적 친밀성은 이 글 전편에 넘쳐나고 있다.

구시대의 도덕률에 얽매이지 말고 자기 감성에 충실하라는 것이 최승구의 권고였는데, 나혜석은 이에 화답이라도 하는 것처럼 같은 지면에 「이상적 부인」을 발표하였다. 이를 통해 우리는 나경석과 더불어 두 사람 사이에서 이미 자기 각성에 대한 많은 이야기가 오고 갔음을 짐작해볼 수 있다.

一定헌 目的으로 有意義하게, 自己 個性을 發揮코저 허는 自覺을 가진 婦人으로서, 現代를 理解헌 思想, 知識上 及 品性에 對하야, 其 時代의 先覺者가 되어 實力과 權力으로, 社交 又는 神秘上 內的 光明의 理想的 婦人

---

3) 최승구, 「情感生活의 要求」, 『학지광』 제3호, 1914. 12. 17쪽. 최승구의 작품은 김학동, 『崔素月 作品集』(형설출판사, 1978, 53쪽)에서 인용한 것이며, 최승구의 시에 대한 검토도 김학동 교수의 같은 책에 수록된 논문을 참조할 것.

이 되지 안이허면 不可헌 줄노 生覺허는 바라. 然허면 現在의 우리는 漸次로 知能을 擴充허며, 自己의 努力으로 責任을 盡하야 本分을 完守허며, 更히 事에 當하야 物에 觸하야 硏究허고 修養허며, 良心의 發展으로 理想에 根接케 허면, 其日 其日은 決코 空然히 消過험이 안이요, 然後에는 明日에 終身을 헌다하야도, 今日 現時까지는 理想의 一生이 될가 허노라.

그럼으로, 나는 現在에 自己 一身上의 劇烈헌 慾望으로, 影子도 보이지 안이허는 엇더헌 길을 向하야 無限헌 苦痛과 싸호며, 指示헌 藝術에 努力허고저 허노라.[4]

이 글에서 나혜석은 혁신으로 이상을 삼은 카추샤, 이기로 이상을 삼은 막다, 진의 연애로 이상을 삼은 노라 부인, 종교적 평등주의로 이상을 삼은 스토우 부인, 천재로서 이상을 삼은 라이죠 여사, 원만한 가정으로 이상을 삼은 요사노 여사 등을 예거하면서 그들은 부분적으로 숭배하는 이상적 부인이기는 하지만 그 자신의 독자적 길에 대해 위와 같이 결론짓고 있다. 특히 마지막 부분에서 강조하고 있는 것처럼 그림자도 보이지 않게 무한 고통과 싸우면서 예술에 헌신할 것을 선언하고 있다. 이 선언은 최승구에 대한 약속인 동시에 그의 생애 전체를 꿰뚫는 일관된 예술적 의지이기도 하다.

내일 죽더라도 무한 고통과 싸우며 예술에 헌신하겠다는 이 결의는 신성한 사명감과 더불어 젊은 선각자의 열정으로 인해 19세기의 어둠에서 벗어나지 못한 20세기 초의 조선사회에 휘황한 빛을 뿌리고 있다. 최승구는 1913년 『학지광』 4호에 민족감정을 고취하는 시 「쎌지엄의 勇士」를 발표한다.

---

4) 나혜석, 「理想的 婦人」, 『학지광』 제3호, 1914. 12. 나혜석과 관련된 인용은 모두 『원본 정월 라혜석 전집』에 의거하며 이하 『전집』으로 표기함. 위 글은 『전집』, 314쪽.

쏄지엄의 勇士여!
너의 쌔듸는 너의 것이다!
너 人生이면,
權威를 드러내거라!

쏄지엄의 勇士여!
너의 몸 쓰러지는 곳에,
거 누구가 月桂冠을
밧들고 섯슬이라

　　　　　　　　—「쏄지엄의 勇士여!」 중에서

격한 어조로 되풀이되는 이 시에서 고취하는 민족적 감성은 일제의
압박하에 있던 젊은 청년 유학생들에게 강렬한 인상을 남겼을 것이고,
나혜석 또한 이에 공감하였을 것이다. 어쩌면 독일군의 침략에 투쟁하
는 벨지엄의 용사처럼 나혜석은 최승구가 자랑스러웠을 것이다.
최승구는 이 시에 이어 1916년「긴 숙시」라는 작품을 발표한다.

저의 보는 바 지금 사막(沙漠)은 전의 사막이 아니다. 전에는 옥토(沃
土)였었다. 광명이 찬란하던 붉은 토지였었다.
한 것이러니, 맹렬한 광풍에 당(當)하여 지금에 보이는 독사(毒沙:독
기 있는 모래)로 덮였다. 북으로부터는 고비의 모래가 삭풍(朔風)에 몰
리어 남으로부터는 사하라의 모래가 쌓이어 왔음이다.
허나, 그 심도(深度)는 일장(一丈)에 불과하다. 그 밑은 본래의 옥토이다.
옥토는 의연히 전개하였다. 영원한 옥토. 화근(花根)과 향원(香源)도
그대로 반연(蟠蜒:서려)되어 있고 밀지(密池:꿀맛 같은 연못)와 조수(潓
水:맑은 물)도 그대로 잠류(潛流:스며 흐름)한다. 일장의 사(沙)만 파서

헤치면 그리워하는 영원한 옥토가 거기서 노현(露現:드러남)될 것이다.

저는 또 부르짖는다. "너희들이여! 파거라. 그 독사를 파거라. 헤치거라. 그 독사를 헤치거라. 너희들의 열루(熱淚:뜨거운 눈물)와 고한(苦汗:비지땀)과 보혈(寶血:보배로운 피)을 짜내어서 그 독사를 적시어라. 파거라. 헤치거라.

하면, 너희들의 주(主) 영원한 옥토가 보일 것이다. 너희들이 기호(嗜好)하는 신아(新芽:새싹)가 나올 것이다. 청천(淸泉)이 솟을 것이다. 오경(卿)이여, 저희들에게 능력을 주거라. "집념(執念)을 굳게 하여라"고.[5]

영원한 옥토가 일시적인 광풍에 휘말려 독기 서린 모래사막이 되었는데, 이를 열루(熱淚)와 보혈(寶血)로 적시고 파헤치면 옥토가 보이고 새싹이 나올 것이란 젊은 유학생의 격정적 외침 소리가 들리는 시이다. 최승구의 시들은 주요한의 불놀이(1918) 이전에 발표되고 있다는 점에서 높은 문학사적 의의를 가질 뿐만 아니라, 누구보다도 뜨거운 예술적 감정을 불태우고자 했던 나혜석에게 그 격정성은 그대로 전이되어 두 사람의 연애감정은 남다른 것이 될 수밖에 없었을 것이다.

식민지 현실의 개척은 최승구에게는 격정적인 시로 나혜석에게는 내적 광명을 지닌 예술혼으로, 그리고 젊은 두 남녀에게는 영육이 일치되는 고양된 사랑의 불꽃으로 점화되었을 것이 분명하다.

그러나 최승구가 폐결핵으로 1916년 봄에 요절하자 나혜석은 삶의 빛이 모두 사라진 것처럼 거의 발광상태에 빠진다. 후일 남편이 된 김우영이 접근해왔지만 조선을 구할 예술가적 열정의 광휘로움에 휩싸인 경험을 한 나혜석에게는 쉽게 마음을 돌릴 발판이 마련되어 있지 않았다. 최승구의 죽음 이후 나혜석의 정신적 후원자인 오빠 나경석은 김우

---

5) 최승구, 「긴 숙시」. 이상경의 평전 『인간으로 살고 싶다』, 114~115쪽에서 인용.

영을 만나게 하고 새로운 삶을 열어나갈 실마리를 마련해준다.

> 두 사람은 靑年이로다.
> 男子는 돗자리 위에 드러누엇고
> 女子는 두 발을 물에 잠기고 평상에 걸터 안젓다.
> 아! 너와 나와난 두 몸이되 혼몸이로다.
> 너의 두 몸의 將來난 무엇이 잇기에
> 이다지도 多情한고
> 허허 무어시 깃분고?
> 女子야! 무슨 生覺ㅎ기에 그리도 有心히
> 흐르난 물결을 셰우고 안젓노?[6]

1917년 8월 19일 나혜석의 일기 마지막 부분에 삽입되어 있는 시이다. 이 시는 최승구가 요절한 후 만나게 된 김우영을 몇 차례의 편지와 만남을 통해 사귄 일 년여 시간이 지난 다음 경도역에서 김우영과 만났을 때를 결혼 후에 회고한 것이다. 남녀간의 사랑의 기쁨을 새롭게 느끼기 시작함을 알리는 이 시에서 우리는 그 기쁨에 탐닉하기보다는 자신에게 다가올 불행한 미지의 그림자를 깊게 응시하는 타자의 시선을 발견하게 된다. 소박한 토로이기는 하지만 자신의 심경을 솔직히 고백하고 있는 시이기도 하다. 특히 마지막 두 행 '女子야! 무슨 生覺ㅎ기에 그리도 有心히 / 흐르는 물결을 셰우고 안젓노?'에서 자기 자신에게 반문하듯이 타이르는 화자의 목소리에 주목할 필요가 있다.

이 시를 통해 볼 때 나혜석은 열정적이기는 하지만 다른 한편 매우 신중한 성격을 아울러 가지고 있었던 것 같다. 김우영이 접근하여도 쉽게

---

6) 나혜석, 「四年前의 日記」, 『전집』, 221쪽.

자신의 마음을 허락하지 않고 있다는 점에서 내적 광명에 불타는 예술적 헌신에 몰두하고자 하는 나혜석의 강한 개성을 엿볼 수 있다. 1918년 나혜석은 여성 지식인을 주인공으로 한 단편소설 「경희」를 발표하고, H. S란 필명으로 『여자계』에 「광光」도 발표한다. 1918년은 문학사적으로 소설가이자 시인으로서 나혜석을 간과할 수 없게 만드는 계기가 되는 해이다.

그는 발―서 와서 니 엽혜 안졋섯스나 나느 눈을 쓰지 못ᄒ엿다.
아아! 엇지면 그러케 잠이 깁히 드럿션는지

그가 왓슬 ᄯᅥ에는 난는 熟睡中이엿다
그는 조흔 音樂을 니머리 맛혜서 불넛셧스나
나는 조곰도 몰나섯다.
어러케 貴重ᄒ 밤을 數없시 그냥 보닛엿구나

아아 왜 진시 그를 보지 못ᄒ엿는가
아아 빗아! 빗아! 情火를 키여라.
언제 ᄭᅳ지든지 내 엽혜 잇셔다오
아아 빗아! 빗아! 摩擦을 식혀라
아모것도 모로고 자는 나를 ᄭᅢ운 以上에는
내게서 불이 이러나도록 쓰겁게 민드러라.
이거시 ᄭᅢ워준 너의 使命이오.
ᄭᅢ인 나의 職分일다.
아! 빗아! 내 엽혜 잇는 빗아!

―「광光」 전문[7]

빛이 가까이 다가와 있었지만 그것을 깨닫지 못하고 그냥 흘려보낸 자신에 대한 질책과 더불어 예술가로서 새로운 출발을 다짐한 시이다. 이 시에서 우리는 깊은 잠에서 깨어나 비로소 자신의 길을 찾아나서려는 화자의 굳은 결의를 확인하게 된다. 귀중한 밤을 수없이 보낸 다음 깨달은 것이므로 화자의 결의는 사명감에 실려 호소력을 발휘한다. 내면에 불이 뜨겁게 일어나도록 한 것은 자신을 깨운 빛의 사명인 동시에 그 빛으로 인해 깨어난 자신의 직분이라고 말하고 있는 화자의 목소리에서 우리는 격한 상처가 어느 정도 치유된 후 이제 독자적으로 예술의 길을 걷고자 하는 나혜석의 내적 계기를 찾을 수 있게 된다.

1919년 나혜석은 매일신보에 「섣달대목」 만평을 게재하면서 화가로 등장하고 또다른 한편 3·1운동에도 가담한다. 1919년은 여성지도자로서 적극적인 활동을 하게 된 해다. 오 개월여의 옥고를 치르지만 증거불충분으로 풀려난 그는 정신학교 미술교사로 화가의 길을 걷게 된다. 자신의 길을 확고하게 인식한 나혜석은 오랜 연애 끝에 1920년 4월 정릉예배당에서 김우영과 결혼한다. 김우영은 근대적 여성의 개성을 존중하는 뜻에서 신혼여행으로 나혜석의 첫 애인 최승구의 묘를 함께 찾아가 비를 세우고 돌아온다.[8]

특기할 만한 사실은 이를 통해 볼 때 김우영은 나혜석의 개성과 사고를 매우 존중하는 남성이었으며, 나혜석은 과거를 명백하게 정리하고자 하는 남다른 과단성을 내보이는 여성이었음을 우리는 알게 된다.

---

7) 나혜석, 「광光」, 『여자계』 1918. 3 ; 『전집』, 197쪽.
8) 나혜석, 「이혼고백서」, 『전집』, 449쪽 참조. 나혜석이 김우영에게 내세운 결혼 조건은 다음 세 가지였다고 한다 : 일생을 두고 지금과 같이 사랑해주시오. 그림 그리는 것을 방해하지 마시오. 시어머니와 전실 딸과 별거케 하여주시오. 이 조건을 수락하고, 첫 애인 최승구의 무덤에 비석을 세운 것으로 보아 이 당시 결혼은 김우영의 파격적인 양보와 이해로 이루어진 것으로 보인다. 결과적으로 이것이 나중에 더 큰 파탄의 불씨가 된 것이 아닐까 여겨진다.

1921년 1월 나혜석은 김억, 오상순, 염상섭 등과 함께 창간한 『폐허』 제2호에 시 「사砂」 「내물」 등 두 편의 시를 발표하고, 9월 19일과 20일 양일간 첫 유화 개인전을 열어 오천 명의 인파가 몰리는 대성황을 기록한다. 화가로서 그의 첫 출발은 지나칠 정도로 화려한 것이었다 해도 과언이 아니다. 4월에는 첫딸 나열(羅悅)이 출생함으로써 나혜석은 일단 화가로서 가정주부로서 완벽한 자리를 차지하게 된다.

　그러나 그의 이러한 화려한 등장 배면에는 다음과 같은 자의식이 짙게 드리워져 있음을 간과해서는 안 된다.

　　　쏠쏠 흐르는 져 내물
　　　흐린 날은 푸루죽죽
　　　맑은 날은 반짝반짝
　　　캄카모한 밤 黑色갓치
　　　달밤엔 白色갓치
　　　비오면 방울방울
　　　눈오면 녹혀주고
　　　바람불면 문의지어
　　　아참붓허 져넉가지
　　　밤붓허 새볏가지
　　　춥든지 더웁든지
　　　실튼지 좃흔지
　　　언제든지 쉬임 업시
　　　외롭게 흐르는 내물

　　　　　　　　　　　　　　　　　—「내물」 중에서 [9]

---

9) 나혜석, 「내물」, 『폐허』 1924. 1 ; 『전집』, 198쪽.

냇물은 여러 가지 외적 변화에 자신의 모습을 달리하면서 쉼없이 흘러간다. 누가 알아주지 않아도 흘러가는 냇물을 바라보며 화자는 천변만화의 변모를 통해 흘러가는 세월을 의식하고 있다. 이 시는 별다른 시적 기교를 구사한 작품은 아니다. 그의 고향 '화홍루'에서 하염없이 흘러가는 냇물을 바라본 감상을 그대로 적은 것이다. 쉼 없는 세월의 흐름과 거기서 인식되는 외로움이 지배적인 이 시에서 우리는 예술가가 추구하는 영광이라는 것이 밖으로는 화려하지만 얼마나 부스러지기 쉬운 위험한 것인가 하는 점도 통찰하게 된다.

> 野原 가온대 쌀녀잇셔 갑업는
> 모래가 되고 보면 줍난 사람도 업시
> 바람 불면 몬지 되고
> 비오면 진흙 되고
> 人馬에게 밟히면셔도
> 실타고도 못하고 이 世上에 잇셔
> 이따금 저 川邊에
> 蒲公英 野菊花 메꼿 꼿다시꼿
> 피엿다가 슬어지면 痕迹더 업시
> 뉘라셔 차져오랴
> 뉘라셔 밟아주랴
> 모래가 되면 갑도 업시
>
> ―「사砂」 전문[10]

최승구가 「긴 숙시」에서 독한 모래가 깔린 사막을 파헤치라고 외치던

---

10) 나혜석, 「사砂」, 『전집』, 200쪽.

것에 비해 이 작품에서 볼 수 있는 모래는 허망함을 머금은 것으로 제시되어 있다. 천변에 피어 있는 꽃 또한 그렇게 시들고 마는 것이리라.

위의 시 「沙砂」에서 말하는 것도 이 세상에 있지만 값 없는 모래가 되고 싶지 않다는 뜻에서 「내물」과 이 두 작품은 동일한 사상을 담고 있다고 하겠다. 그러나 동경 유학 시절 이상적 부인을 동경하며 예술혼을 불태우겠다던 전진적 결의에 비해서는 많이 후퇴한 자의식이 느껴지는 부분도 있다.

1921년 4월 나혜석은 「人形의 家」를 작사한다. 당시 세계적으로 충격을 주었던 입센의 『인형의 집』을 소재로 꾸민 3막극에 작사를 한 것이다.

내가 인형을 가지고 놀째

깃버ᄒ듯

아바지의 딸인 人形으로

남편의 안히 人形으로

그들을 깃부게 ᄒ는

慰安物 되도다

노라를 노아라

最後로 순순ᄒ게

嚴密히 막어논

墻壁에서

堅固히 닷첫든

門을 열고

노라를 노와쥬게

　　　　　　　　　　—「人形의 家」 중에서[11]

11) 나혜석, 「人形의 家」, 매일신보 1921년 4월 3일자 ; 『전집』, 201쪽.

노리개가 아니라 인간이 되겠다는 선언은 20세기 초두 전 세계에 던져진 여성해방의 신호탄이었다. 사람이 되지 않고는 여자는 노리개에 불과하며, 값 없는 존재이다. 견고히 닫힌 문을 열고 여성을 인간으로 해방하라는 것이 위의 인용에서 읽을 수 있는 요지이다.

물론 첫딸을 얻고 난 다음 나혜석은 출산 소감을 적은 두 편의 사실적 시를 쓴다. 하나는 출산의 고통을 쓴 시적 고백이고, 다른 하나는 어린 아이를 얻은 어미로서의 기쁨을 적은 시이다.

> 世人들의 말이
> 失戀한 나처럼
> 불쌍하고 可憐하고
> 慘酷하고 不幸한 者는
> 쏘 업스리라고
>
> 아서라 말아라
> 호강에 겨운 말
> 여긔 나처럼
> 몸이 착 부터
> 어쩔 수 업는 씨
> 눈 써라 몸 일크라
> 별악가튼 命令 바드니
> 네게 對한 形容詞는
> 쓰기까지 실흐어라[12]

---

12) 나혜석, 「母된 感想記」, 『東明』 1923. 1 ; 『전집』, 397~398쪽.

산문 「母된 感想記」에 삽입된 위의 시는 크게 세 부분으로 구분된다. 처음 5행은 최승구가 사망했을 때의 고통을 쓴 것이고, 다음 6∼12행은 이로부터 벗어나 사명을 받는 과정이며 마지막 두 행인 13∼14행은 새로 태어난 어린아이에 대한 예찬으로 끝맺고 있다. 특히 어린아이에 대해서 어떤 형용사도 쓰기 싫다고 말하는 것으로 보아, 출산의 고통과 어린 생명에 대한 기쁨이 동시에 공존하고 있음이 분명하다. 산욕의 과정을 스케치북에 메모한 것으로 보이는 다음 시와의 대비를 통해 이 점을 재확인할 수 있을 것이다.

> 어머님 나 죽겠소,
> 여부 그대 나 살려주오
> 내 甚히 哀乞하니
> 엽헤 팔장 끼고 섯든 夫君
> 「참으시오」 하는 말에
> 이놈아 듯기 실타
> 내 악 쓰고 痛哭하니
> 이 내 몸 어이타가
> 이다지 되엇든고[13]

이것은 1921년 5월 8일 출산의 고통을 쓴 시의 마지막 부분이다. 아이를 낳는 고통을 이처럼 사실적으로 표현한 예는 당시로서는 찾기 힘든 것이다. 이 시의 화자가 출산의 고통을 남편에게 애걸하다 급기야 욕을 하고, 결국 자신의 신세를 탓하고 있음이 흥미롭다. 왜냐하면 나혜석이 아이를 출산함으로써 그 자신이 여성임을 자각하는 결정적 계

---

13) 같은 글, 396쪽.

기가 되기 때문이다. 동경 유학생 시절 이상적 부인을 논하는 고상한 자리가 아니라 육신이 찢어지는 고통 가운데 자신의 아이를 출산하는 자리에서 그는 여성으로서의 자신을 처절하게 자각했을 것이다.

이렇게 출생한 어린아이에게 어떤 형용사도 사용하기 싫다고 말할 정도로 애정을 표현한 것은 일 년 후 아이가 자라 재롱을 떨 무렵의 회고이며, 그 아이의 이름을 '나열(羅悅)'이라 지었다는 사실 또한 이를 증명하는 것이다.

1922년 6월 나혜석은 조선총독부주최 제1회 조선미술전람회 유채수채화 부분에 출품하여 〈봄〉〈농가〉가 입선한다. 모두 61명이 입상하였는데 조선인은 고희동과 정규익 그리고 나혜석 세 명이었다. 조선 최초의 여류화가로서 나혜석의 입지가 확고해지는 순간이었다. 1926년 선전(鮮展)에서 〈천후궁〉〈지나정〉이 특선하기까지 나혜석의 길은 화려한 절정을 향해 치닫고 있었다.

그러나 김우영과 함께 파리에 머물던 1927년 나혜석은 최린을 만난다. 이것이 그의 일생을 영광에서 몰락으로 가져가는 중대 사건이 된다. 나혜석이 남편과 함께 미국을 거쳐 귀국하면서 최린과의 사건은 일단 잠복되지만 1929년부터 이 사건이 국내에서 불거져나오면서 김우영과 나혜석의 관계는 악화일로를 걷다 1930년 11월 나혜석은 김우영과 이혼하게 된다. 이간에 벌어진 일들은 1934년 8월에 발표된 「이혼고백장」과 같은 해 9월 최린에 대한 '위자료청구소송'에서 나혜석을 통해 직접 밝혀지며, 이후 나혜석에게는 어떤 사회적 후원자도 자취를 감추어, 그는 당시 조선사회 전체와 싸우는 외로운 돈키호테가 되어버린다.

물론 이혼 직후 나혜석은 진정으로 예술가의 길을 가고자 한다. 이혼 직후인 1931년 3월 제10회 선전에서 〈정원〉이 특선하였으며, 1932년 1월 제11회 선전에서도 〈소녀〉〈금강산만산경〉〈창가〉 등이 입선하였고,

1932년 가을에는 제13회 제국미술관람회에 출품하기 위해 삼사십여 점을 준비했다는 점에서 그러하다. 그러나 이러한 예술가적 의지를 가로막는 불행한 일이 발생한다. 갑작스런 화재로 인해 그림들이 불타버리고, 이로 인해 신병까지 얻게 된 그는 또다른 시도로 1933년 2월 '여자미술학사'를 열게 된다. 나혜석이 불교에 경도되는 시기도 이 무렵이다. 그러나 '여자미술학사' 또한 그의 계획대로 운영되지 않는다. 싸구려 초상화가 수준으로 전락한 나혜석은 1934년 조선중앙일보에 꽁트 「떡 먹는 이야기」를 응모하여 당선 상금 이원을 받게 된다. 그의 생활이 얼마나 곤궁했는가를 나타내주는 단적인 예이다.

 '여자미술학사'가 실패로 돌아갈 무렵 나혜석은 자신의 비극이 최승구가 가버린 봄밤에서 시작되었다고 탄식한다.[14] 이 글의 말미는 앞에서 인용한 「내물」을 재인용하며 끝맺고 있다. 최승구가 살아 있었더라면 최린과의 문제도 없었을 것이고, 이혼 이후 안면을 바꾼 김우영과도 애초에 결혼하지 않았을 것이라는 탄식이다.

 이 탄식의 목소리를 들으면서 필자는 1921년 그가 「人形의 家」에 썼던 다음 시행을 떠올리게 된다.

아아 사랑ᄒ는 少女들아
나를 보와
精誠으로 몸을 밧쳐다오
만흔 暗黑 橫行을 지나
다른 날 暴風雨 뒤에
사롬은 너와 나

14) 나혜석, 「원망스런 봄밤」, 『신동아』 1933. 4 ; 『전집』, 248쪽.

젊은 여성에게 다가올 새 시대에는 사람이 되어야 한다는 자신의 주장이 옳았음이 입증될 것이니, 정성으로 자신을 뒷받침해달라는 것이 위의 결말이다. 폭풍우 뒤에 나혜석에게 남은 것은 회복할 길 없는 상처가 아니었을까. 일차적으로는 그를 배신한 최린과 김우영으로부터 그리고 더 큰 상처는 사회적 외면과 배척으로부터 왔다고 해야 할 것이다.「이혼고백장」에 이어 '위자료청구소송'이 벌어진 것은 바로 이러한 문맥에 따른 것이었다고 판단된다. 인형의 집을 나간 노라가 처한 운명처럼 예술가로서 나혜석의 길 또한 막다른 곳으로 치닫고 있었던 것이다.

1934년의「이혼고백장」이나 '위자료청구사건' 등은 우연히 돌출된 것이 아니라 극도의 경제적 위기에 몰린 나혜석이 무책임한 두 사람에게 던진 직선적 고백이자 항의였던 것인데, 오히려 이 두 사건이 그를 더욱 다른 사람들로부터 소외시키는 결과를 가져온다. 그가 던진 파문이 커다란 폭풍으로 되돌아온 것이다. 나혜석이 최린을 고발한 것은 그의 마지막 부탁이었다고 할 만한 것마저 최린이 거절하였기 때문이다. 모든 것을 책임지겠다던 최린에게 1934년 4월 불란서로 유학 갈 여비를 청구하였으나 이를 거절하였던 것이다.[15]

응답이 없는 두 남성에게 그가 택할 수 있는 마지막 방법을 취한 나혜석은 조선사회에 커다란 충격을 주었다. 지금도 물론이지만 당시로서도 그가 아니라면 누구도 할 수 없는 일이었을 것이다.

어떻든 최린에게서 약간의 합의금을 받아 자유로운 파리로 돌아가 재기를 위한 그림 공부를 결심한 나혜석은 1935년 2월 새로운 생활에

---

15)「崔麟氏 걸어 提訴」, 조선중앙일보 1934년 9월 20일자 ;『전집』, 738쪽.

대한 포부를 밝히는 글의 말미에 다음 시를 옮겨놓았다.

> 펄펄 날든 저 제비
> 참혹한 사람의 손에
> 두 쪽지 두 다리
> 모두 상하엿네
> 다시 살어날냐고
> 발버둥치고 헌거이다
> 씃씃내 못 익이고
> 고만 척느러젓네
> 그러나 모른다
> 제비에게는
> 아직 짜듯한 긔운이 잇고
> 숨쉬는 소리가 들닌다.
> 다시 仲天에 쪄오를
> 活力과 勇氣와
> 忍耐와 努力이
> 다시 잇즐지
> 뉘 能히 알니가 잇스랴(舊稿에서)[16]

　위의 시에서 제비는 의심할 바 없이 나혜석을 대변한다. 사람들에게 상처입은 제비가 발버둥치지만 끝내 상처를 못 이기고 축 늘어져 있는데, 그 제비에게도 아직 따뜻한 기운이 있고 숨쉬는 소리가 들린다. 제비는 죽지 않은 것이다. 다시 중천으로 날아오를 용기와 노력이 남아

---

16) 나혜석, 「新生活에 들면서」, 『三千里』 1935. 2 ; 『전집』, 489쪽.

있다는 것이다. 나는 죽지 않았다. 다시 파리에 가 그림 공부를 하여 세인을 깜짝 놀라게 할 만한 예술가적 힘이 아직 남아 있다고 말하는 것이 위의 시이다. 분명 재기를 모색하는 시기에 씌어진 것이리라.

이 시에 이어 나혜석은 「앗겨 무엇하리, 靑春을」이라는 시를 발표한다. 청춘 시절을 돌아보고, 지금의 시점에서 앞날을 준비하는 자세를 보여주는 시이다.

青春은
들썻섯고
얏핫섯고
얄밧섯고
쌀넛든 거시오
나이 먹고보니
침착해지고
깁고
두텁고
길다
青春을
헛도이 보내엿든들
앗기지 아닐배 아니나
빈틈업시 利用한 青春을
앗길 무어시 잇스며
지난 青春을
앗겨 무엇하리오
장차 올 老境이나
잘 마지러 하노라[17]

청춘이 가면 노경이 찾아온다. 나혜석이 나이 마흔에 토로한 고백이다. 제비와 같고 공작과도 같았던 청춘이 가고 난 다음 그는 어떻게 할 것인가. 물론 이 시기 나혜석은 재기를 모색하고 있었으므로, 위의 인용 후반에 보이는 것처럼 이미 가버린 청춘을 아까워할 것도 없고, 앞으로 다가올 노경이나 잘 맞이할 준비를 하겠다는 다짐을 한다. "빈틈업시 利用한 靑春을/앗길 무어시 잇스며"에서 읽을 수 있는 것처럼 그는 청춘 시절 열성적 삶에 대해 깊은 자긍심을 표현하기까지 한다.

일시 곤경에 처해 있지만 중천에 오를 날을 위해 그리고 노경을 잘 맞이하기 위해 최선을 다하겠다는 것이 이 시기 그의 심정이었다. 그러나 이유를 자세히 알 수는 없지만 나혜석은 자신이 의도한 대로 파리 유학 길에 오르게 되지 못한다.

유학자금을 마련하기 위해 전 조선을 당혹케 하는 '위자료청구사건'까지 나아갔던 나혜석의 다음 행적은 분명히 밝혀지지 않는다. 결국 이 사건으로 나혜석이 받았던 심적 충격과 그 동안 악화된 지병 등이 그로 하여금 고향인 수원으로 낙향하게 만들었던 것이 아닐까 추정된다. 수원에서 정양을 하며, 1935년 10월 진고개에서 '소품전'을 열었지만 세인의 관심을 끌지 못했을뿐더러, 첫아들 건이 열두 살 나이로 폐렴에 걸려 사망한 것도 그에게 커다란 타격을 주었을 것이다. 1921년의 첫 유화전 때의 엄청난 반응과는 극명하게 대조된다.

화가로도 어미로도 실패한 그에게 다가오는 것은 영광에서 몰락으로의 길이다. 세상의 외면 속에서도 그에게 지면을 유일하게 지속적으로 제공한 것은 종합지 『삼천리』 정도인데, 아마 이 시기 그의 생활비는 적은 원고료 정도가 아니었을까 생각된다. 그럼에도 나혜석은 1937년 10월 소설 「어머니와 딸」을 발표하고 여성해방의식을 줄기차게 강조

17) 나혜석, 「앗겨 무어하리, 靑春을」, 『三千里』 1935. 3 ; 『전집』, 206쪽.

하고 있는데, 이는 그가 의지할 수 있는 마지막 생의 근거가 아닌가 한다. 1937년 10월에는 모윤숙의 영육 연애관을 논박하고 「영이냐, 육이냐, 영육이냐」를 발표한다.

　一言以蔽之하고 靈肉을 區別함은 가장 不合理的이오 가장 不自然的이외다.
　꾀데는 '偉大한 戀愛의 經驗者임으로 同時에 不朽의 藝術人이 된 거시다' 하였으나 꾀데는 決코 靈的으로만 戀愛한 者이 아닙니다. 十六歲 少女를 끼고 一週日間을 호텔에서 지낼 때 不眠不休불면불휴의 精力이 그 靈과 肉에서 움지기고 있엇습니다. 偉大한 藝術家란 決코 靈만 움지기는 것이 아니라 피까지 즐즐즐 끌코 살이 펄덕펄덕 뛰여 戀人에게 부듸칠 때는 풀무간에 불꽃 일 듯 靈과 肉이 同時에 뛰나니 그럼으로 藝術家에게는 身老心不老신노심불로가 그의 生命이 되고 마는 것십니다.

모윤숙의 연애관이 영을 편애하고 육을 멸시하는 것이라고 본 나혜석은 영육이 합하여야 비로소 완전한 연애의 가치를 발휘한다고 주장한다. 풀무간에 불꽃이 일듯 영과 육이 동시에 움직일 때 생명의 연애가 되는 것이요, 영과 육을 분리하면 그것은 불합리하고 부자연스러운 연애가 되고 만다는 것이 나혜석의 당당한 주장이다. 몰락한 나혜석이 신념처럼 이러한 연애관을 가지고 있다는 것은 한 세대 늦은 모윤숙에 비해 훨씬 선각자적이라는 점에서 흥미롭다.

모윤숙은 누구인가. 못 이룬 사랑의 고뇌를 토로한 『렌의 애가』(일월서방, 1937. 4)를 발간하여 세인의 주목을 받은 또 한 사람의 대표적 신여성이 바로 그다. 당대의 도덕률은 벗어났지만 아슬아슬하게 경계선을 지키고 있는 모윤숙과 몰락의 한계선에 이르렀지만 영육의 사랑이야말로 진정한 사랑이라 말하는 나혜석의 엇갈림에서 우리는 근대

여성사의 최대 명제인 여성해방과 정조의 문제에 부딪치는 것이다. 괴테의『젊은 베르테르의 슬픔』을 연상시키는『렌의 애가』의 고백은 다음과 같다.

사랑하는 자(者)여! 잠들어 갈 조용한 순간(瞬間) 나의 탄식(歎息)의 전부(全部)는 그대였노라. 구름가 별의 숨결 속에서 그대의 음성을 찾았으나 길다란 수풀의 밤노래가 나를 속였을 뿐이었노라. 내 가슴에서 솟아나는 기도의 전부(全部)도 그대 위한 번뇌(煩惱)의 외침이었노라. 나는 나를 조롱하며 고독의 신(神)이 거(居)하는 동굴(洞窟)의 안에 반역(反逆)한다. 그러나 나는 여전(如前)히 현실에서 도망할 수 없는 사념으로 적막한 그림자 위에 떠 있다. 나는 쓰고 찢고 쓰고 찢고 하며 광란(狂亂)의 하루를 허비한다.[18]

모두를 잃은 듯한 나는 어둠이 스며드는 작은 혼(魂)에게 등불의 방향도 알 수 없어 혼수(昏睡)의 몇 순간을 지냈노라. 아무 기꺼움도 감촉치 못한 채 내 스카트는 찬 벽에 외로이 돌아와 머무노라. 그러나 희망(希望)의 전부를 그대 문밖에 두고 왔음을 그대는 돌아오는 길에 알 것이다. 푸른 길 위에 약속(約束)없이 인(印)쳐진 발자국을 본다면! 상사(喪紗)로 얼굴로 가리고 바람 사이에서 그대를 부르노라. 눈물에 젖은 이 얼굴을 보이고자 함이 아니라, 멀리 가는 마지막 이 혼(魂)의 고백(告白)을 들어 달라 원함이다.[19]

모윤숙의 이 두 고백에서 사랑의 고뇌에 번민하는 영혼의 아픔을 느

---

18) 모윤숙, 「제5신(信)」, 5월 9일 일기 전반부,『렌의 哀歌』, 일월서방, 1937. 4.

19) 모윤숙, 「제5신(信)」, 5월 9일 일기 후반부. 모윤숙의 시에 대해서는 졸고, 「혼의 고백과 불멸의 사랑」(『동서문학』 1997년 여름호, 284~303쪽) 참조.

낄 수 있다. 그러나 모윤숙은 육의 사랑을 택하지 않고 영의 승화로 그의 사랑을 고양시켰으며, 당대의 많은 독자들 또한 이에 공감하였을 것이다. 이것이 여성해방과 정조에 대한 당대의 경계선이었던 것이다.

필자는 이 글에서 모윤숙이나 나혜석이 선택한 그 어느 하나의 길만이 옳다고 판단하지는 않겠다. 그러나 근대여성사 백 년의 핵심적 쟁점이 이렇게 선명히 비교된다는 점에서 나혜석의 주장은 기념비적이라고 할 수 있다. 어떻게 보면 나혜석의 솔직성과 과격성은 그의 예술가적 확신에서 우러나는 것이었기에, 그리고 실천적 행동을 동반한 것이었기에 더욱더 문제적이다. 이런 과감한 주장을 했지만 현실적으로 나혜석은 말할 수 없이 비참한 지경에 빠져 있었을 것임에 틀림없다. 1938년 8월 기행문 형식의 산문 「해인사의 풍광」[20]을 끝으로 그는 문단에서도 화단에서도 자취를 감춘다.

그후 나혜석은 자식들을 잊지 못해 종종 아이들을 만나러 갔다가 면박당하고 쫓겨오는 여성으로 전락하고 만다. 1938년 이후 나혜석은 십여 년간 일시 절에 의탁하기도 하고 주거부정으로 양로원을 전전하는 생활을 하다 1948년 파란만장한 삶을 행려병자로 마감하게 된다. 나혜석이 사망한 후 그와 인연을 맺었던 최린과 김우영 등은 친일행위로 '반민법'에 의해 법정에 서게 된다. 최린은 72세 고령의 나이로 법정에 섰으며, 이때 구미여행중에 있었던 나혜석과의 일도 거론되었다고 한다. 반민법에 의해 감옥에 있던 김우영 또한 병보석으로 풀려나와 나혜석 사망 후 십 년이 지난 1958년 사망하게 되었으니 20세기 초두의 선각적 동경 유학생들의 인생역정은 한국 근대사의 파란과 우여곡절을 그대로 드러낸다고 해도 과언이 아니다.

---

20) 나혜석, 「해인사의 풍광」, 『삼천리』 1938. 8 ; 『전집』, 193～309쪽 참조.

3. 여성성의 근대성과 시

위에서 필자는 나혜석이 남긴 시편들을 중심으로 그의 삶의 행적을 살펴보고 동시에 그 문학사적 의미를 두 가지 측면에서 검토하였다. 우선 1910년대 동경 유학생들이 간행한 『학지광』, 그리고 그들이 국내에서 동인지로 간행한 『폐허』에 수록된 나혜석의 글과 시를 살펴보았다. 특히 나혜석의 첫 애인인 최승구의 시편들과 연결지어봄으로써 근대문학사 형성 초기의 정신사적 상관성의 일부를 밝혀보았다. 다음으로는 『렌의 애가』(1937)를 발표한 모윤숙과 나혜석의 연애관을 대비시켜봄으로써 한국근대여성사에서 최대의 쟁점이 되는 여성해방의 명제가 어떻게 장벽에 부딪히는가를 조망해보았다. 영육의 사랑이 하나가 될 때 진실한 사랑이 성취된다는 나혜석의 주장은 모윤숙의 영육분리론에 비해 훨씬 더 논리적 타당성을 갖는다.

그러나 이러한 주장을 솔직히 표명함은 물론 실제 행동으로 옮겼다는 점에서 나혜석의 여성해방론은 초근대성을 갖는 것이라 하지 않을 수 없다. 그러한 주장과 행동이 그를 파멸로 이끌었음에도 나혜석이 여기에 조금도 굴함이 없었다는 점에서 그의 행적은 놀라운 사건이며 기념할 만한 역사적 의의를 갖는 것이다.

나혜석은 시를 전문으로 쓴 문인이 아니다. 문학사적으로 평가하자면 오히려 소설에서 그 역사적 의의를 찾아야 할 것이다. 나혜석의 시는 산만하게, 어쩌다 생각나면 스케치북의 여백에 메모한 것들이거나 산문 속에 삽입되어 있는 경우가 많다. 그러므로 그의 시에 어떤 언어적 기교나 조탁이 있는 것은 아니다. 그는 무엇보다 조선 최초의 여류화가이고자 했으므로 훗날 그의 시를 통해 자신의 삶이 조명되리라고는 전혀 생각하지 않았을 것이다. 그러나 나혜석과 같이 솔직담대한 성격의 소유자는 그 성격 그대로 직정적인 표현들을 시에도 남기고 있다는 점에서 그의 시는 그의 예술 세계의 전모를 이해하는 데 중요한 자료가 될 것이다. 나혜석의 전집에 시로 분류된 여섯 편 이외에 산문에 삽입된 세 편의 시를 추가하여 필자는 이 글에서 아홉 편의 작품을 논의의 대상으로 삼아 그의 시 전모를 살펴보았다.

논의의 중심이 된 것은 시이지만, 예로부터 시는 다른 어떤 예술의 장르보다 그림과 깊은 유사성을 갖고 있는 분야이다. 이 글을 쓰기 위해 나혜석의 그림을 여러 차례 펼쳐보았는데, 색감과 구조와 표정들이 그의 내면의 심리상태를 적절히 표현하고 있다는 점에서 그의 그림과 시에서 긴밀한 상관성을 찾을 수 있었다. 나혜석의 여러 그림 중에서 필자에게 두드러지게 관심을 끈 것은 다음 두 점이다. 하나는 1927년경에 그린 자화상이다. 어둡고 흐린 색감과 침울한 눈빛에서 나혜석의 인간적 고뇌가 짙게 느껴진다. 아마도 최린과의 문제가 발생한 즈음이 아닐까 한다. 그에게 다가오는 불행한 검은 그림자를 예감하고 있던 시기의 불안한 심적 상황이 이 그림에서 번져나온다.

다른 하나는 1934년의 〈화령전 작약〉이다. 작약들이 강한 힘으로 뻗쳐오르고 있다. 그러나 출입문과 그 뒤에 서 있는 소나무는 전체의 구조를 한 편으로 기울게 만든다. 오른쪽 개와 지붕 위의 새도 부자연스럽다. 하단의 작약을 바탕으로 한 풀밭도 검게 채색되어 있다. 닫힌 출입문은 어쩌면 끝내 열리지 않을 것 같은 무거운 분위기가 느껴진다. 어떻게 보면 고흐적 화풍도 느껴진다고 할까. 왜 이 그림이 필자에게 문제가 되는가 이 글을 마무리하며 생각해보았다. 아마도 어린 시절 내가 보았던 화령전 앞의 작약들 때문일 것이다. 나혜석이 출생한 신풍동에서 필자가 유년 시절의 일부를 보냈다는 것이 어쩌면 가느다란 인연의 끈이 아닐까 한다. 그러나 나혜석에게 마지막 재기의 순간이던 이 시기에 그의 그림이 투박하고 불안정해 보인다는 것이 이 그림이 나에게 각별하게 주목되는 이유일 것이다. 심정적 불안이든 육체적 변고이든 참으로 인간이고자 했던 나혜석의 생애의 한 단면이 짙고 거친 붓끝으로 재현되어 있다는 것은 이후 그의 불행한 말년을 예감했기 때문일지도 모른다.

제3부

진흙 천국의 생에 복수하는 시적 주술

─이성복 시집 『아, 입이 없는 것들』

『호랑가시나무의 기억』 이후 십 년 만에 발간된 『아, 입이 없는 것들』은 우리에게 충격과 놀람을 전해준다. 하나는 1980년대의 시적 선두주자였던 그가 아직도 시적 이미지와 언어의 강도를 유지하고 있다는 점이요, 다른 하나는 125편의 시가 하나하나의 완결성보다는 연속된 이미지의 묶음으로 읽힌다는 점이다. 심하게 말하면, 그의 시작 노트에서 미숙아처럼 불쑥 튀어나온 화려한 이미지들의 현란한 잔치에 초대되었다는 점에서 우리들은 당혹감을 떨쳐버릴 수 없다.

그러나 그의 시들을 되풀이해서 읽으면, 그 나름의 전략과 치밀한 계산이 숨겨져 있음을 발견하게 된다. 이 시집에 대한 전체적인 느낌을 요약하면, 그것은 생의 덧없음과 아름다움이 갖는 참혹함이다. 시인으로서 화자가 생에 복수하는 방법은 스스로를 더욱 비참하게 만드는 것이다.

매점 앞에서 보초 설 때는, 단팥빵
맛이 조금만 이상해도 바닥에 던지고

가는 녀석들이 있었다 달려드는 중대장의
셰퍼드를 개머리판으로 위협하고, 나는
흙 묻은 빵을 오래 씹었다 비참하고 싶었다
내 생에 복수하는 유일한 방법처럼
—「123 · 내 생에 복수하는 유일한 방법처럼」 중에서

개울물에 떠내려오는 밥알을 건져 먹거나 상사에게 죽도록 얻어맞아
피투성이가 되어도 더 때려달라고 매달리는 것이 시인 이성복이 생에
복수하는 방법이다. 어쩌면 그것은 더럽혀지고 황폐한 세상에 무력하
기 짝이 없는 언어로 맞서야 하는 시인의 대처방법이라고 할 수 있다.

세계를 개혁하기에는 너무나 무력한 언어를 가진 자가 시인이다. 그
러므로 시인은 스스로 비참해짐으로써 자신의 존재를 증명하는 자이
다. 이 시집에서 주술적 언어로 반복되는 '마라' 는 금지된 것에 대한 그
리고 억압된 것에 대한 시인의 강박감을 일관되게 드러낸다는 점에서
간과할 수 없는 주술적 마력을 발휘한다.

내게 어렵지 않은 시절은 없었다
배반 아닌 사랑은 없었다
솟구치는 것은 토하는 것이었다
마라, 나를 사랑하지 마라
—「26 · 어떻게 꽃은 잎과 섞여」 중에서

독백처럼 자신에게 거는 주술 '마라' 는 비참을 경험한 자가, 아니 스
스로 비참해지고자 하는 자가 자신을 정면으로 바라보려 할 때 발하는
경고이다. '마라' 는 파도에서, 수평선에서, 꽃들에서, 돼지머리에서 등
등 그의 시 도처에서 시집 전체를 지배하는 주술로서 작동한다. '마라'

의 강박을 떨쳐버리는 것이 지난 십 년 동안 이성복을 괴롭힌 강박이었을 것이다. 그의 자의식은 다음과 같이 영원히 발버둥치는 새로 상징화된다.

> 아, 돌에게 내 애를 배게 했으니
> 그 돌 해산의 고통 못 이겨
> 불 속으로 뛰어들어,
> 날개 푸른 새처럼 버둥거린다
> 그 새, 내 눈에서 영원히 발버둥치리
> 다시는 울지도 못하는 새
>
> ─「21·아, 돌에게 내 애를」 전문

모든 시대가 고난의 시대였고, 배반 아닌 사랑이 없었으며, 솟구치는 것이 토하는 것이었으니 소통 불능의 그의 사랑은 이처럼 해산 불능의 고통에 시달리는 것이었으리라.

시적 완결성이 다른 시편에 비해 두드러져 보이는 「112·석쇠 엎어놓은 듯」「113·매화산 어깨 빠지도록」「114·동곡엔 가지 마라」 등도 모두 일상과 금기 사이에서 고통받는 자의식의 표현이다. 염소 피냄새가 가득한 「117·그날 우리는 우록에서 놀았다」는 일상의 탐닉이 주는 쾌락에 시인의 비참한 자의식이 겹쳐져 읽힌다.

> 마리당 이십만원에 두 마리를 잡았다고 회장님
> 말씀하시자 모두들 기립 박수를 했다 미리 연락
> 받고 상 차려놓은 터라, 손 씻으러 수돗가에 갔다
> 비누와 수건이 놓여 있는 그곳에 아직 치우지 않은
> 식칼과 도마가 있었고 군데군데 염소 수육이 흩어져

있었다 수육의 살점이 성기 속살처럼 거무튀튀했다

그날 우리는 해 질 때까지 우록에서 놀았다 양념한
염소 고기 숯불에 구워 뜯으며 흘러간 옛 노래를
힘차게 불렀고 老少同樂 뚱뚱한 배와 흐벅진 엉덩이
흔들며 요즘 가수들의 춤사위를 잘도 흉내냈다
나도 얼마나 흔들어댔는지 예술가는 과연 다르다고
칭찬까지 받았다 염소의 피냄새가 입 안에 그득했다
                  ―「117 · 그날 우리는 우록에서 놀았다」 중에서

　　노소동락의 잔치판에서 '예술가는 과연 다르다' 고 동료들이 말했을
때 시인으로서 화자의 비참은 극적으로 돌출된다. 어쩌면 이 비참을 느
끼는 것이 그로 하여금 독약처럼 시를 쓰게 만드는 원동력이라고 할 수
있다. 이처럼 신명나게 노는 세상을 우리는 즐기러 왔는가. 그는 다음
과 같이 묻는다.

이 세상에 당신은
계 모임 하러 왔던가
                  ―「48 · 표지처럼, 무한 경고처럼」 중에서

　　아니다. 우록의 잔치에 염소의 거무튀튀한 살점을 뜯거나, 계 놀이
하러 온 것이 아니다.

내가 내 생을
사랑할 수 없으니
척추 없는 슬픔일랑

예서 놀지 마라

—「39 · 아무 말도 않으리라」 중에서

사랑하는 자만이 등뼈 있는 슬픔을 가질 수 있다. 자신의 생을 사랑할 수 없는 자의 괴로움이 그가 말한 비참이다. 이 비참에는 육체적 에로티시즘과 자학적 충동이 자리잡고 있다는 점에서 그것은 덧없는 생의 한순간을 붙잡으려는 필사적인 몸부림으로 표현되기도 한다.

또 한번 유감없이 凡性愛的 충동에
속아주리라, 이 몸 일찍이
몸부림 바깥을 벗어난 적 없으니

—「45 · 어디에도 없는 궁둥이 찾아」 중에서

몸부림 속에서 몸을 부정하는 고통의 언어가 이성복의 시이다. 그러므로 그가 이 시집의 서두를 「여기가 어디냐고」로부터 시작한 것은 그 나름의 치밀한 시적 구성을 위한 배치이다.

붉은 해가 산꼭대기에 찔려
피 흘려 하늘 적시고,
톱날 같은 암석 능선에
뱃바닥을 그으며 꿰맬 생각도 않고
—여기가 어디냐고?
—맨날 와서 피 흘려도 좋으냐고?

—「1 · 여기가 어디냐고」

피를 흘리면서 그 피를 독약으로 발동시켜 기술한 것이 이번 시집에 기록된 시편들이다.

『아, 입이 없는 것들』에서 예외적 명랑성이 깃든 아름다운 시가 「90 · 허벅지 맨살을 스치는」이다.

겨울 아침밥 먼저 먹고

화장실에서 들으면

아이들 숟가락 밥그릇에

부닺기는 소리,

먼 옛날 군왕의 행차 알리는

맑은 편종 같고,

군왕의 행차 지나간 다음

말방울 여운 같고,

어느 뒷날 상여 지나간 다음

내 묘혈을 파는 괭이 소리 같다

겨울 아침 아이들 숟가락

사기 밥그릇에 부딪기는 소리,

오줌 떨고 난 다음

허벅지 맨살을

스치는 오줌 방울처럼 차갑다

　　　　　　　　—「90 · 허벅지 맨살을 스치는」 전문

사기 밥그릇에 숟가락 부딪치는 겨울 아침 허벅지 맨살에 스치는 오줌방울의 차가움처럼 이성복이 지난 십 년간의 삶의 편린들을 각고의 노력으로 집약시킨 것이 이 시집이다. 이 십 년의 세월 동안 자신의 독을 키우고 담금질해온 매개어가 '마라'이다. 이 점에서 그의 시는 아직 그 누구보다 젊고 싱싱하다. 이 시집에서 이성복이 고안해낸 시적 주술

'마라'는 1980년대 그의 시가 그러했던 것처럼 최근 우리 시단에 던져진 하나의 충격적인 화두이다. 입이 없어 제대로 말 못 하는 사물과 존재에 대한 그의 탐구는 '이 길은 돌아나올 수 없는 길, 시는 스스로 만든 뱀이니 어서 시의 독이 온몸에 퍼졌으면 좋겠다'는 그의 바람을 극적으로 전해준다. 시의 독이 온몸에 퍼져 발버둥치는 새의 비참한 몸부림으로 인식된 것이 이성복의 시다.

몸부림이 없다면 씌어지지 않았을 그의 시편들을 통독한 후 아무래도 그가 어떤 막다른 길에 도달하고 있다는 불안한 느낌을 지울 수가 없다. 그것은 황동규가 이성복의 첫 시집 『뒹구는 돌은 언제 잠 깨는가』에 붙인 해설에서 '인간이기 때문에 불행한 인간, 그러므로 그 상황에서 벗어나려는 몸부림을, 계속 창조해나가지 않는다면 공간의 좁힘으로, 색채의 좁힘으로, 한 특이함으로 끝날지도 모른다'고 한 지적을 떠올리게 한다. 그는 너무 가파른 외길을 치달려온 것은 아닐까. 그는 『뒹구는 돌은 언제 잠 깨는가』에서 이제는 '말라붙은 눈과 문드러진 입술에 대하여' 노래하겠다고 말한 바 있다. 그러나 지금 그는 미치게 아름다운 풍경을 바라보고 '코팅한 입으로 무슨 할말이 있겠느냐'고 반문한다. 고통의 몸부림에 관한 한 이성복은 동시대의 어느 누구보다 첨예한 통찰을 보여준 바 있다.

살아가는 징역의 슬픔으로
가득한 것들

—「51·아, 입이 없는 것들」 중에서

징역의 슬픔으로 가득한 것들은 입이 없다. 그러나 이제 앞으로 그의 시는 '겨울 아침 사기 그릇에 아이들 숟가락 부딪치는 소리'를 듣는 화자처럼 피 흘리는 고통의 몸부림을 떨쳐버리는 원융의 지혜를 터득해

나가야 하지 않을까 한다. 피 흘리는 젊음의 시에서 말방울 여운 같은 언어로 삶의 원숙성을 향해 나아가는 것이 앞으로 그의 시가 나아가야 할 길이 아닐까 전망한다. 지금까지 그가 치달려온 막다른 길에서 더 넓은 지평이 개척된다면 그의 시가 우리 시단을 더욱 풍성하고 다양하게 만들어주는 계기가 될 것이라 확신하기 때문이다.

'빈 곳'과 '사이'의 숨구멍

— 이산하 시집 『천둥 같은 그리움으로』

1. 숨구멍을 찾아서

1982년 '이륭'이란 필명으로 『시운동』을 통해 「존재의 놀이」 연작시로 문단에 첫선을 보인 이산하는 1987년 제주 4·3 사건을 다룬 서사시 「한라산」으로 필화사건을 겪고 절필한 이후, 1998년 『문학동네』를 통해 다시 등단한 특이한 경력의 소유자이다. 이산하의 시집 『천둥 같은 그리움으로』를 몇 차례 읽고 나서 떠오른 것은 그의 시를 강박적으로 지배하는 구멍에 대한 자의식이다. 무엇이 그로 하여금 이토록 강한 자의식을 갖도록 만들었을까.

그의 시에는 사르트르의 실존주의를 비롯한 서구의 저작이나 노자나 장자에 대한 독서 편력이 엿보이기는 하지만, 다른 무엇보다 크게 다가오는 것은 장자의 다음과 같은 언급이다.

물(物)로서 지각이 있는 것은 숨쉬는 것을 힘입어 사는 것이니, 그 숨이 고르지 못하다 해도, 그것은 하늘의 허물이 아니다. 원래 하늘은 이 모든 구멍을 뚫어서 그것들의 숨쉬기를 돌보아 밤낮을 쉬지 않는다. 그런데 사람이 도리어 그 구멍을 막는 일이 있다. 대개 사람의 몸에는 가슴에서 배에 걸쳐서 겹겹으로 빈 곳이 있고, 또 마음에는 천연의 빈 곳이 있기 때문에, 천연의 도가 놀 수 있는 것이다. 이제 한 방에 빈자리가 없으면, 며느리와 시어머니는 서로 다투어 부닥칠 것이다. 그러므로 마음에 천연의 빈 곳이 있어 천연의 도가 놀지 않으면 육근(六根)이 서로 거슬러 자연의 이치에 따르지 않을 것이다. 저 큰 숲이나 높은 산을 사람이 좋아하는 것은 사람의 정신이 육근의 시달림을 배겨내지 못하기 때문이다.[1)]

살아 있다는 것은 숨을 쉰다는 것이다. 그러나 인간은 자신의 욕심 때문에 인위적으로 숨을 틀어막거나 빈 속을 가득 채워 천연이 마음대로 놀 곳을 거슬러 자연의 이치에 따르지 않는다는 것이 장자의 비판이다.

표현방식은 다르지만 이산하 시의 도처에서 '빈 것'이나 '구멍'에 대한 시적 상상을 확인할 수 있다는 것은 무엇을 뜻하는 것일까. 이것이 쉽게 풀리지 않는 의문이었다. 구멍에서 여러 우여곡절을 거쳐 '사이의 시학'으로 뻗어나가는 것이 그의 시라고 한다면 어떨까. 지나치게 단정적이라고 할지라도 이 글에서 그 '숨구멍'을 찾아나서보겠다.

2. 존재의 놀이와 구멍

「홍수」「구토」「존재의 놀이」등 이산하가 혼신의 힘을 기울여 쓴 것

---

1) 『장자』, 김달진 옮김, 문학동네, 1999, 410쪽.

으로 짐작되는 초기의 사변적인 시편들은 모두가 구멍에 대한 강박감에 의해 형성된 '구멍의 시학'이라고 할 수 있다. 관념적이기는 하지만 결코 서툴지 않은 솜씨로 빚어진 이 시편들에서 구멍의 시학은 다음과 같은 단서를 보여주고 있다. 「홍수」에서 아버지를 '용병'에 비유하고, 폭풍우가 쏟아지는 격전의 상황을 묘사하면서 그가,

> 어머니의 자궁,
> 처럼, 소용돌이,

라고 말하는 것은 유년기의 그가 우연히 엿보았을 부모의 육체적 에로티시즘의 격렬을 통해 탈출구를 찾으려는 그의 자의식의 싸움이었다고 할 것이다. 「홍수」보다 조금 성숙한 단계에 있는 「구토」 연작시는 살아 있음의 정당성에 대한 반문과 자기 부정이 중심과제가 된다.

> 아무런 모순 없이 나는, '나'라고 말할 수가 없다
> 나일 수가 없는, 난
> 날마다 어디론가, 아무런 이유 없이 숨고 싶고 때로, 벽, 속으로
> 딱딱한 바위, 속으로, 물, 속으로, 무덤, 속으로 내 몸을
> 완벽하게 매장시키고 싶어진다 이 세계를 지배하는 어둠,
> 아무런 모순 없이 난, 저 빛나는 하늘의 별일 수가 없다
> ─「구토·2」중에서

어둠이 지배하는 세계에서 자기가 자기를 용납할 수 없으므로 화자는 어디론가 숨고 싶다. 가능하면 완벽하게 자신을 매장하고 싶은 것이다. 부모에 대한 강박감은 벗어났지만, 더 큰 자기 부정이 그에게 던져진 것이다. 이런 상황은 그에게 잠도, 꿈도 박탈하는 극단적인 숨막힘

으로 자각된다는 점에서 그의 시적 인식은 지독한 자기 혐오의 경험을 담고 있다.

　아침마다 틀어막지 않으면 안 되는 물방울 같은 이 구멍은 무엇일까?
　이건 왜 내가 틀어막아주도록 기다리고 있는 걸까? 입이 아닌,
　얼굴의 구멍일까? 구멍이 정말 구멍이라면 왜 막혀야 할까?
　그렇지 않다면 어느 사팔뜨기 철학자가 배설한 존재의 구멍? 이 씹새
꺄!
　그건 항문을 뒤집어놓은 것에 불과해!
—「구토 · 1」 중에서

　항문과 입의 뒤바뀜처럼 심한 자기 모멸은 없을 것이다. 먹는 것을 부정한다는 것은 산다는 것을 부정하는 것이요, 숨쉬는 것을 부정하는 것이다. 여기서 꿈을 꾼다는 것은 숨구멍을 찾는다는 것이요, 자기 부정에서 자기 긍정으로 전환하고 싶다는 뜻이다. 그러나 '꿈을 깨지 않는다'는 이유만으로 유죄가 되는 1980년대적 상황에서 그의 절망은 모든 구멍에 의한 절대적 부정을 통해 자기 긍정을 시도한 것이라 해도 틀린 말은 아닐 것이다.
　「홍수」와 「구토」를 매개하는 지적 탐색의 시가 「존재의 놀이」 연작이라고 판단되는데, 그 시작이 다음과 같다는 것은 흥미로운 일이다.

　항아리 속에 나는 항아리를 담는다 그리곤
　바깥 항아리를 깨어버리고 그 안에 있는 항아리 속,
　또 하나를 담는다
　나는 자꾸만 작아져갔다
　그 항아리 속, 또한 그 항아리가 들어 있을 것 같은데

자꾸만 나는 비어갔고 비어져간다는 건,

이처럼

내가 비어 있을 수도 있다는 걸 느끼게 했다

　　　　　　　　　　　　　　　—「존재의 놀이 · 0」 중에서

　항아리 속으로 들어가 자꾸 껍질을 깨뜨리면서 자신이 작아지고 비어져감을 느낀다는 것은 우리로 하여금 그의 시적 인식의 중요한 근거가 '노장적인 것'이라고 판단하도록 만든다. 비록 그가 「존재의 놀이 · 1」에서 서구적 과학지식을 동원하여 실존적 자의식을 전개하고 있다고 하더라도 그의 시적 사고는 「존재의 놀이 · 2」에서처럼 '노장적 비움'을 통해 안정감을 획득한다는 점에서 그러하다. 무(無)로 가득한 항아리 구멍 속으로 들어가 그 구멍이 하늘로 덮여 있음을 깨닫거나 자신의 몸 속에서 빈 항아리가 자라고 있다고 인식한다는 사유의 전개가 노장적 테두리를 넘어서지 않는다는 것이다.

　그러나 그의 지각이 여기서 멈추지 않고 한 걸음 더 나아가 "나는, '나'라고" 모순 없이 말하려 할 때 그의 자의식은 현실의 난관에 맞부딪힐 수밖에 없다. 특히 그가 부당하게 왜곡된 1980년대의 상황에 부딪히게 될 때 그 충돌의 강도는 더욱 커질 수밖에 없을 것이다. "비명마저 삼켜버리는 척살 같은 세월"을 살았다고 여겨지는 이 시기에 이채로운 것은 그가 타자를 부정하거나 자기 독선에 빠지지 않는다는 것이다. 오히려 그는 다음과 같이 마음의 여유를 보이기까지 한다.

햇빛 한 점에

살 한 점 떼어주고

바람 한 점에

밥알 한 점

떼어주고 나면

방 안에는
소떼
발자국들로
가득 찬다

0.7평의 감방
날마다
나의 토지는
한없이 넓어간다

—「토지」 전문

　좁은 감방에 갇힌 자가 살 한 점, 바람 한 점을 떼어줄수록 자신의 "토지"가 넓어진다는 역설적 어법은 구멍과 빈 곳에 대한 노장적 인식의 재치 있는 변주이다. 소떼 발자국들이 넓혀주는 마음의 토지야말로 마음속에 있는 천연의 빈 곳을 찾는다는 점에서 자연의 이치에 따르는 것이라 할 수 있다. 이렇게 자연의 이치를 따를 때 몸은 구속되어 있지만 오히려 마음은 자유로울 것이며, 자기 존재의 정당성도 긍정할 수 있는 근거가 마련될 것이다.
　그렇다고 해서 그가 항상 이런 마음의 여유를 갖고 있었다고 보는 것은 잘못이다. 오히려 그의 시적 예각성은 다음과 같은 시에서 극명하게 나타난다.

어느 날부터
갑자기

악몽이 사라졌다

……

난,

이미,

죽었는지도 모른다

―「악몽」 전문

　악몽의 강박감이 계속될 때 역설적으로 살아 있음을 자각하게 되는 자의식은 악몽을 갖게 만든 현실의 억압에 대한 치열한 자각만이 자기 존재의 근거가 된다는 뜻일 것이다. 악몽을 회피하거나 기만해서는 안 된다는 자의식이 그가 자신을 통어하는 강도 높은 절제력을 말해준다. 다음의 시처럼 그는 자신을 삼엄하게 다스리고 있다.

내가 내 스스로를

장악하지 못하고

내가 내 스스로에게

삼엄하지 못할 때

나는

내 발목을 자른다

발목을 잘라

뇌관을 제거한다

―「지뢰밭」 전문

이렇게 삼엄하게 자신을 통어할 수 있는 자만이 악몽과 맞닥뜨릴 수 있다. 그리고 이렇게 삼엄한 통어력을 통해서만 "살 한 점" "밥알 한 점"을 떼어내며 좁은 감방 속에서 자신의 마음의 토지를 넓혀갈 수 있는 것이다.

　이산하의 시에서 삼엄함과 여유가 어설프게 어울려 있는 것이 아니라는 사실을 다음과 같이 확인할 때 우리는 시인으로서 그를 미더워하지 않을 수 없다.

　　　벼랑에 서서
　　　나무를 보지 않고
　　　나무와 나무 사이를 본다

　　　(……)

　　　언제부터인가 벼랑의 나무들은
　　　서로 조금씩 자리를 내주며
　　　나뭇잎만한 사이를 겨우겨우 만들어
　　　낡은 가지를 쳐내고
　　　새로운 가지를 삼는다

　　　벼랑에 서면
　　　나무가 보이지 않고
　　　나무와 나무 사이가 보인다
　　　　　　　　　　　　　　　　　—「벼랑에 서서」 중에서

　벼랑에서 '발을 헛디뎌 휘청거리는 순간' 나무를 보지 않고 "나무와 나무 사이"를 본다는 것은 경계에 선 자가 그 경계가 무너지는 순간 빈 공간을 찾았음을 뜻한다.

혼자만의 독존이 아니라 "저마다 동냥해둔 죽음"을 나눠 가지며 스스로를 비워 사이를 마련한다는 것이다. 구멍에서 사이로 나아가는 길이야말로 지난 십여 년간 절필한 그가 침묵을 통해 획득한 새로운 삶의 지평이라는 것이 나의 판단이다.

구멍에서 사이로, 안에서 밖으로, 죽음에서 삶으로 나아가는 길이 여기에 있다. 그러므로 다음과 같은 시는 예사롭게 읽히지 않는다.

알 속에서는
새끼가,
껍질을 쪼고
알 밖에서는
어미새가,
껍질을 쫀다

생명은
그렇게
안팎으로 쪼아야
죽음도
외롭지 않다

—「부화」전문

나무와 나무 사이만이 아니라 어미와 새끼가 안팎에서 호응하는 '줄탁'이야말로 생명 현상이며 자연의 이치다. 물론 우리는 이 시에서 김지하의 「줄탁」을 연상할 수도 있다. 그러나 김지하의 시가 생명적인 것의 퍼져나감을 노래한 것이라면, 이산하의 「부화」는 생명의 안팎을, 그리고 삶과 죽음을 함께 말하고 있다는 점에서 서로 다르다. 이산하 시인의 사이의 시학이 갖는 독자성이 바로 그것이다.

3. 삶에 얽힌 포도나무의 뿌리들

뫼비우스의 띠처럼 구멍에서 사이로 나아간 것이 이산하의 시학이며, 그 사이에는 부화하는 생명체의 안팎에 대한 친밀한 접촉이 삶과 죽음을 매개하는 것이라고 위에서 말한 바 있다. 마지막으로 우리는 그가 어떻게 구멍의 강박에서 벗어나 이와 같은 시적 인식의 지평에 이르게 되었으며, 또 그 근본적인 동인은 무엇이었을까 생각해보지 않을 수 없다.

이산하의 시적 상상력의 빼어남과 그 상상력의 복잡한 뿌리를 증거하는 작품으로 「겨울 포도원」을 들 수 있다. 그의 작품으로서는 아주 초기의 시이지만(그에 의하면 이 시집 속에는 고등학교 2학년 때 쓴 시가 두 편이 있는데, 이 「겨울 포도원」과 「꽃게는 내려오지 않을 것이다」가 그것이다), 그처럼 풍요로운 감성에 의해 씌어진 시는 쉽게 찾기 힘들 것이다.

> 포도주 한 병씩을 들고 할아버지와 나는 포도밭으로 갔다
> 뿌리는
> 아직도 바다로 뻗어 등대섬에까지 이르고 그것은
> 지난해보다 더 크게 굽어 있었다
>
> ─「겨울 포도원」 중에서

할아버지와 나는 저물녘 포도밭으로 간다. 등대의 불빛을 바라보며 함께 포도주를 마신다. 할아버지는 내가 태어나기 바로 전 해에 포도밭

으로 달아난 황소 이야기를 한다. 황소는 포도밭을 엉망으로 만들었으며, 짓이겨진 포도들은 발효하여 포도밭이 온통 붉게 물든다. 땀방울은 핏방울이 되고 포도나무 뿌리는 땅을 움켜쥔 채 소용돌이친다. 화자는 할아버지가 들려주는 이야기의 강 끝에서 푸른 물줄기의 방향을 돌려놓고는 할아버지와 함께 어둠 속을 걸어나온다. 그러나 '이 어둠'은 예전의 '그 어둠'은 아니다.

위의 시에서 주목되는 것 중 하나는 소이고 다른 하나는 뿌리이다. 포도밭을 망친 소는 훗날 그의 「토지」와 「소 발자국」 등에서 되풀이되는 이미지이고, 그것이 유년 시절 원체험과 잇닿아 있는 것이다.

더욱 주목할 만한 것은 뿌리이다. 위의 인용문에서 눈여겨보아야 할 것은 포도나무 뿌리가 포도밭에서 바다로 뻗어나가 등대섬까지 이르고 있는 점이다. 이 넓고 깊고 질긴 포도나무 뿌리의 생명력이야말로 그의 삶의 근거이자 시적 상상력의 원천이다. 포도나무와 그 뿌리의 생명력을 떠올릴 수 있는 사람이라면, 구멍에서 사이로 뻗어나가는 이산하의 시적 상상력이 얼마나 깊은 뿌리를 가지고 있는가를 느낄 수 있을 것이다.

1980년대의 상황 속에서 그가 "아무런 모순 없이 나는 이 세계를 심판할 수가 없다"(「구토 · 2」)와 같이 말했다 하더라도 "구멍이 구멍 속으로 사라지듯 소멸"(「존재의 놀이 · 1」)되지 않고 밀집된 구멍을 뚫고 나무와 나무 사이 그리고 안과 밖에서 삶과 죽음을 껴안는 독자적 시의 거점을 마련할 수 있었던 것은, 포도나무 뿌리와 같이 어둠을 밝히는 등대까지 뻗어나가는 강한 생명력 때문일 것이다.

이 생명력은 시인으로서 그가 지닌 하나의 높은 품성이라고 할 수밖에 없다. 작고 약해 보이는 그가 잠시 떠돌다가 사라지는 '1980년대적 풍문'과 같은 존재가 아니라 '뜻은 약하지만 뼈는 강하다(弱其志 强其骨)'는 노자적 잠언을 실천하고 1990년대 이후 오늘까지도 자신을 삼

엄하게 다스리고 있다는 점에서 그에게 깊은 관심을 표하지 않을 수
없다.

생이 왔다 가는 지점의 시학
─황지우 시집 『어느 날 나는 흐린 酒店에 앉아 있을 거다』

1. 말의 유희와 장광설

황지우의 시를 읽고 있는 사람들은 그가 도전적인 시대에 토로했던 다음과 같은 도발적인 말을 상기하며 자극을 느낄 필요가 있다.

비평가들은 바보이다. 칭얼대는 어린아이 하나 달랠 줄 모른다.

1980년대 중반에 씌어진 짧은 시적 잠언 「시의 얼룩」에서 토로된 이 말은 비평가는 물론 그의 시를 읽는 모든 독자들을 겨냥한 것이다. 그러니까 그의 말을 뒤바꿔보자면 그의 시는 바보들을 놓고 벌이는 말의 유희이자 장광설이다. 그가 쏟아내는 현란한 말의 폭포 앞에 휘둘리는 독자는 그의 달변과 역설과 기지에 설복당하지 않을 수 없다.

표준적인 의미에서 그의 시가 모두 좋은 시라고 할 수는 없지만, 풍성한 말의 성찬을 즐길 수 있다는 점에서 읽어볼 가치가 있다. 1980년

「연혁沿革」으로 등단한 황지우는 1980년대 시의 선두 주자로서 내내 세인의 주목의 대상이 되었다. 첫 시집 『새들도 세상을 뜨는구나』 (1983)가 문단에 일으켰던 반향은 그의 시적 입지를 굳혀주었고, 『겨울-나무로부터 봄-나무에로』(1985)나 『나는 너다』(1987) 그리고 『게 눈 속의 연꽃』(1990)에 이르는 왕성한 시작활동은, 그로 하여금 1980년 대의 대표적인 시인으로 자리잡게 하는 데 결정적으로 기여하였다.

그런데 1990년대 그는 어떠했는가. 1980년대 기성의 권위를 파괴하는 부정적 해체시의 대변자였던 그가 정작 포스트모더니즘적 해체시가 횡행하던 시절에는 오히려 시단과 일정한 거리를 두고, 자기 침잠의 세계로 잠적하고 만다.

황지우의 다섯번째 시집 『어느 날 나는 흐린 酒店에 앉아 있을 거 다』는 이 1990년대 침잠의 시기에 그가 무엇을 느끼고 어떻게 살았는 가를 집약적으로 보여주는 시집이라는 점에서 그 일차적 의의를 찾을 수 있다.

2. 침잠과 동적 변증법

황지우의 1990년대적 침잠은 어디로부터 온 것일까. 그것은 다음 두 가지로부터이다. 하나는 1980년대 그에게 기성의 권위를 마음껏 두들 겨부술 수 있는 근거를 마련해주었던 이데올로기의 붕괴이고, 다른 하나는 그의 생명의 탯줄이던 어머니의 죽음이다.

　　소비에트가 무너지던 날, 난
　　光州空港에서 일간스포츠를 고르고 있었지.
　　내가 이 삶을 통째로 배신할 수 있는 기회가

없어져버렸다고 할까? 처음엔 내가 마흔 살이
되었다는 것을 도저히 받아들일 수가 없드라고.
"개좆 같은 세기"가 되어버린 거 있지.
물론 나더러 평양 가서 살라 하면 못 살지이.

―「우울한 거울 2」 중에서

그의 나이 마흔에 소비에트가 무너져버렸다. 정통 마르크스주의자는
아니지만, 그의 시적 생의 근거가 반명제로서 마르크스주의에 기초하
고 있지 않았던가. 이렇게 1980년대가 황당하게 떠나가자 사십대의 그
에게 찾아온 것은 우울증과 무력증과 자기 분열이었다. 환각과 공포가
그에게 찾아왔다. 이데올로기가 무너진 자리에 그를 더욱 공허하게 만
든 것은 운동권 시절, 아니 그 이전부터 삶의 근원으로서 모성의 원천
이던 어머니의 죽음이다. 병원을 드나들면서 치매에 걸린 어머니가 잘
계신가 아침저녁으로 문안을 살피던 황지우에게 어머니의 죽음은 논리
나 감각 이상의 문제였음에 틀림없다.

어머니를 묻고 산을 내려와 뒤돌아보니
羅州 全域에 만발한 배꽃들이
땅 위에서 가장 건사한 잔치, 베풀어놓았다

봉분이 나오자 일꾼들은 삽 들고 내려가고
예순 넘은 장형, 스님 체면 아랑곳하지 않고
땅바닥에 굴러 어머니, 아부지를 목놓아 부르는데
아우와 나는 각기 다른 하늘 보며
망연히 서 있었다; 생이 이렇게 왔다 가는
지점에 함께 있었던 시간만큼

슬픔 또한 크리라

―「햄릿의 진짜 문제」 중에서

'우주의 내 배꼽이 뚝 떨어진 듯했다'고 말한 후반부와 더불어 이 시를 읽을 때 우리는 역설적으로 황지우 시의 한계를 되짚을 수 있을 것이다. 죽음 뒤에 정말 아무것도 없다면 그는 '정말' 어떻게 할 것인가. 그것이 앞으로 그가 해결해야 할 시적 난관이다. 그가 비록,

나는 언제나 한계에 있었고
내 자신이 한계이다.
어디엔가 나도 모르고 있었던.

―「등우량선等雨量線 1」 중에서

이라고 말한 바 있지만, 이런 발언의 배면에는 항상 안전판과 같은 어떤 막이 있었다. 시가 되지 않아 진흙을 만지고 있었던 1990년대 초에도,

바르르 떠는 셀로판紙가 알려주는 공기

―「점점 진흙에 가까워지는 존재」 중에서

와 같은 셀로판지가 있거나, 제법 득의의 마음을 표현한 것 같은

빨래 끝에 매달린 비눗방울처럼
나는 투명한 물고기알 속에 있다

―「막膜」 중에서

라고 할 경우에도 그는 다음과 같이 막에 대한 연상을 포기하지 않는다.

지하철 유리문에 머릿고기처럼 눌린 얼굴,

막에 닿아 있다, 터질 듯한 충만으로

―「막膜」 중에서

셀로판지나 비닐막이나 유리막이 항상 그를 보호하고 있다는 사실은 그의 시를 이해하는 중요한 근거이다. 그의 활달함이나 폭로적 솔직성 또한 이 막이 매개됨으로써 가능했던 것이다. 이 막이 있음으로 해서 흐린 날 주점에 앉아 있을 수도 있고, 살찐 소파에 대해 명상할 수도 있었던 것이다.

이 막은 그의 어머니이고, 그의 아내이기도 하다. 그러므로 「뼈아픈 후회」가 기다림도 기대도 없는 작위적인 후회를 담고 있다면, 「거울에 비친 괘종시계」에서 피아니스트가 될 뻔했던 그의 아내의 다음 발언은 뼈아픔을 드러낸다.

"당신은 이 세상에 안 어울리는 사람이야

당신 이 지독한 뜻을 알기나 해?"

이와 같은 아내의 말에 그가 할 수 있는 답변은 다음과 같은 것이다.

"그래, 내 삶이 내 맘대로 안 돼!"

마음대로 쉽게 될 수 있는 것은 어디에도 없다. 서가에 꽂힌 『자본론』이 허한 장식으로 전락한 1990년대 그의 삶은 생이 왔다 가는 지점에서 늙은 어머니의 젖꼭지처럼 동적 변증법을 발휘할 수 없었던 것이다.

3. 잠든 어머니와 중생의 아픔

황지우에게 과연 1990년대 모든 삶은 허망한 것이기만 했던 것일까. 물론 우리는 그의 과장된 속임수에 넘어갈 필요는 없다.

이곳에서 쓴맛 단맛 다 보고
다시 떠날 때
오직 이 별에서만 초록빛과 사랑이 있음을
알고 간다면
이번 생에 감사할 일 아닌가

— 「발작」 중에서

초록빛과 사랑의 심화야말로 우주의 배꼽이 떨어진 어머니의 죽음 다음에 그가 나가야 할 길이 아닐까. 그러므로 1980년대의 진흙바닥이 고갈될지라도 다음과 같은 떡갈나무 하나를 본다는 것은 아직도 우리가 그에게 어떤 희망을 걸 수 있다는 확신을 만들어준다.

(······) 그들은 나를 옛날의 그 26호실 앞에 두고 가버렸다. 문이 저절로 열렸다. 그리고 나는, 창살로부터 저녁 햇살을 집중시키고 있는 떡갈나무 한 그루가 마루 위에 서 있는 것을 보았다.

— 「감옥 안에 있는 떡갈나무」 중에서

1980년대 7월의 햇살이 길게 자의식의 음영을 드리우고 있는 이 시에서 우리는 그가 1980년대의 감옥으로부터 자유로워진 것을 알 수 있다. 정치적인 것이 시적인 것이라는 전략에서 선적인 것이 시적인 것이라는 전략으로, 그리고 다시 정신착란적인 것이 시적인 것이라는 전략으로 전개되는 그의 시에서 우리가 아프다고 칭얼대는 어린아이를 본다는 것은 지나친 비약일까. 명백히 말할 수 있는 것은 언제나 단순하다. 착란적인 것은 착란적인 것일 뿐이다.

중생이 아프므로 내가 아프다는 유마적 명제는 황지우가 죽음 뒤에 정말 아무것도 없다는 명제를 마지막까지 밀고 나갈 때만 해결될 것이다. 서툰 유마는 세기말적 공허를 증폭시켜줄 뿐이다.

"옛날에 내 노래를 들어주던 아이들은 다 어디로 갔는가"(「서해까지 밀려 있는 강」)라고 탄식조로 토로하는 것보다는 '한 칼의 두 날이 서로 상처를 낸다'는 임제의 화두가 그에게 더욱 절실한 것은 아닐까. 비평가들은 바보들이다. 그러므로 그 바보들에게 그는 다음과 같은 화두를 던진다.

잠드신 우리 어머니, 발이 옛날 보선 발 그대로이다.

1980년대가 채 마무리되기도 전에 1990년대가 닥쳐왔다. 어느 겨를에 우리 모두의 1990년대도 다 지나가버렸다.

종말론과 생태론의 시적 변증법
— 홍신선 시집 『자화상을 위하여』, 이은봉 시집 『내 몸에는 달이 살고 있다』

1. 황사 바람과 비 속에서

황사가 하늘을 가리고 그 황사가 섞여 텁텁한 흙비가 내리는 날 이 글을 쓴다. 앞이 보이지 않는 대낮의 어둠 속에서 과연 인류가 나아갈 길은 무엇인가를 생각지 않을 수 없다. 인간이 자연의 재앙을 초래한 것이라고 되뇌어보아도 앞으로 뾰족한 해결책이 마련될 것 같지 않다는데 더 큰 절망이 있는 것이 아닐까.

이때 시가 무엇을 할 수 있는가도 생각지 않을 수 없다. 1980년대까지만 해도 시인들은 사회변혁의 선두에 서고자 했고, 시가 사회를 뒤바꾸는 동력이 될 수 있다고 믿었지만, 오늘의 현실에서 자연의 재앙을 축복으로 뒤바꿀 수 있는 힘이 시인에게는 없는 것 같다.

오늘날 시는 문화의 변방으로 밀려나고, 대중문화에 추수하는 미약한 존재가 되어버린 것이 아닌가 하는 느낌을 지울 수 없다. 지상에 흙비가 내리는 날 사이버 세대들은 밀폐된 방 안에서 컴퓨터 게임을 즐기고 있을 것이다.

이런 상황 속에서 홍신선의 시집 『자화상을 위하여』와 이은봉의 시집 『내 몸에는 달이 살고 있다』를 읽었다. 황사 먼지 속에서 시란 과연 무엇일까. 거기에 인류를 구할 무슨 전언이라도 있을까. 아니다. 오히려 그들의 시는 오늘의 우리 자신을 돌아보게 만든다는 점에서 오히려 작지만 어떤 신뢰감을 주는 것 같다. 시가 사회를 바꾸는 직접적인 동력이 되는 것은 아니라고 할지라도, 동시대를 살아가는 사람들과 그들이 겪는 마음을 나누어가짐으로써 분열된 각각의 사람을 하나로 묶어주는 힘을 지니고 있다고 생각한다.

2. 세기말의 폐허와 종말론

홍신선의 시집 『자화상을 위하여』에서 일차적으로 다가오는 것은 종말론적 세계인식과 사물에 대한 정밀한 투시력이다. 20세기에서 21세기로 건너뛰면서 그 또한 삼십대 말과 사십대 초를 지나 이순의 나이에 근접하고 있고, 사물을 바라보는 투시력 또한 한결 심화되고 있다. 그러나 그의 이런 시각에 포착되는 것은 새로운 문명에 대한 희망이 아니라 문명의 폐허들이다.

　　세기말을 오르다
　　내려다보는 골짜기 밑의
　　신흥문명의 폐허들
　　　　　　　　　―「세기말을 오르다가」 중에서

오존주의보가 내려진 여름날 오후 산을 오르면서 이 시의 화자가 볼 수 있는 것은 아파트 단지와 고속도로 그리고 프로야구와 비디오 등속이다. 마이카의 트렁크에는 윤락과 권태가 담겨 있다. 이런 정도에 목숨이 망하고, 인류가 망하겠는가. 이 숨 막히는 시대를 살고 있는 수많은 나는 누구이며 너는 누구인가라는 것이 시인이 던지고 있는 질문이다. 밀레니엄이 그에게 종말론적으로 읽히는 것은 무리가 아니다.

> 귀머거리 거구의 허무가 발밑을 내려다보고 있다.
> 물 빠진 갯고랑의
> 제집 문간에 나와 앉아
> 집게뼘으로 몇 치 몇 푼인가 썩은 희망을 뼘 재고 있는
> 기형 투구게 새끼 두어 마리를
> 혹은 복제품 삶이 속을 뒤집거나 안을 까먹고 내버린
> 그동안의 숱한 진짜 생(生)들을.
> 서쪽으로 가던
> 심장 없는 펑 뚫린 해도 오염의 공기 밭에
> 굴껍데기처럼 매장되어 있다.
>
> ―「종말론」 중에서

가짜투성이와 오염에 물든 공기 어느 것도 참다운 생명력을 갖고 있지 않다. 서쪽으로 기울고 있는 태양 또한 오염된 공기 밭에 구멍 뚫려 매장되어 있으니 어디서 생명의 역동성을 찾을 수 있을 것인가. 「노을, 비 개인 뒤의」에서 하늘에 시멘트 못처럼 완강하게 내리던 빗줄기가 그친 저녁노을을 바라보며,

이 종말은 다시 어느 아름다운 세상으로의 개벽인가.

라고 의문을 던져보지만 그 의문은 문명의 폐허 속에서 무력한 것이 되

고 만다. 「해후」에서 강진만 해안도로를 달리다가 늙은 동백나무 한 그루를 만나 바로 거기서 자신을 만났다고 말하고 있다는 점에서 그의 종말론적 사고가 거의 막다른 길까지 나아가 있음을 느끼게 된다.

박모(薄暮)의 이십세기
어느덧 그렇게 쉰 나이 지나
나를 만났다.

—「해후」 중에서

늙은 동백나무는 전신에 땀을 비 오듯 흘리면서 살 타는 냄새가 진동하는 주변에 서 있다. 그 나무 또한 앞날을 보장하기 어려운 지경에 처했는데, 거기서 자신을 만났다는 것은 화자의 심적 상황이 막다른 지점에 도달했음을 말해준다.

그러므로 그는 현실에서 한 걸음 물러나 시골에 가 살고 싶어한다.

내 그렇게 살다 가리
아침저녁 까치 소리 속에
아직도 내 어린날 눈물 쏟은 마음이 남아서 까작까작 꺾이고 부러지는
시골에 살리

—「시골에 살리」 중에서

비록 그가 '내면에 있는 것들만 세상을 이룩하고 있다'고 말하면서 '서리서리 또아리튼 새벽 물빛들을 길으며 / 시골에 살리'라고 하여도 이미 그러한 시골은 존재하지 않는다. 「시위현장에서」와 같은 시에서 볼 수 있듯이 종통(宗統)의 뿌리와 줄기들은 개발이라는 이름으로 뽑혀져가고, 그로 인해 대대로 살던 고향에서 쫓겨나게 될 일가친척들은

추억과 향수가 깃든 곳 모두가 사라져가는 과거 속에 있음을 알려준다. 그가 치매에 걸린 아버지의 기억 속으로 가출하고 싶은 것도 이와 같은 퇴행 심리의 작용일 것이다.

> 내 어느 날 가출하리
> 새벽은 숨죽여 소신공양하는 늙은 비구처럼 고요하고
> 여든 살 치매 앓던 내 아버지같이 마른 통북어같이
> 아무도 모르게 집 나가지 잠적하지
> 흉가처럼
> 먼 옛날부터 오래 비워둔 기억세포에 가위눌려
>
> ──「치매의 노래」 중에서

치매에 걸린 아버지가 '남은 너희들이 걱정이다'(「아버지」)라고 한 말이 음울한 여운을 주듯 머나먼 기억의 세포로 돌아가서 놀고 싶다는 것은 현실의 변화가 감당하기 어려울 만큼 역동적이라는 뜻일 것이다. 인생을 반추하는 그에게 떠오르는 것은 늙은 아버지뿐만이 아니다.

> 올해에도 조산한 미숙아처럼 어설픈
> 개복숭아 꽃이 피었다.
> 씻을 수 없는 죄를 목에 둘렀는가
> 고개 짓숙인 채
> 몸 낮추고
> 늙은 나무의 턱주가리께 가까스로 내솟은
> 구제역 물집만한
> 잔망이 꽃
> 먼저 간 젖먹이 딸년이 와서 피어 앉았다.

—「개복숭아 나무 밑에서」 중에서

태어나 일 주일도 다 살지 못하고 간 조산한 미숙아 딸을 봄 햇볕 속에서 떠올리는 것은 웬일일까. 막다른 길에 도달한 것 같은 종말론적 세상에서 삶이란 무엇인가를 되비춰보기 때문이다. 화자의 마음속 어느 밭 돌무더기 두둑에 생을 살지 못하고 간 딸이 떠오르는 것은 치매 걸린 아버지를 시적 화두로 떠올리는 것과 같다. 어디 그뿐인가. 비유적이라고 느껴지기는 하지만 그가 해를 다음과 같이 그리고 있다는 점도 간과할 수는 없다.

두 야윈 손목의 동맥 긋고
앞바다 가운데 혼절해 네 활개 뻗고 나자빠진
그 잘난 입양녀 노릇도 쫓겨난
오갈 데 없는 안잠자기 신세도 끝장낸
내 누이 같은 해
이제 둥글디 둥근 내면 밖은 도처에 어둠이다.

—「망월리 일몰」 중에서

둥글디둥근 해의 내면은 어둠이 다가오자 온통 어둠으로 채색된다. 일몰이 오면 어둠이 오는 것은 자연스러운 일이지만, 이 어둠이 그의 종말론적 세계인식에 얹혀서 읽혀진다는 것이 문제이다. 그것은 어쩌면 어린 딸년의 죽음처럼 그의 내면에 깔린 상처의 표징인지도 모른다. 그러나 도저한 상처의 어둠을 깔고 있음으로 인해 새 생명의 기운이 감도는 봄 산이 다음과 같이 그려진다는 점에 주목해볼 필요가 있다.

차꼬 차고 그 자리에 무릎 꿇린

이제는 삐그덕 삐그덕 발 저린듯
뒤엉치께를 게으르게 옆으로 뒤트는
봉두난발 잡범처럼 끌려 나온
그 봄 산

─「봄 산」 중에서

상처입은 봄은 이처럼 봉두난발 잡범처럼 끌려나온다. 그럼에도 봄
은 봄인 까닭에

오늘은 또 무슨 일로 곡간 같은 하늘 문 활짝 열렸는가
햇살이 수천 석 가마니짝들로 차곡 차곡 들여 쌓인
그 휑뎅하고 푸른 문이

─「봄산」 중에서

라고 하늘 문이 햇살 가득 푸르게 열렸다고 파악하는 것은 풍요에 대한
그의 갈망을 드러내는 것이리라. 그러므로

꼬리 잘리고 허리 끊겨 도마뱀처럼 기어가는 햇볕 두어 오라기
─「봄 비 개인 뒤」 중에서

와 같은 시행에서 읽을 수 있는 것처럼 명료하게, 또는

오늘 이 투명한 날씨는 누구에게 드리는 사랑인가
─「자운영」 중에서

와 같이 투명하게 인식되기도 하는 것이다. 그런 까닭에 폐허를 보고

그의 마음은 다음과 같이

오늘 이 폐허가 화엄이로구나.

──「마음경(經) 13」 중에서

로 인식되는 것이다. 홍신선의 시가 문명의 폐허를 노래한 종말론이자 마음의 상처를 드러낸 비관론만으로 읽히는 것은 아니다. 그의 연작시 「마음경」이 생명의 시로 나아갈 수 있는 것은 폐허와 상처를 동시에 바라보는 시각을 갖고 있기 때문이다. 특히 「마음경 20」이 눈에 띄는 것은 그러한 연유에서이다.

밭고랑에 종자감자를 묻는다.
이제 머지 않아 산 것들의 아랫배 속에는 씨부처가
배냇짓처럼 가만가만 발길질을
머리통 들이받는 산통을
시작하리라.
비로소 석유심지 끝에 빨갛게 앉는 불똥만한
푸른 하늘가에 끌려나와
궤좌한
손톱만한 감자싹을
나를 보리라.

──「마음경 20」 중에서

손톱만한 감자 싹에서 생명의 꿈틀거림을 본다는 것은 그의 종말론과 비관론에 담긴 생명 긍정의 싹을 보는 것이라 말해도 크게 잘못이 없을 것이다. '고장난 양수기의 목구멍처럼 쿨럭이며 올라오는 죽음들'

의 경련이 '뇌우 뒤의 햇살 환한 하늘'(「전율」)로 뒤바뀌면서 감자 싹의 꿈틀거림으로 나아가고 있다고 보는 것이 그의 시에 대한 온당한 독법이 될 것이며, 여기에서 우리는 희망의 싹을 찾을 수 있을 것이다.

3. 풍요로운 자연과 생태론

이은봉의 시집 『내 몸에는 달이 살고 있다』에서 우선 크게 다가오는 것은 싱싱한 자연의 육감적 풍요로움이다. 그의 시집에 등장하는 산과 강과 들은 모두 생명의 원천으로 맑고 밝게 그려져 있다. 생태환경의 위기가 심각한 상황 속에서 이 무슨 비현실적인 자연 예찬인가 하는 의문을 던질 수도 있다. 그러나 한번 더 생각해보면, 그의 상상력을 싱그럽게 하는 자연이야말로 생태위기에서 비롯된 것이라고 할 수 있을 것이다.

> 누가 일러 강이라 했나
> 골짜기를 적시면
> 출렁출렁 걸어가는 초록빛 물길
> 발목 걷고 휘적휘적 걷다보면
> 산언덕마다 이들 젖은 수유꽃 내음
> 꿀벌들 잉잉거리는 매화꽃 내음
> 여울목에 몸 섞으며
> 하얗게 반짝이고 있지
>
> —「섬진강」 중에서

서정적 어조로 전개되는 이 시에서 우리가 느낄 수 있는 것은 '별꽃처럼 풋풋한 서정'이다. 이런 서정의 세계가 그의 이번 시집 전체를 지배하고 있다고 해도 과언이 아니다. 현실 부정과 자연 파괴가 아니다. 인간과 자연이 화해의 생명력으로 출렁거리는 이러한 세계는 1980년대의 민중시가 그리고 1990년대의 해체시가 어둠을 뚫고 나와 찬연한 봄날의 세상으로 나온다는 느낌을 지울 수 없게 만든다.

　…오늘은 나도 폭포수처럼 쏟아져내리는 물줄기, 날아오르는 물안개……마침내 네 부푼 엉덩이, 네 검붉은 아궁이 뚫고 나도 일어서고 있다. 온갖 생명들, 우르르 몸부림치는 강이 내 산이며 기름진 들이여 너로 하여금 한세상 다시 환해지고 있다.

　강이여 산이여 오오, 흐벅진 들이며 네 속에 길이 있다니, 사랑이!
　　　　　　　　　　　　　　　　　　　　　—「강, 산, 들」중에서

온갖 생명이 몸부림치는 강, 산, 들에 한 세상이 다시 환하게 열리고 있다. 폭포처럼 쏟아져내리는 물줄기는 생명의 물줄기인 동시에 사랑의 물줄기이다.

위의 인용 마지막의 '네 속에 길이 있다니'라는 표현에서 읽을 수 있는 것처럼 자연의 상상력 속에 길이 있다고 한 것은 그에게는 매우 새로운 발견일 것이다. 갈등과 투쟁이 아니라 상생상극의 길을 자연에서 발견하고 있다는 점에서 그는 민중시가 지향하던 이상적인 세상을 자연에서 찾은 것이라 여겨진다. 사회혁명이 아니라 자연 속에서 사랑의 길을 찾았다는 점에서 그의 시는 민중시에서 생태시로의 전환을 보여주는 동시에 사회시에서 자연시로의 방향전환이라고 할 수 있다.

　보라빛 이슬방울이여

눈물방울이여

언젠가는 황홀한 보석이여

앉아서 크는 너로 하여, 네 가난한 마음으로 하여 서 있는 세상, 온통
환하여라

환하게 툭, 터지고 있어라.

　　　　　　　　　　　　　　　　　　　　　—「패랭이꽃」 중에서

　패랭이꽃에서 환하게 툭 터진 세상을 바라보고 있다는 것은 답답하
고 서럽고 억울하던 일들이 툭 터져 환하게 빛나는 세상을 꽃에서 인식
했다는 뜻일 것이다. 이는 미시적인 세계로 들어가 거시적인 세계로의
열림을 파악하게 되었다는 뜻이라 해석된다. 애기똥풀꽃, 치자꽃, 능소
화, 도꼬마리, 갈대꽃 등등 이 시집에 등장하는 수많은 야생화들은 작
고 미세한 것들에 대한 이은봉의 새로운 각성을 말해준다. 민중시가 거
시적 전망을 통해 사회변혁으로 나아가려는 갈망을 뜻하는 것이라면
자연서정시는 미시적 관찰을 통해 삶의 기쁨을 공유하려는 갈망을 드
러내는 것이리라.

　물론 작은 꽃 하나를 피우기 위해 서로 얼마나 많은 인고의 노력이 필
요한 것인가는 두말할 여지가 없다.

땅 속의 흙들, 오랜 고통 참지 못하고

신음소리 털어놓는다

숲속의 굴참나무 잎사귀들

허공 한가운데로, 긴 꼬리를 만든다

점점이 꼬부라져 떨어진다

몸 뒤척이며 멧새들 울음소리

산골짝 나자빠진다

흘러가는 구름들
잠시 멈춰 서서 얼굴 찌푸린다
쭈구려 앉은 늙은 소나무들
너무 아파, 앙상한 손가락 뻗어
관절염의 무릎 두드리고 주무른다
범람하던 고통들…… 이윽고
모든 시간이 멈추고
초록빛 잎사귀를 일제히 옷 벗는다

—「一瞬」중에서

초록이 일제히 옷 벗기 위해서는 강, 산, 들에 있는 수많은 자연물들이 오랜 인고의 시간을 보내지 않을 수 없겠지만, 그 모든 것이 일순에 이루어진다는 점에서 이들은 서로 상생하는 하나가 된다.

일순에 한 점으로 모아지는 응축에서 확산으로 그리하여 고통의 신음에서 환한 새 세상으로 퍼져나가는 것이 이번 시집의 특징이라는 것이다. 역사의 시련과 상처를 하나로 아우르는 화해와 생성의 시학이 이번 시집의 배면에 깔린 기본 원리이다. 그가 역사의 현장을 지켜본 무등산을 다음과 같이 노래하고 있다는 점을 우리는 간과해서는 안 될 것이다.

제 아픈 상처, 저 혼자 어루만지며 민들레꽃 수없이 피었다 지고, 진달래 수없이 피었다 지고 마침내 동그랗게 자란 너는, 내 옆구리 찢고 세상 밖으로 걸어나오고 있지 사뿐사뿐 연꽃 밟고 있지

드넓은 나주 평야 따사로운 햇살처럼
그렇게 석가모니 부처님처럼 환한 미소처럼

─「무등산 5 ─ 쫓기듯 너는」

쫓기며 피 흘리는 짐승 같았던 무등산이 부처님처럼 환하게 웃고 있다는 것은 시련의 역사가 가고 새 역사가 시작되고 있음을 뜻한다. 이러한 세상을 맞이하기 위해서 그의 시가 또한 돌과 바위의 변증법을 가지고 있음을 지나칠 수 없다.

> 바위는 주둥이 꽉 다물고 있다 끈질긴 인내심으로
> 제 마음 검붉게 달구고 있는 무쇠덩어리
> 춘삼월 새파란 욕망의 덩어리까지
> 바위는 꽈악, 끌어안고 녹여버리고 있다.
>
> ─「바위의 길」중에서

「사막」「어이, 바윗덩어리들!」「돌멩이 하나」「돌의 꿈」「돌의 나라」등에서의 비생명적 권위주의 세계와 「침팬지의 집」「철없는 원숭이」등에서의 털 없는 원숭이 즉 부와 권력을 장악한 자들의 삶은 그의 비판적 의식의 적극적 표현일 것이다. 이들의 세계가 자연이나 조상과 연관 고리를 끊어버린 비생명적 권위주의 세계라면 앞에서 거론한 자연생명의 시편들은 모두 생의 풍요로움을 노래한 것으로 부정과 비판에서 긍정과 화해의 세계로 그의 시가 전환했음을 알려주는 예증일 것이다.

그러나 그의 시가 자연생명의 낙관적·긍정적 새 세계를 노래하고 있다고 하더라도 예를 들면 다음과 같은 시행

> 문득 시를 쓰지 않고도 잘 살 것 같다, 는 생각이 든다.
>
> ─「송아지처럼」중에서

와 같은 구절이 보여주는 삶의 자세에 대해서는 안락한 풍요에 빠져들 위험을 경고하지 않을 수 없으며, 이러한 위험성은

아직 멀었다 내 마음, 자갈처럼 따스해지기까진……

―「연포바다」 중에서

와 같은 자기 확인으로 깊게 다스릴 필요가 있다고 말해두고 싶다.

4. 비관과 낙관의 시적 열림

황사가 세상을 자욱하게 뒤덮고 있는 상황 속에서 자연의 위기가 아닌 자연의 풍요를 노래한다는 것은 일단 무언가 시대착오적이라는 느낌을 갖게 만든다. 그러나 황사가 걷힌 하늘과 자연을 바라보면 그전에 볼 수 없었던 생명의 새로움도 발견하게 된다.

홍신선의 시가 비관주의적 측면에서 새로운 문명을 그리고 있다면, 이은봉의 시는 낙관주의적 관점에서 새로운 자연 발견과 그 기쁨을 우리에게 전해주고 있다. 이들의 시각차는 단순히 나이의 차이만은 아닐 것이다. 사회 변화의 단층이 그들의 시에서 느껴지는 것은 단순히 세대차에서 오는 감각적 차이 이상이라고 판단된다. 생은 풍요롭고 다채로운 것이므로 어느 하나의 시각에서 파악되어서는 안 된다는 것은 자명한 일이다. 차이는 차이로서 소중한 것이다.

이 글을 마무리하면서 지적해두고 싶은 것은 다음 두 가지이다. 홍신선의 시에서 필자는 예각적인 비유의 풍요로움 때문에 시집의 도처에서 시적 언어의 묘미를 느낀 것이 사실이다. 그러나 그의 시 전체를 결집시키는 주제의식은 상대적으로 미약하다고 하지 않을 수 없다. 또한

이은봉의 시에서 풍요로운 자연이 새 세상을 열어주어 종전에 그가 지닌 민중적 강박감을 떨쳐버렸다는 것은 축하할 일이지만 그의 자연 예찬이 너무 일방적인 것이 아닌가 하는 혐의를 부인하기 어렵다.

이 두 권의 시집이 우리 시단에서 그 나름의 성과로 받아들여질 것이라 믿는다. 그러나 필자가 느낀 이런 아쉬움이 다음 시집에서 좀더 집중적이고 밀도 있게 전개되기를 바라는 마음 간절하다. 비관과 낙관의 긴장 속에서 시로 열리는 환한 세상이야말로 시인은 물론 우리 모두가 꿈꾸는 참다운 세상이기 때문이다.

송수권의 서정시와 샤머니즘적 생명력
— '신국토 생명시'에 대하여

　송수권은 자신의 시를 '신국토 생명시'라 명명하고 있다. 『바람에 지는 아픈 꽃잎처럼』에 수록된 시를 두루 읽어 보고 그 자신이 쓴 '저자의 말'도 살펴보았다. 그의 결의는 확고하고, 그의 탐색 또한 오랫동안 축적되어온 것으로 판단된다. 그러나 그가 말하고 주장하는 바 그대로를 뒤쫓을 필요는 없다. 나 자신도 그의 시에 오랫동안 관심을 가져왔기 때문이다. 따라서 이 글은 그의 시집 한 권에 대한 해설이라기보다는 그의 시 전체를 관통하는 하나의 핵을 찾아보기 위해 시도된 것임을 미리 밝혀두고자 한다.

　「산문(山門)에 기대어」가 송수권의 초기시를 대표하고 있음은 두말할 여지가 없다. 그 시를 음미하면서 이 글의 서두를 열어보자.

　누이야
　가을 산(山) 그리매에 빠진 눈썹 두어 낱을
　지금도 살아서 보는가
　정정(淨淨)한 눈물 돌로 눌러 죽이고

그 눈물 끝을 따라가면
즈믄 밤의 강(江)이 일어서던 것을
그 강물 깊이깊이 가라앉은 고뇌(苦惱)의 말씀들
돌로 살아서 반짝여오던 것을
더러는 물 속에서 튀는 물고기같이
살아오던 것을
그리고 산다화(山茶花) 한 가지 꺾어 스스럼없이
건네이던 것을

누이야 지금도 살아서 보는가
가을 산 그리매에 빠져 떠돌던, 그 눈썹 두어 낱을
기러기가 강물에 부리고 가는 것을
내 한 잔은 마시고 한 잔 비워두고
더러는 잎새에 살아서 튀는 물방울같이
그렇게 만나는 것을

누이야 아는가
가을 산 그리매에 빠져 떠돌던
눈썹 두어 낱이
지금 이 못물 속에 비쳐옴을

— 「산문에 기대어」 전문

누구나 느낄 수 있는 것은, 이 시가 시의 화자가 죽은 누이와 나누는 대화 형식으로 서술되어 있다는 것이다. 누이를 대화의 상대로 삼아 시를 이끌어나가는 것은 김소월의 「엄마야 누나야」, 서정주의 「국화 옆에서」, 그리고 고은의 「폐결핵」 등에서 볼 수 있는 것처럼 한국의 서정시인들이 흔히 택하는 화법 중 하나다.

그러나 다음과 같은 송수권 자신의 고백을 들어보면, 왜 누이가 화자의 상대자가 되어야 하는지 의문이 떠오르지 않을 수 없다.

1966년, 군에서 제대하고 온 동생이 난데없이 고향 언덕 밑에서 자살하고 말았다. 아침 이슬에 찔레꽃 같은 알약의 정제들이 소복이 피어 있었다. 죽은 시체를 덮고 있는 동생의 눈썹이 유독히 까맸다. 이 눈썹이 시에서는 '두어 낱'이지만, 실은 아주 짙은 선험적인 이미지다. 서정주의 우리 님의 고운 눈썹……이 아니라 내게는 아주 불길한 환상이자 한으로 남은 눈썹이다.

산 사람이건 죽은 사람이건 내 가슴에서 꿈벅거리고 있는 눈썹의 소유자들은 무덤 속에서도 잠들지 못하고 그 혼령을 타고 무덤을 빠져나와 가을 산 웅덩이에 떠돌며 나머지 생을 집착할 것이다. 따라서 눈썹이 짙은 사람은 절대로 오래 못 산다. 이것은 나의 고정 관념이 되었고 동생이 자살한 후 오랜 불면증에서 얻은 진리다.(「생기(生氣)로 피는 한(恨), 부활의 힘과 역동성」)

남동생이 죽었는데, 왜 누이를 부르는가. 위의 진술과 그대로 겹쳐지는 것은 「산문에 기대어」가 산 자와 죽은 자의 대화이고, 죽은 자의 부활을 노래하고 있다는 점이다. 「산문에 기대어」는 피맺힌 한을 '정정한 눈물'로 승화시킨, 그리하여 슬픔의 정서가 주류를 이루는 우리 서정시의 본령에 도달했을 뿐만 아니라 새로운 영역을 개척했다는 상찬과 함께, 많은 사람의 주목을 받았다는 사실 또한 간과할 수 없다.

그러나 '지금도 살아서 보는가'라는 시행의 배면에 깊이 깔려 있는 시적 의미는 무엇인가. 과연 송수권은 그 스스로 깊게 자각했는지는 모르지만 이러한 표현 속에 감추어진 자신의 시적 의지를 어떻게 전개해

나갔던 것일까.

첫 시집 『산문에 기대어』(1980) 이후 송수권은 『꿈꾸는 섬』(1982), 『아도』(1984), 『새야 새야 파랑새야』(1986), 『우리들의 땅』(1988) 등 왕성한 창작활동을 하면서 자신의 시세계를 더욱 확장시켜왔다. 고난의 연대였던 1980년대를 보내고 1990년대의 중반에 들어선 그는 이제 자신의 시를 '신국토 생명시'라고 지칭하면서 더욱 왕성한 창작활동을 벌이고 있다. 그 동안 그는 시적 명성을 얻었고, 세계 여러 나라를 여행했으며, 1980년대의 포스트모던 시들에 대해서도 나름대로 비판적 시각을 아울러 갖게 되었다. 그 결과 위와 같은 결론에 도달한 것이 아닌가 생각된다.

어찌하여 이와 같은 결론에 도달한 것일까. 아니 최근 그의 시에서 이러한 맥락을 짚어볼 수 있게 하는 시는 어떤 것일까 하는 의문이 떠오른다. 그 해답을 제시해주는 시가 「아침 강」이다.

누이야, 동트는 우리 새벽 강물
너는 따라가 보았는가
수런수런 큰기침하며 강가에 나와
우리 산들 얼굴 씻는 것
어떤 산은 한 모금 물 마시고 쿠렁쿠렁
양치질하는 것
어떤 산은 밤새도록 발을 절고 내려와
발바닥 티눈을 핥는 것
누이야, 너는 그런 동트는 새벽 강물
따라가 보았는가
물총새 한 마리가 담청색 날개를 털어
저 혼자 반도의 아침을 깨우는 것

반짝, 뜨는 은피라미 떼 몰아다 벼랑 끝 감춘

제 새끼들에게 아침 밥상 차리는 것

그 벼랑 끝 삼존마애불 은은한 미소 감도는 것

그 반도의 아침 강을 따라가 보았는가

누이야, 젊은 수탉같이 홰를 치는

그 시푸른 시푸른 새벽 강을 따라가

보았는가.

— 「아침 강」 전문

누이를 빌어 말머리를 풀어가는 화법이 「산문에 기대어」를 거의 그대로 연상시킨다. 산과 강과 담청색 물총새가, 그리고 삼존마애불이 동트는 새벽 강물의 생명력을 강화시켜준다.

그러나 이 시에서 누이는 화자와 더불어 하나의 관조자로 제시된다. 「산문에 기대어」에서와 같이 눈물을 돌로 눌러 죽이는 것이 아니라 은피라미를 잡는 물총새로 환생한 자연, 아니 새롭게 탄생하는 반도가 그 앞에 있다. 여기서 눈썹 두어 낱이 물총새로 되살아났다고 한다면 필자의 지나친 억측일까. 또는 물 속에서 튀던 물고기가 이 시에 이르러 은피라미로 구체화된 것은 아닐까 생각해보게도 된다.

못물 속에 비치는 영상적 이미지로 죽은 자를 떠올리는 것이 아니라 깨어나는 '시푸른' 새벽 강에서 동트는 반도의 아침을 바라본다. 끝없이 생성되는 '시푸른' 생명력의 새벽을 화자는 목격하고 있는 것이다. 되비춰본다면, "쿠렁쿠렁 양치질하는" 산이나 밤새도록 발을 절고 내려와 티눈을 핥고 있는 산은 화자 자신의 이미지의 투영일 수도 있다.

그가 어느 새벽 하동 포구에서 보았던 새벽 강을 소묘하듯 묘사하고 있는 이 시는 실상 「산문에 기대어」에서 오늘에 이르는 그의 이십 년에 이른 시적 여정의 한 귀결점이라는 것이 필자의 관점이다. 물론 여기에

이르기 위해 그는 세상살이의 험난한 도정을 걷지 않을 수 없었고, 눈
물겨운 자기 발견을 거듭하지 않을 수 없었을 것이다. 그가,

> 우리의 신(神)은 콩꽃 속에 숨어 있고
> 듬뿍 떠놓은 오동나무 잎사귀
> 들밥 속에 있고
> 냉수 사발 맑은 물 속에 숨어 있고
> 형벌처럼 타오르는 황토밭길 잔등에 있다
> 바랭이풀 지심을 매는 어머니 호미 끝에
> 찌렁찌렁 울리는 땅
> 얼마나 감격스럽고 눈물나는 것이냐
>   ―「아그라 마을에 가서」 중에서

라고 말하며 인도네시아 수마트라 정글 속에 있는 원시인 촌에서 조국
을 재발견하거나 초도의 섬 생활을 돌이켜보며,

> 구렁이 흐렁흐렁 우는 날은 는개 오려나 비 뿌리려나
> 애살포시 물안개 지려나
> 수평선까지 날아갔던 갈매기들이 포구에 와 울면
> 어김없이 마마 큰손님이 왔다
> 물 속의 자갈들이 시끄럽게 울고
> 검은 파도 끝이 머리 쳐들면 상어 때의 허연 이빨이
> 물기둥을 허물었다
> 날들이하면 구렁이가 숨어 운다는 당집 사장나무
> 몇 백 년이나 껌껌해진 사장나무 그해 여름 태풍에 뿌리째 넘어졌다
>   ―「입장, 내가 살던 마을」 중에서

와 같이, 샤머니즘적 세계를 돌이켜보는 것은 모두 이러한 역정을 투영하고 있다고 해석된다.

그가 좀더 설화적 세계에 기대어 자신의 시적 상상을 적극적으로 개진한 예로 「부활의 노래」를 들 수 있다.

나에게 어떤 피 내림이 있다면
지리산 천왕봉 선도성모(仙桃聖母) 품에 가리라
이 나라 제일 큰 무당 그녀 치마폭 뒤집어쓰고
피 가름하는 것도 괜찮으리라.

—「부활의 노래」 중에서

이 나라의 모든 살림살이가 선도성모가 쓰다가 물려준 무구(巫具)이며 신바람이라 말하고, 끝내는 내가 찾는 시 한 구절까지도 그녀의 입김이라고 말하게 된다.

이 지점까지 나아오면, 우리는 그의 시에서 서정주의 『질마재 신화』와 만나는, 그리고 그것의 부정적 영향으로 인해 삶의 에너지를 왜곡시킬 위험도 가진 경계선에 그의 시가 서 있음을 지적해두지 않을 수 없다. 바꾸어 말하면 그의 '신국토 생명시'란 샤머니즘과 설화 사이를, 그리고 시와 비시 사이를 어떻게 구분짓느냐 하는 묘한 경계선에 놓여 있다는 것이다.

차라리 필자에게 호소력을 갖는 시는 「빈집 · 1」「전어지를 읽으며」「내 이름」과 같은 시들이다. 「빈집 · 1」에서는 자신의 체험에서 우러나오는 직핍함이, 「전어지를 읽으며」에서는 자기 반성적인 되돌아봄이, 그리고 「내 이름」에서는 간결하게 다듬어진 서정이 돋보인다.

누군가 내 이름 부르기에

가을 들판에 나가 보았지
물여꾸 씨알들이 우묵배미 논물에
가득 내리면서 내 이름 불렀네

누군가 내 이름 부르기에
가을 들판에 나가 보았지
미역취의 깨알 같은 미소가
하늘 가득 피어올랐네

옷 벗어 고추잠자리 털어
말리던 언덕
갈꽃이 손 흔들며
내 이름 부르기에

— 「내 이름」 전문

　　단순하고 평범해 보이는 시다. 그러나 그를 부르는 목소리는 얼마나
자연스러운가. 특히 제2연의 "미역취의 깨알 같은 미소가 / 하늘 가득
피어올랐네"와 같은 표현은 고향에 뿌리박고 살고 있는 송수권이 아니
면 쓰기 어려운 함축적 구절이 아닐까 싶다.
　　산업 공해, 남북 통일, 포스트모던 시를 걱정하며 국토의 방방곡곡을
순방한 그가 내세운 '신국토 생명시'는 좀더 농숙한 정제의 과정이 필
요한 것이 아닐까. 샤머니즘과 현대성 사이에는 근대시 백 년의 난제가
담겨 있기 때문이다. 모든 것이 다 좋다면 나쁜 것은 하나도 없다.
　　물론 송수권의 시적 여정으로 보아 그가 이러한 시적 발상에 이른 것
은 필연적인 귀결로 보인다. 앞에서 거론한 「산문에 기대어」에서부터
「새벽 강」에 이르는 동선이 그것을 입증하는 예이며, 그 점에서 송수권

은 쉬지 않고 자신의 세계를 개척해온 시인임에 틀림없다는 사실에 동의하지 않을 수 없다. 이 점에서 송수권은 남다른 길을 걸어온 시인이라 말할 수 있을 것이다. 바꾸어 말하면, 이는 그의 '신국토 생명시'가 일시적인 유행과 같은 기분에서 유래된 것이 아니라는 뜻이며, 또 그 점에서 앞으로 중대한 탐구의 대상이 되는 과제임도 사실이다.

왜 그렇게 말할 수 있는가. 앞에서 의문을 제기한 대로 송수권 시의 근원적인 테마는 재생의 의지다. 재생의 의지는 생명력에 의해 에너지를 얻는다. 「산문에 기대어」는 죽은 사람을 불러서 재생의 제의를 치르는 술잔을 권하는 시이며, 「새벽 강」은 반도를 새롭게 깨워 시퍼런 생명력으로 넘치게 하는 시이다.

그렇다면 왜 누이인가. 남동생이 죽었는데 그는 왜 누이를 부르고, 반도가 깨어나는데 왜 누이를 부르는가. 아마도 그의 생명관의 근저에는 여성적 모성이야말로 새 생명의 원천이라는 사고가 담겨 있을 것임을 가정해볼 필요가 있다. 앞서 간략히 인용한 「부활의 노래」에서 보이는 지리산 선도성모가 모든 삶의 원천이며, 피 가름의 시작이라는 발상이 그의 시적 사고에 어떤 원형을 이루고 있으며, 그의 생명관 또한 여기에서 비롯되고 있다.

> 오호라! 한겨울 뜨거운 핏방울 선운사(禪雲寺) 동백꽃이
> 바로 이 혈장에서 솟은
> 저 여자의 아랫도리 개짐에서 적시여 든 훈짐이었구나
> —「선운사 동백꽃」 중에서

그의 시를 통독해보면 천지만물에 유정하지 않은 것이 없고, 상호관련되지 않은 일이 없다. 샤머니즘적 생생력(生生力)의 시각에서 보자면 동백꽃 하나의 피어남도 우연한 일이 아니다.

물론 그의 시적 사고에 뿌리 깊이 박혀 있는 이러한 발상 자체를 폄하할 필요는 없지만, 그와 같은 시적 발상들이 지나치게 편의주의적으로 운용된다면, 그것은 그의 시를 위해 바람직한 일이 아니라는 점을 지적해두어야 한다. '신국토 생명시'가 안이한 발상에 근거한 시로 전락한다면 시인 송수권을 위해서도 좋은 일이 아니다.

이 시집에 수록된 많은 시에서 우리는 우리 스스로를 돌이켜볼 많은 민속적 박물지를 읽을 수 있다. 그것은 우렁이를 된장 찍어 먹는 토속적 세계의 맛을 흥겹게 전해준다. 또 여성적 섬약함이 아니라 툭툭 불거지는 남성적 목소리의 서정성이 살아나고 있음도 송수권의 시가 가진 매력이다. 그럼에도 그의 시가 지나치게 일상의 삶 속으로 들어와 있다는 점 또한 느끼지 않을 수 없다.

하나의 화두로 이 글을 끝맺고 싶다. 산문(山門)이란 무엇인가. 삶의 문이며 죽음의 문이다. 초탈의 문이며 세속의 문이다. 샤머니즘의 세계를 열어 '신국토 생명시'를 개척해나가는 문이기도 하다. 시의 문이며 삶의 문이다. 송수권은 새로운 문을 열었고 그 문은 하나로 통한다. 나아갈 것인가 물러설 것인가. 자기 확인을 위해 거듭 태어나는 시인만이 이 문을 열고 앞으로 나아갈 수 있을 것이다.

못물 속의 눈썹 두어 낱이 아직도 그의 자의식을 비춘다면 지나친 강박감을 강요하는 것일까. 아니면 그는 시적 에너지가 되는 이 강박을 다 떨쳐버린 것인가.

그리움, 또는 우연과 필연의 형식

─ 김명인 시의 원동력

1. 그리움의 힘

시인을 시인으로 만드는 것은 무엇일까. 시인이 된다는 것은 운명 적인 것이라고 자주 이야기되지만 많은 경우 그 운명적인 것 속에는 우연적인 요소가 가미될 수 있을 것이다. 김명인은 그 스스로 시인이 되지 않았을 수도 있었을 것이라 말한 적이 있다(정호승, 「김명인 시인 을 찾아서」, 『서정시학』, 1992, 나남, 228~247쪽 참조). 그가 시인이 된 것은 아주 우연적인 일들로 인해 이루어진 것이라고 그는 믿고 싶어 한다.

그러나 과연 그러할까 하는 것이 나의 의문이다. 물론 나의 의문이 그를 억지로 시인으로 만들어버려서는 안 된다. 중요한 것은 그가 시인 이 되는 과정에서 그의 말처럼 우연적 요소들이 많이 작용하였다 하더 라도 그가 간행한 네 권의 시집 『동두천』(1979) 『머나먼 곳 스와니』 (1988) 『물 건너는 사람』(1992) 『푸른 강아지와 놀다』(1994) 등을 세심 히 살펴보는 일일 것이다.

어쩌면 다음 시처럼

　　길은 제 길을 지우며 저물어도
　　어느 길 하나 온전히 그 끝을 알 수 없고
　　바라보면 저녁 햇살 한줄기 금빛으로 반짝일 뿐
　　다만 수면 위엔 흔들리는 빈집일 뿐

　　　　　　　　　　　　　　　　　—「길」 중에서

이라고 할 때 지우고 지운 길의 흔적을 찾는 일은 오로지 그의 시를 통해서 가능할 것이라 믿기 때문이다. 그의 시는 위의 시에서 요약할 수 있는 집과 길이라는 두 개의 상징물로 함축된다. 집에서 시작하여 집으로 가는 길, 그러나 그리움과 신산한 막막함이 짙게 배어 있는 '빈집'이 바로 그의 시라는 것이다.

　다소 성급하게 그의 특징을 말해버린 감이 없지 않지만 그의 시적 동력이 되는 것은 막막한 길을 찾아나가는 배고픔이라고 말할 수 있다. 배고픔이 육체적 고통이라면 그리움은 사랑하는 것들에 대한 정신적 갈망이며, 배고픔과 그리움이 얽혀지면서 그의 시적 도정 속에서 우연과 필연이 함께 변주되는 운명의 형식으로 '빈집'이 드러난다는 것이 나의 관점이다.

　배고픔에 그리움이 얹혀질 때 그의 그리움은 이미 지적된 바대로 '더러운 그리움'으로 명명될 것이며, 그 더러운 그리움은 그가 시인이 된 것이 우연이라고 말하면서도 시를 쓰게 만드는 가장 원천적인 동력이 될 것이다.

2. '빈집'에서의 배고픔

첫 시집『동두천』을 간행한 후 그는 약 구 년이 지난 후 두번째 시집
『머나먼 곳 스와니』를 간행한다. 이 두 권의 시집에 수록된 시들의 상당
수는 그의 유년 체험이 주조를 이루고 있다. 그의 고아 체험은 원초적
생동감으로 독자들에게 직립해온다. 사 년 후『물 건너는 사람』에 이르
러 김명인은 체험적 요소들을 보다 시적으로 변용시켜 객관화한다. 아
마도 직접 체험의 강박감으로부터 어느 정도 자유로워지고 삶을 바라보
는 시각 또한 성숙하면서, 그를 대표하는 아름다운 시편들이 이 시기에
씌어진다. 1994년에 간행된『푸른 강아지와 놀다』는 종전의 시적 주제
들을 되풀이하고는 있지만, 그것은 그 나름의 삶에 대한 천착의 첨예한
경계선에 이르렀음을 보여준다. 크게 보아 김명인의 시를 관통하는 하
나의 첨단을 제공하는 시는『푸른 강아지와 놀다』에 수록된「운명의 형
식」이다.

어느 하류에서도 연어들은
한 시절의 방랑을 기억하지 않을 것이다
다만 물냄새로만 끝없는 母川을 이루는
운명의 근원으로 이끌릴 뿐
풍경은 산비탈의 가까운 광경들, 굴참나무 숲들이
세월에 견디며 그 자리에 선 것을 보여준다
어떤 필생으로 우리가 저렇게 묶인다 해도
너무 아름다워서 거기서 마쳐도 좋을
無化에의 세부들도 있었을 것이다.
때로는 텅 빈 경이로 우리의 슬픔을 가두던
마침내 바꿀 수 없었던 형식이 있었듯이

우리는 이제 계곡 저쪽으로는 건너가지 못할 것이다.

　　　　　　　　　　　　　　　　　　—「운명의 형식」 중에서

　매우 관념적 어투로 진술되었지만 그의 시로서는 보기 드물게 삶의 존재방식에 대한 예리한 통찰을 보여준다. 김명인 시가 도달한 한 경계선을 날카롭게 드러낸다는 점에서 이 시는 각별한 주의가 요청된다.

　많은 것들이 우연에 의해 이루어진다고 생각하던 그가 끝내 바꿀 수 없는 삶의 형식을 인식하게 된 것은 무엇 때문일까. 세월을 견디며 그 자리에 선 굴참나무에서 그는 필생으로 묶인 삶의 방식을 보았을 것이고, 아마도 그 자신의 시적 역정을 통해서도 되풀이하여 삶과 죽음이란 무엇인가를 생각해보았을 것이다. '내 사랑 슬픔은 완성하지 않는다'고 단정적으로 말하면서도 존재하는 것들과 사라지는 것들의 중간에서 소리도 없이 지워져버리는 풍경을 바라보고 있는 것이 이 시를 쓰고 있는 화자의 시선이다.

　김명인은 배추흰나비가 제 애벌레 시절을 기억하지 않듯 삶은 순간순간의 아름다움으로 투명하게 존재한다는 시적 인식에 도달한다. 달리 새로울 것은 없지만 이런 시적 인식은 유년 시절부터 강박적으로 작용해왔던 자의식을 스스로 탈바꿈하고 있음을 표명한 것이기도 하다.

　초기에 시인으로서 그의 성과를 드높인 『동두천』이나 『머나먼 곳 스와니』 등의 시편들은 모두 유년의 고아원 체험으로부터 필연적으로 연유한 작품들이다. 스물세 살, 어려운 가정 형편으로 대학을 가지 못했던 형들과 달리 대학을 갓 졸업한 그가 처음 교사생활을 한 동두천에서 만났던 기지촌 주변의 학생들은 과거 집안의 파산으로 그가 맡겨졌던 송천동 고아원의 아이들과 동류의 집단인 것이다. 그가 기지촌 주변 아이들에게 남다른 애정을 갖게 되었던 것은 자연스러운 일이었을 것이며, 월남 참전을 바탕으로 씌어진 베트남인들에 대한 각별한 애정 또한 같은 맥락에서 이해해볼 수 있다. 전후 많은 어린 아이들의 준고아적 상황, 즉 그의 변두리적 삶의 체험은 그대로 한국근대사의 한 표정을 대변하고 있으며, 바로 그것이 갖는 대표성이 그의 시적 공감의 자장력을 형성하고 있다는 사실을 염두에 둘 필요가 있다. 고아가 아닌 그가 왜 고아원에 맡겨졌던 것일까. 물론 그는 자신의 과거사를 한꺼번에 말하지 않는다. 비밀의 벽장 속에서 조금씩 꺼내 보일 뿐이다. 『동두천』에서는 고아원 체험만이 전면에 부각되고, 『머나먼 곳 스와니』에서는 빛바랜 사진 속의 아버지가(「昭和 14년」) 흐리게 드러나거나 비 속으로 가시는 아버지(「비 속의 아버지」)가 희미하게 나타날 뿐이다. 『물 건너는 사람』에 이르러서야 일생을 어머니의 그늘에 묻혀 양지를 모르던 아버지가 나타나 초등학교 시절 한동안 학교를 가지 않았다고 그를 무지막지하게 때린 모습(「유적을 위하여」)으로 사실적으로 그려져 있을 뿐이다.

아버지는 왜 일생을 어머니의 그늘에 묻혀 지내야 했을까. 『푸른 강아지와 놀다』에서 가정을 파산시킨 아버지의 영상이 음울하게 드러난다.

> 그해 아버지는 빚보증을 서셨다
> 빛을 잃은 허기진 노을이 툇마루에 걸터앉을 때
> 빚쟁이에 쫓겨 어느새
> 마당을 가로지르며 모래펄을 치달아 바다 아득하게
> 달아나던 달빛, 갚을 길 없던
> 말의 슬픈 음영들,
> 빛을 가렸던 부채는 식구들마다 조금씩 나누어가져서
> 아무도 되돌아보려 하지 않았던 저 텅 빈 세월 속으로
> 아버지는 혼자 빚 받으러 돌아가시고
>
> ─「유적에 적다」 중에서

아버지의 빛보증으로 파산한 가계와 그 책임으로 인해 아버지는 평생 그늘 속에서, 비 속에서 존재한다. 오직 한 번 그가 한 달씩이나 학교를 결석했다고 무섭도록 매를 때린 것 외에는 결코 가족들에게 분노할 수 없었던 아버지가 살아간 생애가 느린 바퀴살같이 떠오르면서 그는 끝내 바꿀 수 없는 삶에 대해 천착해보게 되었을 것이다.

그러나 이런 시적 인식에 도달하기 위해 그는 얼마나 먼 길을 걸으며 배고픔과 막막함을 딛고 자신을 굳게 성숙시켜나가야 했던가.

　　아버지 비 속으로 가신다, 시간의
　　굳게 잠긴 빗장을 걸고
　　빗줄기가 풀어놓은 비 낱의 창 너머 무수히
　　그어지는 텅 빈 골목길로
　　아버지 걸어가신다, 얼마만큼 쫓아가다
　　내 기억의 비 그쳐

　　다시 꽃밭이었을까요, 아버지
　　화안한 그 꽃밭 뭉개며 내 마음의 어둔
　　그림자로 우뚝 서 계시는 아버지
　　애야, 식구들 모두 모여 살 수 없단다, 네가
　　잠시만 떨어져 있어야겠다.

　　　　　　　　　　　　　　　　　　　—「비 속의 아버지」 중에서

아버지의 빛보증으로 파산한 가계의 고난은 이렇게 시작되었고, 끝내 그는 송천동 고아원에서 배고픔을 움켜쥐며 가정에 대한 그리움으로 유년 시절을 보내야 했던 것이다. 꽃밭처럼 단란해야 할 유년을 뭉개며 어둔 그림자로 우뚝 선 아버지는 그의 고통스러운 삶에 운명처럼 깊게 자리잡고 있었던 것이다.

> 새벽까지는 수많은 먹을 것들과 이름도 모를
> 음식들이 생각났다. 나는 커서 식당을 차리리라
> 풍성한 눈들이 어둠 속에서도 유리창 가득
> 서걱거리는 것을 바라보면서
> 때로 그 겨울 끝까지 허기져 끌려다녔던 막막한
> 어느 하루 어머니께서 찾아오셨다
>
> 나는 동네에도 따라나가 어느 집 문간방에서
> 부끄러운 젖무덤에 파묻혀 한 밤을 지내게 되자
> 세상은 내 힘으로도 넉넉히 살아갈
> 자신이 있는 듯하였다 밤새도록
> 우리 식구 모여 살 일에 골똘해졌던
> 그 기쁨 채 끝나기도 전에 날 밝아와
>
> 어머니는 내게 새 옷을 갈아입히시고 조금만 더
> 기다리라 하시고 다짐도 받아내시고
> 또다시 대구로 부산으로 떠나가셨다
> 어리석게도 믿고 싶었던 마음이여 몇 번 더
> 어머니는 그렇게 왔다 가시고 나도 떠났지만
>
> —「머나먼 곳 스와니 Ⅱ」 중에서

이 시에 등장하는 어린이가 겪어야 했던 배고픔은 1950년대 후반 한국인 모두가 겪어야 했던 공통의 것이기도 했지만, 고아원에 맡겨진 그가 가져야 했던 절절한 기다림은 유별난 것이었다고 해도 과언이 아닐 것이다. 가족을 뿔뿔이 흩어지게 만든 아버지에 대한 증오심도 '잠시만'이라는 시간이 연장될수록 그 배면에 더욱 짙게 깔리게 되지 않았을까.

그러나 역설적으로 말하자면, 그 증오심은 오히려 그를 강하게 만들었고, 그 배고픔을 딛고 나아가게 만든 힘이 되었을 것이라 짐작된다. 어른이 되어 식당을 하겠다는 유년의 소망이 정신적 배고픔으로 이어져 그가 시인의 길로 나아가게 만든 어떤 동기를 부여했던 것이 아닐까 하는 것이다. 식당을 차리거나 의사가 되거나 하는 일은 어쩌면 그의 뜻대로 되는 일이 아닐 수도 있기 때문이다.

배고픔을 이기는 힘은 배고픔으로부터 나온다는 말이 호사스럽게 들릴 만큼 그의 송천동 시절은 절박한 것이었다고 느껴진다.

> 어머니 장사 떠나시고 다시 맡겨진 송천동
> 봄날은 골짜기마다 유난히 햇볕 밝게 내려서
> 날이 풀리면, 배고파지면 아이들 따라
> 바위 틈에 숨은 게들 잡으러 개펄로 갔다.
> ―「머나먼 곳 스와니 I」 중에서

추위도 배고픔으로 느껴지고, 햇빛의 따스함도 배고픔으로 받아들여지는 아이들의 게 잡기는 일단 배고픔을 달래기 위한 것이었을지라도 화자에게는 어떤 햇볕 밝은 곳에 떠도는 아이들의 맑은 동심을 떠올리게 만든다. 그것은 지순한 것이다. 기다림은 그리움으로 바뀌고 그리움은 배고픔으로 인해 증오를 바닥에 깔고 있을지라도 이 밝은 봄날의 햇빛 같은 동심이 김명인 시의 원점에 자리잡고 있는 것은 아닐까 생각된다. 그가 시집 『물 건너는 사람』에 이르러

모감주 숲길로 올라가니
잎사귀들이여, 너덜너덜 낡아서 너희들이
염주 소리를 내는구나, 나는 아직 애증의 빚 벗지 못해
무성한 초록 귀때기마다 퍼어런
잎새들의 생생한 바람 소릴 달고 있다.

—「가을에」 중에서

라고 말하며 염주 소리를 들려줄 뿐 아니라 여기서 나아가 애증의 빚을
벗고 마침내 득의의 시「華嚴에 오르다」를 쓰게 되기 때문이다.

어제 하루는 화엄 경내에서 쉬었으나
꿈이 들끓어 노고단을 오르는 아침 길이 마냥
바위를 뚫는
천공 같다, 돌다리 두드리며 잠긴
山門을 밀치고 올라서면 저 천연한
수목 속에서도 안 보이는
하늘의 雲版을 힘겹게 미는 바람 소리 들린다.

—「華嚴에 오르다」 중에서

　안개 속의 길을 걸어 화엄사에서 노고단을 오르는 과정은 마치 송천
동 고아원 시절의 아이들이 안개를 헤치고 그들의 삶을 살아나갔듯이
그가 끝내 도달할 어떤 지점을 함축하고 있다고 생각해도 큰 무리가 아
닐 것 같다. 막막함을 뚫고 나아가는 것이야말로 그의 삶의 도정이었을
것이며 한편으로는 시적 도정을 드러내는 것이기 때문이다.
　초록 무성한 모감주나무들이 염주알을 만들고 하늘의 운판 미는 소
리를 들으며 화엄에 오른다는 것은 그가 이른바 종교적 깨달음에 도달

한 것은 아니라 할지라도 그 나름의 삶에 대한 인식을 새롭게 하는 상당한 경지에 이르고 있음을 나타내는 것임에 틀림없다. 이렇게 삶의 지평을 넓혀가기 위해서는 송천동이나 동두천 그리고 월남 체험과는 다른 또 하나의 체험이 요구된다. 그것은 미국 체험이다. 미국 체험을 통해 그의 시적 진폭은 좁은 세계를 벗어나 크고 넓게 확장된다.

언덕에서 보면
구릉 너머로 낮은 구름 첩첩이 흘러 더욱 먼 나라여
매연 부연 가로수 아래
휘적휘적 걸어가는 너의 모습 보인다
해거름으로 오는 눈발 적막한 잔광 속으로 들끓어
거기, 흩날리는 남루가 있고 내가 묻어버린
사련의 아픈 뉘우침도 있다, 내게는
아직도 돌아가야 할 약속이 남았는지
눈물겨운 것은 자문하는 중얼거림이 아니라
끝끝내 팽개치지 못하는 그리움, 그 증오를 거쳐
네게 가 닿을 일

—「유타 詩篇 I」 중에서

낙타처럼 사막을 달리는 차, 어디선가 날아온 갈매기 한 마리, 모래 언덕 그리고 군데군데 서 있는 침엽수와 함께 있는 시적 화자는 사랑의 아픈 뉘우침으로 고통스러워하지만 그 막막함으로 인해 더욱 간절하게 모국을 그리지 않을 수 없다. 끝내 팽개치지 못할 그리움이 증오를 거쳐 더 큰 그리움으로 확대되면서 김명인의 시적 지평 또한 넓어진다는 것이다. "팔아버릴 세월도 없는데 유다처럼 흔들리"는 그가 잿빛 하늘 아래 길게 가로누운 지평을 바라보며 느끼는 것은 유년 시절 배고픔이 가져다준 막막함과는 다른 막막함일 것이다. 그는 눈에 보이는 길이 아니라 별들과 별들 사이로 뻗어 있는 얽히고설킨 길(「유타 詩篇 V」)을 지나 제 길을 지우며 저물어도 마침내 도달해야 할 빈집의 영상으로서 알 수 없는 하나의 길 끝에 도달한다. 길이 끝나고 길이 시작되는 곳에 있는 '빈집'이란 실상 그의 유년 시절부터 오늘날까지 얼마나 집요하게 그를 사로잡고 있는 시적 영상인가.

> 만월의 겨울 바다는 鬼氣스럽다, 마음의 둥지를 뒤져
> 죄 흩어버리는 파편의 길 왜 아득한지
> 가슴까지 오르내리며 기슭을 치는 상처의 물살들, 달빛은
> 파도를 타고 흘러와 제 슬픔들을
> 모래펄에 쏟아붓는다
> 아침이 오기 전에 아버지는 빈집을 끌고
> 아무도 살지 않는 동네로 빚 받으러
> 다시 돌아가실 것이다
>
> —「유적에 적다」 중에서

아버지는 끝내 빚을 받지 못하고 그로 인해 오히려 빚쟁이에 쫓겨 바다로 달려간 그의 슬픔은 모래펄에 가득했을 것이다. 아버지가 끌고 있는 '빈집'의 그림자가 어둠의 음영에서 벗어나 '한줄기 금빛으로 반짝'(「길」)이는 시적 밝음으로 드러날 때, 유년 시절 가슴 깊이 간직해야 했던 그의 상처는 「화엄에 오르다」를 거쳐 「운명의 형식」에 이르면서 그 치유의 실마리를 찾게 된다.

> 비 그치자 산색이 내려놓은 초록 잎사귀마다
> 이슬 매달려 반짝인다, 사라지는 내용의

또한 투명함이여
저 초록처럼 나 지금 물든 사랑이 있어
내 사랑 슬픔은 완성하지 않는다, 다만
순간순간 그 모습으로 낡아가도록 둘 뿐,
어떤 바꿈살이도 배추흰나비가 제 애벌레를
기억하지 않듯

—「운명의 형식」 중에서

초록 잎사귀는 다음에 돋아날 잎사귀를 기억하지 않는다. 배추흰나비도 제 애벌레를 기억하지 않는다. 이것은 자연의 이치이고 생명의 순환에서 불가결한 사실이다. "내 사랑 슬픔은 완성하지 않는다"고 또박또박 분명하게 말하고 있는 화자는 초록 잎사귀에 매달려 있다 사라지는 투명한 이슬과 같은 것이 사랑이라 인식하고 있으며, 삶 또한 그러한 것이라 말하고 있다고 생각된다.

마침내 바꿀 수 없는 삶의 형식이란 세월을 견디며 서 있는 굴참나무나 초록잎에서 떨어지는 이슬 같은 것이다. 여기에서 나 스스로의 삶은 나 스스로의 것으로 존재할 뿐이다. 사라져버리는 것은 '無化에의 세부'들로 그 스스로 완전해진다.

이 경계선에서 아버지가 고통스럽게 각인시켜준 '빈집'이라는 껍질이 벗겨져나가고 김명인 스스로 삶의 완전성을 표명하는 단계를 깨닫게 된 것은 아닐까. 물론 『푸른 강아지와 놀다』에 수록된 「羽化」나 「그리운 夢遊」의 시편들은 너무 가볍다. 이 가벼움은 어떤 위태로움을 머금고 있다.

사랑을 얻으면 세상을 얻는다고, 그런 때가 있었지
모든 부재에 세운 듯 한없이 나를 불러 돌아보면

텅 빈 골목, 벗어나면

나, 다시 어떤 몽유로 나아갈까

　　　　　　　　　　　　　　　　—「그리운 夢遊 I」 중에서

　위와 같은 시에서 우리는 분명 화자의 불안을 느낄 수 있다. 텅 빈 골목을 벗어나면 어떤 길도 열리지 않을 수도 있기 때문이다. 이 경쾌한 가벼움은 모처럼 솔직하게 토로되는 것이지만 김명인 특유의 시적 체질과는 다른 것이다.「운명의 형식」에서 보여준 그의 시적 깨달음이 가벼운 바꿈살이나 낭만적 환상으로 끝나고 만다면, 그의 시는 새로운 전진로를 개척하기 위해 더 많은 시적 모색을 치러야 할 것이다.

　그러나 산마루 저쪽엔 마른번개,

　어둔 하늘 금 그어 검은 구름 드러낼 때

　닿지 못한 능선의 저 분명한 선들,

　우레에 부쳐보면

　내 길은 번개 속에서만 때때로 온전했으리

　서늘한 광기의 결로, 나

　잠깐씩 빛났던가

　寒天 저 벼랑 없이 걸어왔다 말 못 하므로

　남은 여울도 온몸을 적시며 건너야 한다

　　　　　　　　　　　　　　　　—「天路 가며 2」 중에서

　이처럼 마른번개 속에 빛나는 서늘한 광기의 결이 없다면, 그의 시는 새로운 길로 더 나아가기 힘들다. 실상「운명의 형식」은「유타 시편」에서 읽을 수 있는 '그리움 / 증오'의 상관성이 '사랑 / 슬픔'의 상관성으로 바뀌는 중요한 전기를 마련하지만, 아버지가 드리운 '빈집'의 그림자가 사라지고 그의 시가 가볍고 즐거운 몽상적 구도로 나아간다면, 그가 완강하고 끈질기게 추구해온 진지성이 약화될 우려가 있다는 것이다.

3. 반짝이는 그리움의 별

'빈집'이란 무엇일까. 김명인의 시를 통독하며 끝까지 남는 의문이다. 그것은 「유적에 적다」에서 말한바 "마음의 둥지 뒤져 / 죄 흩어버리는 파편의 길"이다. 빚보증으로 파산한 후 온 가족이 뿔뿔이 흩어져 살게 되는 가족사의 아픔을 드러내는 '파편의 길'이 그의 마음속에 둥지를 틀고 있었던 것이다. 물론 그 파산의 책임은 아버지로부터 유래한 것이며, 그러므로 그의 그리움에는 사랑과 증오가 뒤섞여 있다. 이 자기 부정의 원점에 '빈집'이 가능한 모든 파편의 길을 머금고 하나의 상징으로 깊게 자리잡고 있었다고 생각된다. "아무도 살지 않는 동네로 빚 받으러" 가는 아버지의 영상이 지닌 지독한 역설이란 얼마나 참담한 배고픔으로부터 비롯된 것인가.

아무도 살지 않는 동네의 괴괴한 빈집은 고아원의 배고픔으로 이어지고 이 배고픔으로부터 혼자 세상을 살아나가야 한다는 강한 힘이 나왔다고 해석된다. 좀더 과격하게 말한다면 배고픔은 그의 시이다. 배고픔을 해결하는 방법은 여러 가지다. 식당 주인이 되거나 의사가 되는 것이 가장 현실적인 해결방법이다. 그러나 김명인에게는 그 이상의 배고픔이 있었던 것이 아닐까. 실존주의적 어투로 말하면 세계에 던져진 모든 인간은 근원적으로 고아이다. 그것은 외로움이며 그 외로움을 타자에게 고백하는 방식이 서정시이다. 그런 까닭에 김명인은 식당 주인이나 의사를 택하지 않고 시인이 된 것이다.

그가 「운명의 형식」에서 "우리는 이제 계곡 저쪽으로는 건너가지 못

할 것이다"라고 말한 것처럼 굴참나무와 잎사귀에서 떨어지는 이슬 그리고 슬픔을 완성하지 않는 '나의 사랑' 등 그 모두가 그 나름의 운명의 형식을 가지고 있다. 그러므로 여기까지 삶의 길을 헤쳐온 그의 시적 역정이란 바로 운명적인 것이라고 말하지 않을 수 없다. 연어에게 근원을 찾아 오르게 만드는 물냄새가 있다면 김명인에게는 배고픔이 촉발하는 그리움이 있다고 말할 수 있다. '그리움/증오/사랑'의 상관성이란 그에겐 하나의 운명의 형식이라 명명할 수 있으리라.

> 그리움이 있어서 항구도 있겠다, 이런 막막한
> 정박도 있겠다, 하늘 호수는
> 마침내 도달하는 곳이라서 은하강 입구에 배 닿고
> 수로를 따라 다시 흐르는 외로운 이국 달 한 척
> 갑자기 물고기 한 마리가 뱃전으로
> 빠끔 구름 주둥일 들이민다
> 내일 가야 할 길은 오늘 보이지 않아 아득하니
> 저 천강 어느 기슭
> 한도 끝도 없이 기다릴 등대 별 하나
> 희미하게 반짝이는 寂光, 너도 보느냐?
>
> ──「大湖 지날 때」 중에서

그리움이란 끝내 희미하게 반짝이는 '寂光'과 같이 마음속에 등대 별 하나를 간직한 것이 아닐까. 김명인이 「大湖 지날 때」에서 등대 별을 지표 삼아 그리움이 지시하는 길을 갔다면, 다시 「天路 가며 1」에서는 "신성한 높이 그 우뚝함"을 바라보는 그에게서 새로운 출발을 확인하게 된다.

언제나 홀로인 여정이

다시 여기서부터 출발하게 됨을 가르치는 것인지

　　　　　　　　　　　　　　　—「天路 가며 1」 중에서

그렇다, '寂光'에서 '신성한 높이'로 건너감은 『물 건너는 사람』에서 『푸른 강아지와 놀다』로의 건너감이 된다. 막막함 속에서의 그리움이란 결국 등대 별을 찾아가는 운명의 형식이다. "다시 여기서부터 출발하게 됨"이란 운명의 형식으로부터 저쪽 계곡으로의 나아감이다.

배고픔이 사라진 자리에 관능의 도취가 있고, 가벼운 발놀림이 있을 수 있다. 이는 운명의 형식을 각성한 자가 느끼는 불안의 표현이리라. 자족적 즐거움이란 안락한 것이지만, 앞으로 나아가려는 자에게 그것은 얼마나 위태로운 경고인가. 화려한 수사는 김명인 특유의 장치가 아니다. 오히려 강건하게 어떤 난관도 물리치고 나아가는 거칠지만 억센 힘이 그의 삶의 에너지를 시적으로 고양시킨다.

우리가 김명인에게 든든한 기대를 걸고자 하는 것은 그런 믿음직함이 있기 때문이다. 그렇다 하더라도 이러한 운명의 형식이 그에게 너무 가혹한 짐은 아닐까. 그럼에도 우연과 필연의 힘이 어떻게 작용하여 그의 시적 도정을 새롭게 갱신할 것인지를 바라보는 일은 그의 시를 읽는 우리 모두의 즐거움이다. 이 지점에 이르면 아주 과묵한 그도 말할 것이다. 독자의 즐거움을 위해서 시를 쓰지 않는다고. 그의 이런 발언을 시적 진지함의 표현이라고 말해 두고 싶다.

마음의 둥지가 모두 흩어져버린 유년을 경험하였다면, 어차피 길에서 시작하여 길로 이어지는 도정은 피할 수는 없는 일이다. 희미하게 반짝이는 '寂光'과 같은 그리움을 떨쳐버릴 수는 없을 것이며, 그 그리움 깊숙한 곳에서 반짝이는 등대 별을 감지하는 것은 상처로 촉발된 시심 속에 있는 상처받지 않은 순연한 동심의 발현일 것이다. 어둠이 깊을수록 희미하게 반짝이는 그리움의 별은 막막한 그리움을 뚜렷하게 지켜주는 이정표가 될 것이다. 세기말적 혼돈에 휩싸인 지금 그의 시가 우리에게 소중한 이유가 바로 여기에 있다.

감성과 이성의 둥글고 부드러움

—오세영의 시적 역정과 서정적 낭만성

1. 실존적 인식과 번뇌

오세영은 1968년 『현대문학』 추천으로 등단한 이래 줄곧 정열적이며 지속적으로 자신의 세계를 구축해온 동세대의 몇 안 되는 시인 가운데 한 사람이다. 양적으로 크게 많지는 않지만 질적인 차원에서는 결코 가벼이 볼 수 없는 몇 권의 주목할 만한 시집을 통하여, 그의 시는 20세기 후반 한국 현대시의 흐름에 있어 내면의 서정과 실존적 고뇌를 노래하는 계열의 한 전범을 이루고 있다.

첫 시집 『반란하는 빛』(1970)에서 오세영은 주로 내면적 고뇌의 추구와 언어 실험에 집중된 관심을 보여준다. 이 시집에서는 은유에 의한 이미지의 구사가 특징적인데, 이질적 대상을 과격하게 결합시켜 때로는 관념적 토로가 드러나기도 한다. 그러나 우리는 이 시집에서 진지한 자세로 자기만의 길을 탐색해나가려는 젊은 시인의 유다른 열정을 만나게 된다. 그 열정과 탐색의 도정을 한마디로 표현하는 이미지가 '불'이다. 이 시집에서 확인되는 불의 이미지들은 그 자신의 삶 속에서 찾고 있는 내면적 열정으로서의 불이다. 이는 그가 앞으로 걸어나갈 시의 행로가 어디까지나 고독한 내면의 성찰로 응결된 실존적 도정이 될 것임을 암시한다고 하겠다.

두번째 시집『가장 어두운 날 저녁에』(1982)에 이르러 그의 시는 내면의식의 비유적 형상화에서 생에 관한 서정적 탐구로 변모해간다. 그가 새롭게 모색한 삶에 대한 생철학적 주제 탐구의 심화와 아울러 시어역시 보다 견고해지기 시작한다. 그는 암벽을 더듬는 등산가, 또는 빛을 찾아 움직이는 무명의 벌레 등을 통하여 깨달음을 얻지 못한 인간으로서 고뇌하는 자신을 인식하기도 한다. 그는 자신이 삶의 본질로 파악한 결핍이나 고통이나 상실의 숙명에 대하여 만만치 않은 응전의 지혜를 굳건하게 다진다. 그에게 있어 참다운 예지의 성장은 고통의 깊은 터널을 통과하면서 비로소 이루어진다. 삶을 의미 있게 하는 그 고귀한 요소가 바로 '사랑'이라는 깨달음을 보여주기도 한다. 그는 타자와의 사랑을 배제시킨 그 어떤 삶도 온전한 의의를 지니지 못한다는 사실을 강조한다. 인간의 삶을 등산에 비유하여 그 한계와 가능성을 묘파하기도 한 그는, 어떤 확고한 신념이나 신앙도 흔들림 없이 지켜나가지 못하는 연약한 존재가 바로 인간임을 설파한다. 그러나 다른 한편으로는 삶의 불안과 동요와 미혹 속에서도 줄기차게 빛을 추구하는 존재가 바로 인간이기도 하다는 사실을 강조함으로써, 비관주의의 그늘을 벗어난다. 가장 깊은 고뇌의 순간을 인식하는 저녁, 번뇌의 망집을 깨뜨릴 수 있는 가능성을 향한 시적 인식은 '무명연시'의 세계로 이어진다.

세번째 시집『無名戀詩』(1986)는 기승전결의 구조를 가지고 있는데, 이것은 각각 춘하추동의 계절과 대응된다. 이 연작시는 님과의 이별로 인한 사랑의 파탄으로부터 시작된다. 이 절망과 고통의 시적 번뇌의 출발은 격렬한 들끓음과 시련의 여름을 거친다. 깨달음이 시작되는 가을을 지나 이별로부터 만남이, 소멸로부터 생성이, 절망으로부터 희망이 싹트는 부활의 공간인 겨울로 접어든다. 겨울에 이르면 자기 극복의 과정에서 성취되는 깨달음의 불빛, 무(無)와 존재가 부딪쳐 새로운 생성의 불꽃이 피어오른다. 이 연작 연시를 통하여 그는 존재에 관한 근원적 질문을 제기하며 아울러 그것이 지닌 여러 모순을 극복하고자 하는 치열한 정신을 보여준다. 사랑의 고통과 허무를 존재의 극복과 초월을 시도하는 차원으로 승화시키고 있는 것이다.

'연시'가 불러일으키는 서정적 가벼움과 '무명'이 내포하고 있는 관념적 무거움이 서로 대비되면서 인생에 대한 존재론적인 탐구로 나아간다. 『無名戀詩』의 사상적 기저에는 인연설을 바탕으로 비극적 삶을 인식하는 불교적 세계관이 놓여 있다. 헛된 사랑의 미혹에 사로잡혀 어둠 속에서 깨어나지 못하는 인간적인 슬픔과 고통, 그리고 인간은 어둠 속을 헤매다가 사라지고 마는 덧없는 존재라는 깨달음으로 인한 탄식을 이 시집은 담고 있다. 여기서 한 걸음 더 나아가 그러한 사실을 깨달았음에도 불구하고 숙명적으로 이를 받아들일 수밖에 없는 인간 조건에 대한 번뇌도 표출된다.

『불타는 물』(1988)에 이르러 그는 '불'과 '물'이라는 상반된 원소가 하나로 융합된 상상적 세계로서 '불타는 물'을 형상화한다. 그 물은 안으로 끓으면서 밖으로는 평정을 유지하는 이 시인의 자아에 대응된다. 이 내부의 격정적인 불은 절정을 향하여 타오르고 시인은 그 불을 용의주도하게 가두고 통제하여 한 편의 시를 빚어낸다. 그 절정이야말로 찬란한 소멸의 순간이다. 여기에서 그는 긴장의 대치를 벗어나 자연의 이법에 순응하는 동양적인 달관의 자세를 취한다. 본질 탐구를 향한 날카로운 의식에서 벗어나 자아와 세계의 조응과 그것으로부터 얻어지는 서정성에 그는 깊은 관심을 기울인다. 자연과 같은 친연성을 지닌 그의 시적 이미지들은 그 자체로서 충만하고 아름답다. 그는 자연의 흐름에 합치함으로써 평정과 자족의 세계로 향하고 있는 것처럼 보인다.

지금까지의 오세영 시의 전개과정을 하나로 요약하면 실존적 인식의 심화와 확대로 볼 수 있다. 그리고 그의 이러한 시적 탐구는 불교사상을 육화시킴으로써 새로운 경지를 개척하고 있으며, 그의 시가 발휘하는 호소력은 이 시대를 살아가는 한국의 중산층 일반이 지니는 인식론적 고민을 집약하여 대변해준다는 점에서 그 의의를 찾을 수 있다. 바로 이런 면에서 그의 시적 탐구는 지극히 개인주의적인 것처럼 보이는 그 외양과는 달리 강한 보편성을 획득한다고 하겠다.

2. 헤겔적 이성과 시적 감성

오세영은 지난 삼십 년간의 시적 전개를 통해 한결같이 치열한 열정으로 실존적 자아의 서정적 인식에 힘을 기울여왔다. 『불타는 물』 이후 시적 변모의 중심선의 양극에 「불타는 얼음」과 「열매」라는 두 편의 시가 놓여 있으며 이를 아우르는 시집이 『어리석은 헤겔』(1994)이라고 판단된다.

겨울 햇빛에
반짝이는 도시의 빌딩
흡사 계곡의 水瀑 같다.

얼어야 비로소 수직으로 서는
물처럼
하늘로 곧추 선 저,
시멘트와 유리의 이념.

얼지 않으면 이념이 아니다.
얼음은 미끄럽다.

빙폭을 오르다가
미끄러져 떨어지는 클라이머처럼
아뿔싸
실족해 추락하는 이념의 맹신자
고층 청소부.

          —「불타는 얼음」 전문

 에리히 프롬에게 부치는 이 시에서 두드러지는 것은 시멘트와 유리의 이념으로 직립한 도시의 빌딩을 하나의 부정의 대상으로 대한다는 점이다. 이는 이념으로만 거대해진 20세기 문명에 대한 비판이 함축된 것이라고 할 수 있다. 도시의 빌딩은 거대해질수록 그만큼 추락할 위험도 크다. 현대문명을 뒷받침하는 이념의 맹신자로서 시인은 에리히 프롬을 바라보고 있다. 이러한 시적 발상은 아마도 이념의 맹신자인 프롬은 고층 빌딩의 청소부일 뿐, 그 이념의 맹점을 해결하는 대안을 제시하지 못하고 있다는 생각에 근거한 것이다. 여기서 한 걸음 더 나아가서 그는 헤겔의 변증법이 가지고 있는 논리적 맹점을 적나라하게 비판하기에 이른다.

어리석은 헤겔이여,
눈이 발전해서 물이 되었는가,
물이 발전해서 수증기가 되었는가,
그러나 수증기는 다시 물이 된다.
태초에 고체와 액체와 기체가 있었을 따름이다.

예술은 발전하지 않는다.
극시는 서정시와 서사시의
발전이 아니다.
가을에 안개 끼고 겨울에
눈 내리듯
서정시는 가을에
서사시는 겨울에 쓰이는 법

—「어리석은 헤겔」 중에서

이 시는 '산은 산이요, 물은 물이다'라는 불교적 어법에 근거하고 있다. 눈은 눈이요 물은 물이며, 수증기는 수증기라는 것이다. 이런 논리를 발전시켜, 헤겔이 분류한 서정시, 서사시, 극시의 장르사적 발전단계가 잘못된 것이라고 비판하고 있다. 여기에는 만만치 않은 반론의 여지가 있다. 역사발전의 단계와 예술 장르의 대응이라는 문화사적 시각과 맞물린 헤겔의 관점을 지나치게 단순화하고 있다는, 비판에 대한 비판이 대두될 것이기 때문이다.

그렇다면 이러한 비판을 감수하고서라도 화자가 말하고 싶은 것은 무엇일까. 그것은 어떻게 보면 단순하고 자명한 것일지도 모른다.

우둔한 헤겔이여,
감성은 이성에 앞서는 것,
시의 길은 철학의 길과 다르다.
물이 얼음이 되고
용암이 바위가 된다 하지만
물은 결코 바위가 될 수 없는 법,

그러므로 너는

시인을 존경할 줄 알아야 한다.

—「어리석은 헤겔」 중에서

이 부분에서 화자의 논지는 명백해진다. 물이 바위가 될 수 없듯이 시의 길과 철학의 길은 다른 것이며, 감성은 이성에 앞선다는 것이다. 그러므로 이성을 앞세우는 철학자는 감성을 앞세우는 시인을 존경할 줄 알아야 한다. 그러나 화자의 말처럼 헤겔이 시인을 존경하지 않았다는 결정적인 증거는 어디에도 없다. 오히려 헤겔은,

> 시, 즉 언어예술은 '조형적'인 여러 예술과 음악의 양 극단을 보다 높은 단계에서, 정신적인 내면성의 영역 속에서 통합하는 '총체'로서의 제3예술의 부분이다.(졸역, 『헤겔 시학』, 열음사, 1988, 8쪽)

라고 하거나,

> 시의 원리는 일반적으로 '정신성'의 원리이다. 이 정신성은 건축에서처럼 무거운 재료에 의해 그것을 내적인 것과 비슷하게 되도록 표현하는 것이 아니며, 또한 조각에서처럼 정신에 잘 어울리는 자연형태를 공간적, 외면적인 것으로서 실재적인 질료로 만들어내는 것도 아니다. 시는 상상력과 예술적인 기능에서 나타나는 모든 구상과 함께 정신 그 자체를 직접적으로 표현하는 것이다.(같은 책, 9쪽)

라고 말하고 있다. 여기서 헤겔은 서정, 서사, 극시 모두를 시라 지칭한 반면, 오세영은 서정시만을 염두에 두고 있다는 점에서 두 사람의 시각은 커다란 차이를 갖는다. 헤겔에 대한 오세영의 비판은 서정시인으로

서의 비판이라는 점에서 그 나름의 의의를 갖는다.

그러나 아이러니한 것은 오세영 역시 헤겔을 비판하는 근거가 이성적 판단에 있는 것은 아니었을까 하는 의문을 갖고 있다는 점이다. 그는 감성이 이성에 앞선다는 논리 아래,

백두산 천지에선 지금
神이 눈사람을 만들고 있겠지만
너의 뜨락엔
아이들이 모여 눈사람을 만들고 있다.

—「어리석은 헤겔」중에서

라고 말하고 있다. 어쩌면 그것은 감성의 중요성을 전혀 깨닫지 못한, 헤겔의 아류적 추종자들을 지칭하는 것이 아닐까 싶다.

오세영이 진정으로 말하고 싶은 것은 감성과 이성의 통합이었을 것이다. 시의 문면에 직접적으로 드러나지는 않지만, 다음의 시 「열매」에서 그는 분명히 이러한 통합을 말하고 있다.

세상의 열매들은 왜 모두
둥글어야 하는가.
가시나무도 향기로운 그의 탱자만은 둥글다.
땅으로 땅으로 파고드는 뿌리는
날카롭지만,
하늘로 하늘로 뻗어가는 가지는
뾰족하지만
스스로 익어 떨어질 줄 아는 열매는
모가 나지 않는다.

덥석
한입에 물어 깨무는
탐스런 한 알의 능금
먹는 자의 이빨은 예리하지만
먹히는 능금은 부드럽다.

그대는 아는가,
모든 생성하는 존재는 둥글다는 것을
스스로 먹힐 줄 아는 열매는
모가 나지 않는다는 것을.

—「열매」 전문

　　모든 생성의 결정체가 부드럽고 둥글다는 인식은 참으로 타당하다.
모나고, 날카롭고, 뾰족한 것들은 모두 부드럽고 둥근 것을 위해 존재
한다. 이성이냐 감성이냐의 문제도 그러한 것일 터이며, 오세영 또한
이를 누구보다 잘 깨닫고 있음을 위의 시가 보여주고 있다.
　　다만 서로 바꿔놓고 생각하기를 강조함으로써 헤겔에 대한 충고를
표현하고 있다고 판단된다. 이성이 아니라 감성의 눈으로, 문명이 아니
라 자연의 눈으로 그리고 이 양자를 통합하는 둥글고 부드러운 지혜의
눈으로 바라보라는 것이, 오세영이 그의 시에서 말하고자 하는 핵심이
라고 할 것이다. 이러한 그의 시각이 지상적인 것에서 우주적인 것으로
확장될 때 지상의 등불은 다음과 같이 아름답게 그려진다.

어느 마을에서 밝히는
등불들일까,

어둠 저 건너 반짝이는

무수한 별들,

어느 먼 곳의 그리운 눈빛들일까,

수은등, 가스등, 네온등……

명멸하던 거리의 불빛들도 하나, 둘……

꺼져가는 지상은 밤이 깊은데

자정에 홀로 깨어 치어다보는 우주,

누가 하늘 문 열고

물끄러미 나를 내려다보고 있는가,

神의 마을에서는

지상의 등불들이

별이려니.

—「지상의 별」 전문

　하늘과 지상을 뒤바꿔놓고 신의 눈길을 인식한 화자의 시적 용량은 크고도 넓다. 이 시에서 바라보는 도시의 불빛들은 「불타는 얼음」에서 말하는 대형 고층 건물의 불빛들과는 다르다. 따스한 인간적 연민이 스며 있다고 할까. 그러므로 그는 어둠 속에서 또 하나의 인간을 찾아 헤맨다. 바로 이것이 그가 어김없는 서정시인이라는 증거이기도 하다.

꽃잎은

하롱하롱 하늘로 날아가지만

인간이 가는 길은

지상의 흙길,

인간은 어둠 속에서

항상 또 하나의 인간을 찾아 헤맨다.

―「등불」 중에서

어둠 속에서 인간을 찾아서 헤매는 인간, 그가 바로 시인일 것이다. 또 하나의 인간을 찾지는 못하더라도 이 세상의 많은 연인들은 그들의 짝을 찾을 터인데, 연인들의 손가락에서 빛나는 보석을 등불로 포착해 내는 오세영의 시적 촉수는 남다르다. 어쩌면 불의 이미지야말로 오세영의 초기 시부터 오늘에 이르기까지 시적 상상력의 촉발점에 자리잡고 있는 원형적인 이미지 중에 가장 대표적인 것이라고 할 수 있다.

> 네 손가락에서 빛나는 보석은
> 아마도
> 등불일지도 모른다.
> 사파이어,
> 영원히 타오르는 흙의
> 불.

―「등불」 중에서

연인들이 누군가를 찾았지만 또다시 누군가를 찾고 있다는 징표로서, 그는 사파이어에서 불의 이미지를 포착한다. 그만큼 외로움은 언제나 더 깊어지는 것인지도 모른다. 어둠 속의 인간은 그 어둠이 깊어진 만큼 지상의 무명을 헤매야 하는 탓이 아닐까. 이 지점에 이르면 오세영이 인식하는 실존적 인간은 숙명적으로 무명의 어둠을 살아야 하는 존재일 것임에 틀림없다. 그리고 이러한 운명론적 주제는 그의 시적 출발에서부터 시작된 것이며, 지난 삼십여 년간의 역정에서 끈질기게 되풀이된 것이기도 하다.

이런 시적 역정에서 보자면, 다음과 같은 명제가 주어지는 것은 필연적인 일이라 하지 않을 수 없다.

　　무엇을 쓸까
　　탁자에 배부된 답지는
　　텅 비어 있다.

　　　　　　　　　　　　　　　　　　　　　　―「무엇을 쓸까」 중에서

　　순백의 답지에 어설픈 진실과 사랑의 답안은 없다. 그 자신의 말대로
그 많은 시간을 덧없이 보내고 난 다음 그에게 던져진 이 순백의 답지
를 어떻게 할 것인가. 여기서 그의 시는 한 걸음 더 새롭게 씌어져야 하
리라.

3. 오세영의 감각과 서정

　　이성에 대한 비판적 시집 『어리석은 헤겔』 이후 오세영은 서정적 시
집 『눈물에 어리는 하늘 그림자』(1994)와 문명 비판적 시집 『아메리카
시편』(1997)을 간행했으며, 다시 그의 시의 본류라고 할 수 있는 서정
적인 시집 『벼랑의 꿈』(1999)과 『적멸의 불빛』(2001)을 간행했다. 아마
도 그의 시가 『어리석은 헤겔』에서 보여준 이성에 대한 비판적 인식에
서 다시 서정으로 회귀하는 역동성을 보여준 것이 『적멸의 불빛』이라고
할 것이다. 이 시집에 이르러 오세영은 이성과 감정이 분리된 것이 아
니라는 사실을 깨닫고 있음을 보여준다.

　　이 세상은 하나의 큰 수렁
　　땅인줄 알고 밟은 곳이 정작

진창길인데
이성에서 한 발을 애써 **빼내면**
다른 발은 이미 감정에
빠진다

　　　　　　　　　　—「아름다운 암흑」 중에서

　산은 산이 아닌 까닭에 진창길은 진창길이 아니다. 불교의 화두를 연상시키는 이 발언은, 이성은 이성이 아니요 감정은 감정이 아니며, 이 둘은 서로 떨어진 것이 아니라 하나라는 사실을 화자가 깨달았음을 뜻하는 진술이다. 이성주의자 헤겔을 비판하던 그가 이성과 감정이 둘이 아니라 하나라고 인식함으로써, 이 양자의 결합을 통해 진흙 속에서 연꽃을 피우는 삶을 떠올리며 사랑에 눈멀어 헤매지 않겠다는 결의를 다진다. 아름다움은 무엇이며, 사랑이란 무엇이며, 인생이란 무엇인가.
　그는 차라리 영원의 수평선을 향해 휘파람을 불어본다.

고독할 때
내 육신은 무한에 떠 있는 섬
살갗에서 이는
밀물과 썰물의 적막한
호흡 소리를 듣는다.

영원이 어디 따로 있던가.
들이마시고 내쉬는
목숨의 찰라에 있던 것을,
오늘 나, 먼 수평선을 향해
긴 휘파람 소리를

내본다.

—「영원」 전문

사랑은 무엇이고, 육신은 무엇인가. 이순의 나이에 가까워지면서 오세영은 자신의 육신에서 들려오는 적막한 호흡 소리를 듣는다. 목숨이 찰나에 있다는 것을 깨달은 그는 먼 수평선을 향해 긴 휘파람을 불어본다. 영원을 휘파람 소리로 불러보는 것은 고독한 시인의 낭만적 자기 인식의 한 방법이다. 사랑에 눈멀어 방황하기도 하던 그가 죽음의 가을비 소리를 들으며 영원을 향해 휘파람을 부는 것이다. 사랑도 그 사랑을 갈구하는 육신도 죽음 앞에서 절대적인 명제가 되지 못한다. 사랑에 눈멀어 헤매고 있었는데 문득 죽음의 그림자가 그의 눈앞에 만장처럼 펄럭인 것이다.

바람 불자
만산홍엽, 만장으로 펄럭인다.

까만 상복의 한 무리 까마귀 떼가 와서 울고

두더지, 다람쥐 땅을 파는데

후두둑
관에 못질하는 가을비 소리.

—「가을비 소리」 전문

만산홍엽이 죽음을 알리는 만장처럼 휘날리고, 까마귀 떼는 상복을 입고 울며, 두더지, 다람쥐가 겨우살이를 위해 땅을 팔 때 문득 후두둑

들려오는 가을비 소리는 관에 못질하는 죽음의 소리로 인식된다. 사랑
에서 죽음으로 한 발 더 가까이 다가선 것이다. 어쩌면 가을비 소리는
여기서 그에게 자연의 섭리를 깨우쳐주는 목소리인지도 모른다. 죽음
의 만장이 펄럭이는 가운데 관에 못질하는 소리를 듣는 시인이 할 수 있
는 일은 무엇일까. 아마도 그것은 피로 씌어진 한 줄의 시를 선연한 핏
자국처럼 기록하는 일일 것이다.

> 시 한 줄을 찾아
> 온 밤을 까칠하게 지샌 날,
> 새벽녘 되어
> 코피가 터진다.
> 오, 어지러워라.
> 빈 원고지 칸을 방울방울 메꾸는 그
> 선연한 핏자국……
>
> 창밖
> 밤새 내린 하얀 눈밭에선
> 뚝뚝
> 붉은 동백 몇 송이가
> 지고……
>
> ─「시 한 줄」전문

　　시 한 줄이 짧은 세상살이에 무슨 의미가 있을까마는 그럼에도 시인
은 한 줄의 시를 찾아 온 밤을 지새우고, 전 생애를 보내는 자이다. 하얀
눈밭에 붉은 동백이 선연한 핏자국처럼 떨어지는 것과 같은 한 줄의 시
를 쓰고 싶어하는 것이 서정시인으로서의 오세영이다. 이 지점에 이르

면 이성도 감정도 모두 하나의 핏덩어리가 되어 붉은 동백 몇 송이처럼 자신의 존재를 드러낼 뿐이다. 이 지점에서 오세영은 다시 서정시의 원점에 서게 되며, 이 지점이 바로 오세영 시의 중심점이라고 하지 않을 수 없다. 영원의 지평선을 향해 휘파람을 부는 것은 사랑도 죽음도 넘어서는 궁극점을 지향하는 것이고, 이는 아름다움을 하나의 형벌이라고 인식한 자가 얻은 자유로움의 표현이라고 할 것이다.

『무명연시』와 『적멸의 불빛』이야말로 불교적 사유에 뿌리내린 서정시로서 오세영 시의 본류를 아름답게 형상화한 두 권의 시집이라는 점에 이의를 달 수는 없을 것이다. 오세영은 최근 시집 『봄은 전쟁처럼』(2004)을 간행했다. 이는 『어리석은 헤겔』과 더 깊은 연관성을 갖는 문명비판의 시집이라고 여겨지며, 인생 비평이라고 할 수 있는 『무명연시』나 『적멸의 불빛』에 비해 시적 호소력은 약화된 것이 아닌가 한다. 오세영이 슈퍼마켓에서 지구 최후의 날을 문득 바라보는 것은 현대문명을 첨단으로 이끌어온 이성주의의 한 극단이며, 거기에 인간은 존재하지 않는다.

> 지구 최후의 날
> 이성(理性)만 남고
> 인간이 죽어버린 이 세계를 나는 오늘 문득
> 여기서 본다.
>
> ―「슈퍼마켓」중에서

슈퍼마켓에 A, B, C…… 등으로 분류된 물건들을 보면서 화자는 이성주의의 극단에 전율하며 지구 최후의 날을 연상한다. 감정이 없고 이성만 있는 세계, 그것은 인간이 살 수 있는 세상이 아니다. 그럼에도 불구하고 인간의 이성은 컴퓨터를 만들어냈고, 시인들 또한 컴퓨터 자판을 두드리며 시를 쓰게 된 것이다. 피로 씌어진 한 줄의 시가 아니라 모니터에서 썼다가 지워지는 수많은 시행들은 가슴에 별을 안고 사는 시인의 시가 아니다.

> 하늘의 별과 지상의 바위 사이를
> 스크린은 텅 빈 공백으로 남겨놨는데
> 문득 내다보는 밤하늘엔
> ……반짝……
> 섬광을 내며
> 지상으로 떨어지는 유성 하나.
> 그도 하늘에서 컴퓨터를 두드리는 것일까.
> 밤에 호올로 시를 쓴다는 것은
> 무섭도록 고독한 일이다.
>
> ─「밤에 호올로」중에서

하늘의 별을 아름답게 상상하며 시를 쓰던 낭만적인 시의 시대는 가고, 무서운 고독에 몸을 떨면서 밤에 홀로 컴퓨터 자판을 두드리며 시를 쓰는 디지털 시대가 왔다. 꿈을 상실한 시대 그리고 무거운 바위를 가슴에 안고 사는 이성주의의 극단에 처한 시대에 낭만적인 시를 쓰는 시인은 극도의 고독과 마주치지 않을 수 없는 것이다. 컴퓨터에 지배당하는 인간의 자화상을 우리는 위의 시에서 만나게 된다. 이성만 남고 인간이 죽어버린 시대, 이 시대에 인간을 회생시키려면 서정적 감성을 되살려야 하는 것이 아닐까. 이러한 질문은 현대시를 위해서도 던져져야 할 것이지만, 오세영 자신에게도 반문되어야 할 것이다. 『벼랑의 꿈』에서 『적멸의 불빛』으로 나아가는 것에 대해서 그러할 것이며, 『봄은 전쟁처럼』에서 더욱 강도 높게 문명비판의 시가 씌어진 것에 대해서는 더욱 그러할 것이다.

4. 반란하는 빛과 적멸의 불빛

첫 시집 『반란하는 빛』(1970)에서 최근 시집 『봄은 전쟁처럼』(2004)에 이르기까지 오세영의 시력은 1968년 『현대문학』 등단으로부터 따진다면 거의 사십 년에 이르고 있다.

내면의 성찰로부터 시작된 그의 시는 실존적 번뇌의 극복을 일차적 명제로 하고 있다. 『어리석은 헤겔』(1994)을 비평적 판단의 중심에 놓고 볼 때 그의 시는 서정시의 근본적인 주제들인 사랑과 죽음 그리고 이별 등을 다룬 인생파적 시와 물질문명과 이성 등으로 인한 인간 부정의 비판적 주제를 다룬 문명비판적 시로 대별된다고 할 수 있다. 『무명연시』(1986)에서 『벼랑의 꿈』(1999)과 『적멸의 불빛』(2001)에 이르는 시적 동선이 인생파적 시를, 『어리석은 헤겔』에서 『아메리카 시편』(1997), 『봄은 전쟁처럼』(2004)에 이르는 시적 동선은 문명비판적 시를 대변한다. 이 양자를 지탱하는 두 기준이 감성과 이성인데, 오세영의 시적 목표 또한 이 양자의 변증법적 종합이라고 할 수 있다. 그런 점에서 오세영의 시적 명제는 감성과 이성의 둥글고 부드러움이라는 원환성을 지닌다.

『불타는 물』(1988)에서 보여주는 치열한 변증법적 갈등은 실상 그의 첫 시집 『반란하는 빛』에서부터 비롯된 것으로, 그에게 이성과 감성은 불가분의 관계에 있다. 서정시인으로서 그는 감성에 더 많이 기울지만 문명비판자로서 그는 이성에 더 많이 기울어진다는 것이 그의 시적 동선이 지닌 방향성이라고 하겠다. 돌이켜보면 오세영은, 감성적 인생파적 시를 쓰는 경우에도 감정에 탐닉하는 것이 아니라 이성에 근거한 시를 썼는데, 여기에 간과할 수 없는 그의 독특한 시적 개성이 있음을 우리는 눈여겨보아야 할 것이다.

이성과 감성이 분리된 것이 아니라 하나라는 사실을 적극적으로 표명하기 시작한 것은 그의 나이가 이순에 가까워지기 시작한 오십대 후반에 씌어진 『적멸의 불빛』에 이르러서이며, 그것은 삶을 달관하는 인간적 성숙과 더불어 불교적 사유가 그의 시에 깊숙이 스며들어간 이후의 깨달음에 의해서일 것이다.

산은 산이 아니요, 진창길은 진창길이 아니라는 불교적 어법은 이성은 이성이 아니요 감성은 감성이 아니라는 포괄적 논리이며, 이는 그의 초기 시가 보여준 이성과 감성의 대결 또는 물과 불의 변증법이 지양·극복된 것이라고 할 것이다.

이성주의의 극단에 대한 비판이 이성적 논리에 근거하는 것이라 할지라도 서정시인으로서 오세영은 감성을 바탕으로 한 낭만주의자이며, 영원의 먼 수평선을 향해 긴 휘파람을 불 줄 아는 시적 경계까지 나아간 시인이다. 이것이 시력 사십 년에 가까운 그의 시가 일구어낸 득의의 지점이라고 할 수 있을 것이다.

저녁연기와 유년의 시적 거울

─오탁번의 시적 역정

1. 피어오르는 저녁연기

첫 시집 『아침의 豫言』(1973) 이후 시집 『벙어리장갑』(2002)에 이르는 오탁번의 시집 여섯 권을 읽고 나서 이상하게 느껴지는 것은, 사십여 년의 세월이 지난 다음에도 오탁번의 시에는 여전히 변하지 않은 어떤 원형이 있다는 점이었다.

1967년 중앙일보 신춘문예로 등단한 그는 이제 갑년이 되었는데, 이러한 느낌은 까맣던 머리털도 염색을 하지 않을 수 없을 만큼 세월이 지나갔다는 사실을 그가 망각하고 있다는 뜻이 아닌가 하는 의아심을 갖게 만들었다. 만약 그게 아니라면 수십 년의 세월 동안 그를 변하지 않게 한 것은 무엇일까. 세월의 부침에도 시인으로서 그를 완강하게 지켜온 힘은 어디로부터 오는 것일까 하는 생뚱맞은 의구심이 한동안 풀리지 않는 나의 의문이었다.

그런데 이 의문은 이십여 년 전쯤 우연히 그와 나눈 대화를 다시금 떠올리게 만들었다. 1984년 『문학사상』에 게재된 「저녁연기」라는 단편을 보고, 필자가 지나가는 말처럼 "소설이 시와 같이 아름답더군요"라고 했던 기억의 한 토막이 그것이다. "소설이기는 하지만 시적 이미지가 연상됩니다"라고 한 나의 말에 오래된 동전처럼 흐릿한 기억이기는 하지만 이때 소설가로 이름을 날리던 오탁번은 묘한 미소를 지었다. "그렇지. 아주 아름답지 않아"라고 말하는 그의 눈길은 멀리 있는 고향을 응시하는 것 같았다.

실제로 얼마 후 그는 단편소설의 한 부분을 「저녁연기」라는 시로 독립시켰다. 소설과 시를 이어주는 연결고리이자 고향과 자신을 이어주는 상상의 탯줄이 바로 이 '저녁연기'가 아닐까 하는 것은 오랜 세월이 지난 지금, 그의 시집 여섯 권을 다 읽고 난 다음에 얻은 지울 수 없는 느낌이다.

해가 지는 것도 모른 채 들에서 뛰어놀다가, 터무니없이 기다랗게 쓰러져 있는 나의 그림자에 놀라 고개를 들면 보이던 어머니의 손짓 같은 연기, 마을의 높지 않은 굴뚝에서 피어올라 하늘로 멀리멀리 올라가지 않고 대추나무나 살구나무 높이까지만 퍼져오르다가는, 저녁때도 모르는 나를 찾아 사방으로 흩어지면서 논두렁 밭두렁을 넘어와서, 어머니의 근심을 전해주던 바로 그 저녁연기였다

—「저녁연기」 전문

고향을 떠난 사람들에게 그리고 어머니를 여읜 사람들에게 저녁연기는 따스한 고향과 다정한 모성을 떠올리게 하는 상상력의 젖가슴 같은 것이고, 오탁번의 시적 상상력에서 저녁연기는 그의 삶의 모태이자 원천이 될 것이다.

2. 모성을 찾는 시적 여정

오탁번의 시적 출발은 신춘문예 당선작품 「純銀이 빛나는 이 아침에」처럼 빛나는 감성에서 비롯되었다. 그와 동세대의 많은 사람들에게 다음 부분은 선명한 기억으로 각인되어 있다.

눈을 밟으면 귀가 맑게 트인다.
나뭇가지마다 純銀의 손끝으로 빛나는
눈 내린 숲길에 멈추어 선
겨울 아침의 행인들.

—「純銀이 빛나는 이 아침에」 중에서

1967년 새해 첫날 이 신춘시를 읽었던 사람들은 모두가 자신의 귀가 맑게 트이는 느낌을 받는 동시에 순백의 알에서 깨어난 새가 처음 눈을 뜨고 비상하는 날갯짓 소리를 들었을 것이다. 이 시에서 우리는 오탁번의 순수한 감성을 느낄 수 있는 동시에 이 시적 감성이 오탁번 시의 원형이었음을 깨닫게 된다.

그러나 현실적으로 당시 그는 경제적 어려움을 겪고 있었던 것으로 추정되는데, 장래의 전망 또한 불확실한 상황이었다. 신춘문예 당선 시인으로 머무르지 않고 다시 신춘문예 소설에 도전하여 1969년 「處刑의 땅」으로 대한일보 신춘문예에 당선함으로써 그가 더욱 화려하게 문단에 진출하게 되는 이유가 아마도 여기에 있을 것이다. 시와 소설을 동시에 창작한다는 것은 강점이 되기도 하지만 강점보다는 약점이 더 많은 선택이기도 하였을 것이다. 어쨌든 신춘문예 소설이 당선된 후 그는 소설에 전념하였지만, 저녁연기를 떠올리듯 시를 간헐적으로 발표하다가 1990년대 이후에는 소설보다는 시에 더 몰두하게 되는데, 그것은 다른 어떤 이유에서라기보다는 그의 문학적 감성이 시적인 것이었기 때문이라 보는 것이 적절할 것이다.

1979년 오탁번의 어머니가 별세했다. 막내아들로 태어나 세 살 때 아버지와 사별하고 젖도 제대로 먹지 못한 채 성장한 그에게, 이 사실은 커다란 아픔이 된다. 어머니의 죽음을 매개로 씌어진 「下棺」은 이때의 심적 상황을 여실히 드러낸다.

이승은 한 줌 재로 변하여
이름 모를 풀꽃들의 뿌리로 돌아가고
향불 사르는 연기도 멀리 멀리
못 떠나고
관을 덮은 명정의 흰 글자 사이로
숨는다
무심한 산새들도 수직으로 날아올라
무너미재는 물소리가 요란한데
어머니 어머니
하관의 밧줄이 흙에 닿는 순간에도
어머니의 모음을 부르는 나는
놋요강이다 밤중에 어머니가 대어주던
지린내 나는 요강이다 툇마루 끝에 묻힌
오줌통이다 오줌통에 비치던
잿빛 처마 끝이다
이엉에서 떨어지던 눈도 못 뜬
벌레다
밭두럭에 물똥을 누면
어머니가 뒤 닦아주던 콩잎이다 눈물이다

저승은 한 줌 재로 변하여
이름 모를 뿌리들의 풀꽃으로 돌아오고

―「하관」 전문

이 시에는 삶과 죽음이 있고, 이승과 저승의 교차가 있다. 죽음이 무엇이고 삶이 무엇인가에 대해 오탁번이 이처럼 절박하게 비탄의 소리를 던진 적은 없었을 것이다.

어머니를 부르는 '나'는 누구인가. 지린내 나는 요강이고 오줌통이며 눈도 못 뜬 벌레다. 어머니가 없었더라면 그가 어떻게 존재할 수 있었을 것인가. 젖이 말라 갓난아이에게 젖을 제대로 먹이지 못하고 굶주림 속에서 겉보리를 찧어야 했던 어머니가 어린 그에게 가엾게 비쳤을 것이며, 자기 자신 또한 그에 비추어 가엾게 여겨졌을 것이다.

그런데 역설적인 것은 어머니의 죽음을 통해 그가 새로운 개체로 탄생해야 했을 터인데, 오히려 이승을 하직한 어머니가 하나의 거울이 되어 그의 자의식의 근거가 된다는 점이다. 다음 시와 같이 저승의 어머니가 그에게 반성적 자아이자 거울이 되는 예가 지속적으로 발견된다.

어머니,
요즘 술을 많이 마시고 있읍니다
담배도 많이 피웁니다
잘못했읍니다
다시는 안 그러겠읍니다

―「어머니」 중에서

저승에 있는 어머니에게 드리는 반성문이다. 누가 쓰라고 하지 않아도 어머니에게 반성문을 쓰는 것이 어머니와 사별한 오탁번의 각별한 자의식이다.

두번째 시집 『너무 많은 가운데 하나』(1985)에 이어 세번째 시집 『생각나지 않는 꿈』(1991)에도 「어머니」라는 제목의 시가 있다.

어머니 저는 요즘 죄짓고 있어요
밥도 많이 안 먹고 술만 마시며
가랑잎처럼 발밑에 뒹굴며 울고 있어요
다시는 안 그럴께요 잘못했어요 어머니
어머니가 떠나신 지 벌써 열두 해
아직 눈도 못 뜬 애벌레가 되어
사방팔방 어둠뿐 어머니의 자궁 속의 맥박
숨결을 지탱하며 기어다니고 있어요
어머니의 살과 뼈는 흙과 섞이어
하늘 가득 채우고 나뭇가지 잠재우면서
괜찮다 울지마라 막내야 내가 다 안다
다 알고 말고 이렇게 말씀하시는 어머니

— 「어머니」 중에서

앞에서 인용한 시 「어머니」와 크게 다를 것 없는 어머니에게 드리는 고해문서이다. 그 스스로 일탈적인 행동을 했다고 자각할 때 용서를 구할 수 있는 유일한 대상이 어머니이다. 동시에 어머니는 그의 모든 일탈적 행동을 용서하는 자애심을 베푸는 존재이기도 하다.

어머니가 돌아가신 지 열두 해가 되어도, 아니 해가 가면 갈수록 더 고백할 것이 많고 용서받을 것이 많아진다는 것은 그의 생활의 도덕률이 그만큼 흔들린다는 증거일 수도 있지만, 다른 한편으로 생각해보면 어머니에 대한 집착이나 애정이 매우 깊게 드리워 있다는 증거이기도 하다. 어떻게 보면 이는 막내아들 특유의 응석 어린 감정일 수도 있을 것이다. 『생각나지 않는 꿈』에 수록된 다른 시편들에서도 어머니는 그를 계속 손짓해 부른다. 어머니는 "추석 성묫길에 무더기 무더기로 되어 있던 코스모스는 / 저승에서 나를 손짓하는 어머니의 사랑 같았다" (「김수영론」)나 "저승에서 보내신 어머니의 엽서 / 주홍빛 사랑으로 열려서 황홀하고" (「감나무」)와 같은 구절에서 등장하고 있을 뿐만 아니라 다음 시집 『겨울강』(1994)에서도 어머니에 대한 강박감은 그대로 지속된다.

나이 오십이 되고, 대학교수가 된 그가 다음과 같은 시를 쓰고 있다는 것은 어머니에 대한 그의 애정이 얼마나 강력한지를 깨닫게 해준다.

> 지금은 다 커서 나도 대학교수가 됐지만
> 어떻게 연구를 해야
> 어머니의 젖가슴으로 다가갈 수 있을까
> 이제는 저승의 이슬밭에서
> 뽀얀 젖 뚝뚝 흐르는 젖가슴 헤치고
> 탁번아 탁번아
> 막내를 부르고 계실
> 아아 나의 어머니
>
> ─「로히트 분유」 중에서

막내인 그를 낳고 어머니의 젖이 말라 제대로 젖을 먹지 못하고 자란 탓에 어머니의 젖가슴이 그립다고 위의 시에서 말하고 있기는 하지만, 어머니를 향한 그의 자의식은 독특하고 유별난 것임에 틀림없다. 아무리 영양가가 많다고 하더라도 분유가 어머니의 모유를 대체할 수는 없을 것이며, 특히 화자의 어머니가 막내에게 쏟은 애정은 아무리 영양이

풍부한 모유라 해도 그것으로 당할 수 없는 사랑의 깊이를 가진 것이라고 할 수 있다.

쉰 살의 그가 거울을 통해서 본 자화상은 다음과 같이 그려진다.

> 낯모르는 왼손잡이 늙은이가 나를 바라본다
> 누구냐고 물어도 대답을 못 하는
> 흰수염 깎여나간 낯선 늙은이!
> 당신은 내가 아니다
> 나는 당신이 아니다
> 올 봄 시골형님 회갑잔치에 가서
> 술이 취해서 어머니를 부르며 울던 나는
> 거울 속에 있는 당신이 아니다
> 쉰 살 먹은 늙은이가 아니다
>
> ―「겨울」 중에서

수염을 깎고 이상처럼 거울 속의 나를 본다. 거울 속의 나는 왼손잡이 늙은이다. 거울 속 자신을 보면서 거울 속 그는 자기 자신이 아니라고 부정한다. 형님의 회갑잔치에 가서 술에 취해 울면서 어머니를 부르는 쉰 살의 늙은이, 그는 늙은이가 아니라 언제나 어머니 품이 그리운 투정 섞인 막내이다.

어머니는 죽어 저승에 있지만, 언제나 그가 부르면 저승에서 이승으로 건너와 그의 고백을 들어주고, 그의 잘못을 용서해주는 수호자이다. 쉰 살이 되어서도 막내는 막내인 것이다. 오탁번의 다섯번째 시집 『1미터의 사랑』(1999)에서도 어머니는 그와 함께 있다.

　子時가 되어

서늘한 옷자락으로
저승의 하늘을 건너오시는
어머니
어머니를 부르며
盞 가득 눈물 따릅니다

—「飮福을 하면서」중에서

제삿날 아침 반백의 머리를 까맣게 물들이고 어머니에게 술잔을 올
리면, 어머니는 저승에서 이승으로 건너온다. 잔에 가득 따른 술이 술
이 아니라 눈물인 것은 어머니에 대한 그리고 자신에 대한 사랑과 연민
이 담긴 탓일 것이다. 잔을 올리고, 소지를 하고, 음복을 하는 제의 형식
을 통해 어머니와 나는 하나가 된다. 어머니와 하나가 될 때 삶에 대한
에너지가 충전되어 새로운 힘을 얻는 것이 오탁번적인 재생의식인 것
이다.

오탁번은 오십대에 가볍지 않은 교통사고를 당했다. 이때도 그를 지
켜준 것은 어머니가 아닐까 생각될 정도로 어머니는 언제 어디서나 그
와 함께 있다.

기러기 날아오는 저녁 하늘 아래
휠체어 타고
퇴원해서 들어온 집
난초꽃 대궁 하나가
쑥 올라와 있다
문갑 위의 사진틀에서
어머님이 물끄러미 바라보신다
내 새끼야

어머님 말씀이
막 벙그는 난초꽃이 된다

—「歸家」중에서

　어떤 위기에 부딪히거나 그로부터 벗어나는 순간 가장 먼저 떠오르
는 것은 어머니다. 어쩌면 어머니를 불러 그 주술적 생명력으로 자신을
보호하고자 하는 것인지도 모른다. 어머니를 부르는 순간 그는 마술적
생명력을 얻는다. 나이 든 어머니를 통해 태어나고, 죽은 어머니를 통
해 재생하는 것이다. 이러한 측면에서 모성적인 것이 모든 생명의 모태
이자 근원이라는 사고를 오탁번처럼 뿌리 깊게 그리고 확고하게 갖고
있는 시인은 드물다.
　오탁번의 어머니 시편들은 최근 여섯번째 시집 『벙어리장갑』(2002)
에서 대미를 장식한다.

나의 시는
된장 항아리 속
꼬물거리는 쉬
쉰 보리밥 쉬파리
고추멍석 위에 쏟아지는
가을 뙤약볕
초등학교 습자시간
족제비털 붓끝에
서투른 궁서체로 피어나던
어머니 어머니

—「시」전문

나의 시는 보리밥 쉬파리이며, 가을 뙤약볕이고 초등학교 습자시간에 쓴 궁서체 붓글씨로 피어나던 어머니였던 것이다. 오탁번의 시는 초등학교 시절 그가 붓글씨로 쓴 어머니의 등가물이었던 것이다. 오탁번에게 어머니는 시였으며, 시는 그의 어머니였던 것이다. 사십여 년의 시적 역정을 두루 살펴볼 때 만약 어머니가 없었다면 그의 시가 씌어지지 못했을 것이라 추단해도 과언이 아닐 것이다. 그가 좌절하고 방황할 때마다 어머니는 그를 든든하게 지켜준 수호자였던 것이다.

위의 마지막 인용 시는 어찌 된 일인지 이 글의 첫부분에서 인용한 「下棺」과 일맥상통한다. 쉬파리나 눈도 못 뜬 벌레가 양자를 매개시켜 준다. 지린내 나는 요강이거나 오줌통이고, 쉬파리이거나 뙤약볕이었던 오탁번의 시적 상상에 어머니로 지칭되는 모성적인 것이 생성적 에너지로 작용되었던 것이다. 초등학교 시절 서툰 궁서체로 피어나던 어머니는 살아생전이나 이승을 하직한 후 지난 이십여 년이 지나도록 그에게 삶의 동력을 불어넣었으며, 시를 쓸 수 있는 창조적 힘을 부여했던 것이다.

3. 가라앉는 저녁연기

어머니가 그의 시적 동력의 원천이 된다고 했을 때 피어오르는 저녁연기는 과연 무엇을 뜻하는 것이었을까. 1990년대 들어서서 오탁번은 소설보다는 시에 에너지를 집중한다. 산문의 세계에서 시적 세계로의 귀환은 무엇을 뜻하는 것일까. 그것은 단순히 소설이 쓰기 싫어서였기 때문이라고 말할 수 없다. 그것은 앞에서 인용한 「저녁연기」처럼 "저녁 때도 모르는 나를 찾아 사방으로 흩어지면서 논두럭 밭두럭을 넘어와서, 어머님의 근심을 전해주던 바로 그 저녁연기"처럼 손짓하는 어머니의 목소리를 들었던 탓이 아닐까 한다. 쉰 살 설날 아침에 "마흔아홉 살에 꼭 죽을 줄만 알았다"(「설날 아침」)는 고백이 담긴 그의 시편들은 "사내 나이 마흔이 넘으면 / 벼랑 끝에 서 있는 거야"(「연애」)보다 한 걸음 더 나아간 것이었을 터이다. 쉰 살의 설날 아침이 두려운 그에게 저녁연기처럼 나지막하게 손짓하는 어머니의 근심하는 목소리가 더욱 가깝게 다가왔을 것이다.

일상에서 위기가 다가오고 어머니의 근심이 깊어질수록 산문의 세계로 나아가기보다는 시적 모성의 세계로 회귀하는 것은 모태로 돌아오는 연어의 생리처럼 시인에게는 자연스러운 일이다. 오탁번에게 있어서 모성적인 것에의 동경은 오이디푸스적인 것이라기보다는 배고픔이자 그리움이며, 더 나아가서는 심원한 자기 존재의 확인이었을 것이다. 어머니를 부를 때 술잔에 눈물이 가득 고이는 것은 감상적인 슬픔의 표현이 아닌 신성한 제의의 한 방식이었음을 상기할 필요가 있다.

어린 날의 저녁연기가 라캉이 말한 거울처럼 유년의 그가 보았던 자의식의 그림자가 되어 시적 상상으로 퍼져나갈 때, 그의 마음은 궁서체로 '어머니'를 쓰던 유년으로 돌아갈 뿐만 아니라 순결한 시심을 회복시켜 혼탁하고 추악한 현실에서 상처입고 고통받는 그를 스스로 구원할 수 있게 하였던 것이다.

1980년대 중반 그 어느 날, 소설 「저녁연기」가 "시처럼 아름답더군요"라고 지나치듯 말한 필자의 발언에 야릇한 미소를 짓던 오탁번의 얼굴을 지금 다시 떠올려보면, 그것은 초등학생 시절 그의 순진무구한 얼굴이었을 것이다. 이 순진무구함이 사십여 년에 가까운 그의 시적 역정을 지켜준 거울이자 순수성의 뿌리였던 것이다.

어머니의 목소리와 생의 원초적 감정

─신경림 시집 『뿔』

1. 섬마을, 욕지 중학생들의 시

2003년 7월 20일 통영시 욕지면의 욕지도에 다녀왔다. 여름의 무더위가 맹위를 떨치기 시작할 무렵 마산의 지인으로부터 욕지도에 다녀오려고 하는데 함께 갈 수 있겠느냐는 제안이 왔다.

욕지도, 나에게는 너무 멀리 있는 섬이었다. 삭막한 도시의 단조로움도 떨쳐버릴 겸 그리고 쉽게 이런 기회가 올 것 같지 않아 태풍주의보가 오락가락하는데도 함께 가보겠다고 답신을 보냈다. 떠나기 전날 밤까지 태풍이 상륙하고 있다는 예보가 잇달았지만, 다행히 당일 아침 기상이변은 없었다.

서울에서 김해까지 비행기를 타고, 다시 차량으로 마산을 거쳐 통영으로 간 다음 거기서 약 한 시간 사십 분 정도 배를 타고 가야 하는 거리에 욕지도가 있었다. 가는 도중 무더위로 갑갑함을 느끼기도 하였지만, 통영에서 배를 타고 나니 상쾌한 바닷바람이 불어와 우리들의 기분을 일거에 전환시켜주었다.

사람들은 살기 위해 대도시로 몰려들지만 또한 살기 위해 도시를 떠나지 않을 수 없다는 역설을 실감한 순간이었다. 섬은 도시인들에게 꿈과 동경의 대상이다. 사람들은 생활의 속박으로부터 자유롭고자 자기만의 섬, 자기만의 세계를 꿈꾼다.

이번 욕지도행에 처음부터 큰 기대를 걸었던 것은 아니다. 이십 년 전의 옛 제자를 만나 그 동안의 회포를 풀고 바닷바람이나 맞다가 돌아오리라고 생각했을 뿐이다. 그러나 막상 욕지도에 도착해서 섬을 둘러본 다음 욕지 중학교 조그만 교실에서 조촐한 '시 낭송회'를 시작하는 순간 어떤 뜻 모를 전율이 스쳐갔다.

우선 교실에서 우리를 기다리던 욕지 중학생들의 밝고 건강한 얼굴 표정에서 생동감이 전해왔고, 그들의 호기심 어린 눈동자와 발랄한 말소리에서 한반도의 머나먼 남쪽에 살고 있는 사람들의 짭조름한 삶이 파도처럼 다가왔다. 우리를 더욱 놀라게 한 것은 중학생들의 시였다. 기성 시인들이 쓴 「섬」에 관한 시편들은 전부터 읽어와 크게 새로울 것이 없었지만 욕지 중학생들의 작품에서는 새로운 삶을 발견할 수 있었다.

박진한(중학교 3학년)의 「욕지도」는 "그지없는 아름다움에 / 몸 떠는 무욕의 섬 // 뱃고동 물이랑 되어 / 수평선으로 퍼져가고 // 아버지들의 청춘이 / 너울이 되어 일렁이는 곳"으로 시작되며, 강미정(중학교 1학년)의 「어머니」는 "휘몰아 스쳐간 바람의 흔적 / 모습조차 없어도 / 꿋꿋하게 바다에 한 몸 맡기신 / 어머니의 바램은 / 바지락 몇 줌 // 휘어진 허리 세월의 무게 / 가녀린 다리도 떠받칠 힘도 없는 / 바람이 데려갈 야윈 어머니"라고 끝맺고 있었다. 조수나(중학교 3학년)는 「바다」에서 "바다를 마시고 나면 / 내 마음도 마셔야지 / 바다의 푸른 물방울로 / 내 마음의 눈도 만들어야지…… 마술 이야기도 / 잘 익혀두었다가 / 울 엄마에게 보여드려야지"라고 쓰고 있다. 김정선(중학교 3학년)은 「바다와의 전쟁」에서 "새벽안개가 바다와 만나면 / 바다는 언제나 도화지 같다

//동그라미 동그라미 동그라미 / 파란 도화지에 동그란 그림 그리고"라고 재치 있게 표현하며 그들이 살고 있는 섬마을의 생활감각을 실감나게 드러내고 있다.

전교생이 백 명이 채 못 되는 섬마을 중학생들의 시는 근래 읽은 어떤 기성시인들의 시편보다 원색의 감정을 숨김없이 잘 표현하고 있었다. 이들의 시편을 들으면서 신안군 가좌도에서 태어난 화가 김환기가 떠올랐다. 그 또한 외진 섬마을에서 태어나 훗날 세계적인 화가가 되었는데, 그가 그림에서 추구한 평생의 주제는 섬마을 소년의 원색적인 감정이었다. 아마 육지 중학생들도 그들이 섬마을에서 보고 느끼며 살았던 '파아란 물감 도화지'와 같은 원초적 감정을 평생 지니고 살아갈 것이다. 소모되고 고갈된 도시적 감정으로는 극복할 수 없는 생의 원초성이 푸르게 살아 있는 그들을 먼 남쪽 섬마을에서 만났다는 것은 이 여름의 신선한 충격이었다.

2. 이승에서 들리는 저승의 목소리

육지도에서 돌아오는 길에 신경림의 시집 『뿔』을 읽었다. 최근 시단에 발표되는 시에 대해 비판적 시각을 갖고 있는 필자는 신경림의 시집에서 시적 긴장과 신선함을 아울러 느꼈다. 그리고 신경림 시인의 시각과 필자의 비판적 고민이 어느 정도 일치한다는 사실도 확인했다. 특히 시집의 말미에 수록된 신경림의 산문 「시인이란 무엇인가」는 이 시점에서 우리가 깊이 음미해보아야 할 문제점을 명료하게 지적하였다는 점에서 주목할 만하다.

하루에 백여 편 이상의 시를 읽고 있다는 신경림이 던지는 '시인이란 무엇인가' 라는 질문은, 우리 시단의 많은 시인들이 함께 모색해야 할 명제이다. 신경림은 영국의 낭만파 시인 워즈워스와 콜리지가 공동으로 펴낸 『서정담시집 Lyrical Ballaels』에서 규정한 바대로 "시인이란 자신의 사상이나 감정을 보다 쉽게 보다 힘있게 표현할 수 있는 능력을 획득하고 있는 사람"이라는 말을 인용하면서 '보다 쉽게'는 '보다 명료하게' 또는 '보다 분명하게'로, 그리고 '힘있게'는 '감동적으로'라는 뜻으로 읽혀야 한다고 풀이하면서 '자연스럽지 못하고, 가벼운 말장난의 시들'이 지닌 문제점을 지적하고 있다.

특히 신경림은 독자와 영합하는 것과 독자를 의식하는 것은 다른 것이라 하면서 우리 시단에서 유행하는 세속주의를 분명하게 경계하고 있다. 그는 최근 '우리 시가 억지에 의해 부자연스럽게 만들어지고 말장난에 시종하고 사소한 것에 매달려 시 자체를 왜소하게 만들고 하는 것이 모두가 절규성의 상실과 연결되고 있기 때문'이라고 보면서 우리 시의 방향성을 다음과 같이 제시하고 있다.

시는 어차피 이상주의자의 길에 피는 꽃이다. 억지로 만드는 데서 벗어나 좀더 자연스러워지면서, 잃어버린 절규성을 회복하고, 왜소해짐으로서 놓친 큰 울림을 되찾는다는 일은 새로운 세기에 들어선 우리 시가 한번 시도해볼 일이다.(「시인이란 무엇인가」)

이러한 신경림의 제안은 이미 오래 묵은 주장을 되풀이하는 것 같기도 하지만, 오히려 해묵어 향기로운 장맛처럼 우리에게 새롭게 다가오는 것이기도 하다. 물론 그의 이러한 주장은 이론으로 끝나는 것이 아니라 그의 시가 깊이와 울림을 동시에 주기에 더욱 설득력을 갖는다.

1956년에 등단하여 시력 반세기를 눈앞에 두고 있는 그의 시적 편력은 시집 『농무』(1973)로부터 시작하여 이번 시집 『뿔』(2002)에 이르기까지 한국현대사의 부침과 소용돌이 속에서 우람한 산맥을 이루고 있다고 할 만큼 놀라운 것임에 틀림없다. 사 년 전 발간한『어머니와 할머니의 실루엣』(1998)에 이어 이번 시집은 이제 그의 시가 득의의 경지에 이르렀음을 보여주는 시집이라고 해도 과언이 아니다. 오십 년에 가까운 세월 동안 늘 새롭게 갱신되는 시적 긴장과 자아 탐구는 사회현실과 서정적 진실을 한 차원 높게 형상화시키는 데 결정적으로 기여하고 있다.

이번에 간행된『뿔』의 중심 주제는 삶과 죽음이다. 삶과 죽음이 나뉘어 있는 것이 아니라 서로를 넘나들면서 서로가 서로를 비추어보고 있다.

이쯤에서 길을 잃어야겠다
돌아가길 단념하고 낯선 처마 밑에 쪼그려 앉자
들리는 말 뜻 몰라 얼마나 자유스러우냐
지나는 행인에게 두 손 벌려 구걸도 하마
동전 몇 닢 떨어질 검은 손바닥

그 손바닥에 그어진 굵은 손금
그 뜻을 모른들 무슨 상관이랴

—「내가 살고 싶은 땅에 가서」전문

지금까지 살고 경험하던 세계에서 벗어나 낯선 처마에 앉아 구걸하는 신을 떠올려보는 것은 이승 집으로 돌아가는 길을 포기하고 싶다는 뜻일 것이다.「특급 열차를 타고 가다가」「봄날」「아름다운 열차」등은 어디론가를 향해 달리던 길을 포기하고 새로운 길로 들어서고 싶은 시인의 충동을 나타낸다. 미지의 종착점으로 향하다 문득 그 종착점으로 가고 싶지 않은 것이다. 어쩌면 그것은 죽음에 대한 두려움일 수도 있다.

무엇일까 저 아름다운
풍경 속에 들어가 숨어 있는 것들이.
학교 마당 플라타너스 가지 사이에
디딜방아 확 속에, 찬가에 마루 끝에 숨어서
짐짓 모른 체 외면하는 나를
빼꼼히 올려다보며 킬킬대고 웃는 것들이
　　　　　　　—「무엇일까, 내가 두려워하는 것들이」 중에서

　짐짓 모른 체하고 외면하려고 하여도 외면할 수 없는 것은 무엇일까.
그것은 자의식의 그림자이며, 또한 죽음의 그림자이기도 하다. 도망치
려 해도 도망칠 수 없는 자의식의 그림자가 그를 붙들고 놓아주지 않는
것이다. 벽 틈과 창 뒤에 숨어 그를 응시하고 있는 것이다.
　그러므로 그는 저승에 있는 어머니에게 안부를 묻는 「편지」를 쓰기
도 하고, 오백 년 전과 지금으로부터 오백 년 뒤를 떠올려보는 「오백
년 뒤」를 상상해보기도 하며, 나무숲의 어둠 속에서 유년 시절에 경험
했던 일들을 떠올려보는 「활엽수」와 같은 시를 쓰기도 한다. 「강 저편」
에서는,

　저승인들 무어 다르랴. 아옹다옹 얽혀 살던
　내 가족 내 이웃이 다 거기 가 살고 있는데

라고 자신을 다독거리기도 하고 그래도 마음이 가라앉지 않으면 어머
니를 불러보기도 하는데, 「저 소리는 어디에서」와 같은 시에서,

　'어머니' 부르면 '그래' 대답하는 저 맑고 담담한 소리는

지하의 무덤 속에서 나오는 소리가 아니라 '나비가 떼 지어 나는 소리' 와 '가지각색의 꽃들의 빛깔과 향기'가 보이는 소리로 변용된다.

그가 자주 저승의 삶을 노래하는 것은 죽음의 그림자가 친구처럼 그와 함께한다는 뜻이기도 하다. 자기 자신을 걸인으로 형상화시키는 것 또한 흥미로운 자기 변신의 모습이다. 이러한 변신은 모두가 죽음을 인지하고 저승의 삶을 이승의 삶과 다름없이 아름답게 인식하고자 하는 자의식이 강하게 발동하고 있음을 알려준다.

> 해 저물면 낯선 사람들 사이에 섞여
> 왁자지껄 생맥주로 목을 축이고
> 허름한 여관을 찾아들면 창에 달빛이 가득하겠지
> 나는 꿈을 꿀 거야 예까지 걸어온 먼길을 되돌아가는
>
> 내가 걸어온 길이 다 아름답게 보일 거야 꿈속에서
> 서두를 것도 바쁠 것도 없이 걸어가면서 보면
>
> —「乞人行 3」중에서

앞에서 인용한 「내가 살고 싶은 땅에 가서」와 상통하는 것처럼 보이는 이 시는, '이쯤에서 길을 잃어야겠다'는 명제가 이제 꿈속에서 낯선 길을 가듯 저승에서 길을 가는 자신을 찾고자 하는 것과 상통하는 것임을 알게 된다. 특급 열차를 타고 종점을 향해 일직선으로 치달리는 것이 아니라 천천히 여유롭게 꿈속에서 길을 가는 것처럼 저승의 길을 걸어가고 싶다는 뜻인 것이다.

한국근대사가 압축된 「비에 젖은 서울역」과 같은 시에서 신경림은 버린 것들과 남은 것들과의 싸움판을 응시하면서, 여기서 또한 그 동안의 삶의 역정과 그 이후의 삶을 투영시켜보기도 한다. 아마도 그는 이

승에서의 삶을 다음과 같이 아름답고 편안하게 마무리하고 싶어할지 모른다.

> 이제 그만둘까보다, 낯선 곳 헤매는 오랜 방황도.
> 황홀하리라, 잊었던 옛 항구를 찾아가
> 발에 익은 거리와 골목을 느릿느릿 밟는다면.
> 차가운 빗발이 흩뿌리리, 가로수와 전선을 울리면서.
> 꽁치 꼼장어 타는 냄새 비릿한 목로에서는
> 낯익은 얼굴도 만나리, 귀에 익은 목소리도 들리리.
> 이내 어둠은 옛날의 소꿉동무처럼 다가오고,
> 발길 따라 깊숙한 골목 여인숙 찾아 들어가면
> 눅눅하고 퀴퀴해서 한결 편해지는 잠자리.
> 꿈인 듯 생시인 듯 들리리, 네가 가 잠들 곳 또한
> 이같이 익숙한 곳 편안한 곳이라는 소리가, 먼 데서.
> ―「陋巷遙」 전문

꽁치 타는 냄새와 눅눅하고 퀴퀴한 잠자리 그리고 귀에 익은 목소리를 들으며 잠들 곳을 찾고 있는 화자는, 먼 데서 들리는 어머니의 목소리를 듣고 있는지도 모른다. 그것은 이승에서 듣는 저승의 목소리일 것이다. 이승과 저승의 소통로가 이렇게 열린다는 것은 오랜 자기 탐구의 결과일 것이다.

어머니에게서 떠나와 낯선 곳을 헤매던 오랜 방황도 마무리하고 익숙한 인간적 체취로 가득한 곳에서 잠들 곳을 찾고자 하는 화자가 듣는 시적 목소리에서 필자는 아주 먼 옛날로 돌아간 유년 시절의 어린 소년 신경림의 목소리를 듣는다.

3. 원초적 감정과 시적 진실

시간을 거슬러 유년 시절로 되돌아간 신경림의 목소리에서 욕지도 섬마을 중학생들의 목소리가 겹쳐진다. 시적 진실의 원초성이 여기서 하나가 되는 것은 아닐까.

신경림의 목소리는 자신의 지적처럼 억지로 만드는 시의 부자연스러움을 벗어나 삶의 진실로부터 우러나오는 체험 그대로 자신의 육성을 드러내고 있다. 섬마을 중학생들의 시처럼 생의 원초적 감정에 근원한 시적 진실이 우리에게 울림을 주는 것이 아닐까. 가벼운 장난기의 말재롱이나 억지스러운 인위성이 가미된 언어적 조작은 시적 체험의 무게가 실려 있지 않기에 우리 시를 울림을 상실한 사소하고 왜소한 것으로 전락시키고 말 것이다.

독자와 영합하는 세속주의의 횡행은 앞으로 우리 시가 극복해야 할 절대적 명제이다. 신경림의 시편들이 세속적인 것에 대한 집착을 떨쳐버림은 물론 육체적 삶의 집착마저도 넘어서는 어떤 경지를 보여주고 있다는 점에서 이번 시집은 신경림 시의 또하나의 진전으로 기록될 것이다. 이러한 시적 전진은 한국 현대시사에서 쉽게 찾기 힘들만큼 이례적인 일이다.

긴장의 와해가, 아니면 경직된 되풀이가 만연한 우리 시단을 위해 세수 칠십에 가까운 신경림의 시적 성취를 높이 평가하지 않을 수 없다. 사이버 시대의 가치 부재와 혼돈의 상황에서 '시는 어차피 이상주의자의 길에 피는 꽃이다'라는 그의 말은, 삶의 지표를 확고하게 지키려는 많은 사람들의 바람을 집약한 것이라고 해도 과언이 아니다.

김수영과 부자유친
─동양사상과 김수영의 시

1. 김수영의 삶과 시

1960년대를 대표하는 김수영은 지금까지도 세인들의 주목을 가장 많이 받는 시인 중의 하나이다. 1960년대의 다른 시인들과 대비되는 그의 시적 우월성은 시적 정열의 치열함과 뛰어난 직관력으로 아직도 지속적인 평가의 대상이 되고 있다. 김수영에게 바쳐진 수많은 글들은 그의 모더니즘적 특성에 대한 의미 부여가 대종을 이루었으며, 최근에는 최원식에 의해 모더니즘과 리얼리즘을 회통한 시인으로 평가[1]되기에 이르렀다.

김수영에 대한 논평과 업적이 축적되어가는 과정에서 유별나게 느껴지는 것은 모더니즘적 측면에 대한 강조이며, 서구 방법론을 원용한 김수영에 대한 반전통적인 접근이다. 김수영은 정말 반전통론자인가. 종전의 반전통론에서 한 걸음 나아가 필자는 반전통의 전통으로서 김수

---

1) 최원식, 「모더니즘과 리얼리즘의 회통」, 『문학의 귀환』, 창작과비평사, 2001, 52쪽.

영 시에 대하여 이미 몇 편의 글을 쓴 바 있다.[2]

이 글에서는 전통의 부정에 대한 부정이라는 전통론의 시각에서 특히 김수영의 시와 삶에 나타나는 '부자유친'을 규명해보고자 한다. 김수영은 아버지와 불화했고 이것이 전통 부정으로 비춰지기도 했지만, 그 또한 필연적으로 한 아버지의 아들이요 슬하에 아들을 둔 아버지로 살았음은 분명하다. 그런 까닭에 아들로서 아버지로서 그가 어떻게 살았는가를 해명하는 것은 그의 시를 삶과 관련시켜 이해할 수 있는 밀착된 시각을 제공해줄 것이다. 서구적 방법이나 논리 이전에 형성된 그의 자의식은 원형질적 요소로 그의 세계를 이루고 있는 결정적인 자원이 될 것이다.

또한 조선시대에 들어와서 정형화된 오륜사상에는 부자유친이 군신·부부·장유·붕우의 인간관계에 앞서 있다. 즉 삼강의 군신·부자·부부 관계를 발전시켜, 맹자에 이르러 실천도덕으로 완성된 오륜사상을 받아들이고 다시금 효를 오륜의 제일의(第一義)로 삼았다는 사실이 주목되는 것이다. 이렇듯 보편적인 성격을 띤 효관념은 고려말 주자학이 수용됨으로써, 조선조 성리학사상이 체계화되면서 철학적·이론적인 기초를 확립하게 되었다. 성리학에 있어서는 보편적인 이(理)가 인간에게 내재하여 성(性)이 됨으로써, 인간사회의 도덕적 규범으로서의 오륜적 질서는 인간에게 내재된 성(性)의 현현(顯現)으로 이해된다.[3]

유가철학의 실천윤리로서 효사상은 성리학의 발전과 더불어 보편적인 원리로 심화되었는데, 특히 한국에서 효사상을 중심으로 부자유친의 개념이 강조되고 있는 것은 중국이나 일본과 다른 한국의 고유한 특

---

2) 졸저, 『디지털 문화와 생태시학』, 문학동네, 2000, 195~275쪽 참조.
3) 금장태, 『유학사상과 유교문화』, 전통문화연구회, 1999, 142쪽.

징 중 하나이기도 하다. 부자유친에서 비롯된 효사상은 퇴계와 율곡에 이르러 더욱 확대되어 조선사회를 지배하는 질서의 근원으로 자리잡게 된다.

이황(李滉)은 "부모가 자녀를 사랑하는 것이 자(慈)이고, 자녀가 부모를 잘 받드는 것이 '효'이다. 효자의 도리는 천성으로부터 나오는 것으로서, 모든 선의 으뜸이 된다"라 하여, 효자라는 도덕규범의 보편적이고도 기본적인 성격을 강조하고 있다. 또한 이황은 주희의 말을 인용하여, "어버이를 섬기는 정성에 인하여 그로써 하늘을 받드는 도리를 밝힌다"라고 함으로써 인간사회에 있어서의 모든 질서의 근원을 '효'에서 출발하는 것임을 밝히고 있다. 이이(李珥)의 효사상은 『격몽요결擊蒙要訣』에 잘 나타나 있다. 이것은 젊은이들에게 입지(立志)·지신(持身)·효행(孝行)·제례(祭禮)·지인(持人) 등을 가르치기 위한 수신서인데, 그 첫머리에서 오륜을 풀어서 부자(父慈)·자효(子孝)·신충(臣忠)·부부별(夫婦別)·형제우(兄弟友)·붕우유신(朋友有信)으로 설명하고 있다.[4]

위의 인용에서 주목할 점은 다음 두 가지이다. 하나는 퇴계 이황이 '효자의 도리는 천성으로부터 나오는 것으로서, 모든 선의 으뜸이 된다'고 했을 때 효는 윤리도덕의 가장 중심에 자리잡는 덕목이 된다는 점이다. 다른 하나는 율곡 이이가 『격몽요결』에서도 그 첫머리에 부자(父慈)와 자효(子孝)를 강조하고 있다는 점이다. 『격몽요결』은 김수영이 다섯 살부터 다닌 '계명서당(啓明書堂)'에서 배운 중요한 교재 중의 하나로 지목되고 있기 때문이다.[5] 서구 취향의 관점에서 본다면 김수영과 부자유친은 일단 전혀 걸맞지 않은 것처럼 느껴질지도 모른다. 그

4) 같은 책, 142쪽.
5) 최하림, 『김수영평전』, 실천문학사, 2001, 36쪽 참조.

러나 김수영의 반란성은 부자유친으로부터 비롯된다는 시각에서 이 글의 실마리가 전개된다.

2. 김수영과 아버지

김수영은 1921년 11월 27일 서울 종로6가에서 출생했다. 그의 조부 김희종은 추수 오백여 석이 넘는 지주였으며, 파주, 문산, 김포 등에 광대한 토지를 소유하고 있었다고 한다. 위로 두 형이 죽었기 때문에 장남이 된 김수영은 어린 시절 잦은 병치레로 집안 사람들의 애를 먹였다고 한다. 가족들의 지극한 보살핌으로 몇 번의 죽을 고비에서 살아난 그는 병약했지만 총명했고, 내성적이고 소심했지만 과격한 일면을 지니고 있었다. 가문의 대를 잇기 위한 기대를 한 몸에 받고 있었던 까닭에 그는 아버지는 물론 성미 급한 할아버지로부터도 자유로울 수 있었으며, 그가 하고자 하는 일은 가족 누구도 말릴 수 없는 고독하고 심약하지만 독존적인 존재로 성장하게 된다.

1935년 15세의 김수영은 아버지의 권유로 선린상업 전수과에 들어가고 1938년 본과에 진학하여 21세가 된 1941년에 선린상업학교를 졸업하게 된다. 이때 이미 김수영 집안의 가세는 기울어 그에 대한 집안의 간절한 소망은 안정된 직업을 갖는 것이었지만, 그는 이를 무시하고 동경으로 유학을 떠나 연극을 공부한다. 1943년 전쟁의 막바지에 징용을 피해 귀국하였다가 가족과 함께 다시 만주 길림성으로 소개하여 나갔으며, 1945년 9월 가족과 더불어 해방 조국으로 귀국하게 된다. 이때 사업의 실패 이후 병고에 시달리던 부친의 병환은 더욱 악화되었으며 가족의 부양은 전적으로 그의 어머니 안형순이 책임지게 된다. 해방공간에서 초현실주의 시를 쓰기도 하고 영어학원을 운영하기도 하지만, 김수영은 고정된 직장을 잡지 못하고 「廟廷의 노래」「공자의 생활난」 등의 시를 쓰게 된다.

　이 시기 김수영과 부친 김태욱 사이에는 심한 불화가 있었을 것이며, 김수영의 어머니는 그에게 충무로4가에 따로 살 수 있는 독자적인 공간을 마련해준다. 김수영과 아버지 사이의 불화를 간접적으로 야유하듯 씌어진 시가 「공자의 생활난」이 아닐까 한다.

> 국수— 伊太利語로는 마카로니라고
> 먹기 쉬운 것은 나의 叛亂性일까
>
> 동무여 이제 나는 바로 보마
> 事物과 事物의 生理와
> 事物의 數量과 限度와
> 事物의 愚昧와 事物의 明晳性을
>
> 그리고 나는 죽을 것이다
>
> 　　　　　　　　　　　—「공자의 생활난」 중에서

　난삽한 문맥으로 인해 그 의미가 잘 파악되지 않는 부분이 있지만 위의 인용에서 명백한 것은 "나는 바로 보마"이다. 마지막 행 "나는 죽을 것이다"라는 진술은 접속사 "그리고"를 매개로 앞의 진술과 연결된다. "나는 죽을 것이다"가 공자가 한 말 '아침에 도를 들으면 저녁에 죽을 것이다(朝聞道 夕死可矣)'의 패러디라는 것은 이미 유종호에 의해 지적된 바 있지만, 이 진술의 핵심은 '나는 바로 보마'에 있다. 이를 부자유친의 시각에서 보자면 '아버지와 달리 나는 바로 보마'로 해석될 수 있으리라. 여기서 일어나는 의문은 두 가지이다. 하나는 왜 제목을 '공자의 생활난'이라고 했을까 하는 의문이고, 다른 하나는 '아버지와 왜 달리 보겠다는 것인가' 하는 의문이다.

김수영의 아버지 김태욱은 『논어』와 『맹자』를 읽었고, 아마도 이를 즐겨 인용하여 정상적인 사회생활을 하지 않는 김수영을 꾸짖었을 것이다. 이미 20세 중반을 넘어선 김수영이 별다른 직업 없이 시를 쓴다고 쫓아다니는 것이 아버지로서는 매우 못마땅했을 것이고, 이렇게 자기에게 하기 싫은 일을 요구하는 아버지가 김수영은 매우 못마땅했을 것이다. 경제적으로 무능한 아버지와 직업 없는 장성한 아들의 관계는 부자유친이 아니라 부자불화가 극에 달했을 것이라는 점은 의심할 여지가 없다. 해방 후 극도의 경제적 혼란 속에서 이 두 사람을 떼어놓기 위해 따로 방을 구해준 어머니의 이러한 배려는 아버지와 아들의 관계를 지혜롭게 해결하려는 눈물겨운 아들 사랑이었다고 할 것이다.

1949년 1월 지병을 앓던 부친 김태욱이 작고하고 김수영은 본격적으로 시단활동을 전개하게 된다. 김경린, 박인환 등과 만든 『새로운 도시와 시민들의 합창』이란 동인지에 「아메리카 타임지」와 「공자의 생활난」을 수록하고 「토끼」와 「아버지의 사진」 등을 쓴 것이 이 시기이다.

> 돌아가신 아버지의 寫眞에는
> 眼鏡이 걸려 있고
> 내가 떳떳이 내다볼 수 없는 現實처럼
> 그의 눈은 깊이 파지어서
> 그래도 그것은
> 돌아가신 그날의 푸른 눈은 아니요
> 나의 飢餓처럼 그는 서서 나를 보고
> 나는 모오든 사람을 또한

나의 妻를 避하여
그의 얼굴을 숨어 보는 것이요

詠嘆이 아닌 그의 키와
詛呪가 아닌 나의 얼굴에서
오오 나는 그의 얼굴을 따라
왜 이리 조바심하는 것이요

—「아버지의 사진」 중에서

　돌아가신 아버지의 얼굴 묘사로 시작된 2연에서 그는 또한 자기 자신을 본다. 주목해야 할 것은 제3행의 "내가 떳떳이 내다볼 수 없는 現實"처럼 그려지는 아버지의 눈 또한 깊게 음영을 드리운 대상으로 그리고 있다는 점이다. 장남인 그가 현실의 문제를 당당히 해결하지 못하고 있는 것처럼 아버지 또한 현실의 경제적 문제를 해결치 못했다는 점에서, 두 사람은 어쩌면 공통적으로 현실 적응 불능자들인지도 모른다. 그러나 김수영이 "나는 바로 보마"고 선언했던 것처럼 그는 아버지와는 다른 해결책을 꿈꾸고 있었을 것이며, 그것은 시를 쓰는 행위로 나아가는 것이라는 점을 알아차릴 수 있는 것이다. 아마도 김수영은 아버지의 생애를 돌이켜보면서 그 자신이 펼쳐나갈 생애 또한 생각해보지 않을 수 없었을 것이다. 부자유친의 미묘한 만남의 순간이 생과 사가 엇갈리는 이 지점일 것이다.

　그런데 또 한 가지 흥미로운 것은 그가 다른 모든 사람들은 물론 "나의 妻를 避하여" 아버지의 사진을 숨어서 보고 있다는 점이다. 무능한 아버지와 같은 자신을 들키고 싶지 않았을 것이기 때문이다. 어쩌면 아버지의 사진에서 그 자신의 자화상을 보고 있다는 느낌을 가지고 있었을지도 모른다. 화자는 아버지의 사진을 보면서 그의 생애를 "時計의

열두시같이 / 再次는 다시 보지 않을 遍歷의 歷史……"라고 요약하고
있다. 이는 물론 아버지와 같은 삶을 자기는 살지 않겠다는 결의를 말
하고 있는 바이지만, 당시 그의 실제 현실은 밥벌이 못 하는 건달인 까
닭에, 그는 숨어서 아버지의 사진을 볼 수밖에 없는 것이기도 했다.

1950년 4월 김수영은 우여곡절 끝에 김현경과 신혼생활에 들어간다.
정식 결혼식을 올린 것은 아니어서 당시로서는 파격적인 일이었지만,
김수영과 김현경이 지닌 모더니스트적 감각에 따라 이루어진 일이었던
까닭에 당시로서는 오히려 멋있게 보일 수도 있는 것이었으며, 그들 나
름의 단란함을 누리는 것이기도 했을 것이다. 그러나 곧이어 6·25가
발발하고 8월에 의용군으로 징집된 김수영은 몇 차례 죽을 고비를 넘기
고 1952년 12월 거제도 포로수용소에서 석방되기에 이른다. 전쟁의 와
중인 1950년 12월 28일 피난지에서 장남 준이 태어났지만 가족들은 뿔
뿔이 흩어져 있었고, 김현경과 김수영의 불화는 계속된다. 김수영이 생
활의 안정을 되찾은 것은 1954년 피난지에서 상경한 김현경과 성북동
에 거처를 정하고 난 다음부터일 것이다. 아내와 아들과 그리고 다른
가족과 함께 사는 삶의 단란함을 노래한 「나의 가족」이 씌어진 것도 이
즈음이다.

　　이렇게 많은 식구들이
　　아침이면 눈을 부비고 나가서
　　저녁에 들어올 때마다
　　먼지처럼 인색하게 묻혀가지고 들어온 것

　　얼마나 長久한 歲月이 흘러갔던가
　　波濤처럼 옆으로
　　혹은 世代를 가리키는 地層의 斷面처럼 억세고도 아름다운 색깔—

누구 한 사람의 입김이 아니라
모든 가족의 입김이 합치어진 것
그것은 저 넓은 문창호의 수많은
틈 사이로 흘러들어오는 겨울바람보다도 나의 눈을 밝게 한다
—「나의 가족」 중에서

아침에 눈 부비며 일을 나갔다가 저녁이면 돌아와 하루의 일과를 이야기하는 가족들의 말소리가 귀에 거슬리지 않고 아름답게 들리는 것은 생활이 가져다주는 건강한 힘 때문일 것이다. 모든 가족이 함께 만들어내는 건강한 입김은 집에서 고대 조각 사진이 담긴 서책을 즐기고 있던 그에게 놀랍게도 일상에서 새로운 삶을 발견하게 만들었다고 할 것이다. 일하러 나갔다 돌아와 이야기를 나누고 있는 가족의 조화롭고 통일된 모습을 보고, 지금까지 현실과 동떨어진 사진첩을 바라보던 김수영은 위대한 것이 무엇인가를 다시금 돌이켜본다. 그리고 다음과 같이 평범하지만 위대한 결론에 도달한다.

거칠기 짝이 없는 우리 집안의
한없이 순하고 아득한 바람과 물결—
이것이 사랑이냐
낡아도 좋은 것은 사랑뿐이냐
—「나의 가족」 중에서

이 시의 마지막 행에서 김수영이 "낡아도 좋은 것은 사랑뿐이냐"고 했을 때 그는 일하지 않아도 사랑의 중심에 있는 자이고, 그 사랑의 힘으로 중심을 지킬 수 있는 자이다. 그가 도모하는 어떤 위대한 일보다

도 생활 전선에 나갔던 가족들이 가지고 돌아온 신선한 물결이 불러일으키는 가족의 조화와 통일이야말로 위대한 사랑이 실현되는 삶의 공간을 만들어주는 터전이라 할 수 있다.

3. 김수영과 보석 같은 아이들

1950년대 중반부터 형성된 김수영의 가족에 대한 사랑은, 일정한 직장을 갖지 않고 부정기적으로 벌던 원고료 수입과 양계장으로 생계를 꾸려나가면서도 시인으로서 입지를 다져나가도록 그를 떠받쳐준 삶의 원동력이 된다.

이 와중에서 1958년은 그에게 모처럼 득의의 해가 된다. 6월 12일 차남 우(瑀)가 태어나고 11월 1일에는 제1회 한국시인협회상을 수상하게 된 것이다. 차남의 출생으로 가정은 더욱 확고한 뿌리를 내렸으며 제1회 시협상 수상으로 시인으로 입지가 굳어졌다는 것은 김수영이 전력을 기울이던 시인으로서의 길이 객관적으로 제삼자에 의해 평가되기 시작했음을 뜻하는 것이기 때문이다. 내외로 경사가 겹친 시기에 그는 「초봄의 뜰 안에」라는 시에서 가족에게 보내는 무한한 신뢰와 사랑을 다음과 같이 표현한다.

  초봄의 뜰 안에 들어오면
  서편으로 난 欄干문 밖의 풍경은
  모름지기
  보이지 않고

  荒廢한 강변을

靈魂보다도 더 새로운 解氷의 破片이

저 멀리

흐른다

寶石 같은 아내와 아들은

화롯불을 피워가며 병아리를 기르고

짓이긴 파 냄새가 술 취한

내 이마에 神藥처럼 생긋하다

　　　　　　　　　　　　　—「초봄의 뜰 안에서」 중에서

　생명력을 되찾은 대지와 해빙의 파편이 흘러가는 강을 바라보고 있
는 화자는 "寶石 같은 아내와 아들"이 화롯불을 피워가며 병아리를 기
르는 것을 보고 술 취한 이마에 파냄새가 "神藥처럼 생긋하다"고 표현
한다. 조형적인 이미지와 감각적인 표현이 어울리면서 봄날에 느낀 생
명력이 아내와 아들에게로 향하고 있음을 볼 수 있다. 남다른 가족애라
고 하지 않을 수 없다. 현실생활에 무력한 김수영으로서는 더욱 그러했
을 것이다. 김수영이 유난히 귀여워했다는 둘째아들을 위해 다음과 같
이 자장가를 부르기도 했다는 점에서 그는 자상한 아버지이기도 했다.

아가야 아가야

열발구락이 다 나와 있네

엄마가

만들어준 빨간 양말에서

아가야 아가야

기저귀 위에는 나이롱종이까지 감겨져 있네

엄마는
바지가 젖는 것이 무서웁단다

　　　　　　　　　　　　　　　—「자장가」 중에서

「자장가」에서 엿볼 수 있는 것은 김수영의 아가에 대한 사랑과 아내
에 대한 사랑이 함께 겹쳐진다는 것이다. 둘째아이의 출산을 통해 두
사람이 신혼 초에 겪었던 불화와 갈등이 완전히 해소되는 것으로 여겨
진다. 그는 이러한 에너지의 축적을 바탕으로 자신의 시와 문명에 대한
투지를 더욱 불태운다.

하얗게 마른 마루틈 사이에서
들어오는 바람에서
느끼는 鬪志와 愛情은 젊다

　　　　　　　　　　　　　　　—「가옥 찬가」 제4연

라고 애정과 투지를 확인하거나 현 정부가 반동적이라고 비판하면서

여기에 있는 것은 中庸이 아니라
踏步다 죽은 平和다 懶惰다 無爲다

　　　　　　　　　　　　　　　—「中庸에 대하여」 중에서

라고 4 · 19 직후의 상황을 신랄하게 꼬집기도 한다. 1960년 4 · 19 혁명
이 일어나자 그는 새로운 하늘과 땅이 열리는 환희를 맛보았고 누구보
다 왕성히 시작활동을 전개했다. 그러나 그가 발견한 것은 혁명의 성취
가 아니라 피냄새가 섞인 고독이었다.

自由를 위해서
飛翔하여본 일이 있는
사람이면 알지
노고지리가
무엇을 보고
노래하는가를
어째서 自由에는
피의 냄새가 섞여 있는가를
革命은
왜 고독한 것인가를

　　　　　　　　　　　　　—「푸른 하늘을」 중에서

　자유에서 피의 냄새를 느끼고 혁명에서 고독함을 발견한다는 것은 가짜 중용에 타협하지 않으려는 그의 시적 치열성이 전제된 것이다. 그러나 그를 더욱 힘들게 한 것은 생활의 어려움이나 속물적인 아내와의 신경전이 아니라 중학생이 되려는 큰아들의 입시가 아니었던가 한다. 1960년대 초반 일류 초등학교에서 일류 중학으로의 진학은 모든 학부모들이 총력을 다한 전쟁이었다고 해도 과언이 아닐 것이다. 견디다 못한 김수영은 그의 특기인 영어를 과외선생으로서 아들에게 가르치는 입시 전선에 나서게 된다. 돈벌이보다도 시쓰기보다도 이것이 더 절박한 일이었는지도 모른다. 4·19혁명이 실패로 돌아가는 기미를 알아챈 그로서는 가족의 사활을 건 이처럼 중요한 문제를 도외시할 수 없었을 것이다. 김수영이 겪었던 과외공부 현장은 다음과 같이 요약된다.

　내가 지금 六학년 아이를 課外工夫 집에서 만난
　學父兄會의 어떤 어머니에게 느낀 여자의 감각

그 이마의 힘줄

그 힘줄의 集中度

—「여자」중에서

　과외공부의 현장에서 만난 치맛바람의 광풍이 느껴지는 위의 시는
물론 그 자신이 선생이 되어 아이들을 가르치면서 경험한,「우리들의
웃음」에서는 공부하지 못하는 아이들로 인해 느껴지는, 자조적인 기분
마저 감지된다. 아이를 가르치기 위해 김수영이 온갖 수단을 다 동원하
는 것은 당시 한국의 여느 가정의 가장들이라면 다 치르는 과업이었으
며, 그 점에 있어서 그 또한 예외가 아니었다. 이 점에서 적어도 그는 아
이들을 위해서는 나름대로 적극적으로 최선을 다해 부자유친을 실천한
가장이었다.

　이러한 체험을 중요하게 보는 까닭은 그가 이 시기에 결정적인 시적
전환을 이루는「거대한 뿌리」(1964. 2. 3)와「이 한국문학사」(1965. 12.
6)를 쓰게 된다는 사실 때문이다. 부자유친의 뼈저린 체험을 통해 역사
의 뿌리와 삶의 뿌리를 확인한다는 점에서 그의 시는 새롭게 해석된다.
아들로서 아버지로서의 체험이 아들을 통해 이중적으로 치러짐으로써
"전통은 아무리 더러운 전통이라도 좋다"라는 명제에 도달한다는 것이
다. 그것은「나의 가족」에서 "낡아도 좋은 것은 사랑뿐이냐"고 했던 진
술의 확인이자 이로부터의 또다른 전진이라 보아도 크게 무리가 없을
것이다.

　김수영이 중학생의 아버지가 되고 고등학생의 아버지가 되었을 때
그는 다시 한번 부자유친을 되새겨보지 않을 수 없었으리라.

　신성을 지키는 시인의 자리 위에 또 하나

　넓은 자리가 있었던 것을 자식한테

가르쳐주지 않은 죄 — 그 죄에 그렇게
오랜 시간을 시달리면서도 그것을 몰랐다
VOGUE야 너의 세계에 스크린을 친 죄,
아이들의 눈을 막은 죄 — 그 죄의 앙갚음
VOGUE야

그리고 아들아 나는 아직도 너에게 할말이
왜 없겠는가 그러나 안 한다
안 하기로 했다 안해도 된다고
생각했다 안 해야 한다고 생각했다
너에게도 엄마에게도 모든
아버지보다 돈 많은 사람들에게도
아버지 자신에게도

— 「VOGUE야」 중에서

언뜻 보아 이해가 잘 안 되는 이 시는 아버지 몰래 아들이 『VOGUE』지를 본 것을 알게 되었으나, 아들에게 이를 직접 말하지 못하고 『VOGUE』와 대화하는 형식으로 씌어진 작품이다. 김수영은 『TIME』이나 『ENCOUNTER』 등 서양의 여러 잡지를 보아왔는데, 특히 『VOGUE』는 성인용 잡지로 당시로서는 청소년에게 금기시되는 잡지였다.

김수영은 이 책이 "빈곤에 마비된 눈에 하늘을 가리켜주는 잡지"라고 하면서 그것은 섹스도 유물론도 선망도 아니라고 말한다. 아마도 그는 시인의 자리만 신성한 것이라고 말했지, 그의 아들에게 또하나의 넓은 자리가 있다고 가르쳐주지 않았기 때문에 아들을 탓할 수는 없다고 판단하고 있는 듯하다. 너도 할말이 있겠지만 나도 할말이 많다. 그러나 하고 싶은 말을 참기 때문에 그로 인해 자신과 다짐을 두기 위한 반복된 서술이 인용문의 후반을 차지하고 있다. 어떻든 당위와 현실 사이에서 고민하는 아버지의 고민이 약여하게 표현된 것이 위의 「VOGUE야」이다. 그런데 부자유친의 시각에서 이 시의 중요성은, 이 시와 거의 같은 시기에 씌어진 것으로 김수영의 대표작 중의 하나라고 평가되는 「사랑의 變奏曲」과의 상관성으로 더욱 부각된다.

> 아들아 너에게 狂信을 가르치기 위한 것이 아니다
> 사랑을 알 때까지 자라라
> 人類의 종언의 날에
> 너의 술을 다 마시고 난 날에
> 美大陸에서 石油가 고갈되는 날에
> 그렇게 먼 날까지 가기 전에 너의 가슴에
> 새겨둘 말을 너는 都市의 疲勞에서
> 배울 거다
> 이 단단한 고요함을 배울 거다
> 복사씨가 사랑으로 만들어진 것이 아닌가 하고
> 의심할 거다!
> 복사씨와 살구씨가
> 한번은 이렇게
> 사랑에 미쳐 날뛸 날이 올 거다!
> 그리고 그것은 아버지 같은 잘못된 시간의
> 그릇된 瞑想이 아닐 거다
>
> ―「사랑의 變奏曲」 중에서

이 시에서 김수영이 격하면서도 감동적인 어조로 "사랑에 미쳐 날뛸 날이 올" 것이라고 예언하고 있는 것은 결코 우연이 아니다. 부자유친의 긍정과 부정 사이에서 아슬아슬한 고비가 「VOGUE야」에 표현되었다면 「사랑의 變奏曲」에서는 전폭적인 사랑이 표현된다. "복사씨가 사랑으로 만들어진 것이 아닌가 의심"할 정도로 단단한 사랑의 고요를 아들에게 가르치고 있는 김수영의 목소리에서, 우리는 지극한 마음으로 부자유친을 토로하는 아버지 김수영을 발견할 수 있다. 그것은 아들의 잘못과 허물을 감싸는 아버지로서의 마음이자 아버지의 사랑을 거부했던 아들의 몫까지 포함된 사랑이다.

이 시에서 김수영은 거대한 사랑의 뿌리가 전통에서 비롯된 것임을 깨우치는 것은 물론, 그 전통은 또한 부자유친에서 비롯된 것임을 선언하고 있다고 해도 과언이 아니다. "때묻은 革命"에서 가짜 중용을 비판하던 그가 "사랑의 절도"가 주는 중용의 미학을 체득하고 있는 것이다. 김수영의 시적 상상이 이 지점에 머무는 것은 아니다. 그는 여기서 한 걸음 더 나아간다.

땅의 2층이 하늘인 것처럼
이렇게 人情의 하늘이 가까워진
일이 없다 남을 불쌍히 생각함은
나를 불쌍히 생각함이라
나와 또 나의 아들까지도

사람이 사람을 사랑하다 남은 날
땅에만 소음이 있는 줄만 알았더니
하늘에도 천둥이, 우리의 귀가
들을 수 없는 더 큰 천둥이 있는 줄
알았다 그것이 먼저 있는 줄 알았다

—「여름밤」 중에서

여기에 이르러 김수영은 동양의 유가사상에서 말하는 天·地·人을 두루 통괄하고 있다. 남을 불쌍하게 생각하고 나를 불쌍하게 생각함에 이르면 공자가 말한 '仁'의 사상을 생각해보지 않을 수 없다. 천둥번개가 요란한 여름밤 그는 우리의 귀가 들을 수 없는 큰 천둥 소리를 듣게 된다. 이 점에서 그는 유가사상에서 말하는 '天'의 소리를 듣는 자이며, 사람에 대한 극진한 사랑을 인식하는 자이다. 그런데 흥미로운 것은 이 순간에 인간사회의 윤리도덕의 중심이 되는 부자유친이 드러나고 있다는 점이다. "나와 또 나의 아들까지도"가 위의 시행에 포함될 때 사랑의 실천이 완성된다는 것은 젊은 날의 그가 부정하던 전통의 부정이 오히려 더 큰 긍정으로 뒤바뀐다는 점에서, 놀라운 자기 혁신을 보여준 것이라고 하지 않을 수 없다.

4. 하이데거와 갈라진 손

부자유친의 시각에서 김수영의 시를 논한 필자의 이 글이 김수영을 복고주의자로 만드는 혐의가 있다면 그것은 필자의 잘못이다. 그러나 그 동안 김수영론에서 거론되지 않았던 중요 시편들이 이 글을 통해 새롭게 조명되었으며, 김수영의 의식 깊이 용해되어 있던 인간에 대한 사랑 또한 확인된 바 있다. 「공자의 생활난」에서 「사랑의 變奏曲」에 이르는 시적 편력의 과정은 아버지와 아들이라는 근원적인 명제와 밀착된 것임을 알 수 있으며, 사랑의 뿌리가 바로 여기에 있다고 할 때 우리는 김수영의 유고작 「풀」에서 만나는 눕고 우는 자들의 비애가 일어서고 웃는 자들의 역동적 미학으로 나아갈 수 있는 동력이 여기서 비롯된 것임을 감지할 수 있게 된다.

김수영은 1968년에 발표한 주목할 만한 시론 「反詩論」과 「시여, 침을 뱉어라」에서 하이데거의 「릴케론」을 그가 정독하고 있음을 말한 바 있다. 시란 무엇이고 노래란 무엇인가라는 의문은 "대지의 은폐"로까지 나아간다. 이는 당대 한국시론의 최첨단에 선 뛰어난 시론이기도 하지만,「反詩論」에서 필자가 주목한 것은 하이데거보다는 김수영이 자신의 노모에 대해서 말한 부분이다. 김수영이 "흙은 모든 나의 마음의 때를 씻겨준다. 흙에 비하면 나의 문학까지도 범죄에 속한다. (……) 여기의 자연은 바라보는 자연이 아니라 싸우는 자연이 돼서 더 건실하고 성스럽다. (……) 그들의 농장의 얼굴은 늙은 어머니의 시꺼멓게 갈라진 손이다"라고 노모와 함께 돼지를 기르는 동생들의 농장 체험을 말할 때 그의 진술은 힘을 얻는다. 하이데거의 「릴케론」을 읽고 시 「美人」을 쓰는 것이 관념적이고 추상적인 행위라면 시꺼멓게 갈라진 어머니의 손은 현실적이며 구체적인 체험에서 비롯된 것이 축적된 것이다. 어머니와 김수영의 모자유친은 아버지와 김수영의 부자유친의 강력한 표현방법의 하나이다. 김수영에게 있어서 모성은 부성을 능가하지만 모성은 부성을 매개로 표현될 뿐이다.

하이데거의 시론이 릴케를 통해 그를 일깨운 타자의 목소리라면 어머니의 갈라진 손은 체험에서 우러나온 내면의 목소리라고 할 것이다. 타자의 목소리가 자신을 깊게 일깨울 때 그 일깨움으로 인해 더 깊게 자기를 각성하는 것은 김수영의 첨예한 직관적 통찰의 힘이지만, 이 직관과 통찰이 본능적으로 회귀하는 곳은 5세 전후의 서당 시절 그가 무의식적으로 배웠던『격몽요결』등이 가르친 바 부자유친의 사상이었다는 것이다.

흙으로 돌아가 더러움을 씻고 흙으로부터 다시 태어난다는 것은 잡박한 현실의 동요로 인해 전통을 부정한 자가 전통으로 되돌아가 새롭게 탄생하여 전통을 혁신한다는 것을 뜻한다. 김수영은 분명 동세대의 다른 어떤 시인들보다 서구적 지성의 세례를 강력하게 받았다고 할 수 있지만, 아버지의 부정이 아들에 대한 사랑을 통해서 전통의 뿌리를 확인하게 했다는 점에서 김수영은 다시 한번 세대와 세대가 엇갈리고 있는 오래된 진실의 확고함을 되새기게 해준다. "낡아도 좋은 것은 사랑뿐이냐"고 했던 그가 복사씨와 살구씨가 "사랑에 미쳐 날뛸 날"을 예견하고 "사랑을 알 때까지" 아들이 자라기를 소망할 때, 아버지가 된 김수영의 시 또한 단단하고 고요한 사랑으로 가득 찬 내적 성숙을 이루었다고 할 수 있을 것이다. 통렬한 부정을 통하지 않고서는 제대로 된 긍정에 도달할 수 없다는 사실을 입증하였다는 것이 1960년대 김수영의 시가 보여준 뛰어난 시적 성과이다. 이 점에서 김수영의 시는 아직도 신선한 위력을 발휘하고 있다고 해도 과언이 아니다.

문학동네 평론집

진흙 천국의 시적 주술

ⓒ 최동호 2006

초판인쇄 | 2006년 4월 21일
초판발행 | 2006년 4월 28일

지 은 이 | 최동호
펴 낸 이 | 강병선
책임편집 | 조연주 이상술 김자영
펴 낸 곳 | (주)문학동네
출판등록 | 1993년 10월 22일 제406-2003-000045호

주   소 | 413-756 경기도 파주시 교하읍 문발리 파주출판도시 513-8
전자우편 | editor@munhak.com
전화번호 | 031) 955-8888
팩   스 | 031) 955-8855

ISBN 89-546-0148-0 03810

www.munhak.com